趣 解 红 楼

胡文彬 著

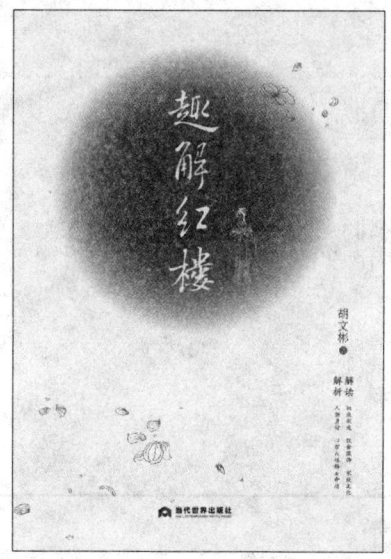

图书在版编目（CIP）数据

趣解红楼 / 胡文彬著． —北京：当代世界出版社，2018.2

ISBN 978-7-5090-1323-6

Ⅰ.①趣… Ⅱ.①胡… Ⅲ.①《红楼梦》研究 Ⅳ.①I207.411

中国版本图书馆 CIP 数据核字（2018）第 007244 号

出版发行：当代世界出版社
地　　址：北京市复兴路 4 号（100860）
网　　址：http：//www.worldpress.org.cn
编务电话：（010）83907332
发行电话：（010）83908409
　　　　　（010）83908455
　　　　　（010）83908377
　　　　　（010）83908423（邮购）
　　　　　（010）83908410（传真）
经　　销：全国新华书店
印　　刷：北京欣睿虹彩印刷有限公司
开　　本：700 毫米×1000 毫米　1/16
印　　张：20.5
字　　数：295 千字
版　　次：2018 年 7 月第 1 版
印　　次：2018 年 7 月第 1 次
书　　号：ISBN 978-7-5090-1323-6
定　　价：39.80 元

如发现印装质量问题，请与承印厂联系调换。
版权所有，翻印必究；未经许可，不得转载！

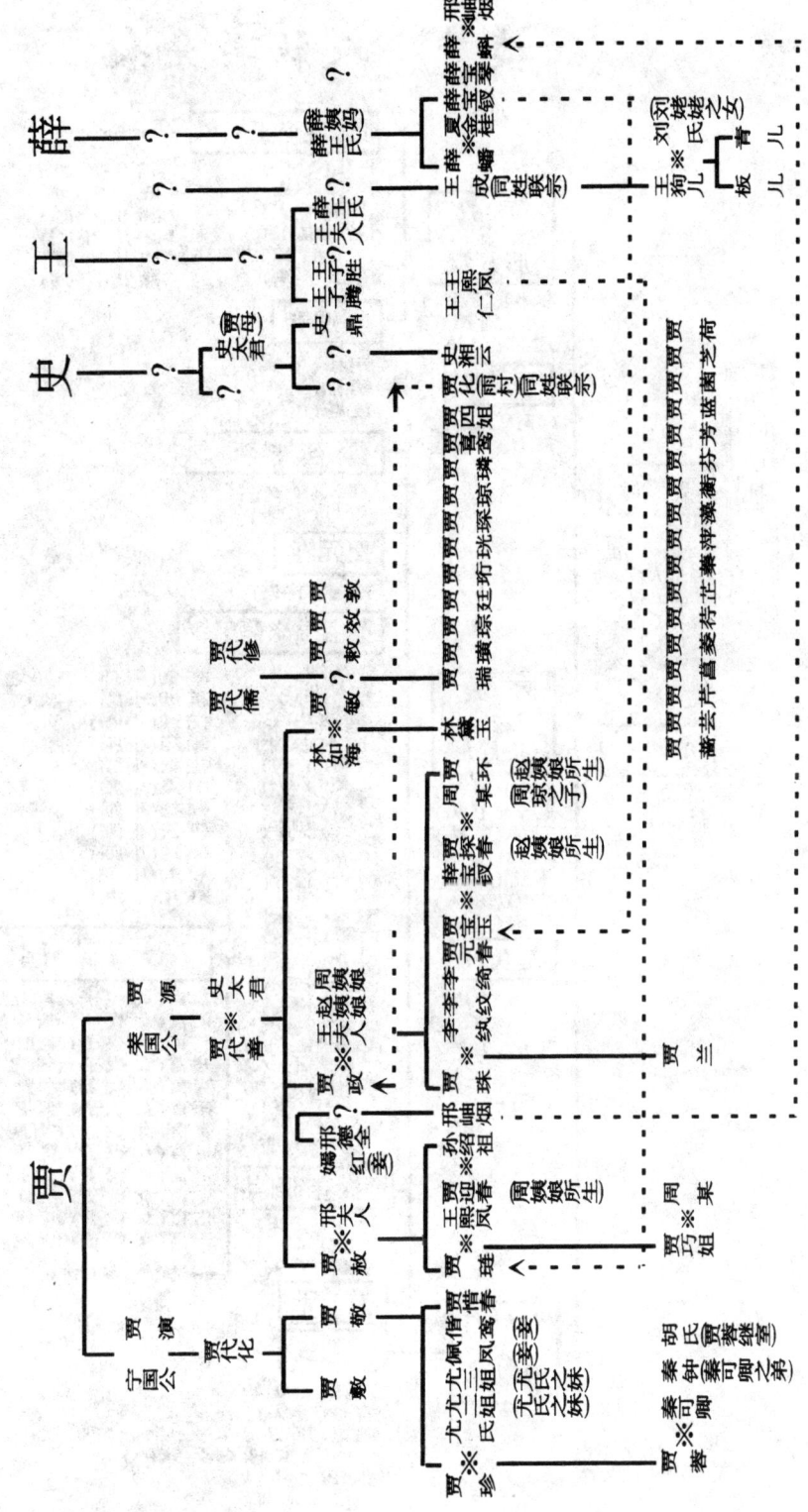

《红楼梦》人物关系表

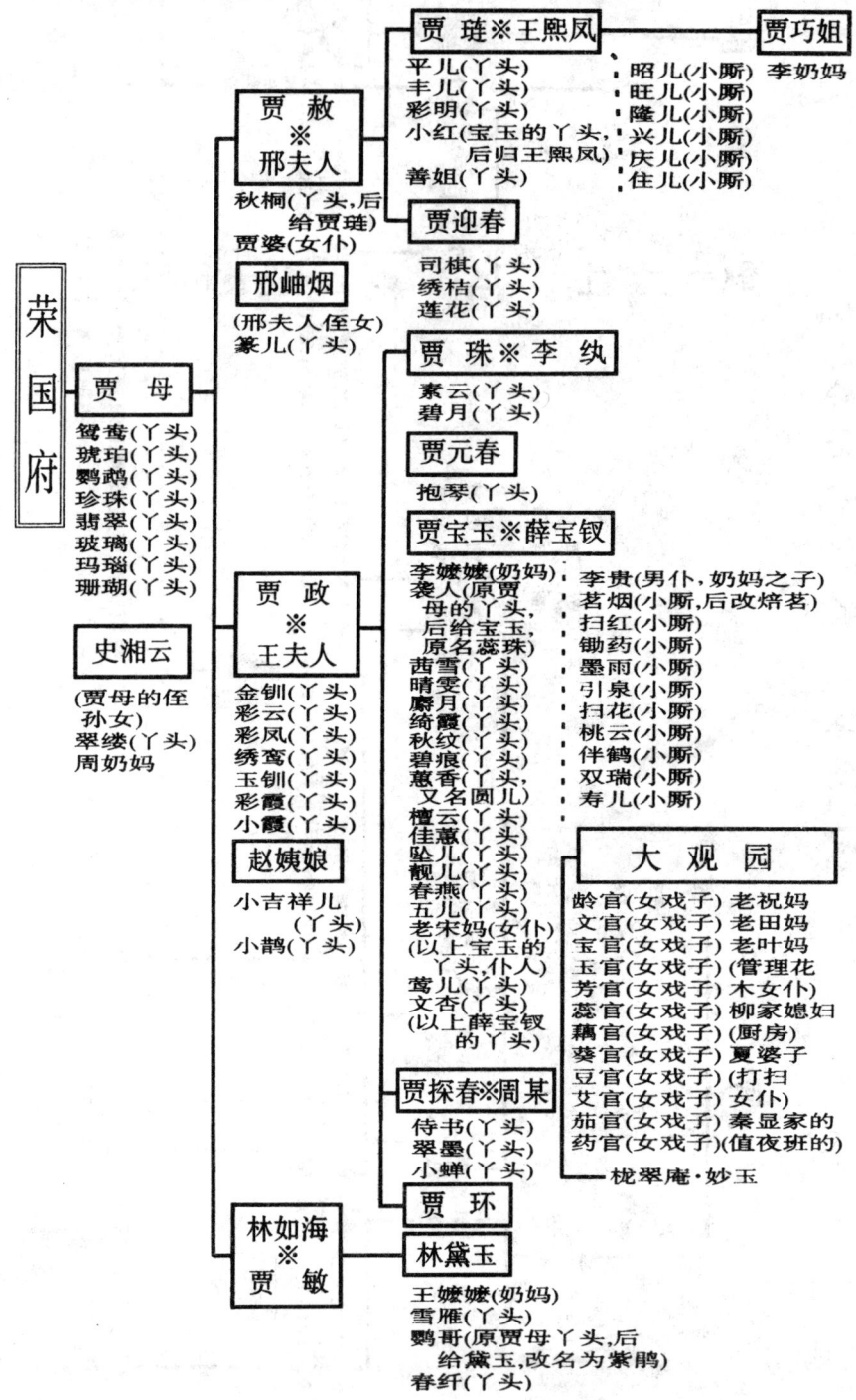

《红楼梦》人物关系表

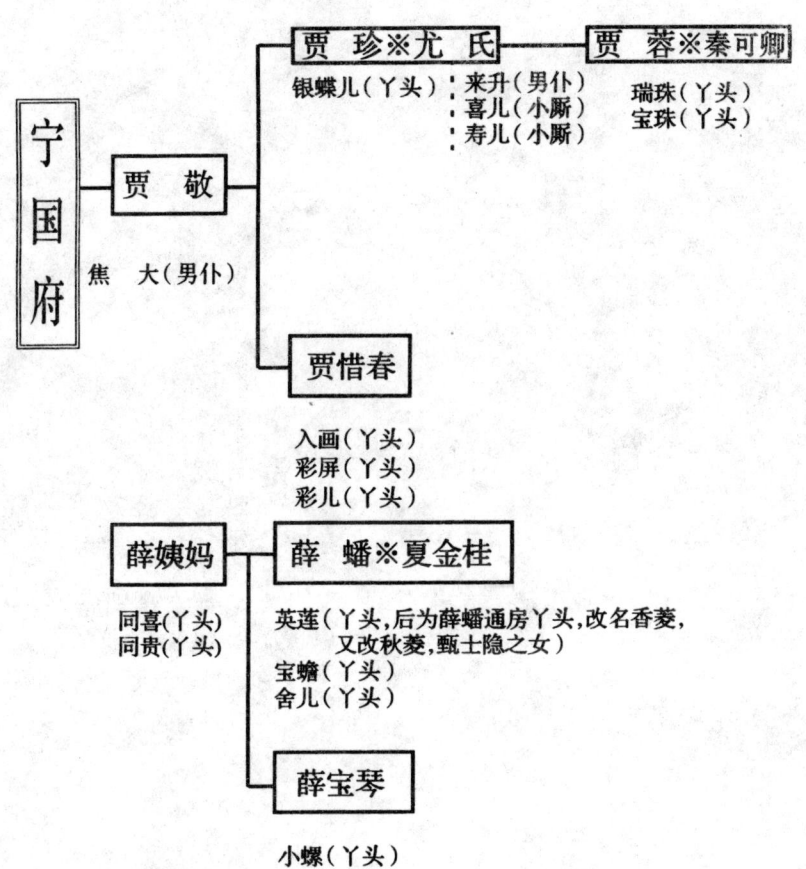

目　录

人物篇

傻得可爱，狂得有理 ································· (4)
　　——贾宝玉的"傻"与"狂"
心较比干多一窍 ···································· (10)
　　——林黛玉的"疑"与"嫉"
远看恍若神女，近看是个凡人 ·················· (15)
　　——薛宝钗的"羞"与"怒"
最可厌的是假清高 ································ (20)
　　——史湘云的"吃"与"睡"
你只叫她"凤辣子" ······························· (25)
　　——王熙凤的"三辣"
此皆过分之极 ······································ (33)
　　——元春的一"叹"三"劝"
懦弱是她的性格 ··································· (37)
　　——迎春之"懦"
生于末世运偏消 ··································· (41)
　　——探春之"敏"与"怒"
我虽年轻，这话却不年轻 ························ (50)
　　——惜春之"怒"
画梁春尽落香尘 ··································· (53)
　　——秦可卿之"病"
桃李春风结子完 ··································· (59)
　　——李纨之"纨"
家亡巧得恩人救 ··································· (67)
　　——巧姐之"巧"

堪叹古今情不尽 …………………………………………………（73）
　　——妙玉之"洁"与"空"
菱荇花香淡淡风 …………………………………………………（77）
　　——香菱之"呆"
俏也不争春 ………………………………………………………（81）
　　——平儿之"俏"
风流灵巧招人怨 …………………………………………………（86）
　　——晴雯的"撕"与"补"
别忒乐过了头儿！ ………………………………………………（90）
　　——鸳鸯的"骂"
啼尽春风不忍飞 …………………………………………………（95）
　　——紫鹃之"慧"
粲花妙舌惯将迎 …………………………………………………（99）
　　——花袭人之"袭"
艳冠群芳 …………………………………………………………（103）
　　——薛宝琴之"艳"
瞧，一对金莲没半刻斯文 ………………………………………（108）
　　——尤三姐的"脚"
风雨无情鸳梦散 …………………………………………………（112）
　　——司棋之"烈"
一笔一画寄相思 …………………………………………………（117）
　　——龄官之"扭"
相思百结谁解得 …………………………………………………（123）
　　——小红之"思"
美优伶被迫归水月 ………………………………………………（128）
　　——芳官之"出家"
不失庄稼人的面目 ………………………………………………（131）
　　——刘姥姥的"蹭"与"愣"
信谗任奸性偏执 …………………………………………………（134）
　　——王夫人之"善"
深藏不露　语出惊人 ……………………………………………（138）
　　——尤氏之"识"

比通灵金莺微露意 ……………………………… (144)
　　——莺儿之"露"

小人物大见识 …………………………………… (149)
　　——佳蕙之"气"

惟有娇杏自侥幸 ………………………………… (152)
　　——娇杏之"侥幸"

夏来正是雪消日 ………………………………… (155)
　　——夏金桂之"悍"

平庸无能到公卿 ………………………………… (158)
　　——贾政之"庸"

一样兄弟　两种人生 …………………………… (163)
　　——贾敬的"空"与贾赦的"色"

兄弟同门　合流同污 …………………………… (168)
　　——贾珍的"奢"与贾琏的"浪"

癞蛤蟆想吃天鹅肉 ……………………………… (173)
　　——贾瑞之"妄"

假情假礼假体面 ………………………………… (177)
　　——贾蓉之"荣"

山高高不过太阳 ………………………………… (182)
　　——贾芸之"乖"

天下霸王一般呆 ………………………………… (187)
　　——薛蟠之"霸"

察言观色随风转 ………………………………… (192)
　　——茗烟之"滑"

清官难逃猾吏之手 ……………………………… (197)
　　——李十儿之"奸"

人间万姓仰头看 ………………………………… (201)
　　——贾雨村之"兴"

悲喜千般同幻渺 ………………………………… (203)
　　——甄士隐之"隐"

惟有权力忘不了 ………………………………… (206)
　　——戴权之"权"

桃未芳菲杏未红 ·· (210)
　　——邢岫烟的"穷"
拿草棍儿戳老虎鼻子眼儿 ······································ (213)
　　——邢夫人之"愚"

文化篇

中国官制与《红楼梦》中的描写 ································ (219)
《红楼梦》官制"半遵古名" ···································· (222)
从世袭、科举到捐纳 ·· (227)
《红楼梦》里男仆女奴的来源 ···································· (230)
《红楼梦》中的妾媵及其地位 ···································· (236)
《红楼梦》中的姓氏及其隐喻性 ·································· (241)
《红楼梦》人物的命名艺术 ······································ (245)
《红楼梦》僧尼道士的名号与优伶艺名 ···························· (249)
《红楼梦》人物名、字、号的文化意蕴 ···························· (252)
《红楼梦》服饰的描写与特点 ···································· (255)
《红楼梦》人物与服饰色彩 ······································ (261)
《红楼梦》里的饮食描写与特点 ·································· (271)
"红楼饮食"描写的艺术特点 ····································· (276)
《红楼梦》茶名目与烹茶用水 ···································· (279)
《红楼梦》中的茶具与茶俗 ······································ (285)
酒在《红楼梦》中 ·· (291)
宁荣二府：中国古代家族的缩影 ·································· (298)
贾母：母权文化的象征 ·· (308)
富而不教，一代不如一代 ·· (313)

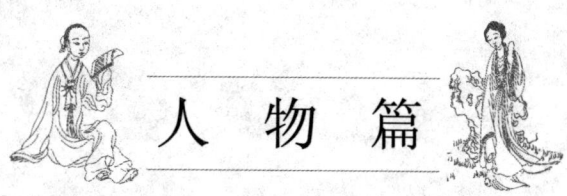

人 物 篇

人物篇

趣解红楼

傻得可爱，狂得有理
——贾宝玉的"傻"与"狂"

《红楼梦》第3回"宝黛初会"之后，突然插入一段脂评似的文字，说是"后人"嘲宝玉的《西江月》二首。既是"后人"，那只能是读过小说之后方知有宝玉这个人物。倘若作者尚未写出这个人物的时候，"后人"无论如何都是无法"嘲讽"的。这个问题留给版本学家去了断，不作细论。我所要引的是这首《西江月》词的第一首，因为那词中的内容与本题有关系。词曰：

无故寻愁觅恨，有时似傻如狂。纵然生得好皮囊，腹内原来草莽。潦倒不通世务，愚顽怕读文章。行为偏僻性乖张，那管世人诽谤！

"有时"、"似"、"如"四个字，是作者把握的分寸，颇有几分形象，让人不得不佩服作者的眼光和表达的艺术。不过要从字义上来分析，作者显然用的是"春秋"笔法，明嘲暗褒，否则不会说"那管世人诽谤"了！

傻，是一种情态。贾宝玉的傻与傻大姐的"傻"绝不可同日而语，因为二人傻的情状和根源不同。贾宝玉的傻只是一种表象，看似行止有些傻气、傻劲、傻相，但他的内心不傻。而傻大姐的傻则是生理上出了毛病，导致她智力上低下，所以"傻"的情态也完全不同。

先看贾宝玉的"傻"。小说第5回写贾宝玉梦游太虚境，那位受宁荣二公嘱托的警幻仙姑想把宝玉"规训"一番，导入正途。于是引其先到"薄命司"翻看"金陵十二钗"的正副册，想让宝玉从册词中悟出人生祸福寿夭皆前定。然而宝玉匆匆翻过毫无兴趣。继而，警幻仙姑又用声色相诱，将自己的妹妹"可卿"送给他"初试"云雨，结果是眷恋不舍，忘其所归，差一点掉进万丈深渊。最终，警幻仙姑叹道："痴儿竟尚未悟"。所谓痴儿，顽而不化，如今人常说的"傻冒儿"。

如果说太虚幻境过于"虚幻"，难于证明贾宝玉的傻劲儿，那么下面三个小例子则是宝玉在现实生活中所表现出来的"傻态"。

例一,小说第 30 回"龄官画蔷痴及局外",贾宝玉从篱笆洞眼中看龄官在地上一笔一划地写蔷字,竟然是写了"几千个"。小说中写道:

> 外面的不觉也看痴了,两个眼珠儿只管随着簪子动,心里却想:这女孩子一定有什么说不出的大心事,才这样个形景。外面既是这个形景,心里不知怎么熬煎。看他的模样儿这般单薄,心里那里还搁的住熬煎。可恨我不能替你分些过来。

这段文字形象地描绘出宝玉看傻了、想傻了的情状。接着是天下雨了,宝玉本该赶紧跑回怡红院去避雨,小说中却写道:

> 伏中阴暗不定,片云可以致雨,忽一阵凉风过了,唰唰的落下一阵雨来。宝玉看着那女子头上滴下水来,纱衣裳登时湿了。宝玉想道:"这时下雨,她这个身子如何禁得骤雨一激!"因此禁不住便说道:"不用写了。你看下大雨身上都湿了。"那女孩……因笑道:"多谢姐姐提醒了我。难道姐姐在外头有什么遮雨的?"一句提醒了宝玉,"嗳哟"了一声,才觉得浑身冰凉。低头一看,自己身上也都湿了。说声"不好",只得一气跑回怡红院去了,心里却还记挂着那女孩子没处避雨。

龄官为思念贾蔷而犯傻,可谓"情痴"。贾宝玉看傻了又何尝不是一种"情"呢!

例二,小说第 35 回写"白玉钏亲尝莲叶羹",当白玉钏将盛羹的碗端到宝玉面前时,二人不慎"将碗碰翻","将汤泼在了宝玉手上"。可是——

> 宝玉自己烫了手倒不觉的,却只管问玉钏儿:"烫了那里了?疼不疼?"玉钏儿和众人都笑了。玉钏儿道:"你自己烫了,只管问我!"宝玉听说,方觉自己烫了。

"众人都笑了",笑什么?笑宝玉的傻——这是他忘情的傻!

例三,小说第 58 回"茜纱窗真情揆痴理",写贾宝玉病后烦闷,要去

瞧林妹妹。路上经过沁芳桥——

> 只见柳垂金线，桃吐丹霞。山石之后一株大杏树，花已全落，叶稠阴翠，上面已结了豆子大小的许多小杏。宝玉因想道："能病了几天，竟把杏花辜负了！"不觉到"绿叶成荫子满枝"了。因此仰望杏子不舍。……因此不免伤心，只管对杏流泪叹息。
>
> 正悲叹时，忽有一个雀儿飞来，落于枝上乱啼。宝玉又发了呆性，心下想到："这雀儿必定是杏花正开时他曾来过，今见无花空有子叶，故也乱啼。这声韵必是啼哭之声，可恨公冶长不在眼前，不能问他。但不知明年再发时，这个雀儿可还记得飞到这里来与杏花一会了？"

这两段描写是从杜牧的诗、苏东坡的词、李日华的曲中"化"出来的美妙情景。贾宝玉面对大自然的变化在犯傻，是他爱花、惜花，追求花之美的傻——悼美之消失，哀生命之短暂！

作为一种情态，宝玉犯傻绝不止以上三例，诸如路遇纺绩村姑二丫头"恨不能下车跟了他去"的傻样，与宝钗成婚时的种种傻状，都傻得天真、傻得情深，但却又是傻得无邪，傻得真诚，傻得令人深思，并为之流泪。因为宝玉的傻中饱含着一颗赤子之心——为世间的真情而傻！

在贾宝玉的傻态之外，我们还读到一些描写他的"狂"态的故事。从古至今，所见狂者不少。有无知无识的自大狂，而且愈是无知那狂劲愈大，诸如"人有多大胆，地有多大产"就是典型一狂。也有贾雨村那样的知识分子的狂，竟要"人间万姓仰头看"。至于有些名士达官醉后的"狂"，不胜枚举。因此人们对于"狂"态并不陌生。但贾宝玉的"狂"则不同于无知无识者的狂，也不同于贾雨村的酸狂，更不是醉后的官狂。贾宝玉主要是为情而狂！

例一，小说第3回宝黛初会时，宝玉问黛玉"可也有玉没有？"当黛玉答道："我没有那个。想来那玉是一件罕物，岂能人人有的。"小说接下写道：

> 宝玉听了，登时发作起痴狂病来，摘下那玉就狠命摔去。骂道："什么罕物，连人高低不择，还说'通灵'不'通灵'呢！我也不要

这劳什子了!"……宝玉满面泪痕泣道:"家里姐姐妹妹都没有,单我有,我说没趣。如今来了这们一个神仙似的妹妹也没有,可知这不是个好东西。"

这是宝玉第一次在读者面前表现出的"狂"态,可以说为林妹妹的无"玉"而狂!

例二,小说第25回"魇魔法姊弟逢五鬼",宝玉突然而狂,而且还有王熙凤陪着他一起发狂。宝玉的"狂"态,小说中是如此写的:

> 这里宝玉拉着林黛玉的袖子,只是嘻嘻的笑,心里有话,只是口里说不出来。此时林黛玉只是禁不住把脸红涨了,挣着要走。宝玉忽然"嗳哟"了一声,说"好头疼!"林黛玉道:"该,阿弥陀佛!"只见宝玉大叫一声:"我要死!"将身一纵,离地跳有三四尺高,口内乱嚷乱叫,说起胡话来了。

小说中写得明白,贾宝玉(也包括王熙凤)中了马道婆的"魇魔法"的邪道儿而发狂。所谓"魇魔法"不过是一种"迷信"的玩艺儿,是否真的能让正常人发起狂来,这只能由那些神秘文化学家来研究证实。小说家用此"传说"目的是为了写出荣国府内的嫡庶之间你死我活的斗争,突出赵姨娘的卑劣下流的阴谋诡计而已。因此可以说贾宝玉的狂是运乖时的"病狂"。

例三,小说第57回"慧紫鹃情辞试莽玉",引出了一段宝玉发"狂"的故事来。当宝玉听紫鹃说出林黛玉即将回苏州原籍的消息时,先是"见他呆呆的,一头热汗,满脸紫胀",继而是"两个眼珠儿直直的起来,口角边津液流出,皆不知觉。"这是发狂的前兆,接着是写宝玉的狂态:

> 谁知宝玉一把拉住紫鹃,死也不放,说:"要去连我也带了去。"……一时宝玉又一眼看见了十锦格子上陈设的一只金西洋自行船,便指着乱叫,说:"那不是接他们来的船来了,湾在那里呢!"贾母忙命拿下来。袭人忙拿下来,宝玉伸手要,袭人递过,宝玉便掖在被中,笑道:"可去不成了!"一面说,一面死拉着紫鹃不放。

这次是因紫鹃"情辞"而狂,紫鹃又是为谁"情辞"呢?是为黛玉。因此可以说宝玉是因情而狂,为他的心爱而狂!

贾宝玉在《红楼梦》中是一个情痴的典型。——千古情人独我痴!他因情而生,因情而傻,因情而狂,最终情尽而悬崖撒手,回到了大荒山无稽崖青埂峰下。宝玉的情尽管有时表现出泛爱的倾向,但他对林黛玉、对天地万物、对生命、对美好,则是充满了真情。他厌恶世间的俗情,因为那已是俗化了的仕途经济之情、金钱势力之情,即被一层又一层面纱掩盖着的虚假之情。恰如尤氏所说,不过都是一些假情假礼假体面而已。

"你死了,我去作和尚去。"贾宝玉用行动实践了自己对黛玉的承诺,这才是真情。

世间惟有真情才能感动天下苍生!

人物篇

趣解红楼

心较比干多一窍
——林黛玉的"疑"与"嫉"

世界上不存在绝对完美的人。现实生活中是如此,一切文学作品(特别是小说)中的人物也应如此。林黛玉是《红楼梦》作者精心塑造的一个理想闺阁精英,赋予她许许多多令人难以忘怀的优点,读者感动得为她流泪。但作者也不加掩饰地描写了这位美人的另一面——"疑"与"嫉",目的是让读者在欣赏她的美的外形、美的理想、美的追求的同时,还能从她的另一面中去认识人性中的某些弱点。

疑或者确切地说多疑,就是人性中的弱点之一。林黛玉的多疑之态,小说中有多处或明或暗的描写。撮其要者,可列举下面几个例子。

例一,小说第7回写周瑞家的受命到各处院子里去送宫花,恰巧黛玉在宝玉房间里玩九连环。于是周瑞家的说道:"林姑娘,姨太太着我送花儿与姑娘带来了。"未待黛玉开口,宝玉便先问道:"什么花儿?拿来给我。"一面伸手接过来了。"开匣看时,原来是宫制堆纱新巧的假花儿。"本来,以黛玉的聪明,不论这花是真是假,自己是否真的喜欢,都应该先要谢姨太太送花的美意。出人意料的是:

> 黛玉只就宝玉手中看了一看,便问道:"这是单送我一人的,还是别的姑娘们都有呢?"周瑞家的道:"各位都有了,这两枝是姑娘的了。"黛玉冷笑道:"我就知道,别人不挑剩下的也不给我。"周瑞家的听了,一声儿不言语。

小心眼儿加上疑心太重,竟然当众说出了如此不得体的话,实在有失林小姐的闺阁风范。好在周瑞家的听了"一声儿不言语",倘若是周瑞家的不世故,向她"解释"起来,又如何收场呢?倘或周瑞家的回去向姨太太"汇报"一番,林姑娘如何如何说的话,那又让姨太太如何想呢!

疑心,可能人人都会有的,但若太多疑了,不仅自己烦恼,说出来就更讨人厌了!

例二,小说第26回写林黛玉记挂宝玉被贾政叫去一日没有回来,于

是来到怡红院,只见院门关着,便以手扣门。恰巧此前宝钗来过,晴雯因宝钗坐的时间长了正生气,又没有听清黛玉的声音,于是使性子说道:"凭你是谁,二爷吩咐的,一概不许放人进来呢!"林黛玉听了正在气怔之际,又听见了宝玉宝钗二人说笑之声,"心中益发动了气"。小说中写道:

> 林黛玉……左思右想,忽然想起了早起的事来:"必竟是宝玉恼我……到这步田地。你今儿不叫我进来,难道明儿就不见面了!"越想越伤感起来,也不顾苍苔露冷,花径风寒,独立墙角边花阴之下,悲悲戚戚呜咽起来。

这可谓是"误会"生疑。由生疑联想到自己"父母双亡",到底是在"客边",又想到早起二人的拌嘴,真是"浮想联翩"。由疑生想,由想生气,竟然"悲悲戚戚呜咽起来"。

多疑,不仅疏离了人与人之间的感情,也给自己的情怀带来了"自伤"!

例三,小说第32回"诉肺腑心迷活宝玉"描写史湘云二人荣国府引起黛玉的"疑"态:

> 原来林黛玉知道史湘云在这里,宝玉又赶来,一定说麒麟的原故。因此心下忖度着,近日宝玉弄来的外传野史,多半才子佳人都因小巧玩物上撮合,或有鸳鸯,或有凤凰,或玉环金珮,或鲛帕鸾绦,皆由小物而遂终身之愿。今忽见宝玉亦有麒麟,便恐借此生隙,同史湘云也做出那些风流佳事来。因而悄悄走来,见机行事,以察二人之意。

此则可谓见"物"生疑之态。我每读到这段文字时,心里总不是滋味。黛玉"疑"到像个小侦探似的跟在宝玉屁股后,用"悄悄走来"四个字,实在有损黛玉之美好形象。事实证明宝湘二人既没有私传"信物",也没有"做出"别的什么"风流佳事",枉费了林妹妹那颗悬疑之心!

例四,小说第89回回目用的是"蛇影杯弓颦卿绝粒",将林黛玉的多疑之心加以概括,写到了极至。所谓"杯弓蛇影",典出《晋书·乐广传》,无须再引原文。这一回用很长篇幅写黛玉听了"宝玉定亲了"话后

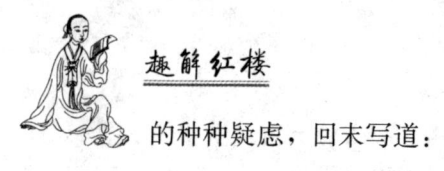

的种种疑虑，回末写道：

> 薛姨妈来看，黛玉不见宝钗，越发起疑心，索性不要人来看望，也不肯吃药，只要速死。睡梦之中，常听见有人叫宝二奶奶的。一片疑心，竟成蛇影。一日竟是绝粒，粥也不喝，恹恹一息，垂毙殆尽。

疑而生虑，虑而伤情，竟然以"绝粒"来了此一生。黛玉的多疑再一次说明：情不可疑，疑者自伤！

疑多易生嫉是常见的一种情状。林黛玉的多疑产生的直接后果是"嫉"。这种情态比多疑还要危险，它可以使人失去理智，产生人品上的缺憾，林黛玉犯了此一大忌。下面列举小说中的一些具体描写，以证黛玉的"嫉"态。

例一，小说第20回，写宝玉正和宝钗顽笑，忽见人说"史大姑娘来了"，抬身就走。来到贾母房间，于是有了宝黛之间的一段对话：

> 正值林黛玉在旁，因问宝玉："在那里的？"宝玉便说："在宝姐姐家的"。黛玉冷笑道："我说呢，亏在那里绊住，不然早就飞了来了。"宝玉笑道："只许同你顽，替你解闷。不过偶然去他那里一趟，就说这话。"林黛玉道："好没意思的话！去不去管我什么事，我又没叫你替我解闷儿。可许你从此不理我呢！"说着，便赌气回房去了。

黛玉的话可谓"一石二鸟"，即说了宝玉与宝钗的亲近，又说了宝玉对湘云的关心。事实上黛玉不愿宝玉与宝钗、湘云太亲近，怕做出什么"风流佳事"倒还在其次，重要的是别因此而疏远她。如果她仅仅是"疑"，那还是在心底里，别人看不见摸不着。但如今毫无遮掩地说出来了，则明显是将嫉妒的心情变成了具有"攻击性"的嫉妒语言了。

例二，小说第29回写贾母率领阖府女眷到清虚观打醮，看戏的时候传看"贺物"中有一个赤金点翠的麒麟，又引起了林黛玉的嫉意大发。当探春说道："宝姐姐有心，不管什么他都记得。"黛玉听了冷笑道："他在别的上还有限，惟有这些人带的东西上，越发留心。"宝钗听说，便回头装没听见。说宝钗对别人带的东西"越发留心"的话或许如此，但若说"他在别的上还有限"则是嫉妒之词了。难道说宝钗作诗填词不如你林黛

玉？还是论画知识不如你林黛玉广博？如此贬损宝姐姐于情于理都是不应该的。说什么呢？只能说你林黛玉心胸太狭窄，嫉妒之心有些忒过了。

例三，小说第31回写端阳节期间史湘云来到了荣国府，并给袭人等特意带来绛纹石戒指。为此区区小事遭到了林黛玉的一番奚落，湘云解释了自己先送姑娘后送小丫鬟的道理，"众人听了，都笑道：'果然明白'。宝玉笑道：'还是这么会说话，不让人。'"宝玉的话实际上婉转地批评了湘云直率，维护黛玉的面子。可是，林黛玉听了却冷笑道："她不会说话，她的金麒麟会说话。"一面说着，便起身走了。如此，从人到物，在林黛玉的眼中都成了她的"敌人"，而且不分时间地点随意发泄。

嫉妒使林黛玉失去了正常人的理智，也损害了她在人们心目中留下的美好形象！

至此，人们不禁要问：这位"心较比干多一窍"的林姑娘为什么一而再再而三地流露出她的多疑、嫉妒、小性儿呢？其实在小说第29回、第32回里作者对这个问题已作了正面的回答。简而言之，造成林黛玉的疑和嫉的原因大致上有三个方面：（1）年幼失去双亲，寄人篱下，思亲与思乡使她有一种强烈的孤独感；（2）从小能吃奶时就开始吃药，身体长期不好，精神负担随着年龄的增长愈来愈重；（3）她生就诗人气质，脆弱而敏感。这些原因使她产生"一年三百六十日，风刀霜剑严相逼"之感。但是我认为其总根子还是在一个"情"字上，即古人所云"爱极情专易得猜"（赵令峙《侯鲭录》）。黛玉与宝玉之间所萌发的爱情受到来自宝钗的"金锁"和湘云的"金麒麟"，——即"金玉姻缘"之说的威胁。林黛玉要用"木石前盟"来保护自己的所爱，实现自己的理想追求。因此，宝钗的入住贾府，湘云的每一次到来都会令她精神紧张，乃至有时让人感觉到她有些神经兮兮的不正常。这种"永恒的焦虑"在林黛玉的内心世界始终是挥之不去，令她苦恼不堪。她的哭由此而来，疑与嫉也由此而生。最终，她被抛出了那个冰冷的现实世界。

林黛玉在现实的生活中无疑是一个最大的失败者，但在理想世界里她则是一个伟大的胜利者。因为——

形骸虽然泯灭，但她还拥有一颗永远爱着她的真诚的心！

远看恍若神女,近看是个凡人
——薛宝钗的"羞"与"怒"

在绚丽多姿的《红楼梦》人物画廊中,薛宝钗是一位美若天仙的闺阁精英,同时也是一位最有时代感的女性。

小说第8回是薛宝钗入住荣国府之后第一次正式"亮相"。读者透过贾宝玉的眼睛,看到这位来自"丰年好大雪,珍珠如土金如铁"的皇商家里的千金真正面容:"唇不点而红,眉不画而翠;脸若银盆,眼如水杏。"美中有自然,仿佛一池"清水出芙蓉"。但是,读者一定还会记得下面16个字:"罕言寡语,人谓藏愚;安分随时,自云守拙。"所谓"罕言寡语",就是说薛宝钗平日里是看的多,说的少;所谓"安分随时",是作者的"画龙点睛"之笔,四个字突出薛宝钗做人行事的规范。因此,在我的印象中,远看薛宝钗的形容恍若神女,近看终究是个有血有肉有感情的凡人。

世间凡人,不论是男人还是女人,不论他们出身是高贵还是贫贱,在现实的生活中都必然表现出他(她)们的喜怒哀乐爱恶欲。薛宝钗既是凡人,七情六欲就无法完全掩饰掉。因此,在《红楼梦》全书中我们不仅看到了她的笑、哭、识诸般情态,而且时不时地看到这位妙龄少女的"羞"态和"怒"态。

康德说过:"羞怯是大自然的某种秘密,用来抑制放纵的欲望;它顺乎自然的召唤,但永远同善、德、行和谐一致"(《哲学文选》)。这一论断在薛宝钗身上得到验证。

下面先来看一看这位大小姐的"羞"态是个什么样儿。

例一,小说第28回"薛宝钗羞笼红麝串",回目中突出了一个"羞"字。这里的"羞"不是羞耻之意,而是指女孩儿的害羞之态。故事出现在贾元春分送礼物给贾宝玉及众姊妹之后,林黛玉正在数落宝玉"见了姐姐,就把妹妹忘了"的时候。作者写道:

> 正说着,只见宝钗从那边来了,二人便走开了。宝钗分明看见,只装看不见,低着头过去了……薛宝钗因往日母亲对王夫人等曾提过

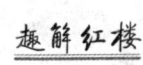

"金锁是个和尚给的,等日后遇到有玉的方可结为婚姻"等语,所以总是远着宝玉。昨儿见元春所赐的东西,独他与宝玉一样,心里越发没意思起来。……

这段文字本是薛宝钗的心理活动,作者却用叙述语言说出来。但我们透过"分明看见,只装看不见"和"心里越发没意思起来",仍然可以觉察到薛宝钗的少女羞涩态来。接着是写宝钗"羞笼红麝串":

宝钗生的肌肤丰泽,容易褪不下来。宝玉在旁看着雪白一段酥臂,不觉动了羡慕之心……不觉就呆了,宝钗褪了串子来递与他也忘了接。宝钗见他怔了,自己倒不好意思的,丢下串子,回身才要走……

"自己倒不好意思"、"丢下串子"正是薛宝钗害羞之状,以回身要走来掩饰自己的羞态。

例二,第33回贾宝玉大承笞挞之后躺在家中,林薛二人自然是牵肠挂肚的。第34回有宝钗探望贾宝玉的一段描写:

宝钗见他(宝玉)睁开眼说话,不象先时,心中也宽慰了好些,便点头叹道:"早听人一句话,也不至今日。别说老太太、太太心疼,就是我们看着,心里也……"刚说了半句又忙咽住,自悔说的话急了,不觉的就红了脸,低下头来。宝玉听得这话如此亲切稠密,大有深意,忽见他又咽住不往下说,红了脸,低下头只管弄衣带,那一种娇羞怯怯,非可形容得出者。不觉心中大畅,将疼痛早丢在九霄云外……

这段文字虽然不长,但真真是写出了作为"凡人"的薛宝钗的真情实感——"心里也疼"!文中"红了脸"、"低下头"、"说了半句又咽住"、"只管弄衣带"……都是活灵活现的娇羞怯怯之态。试想,才高八斗的《红楼梦》作者都说"非可形容得出者",那我们这些须眉浊物只能在旁边批上"妙!""极妙!"之类的俗而又俗的废话了。

例三,宝钗之"羞"态在后四十回第98回、99回凡三见。但这其中

有一处是贾母对宝钗说到林黛玉之死的事儿:

"……这如今你林妹妹没了两三天,就是娶你的那个时辰死的。如今宝玉这一番病还是为着这个。你们先都在园子里,自然也都是明白的。"宝钗把脸飞红了,想到黛玉之死,又不免落下泪来。

"把脸飞红了"是一种羞态,然而在此时此刻薛宝钗已不是害羞而是羞愧之状。贾母话中点出"你们先都在园子里,是知道宝玉和林丫头二人之间的关系的"。聪明的薛宝钗当然听得出贾母话中的弦外之音指的是什么。因此薛宝钗"把脸飞红了"正是心中羞愧的一种外在的表露。她到底是人而不是神!

薛宝钗是一位自我控制力极强的女孩儿。她的"藏愚"、"守拙",将感情牢牢地深藏在内心里。在《红楼梦》全书中极少看到她大笑大哭,或是史湘云式的豪放情态。所以我们要谈论她的"怒"态,例子是极少的。不过,她到底还是有忍不住的时候,终于发了一次"怒"。

小说第30回写薛蟠生日摆宴唱戏,宝黛二人因为呕气而没有到场。刚刚和好之后,都来到贾母跟前。此时宝玉无话找话,故意问候薛蟠好,并随口问了一句"姐姐怎么不看戏去?"宝钗道:

"我怕热,看了两出,热得很。要走,客又不散。我少不得推身上不好,就来了。"宝玉听说,自己由不得脸上没意思,只得又搭讪笑道:"怪不得他们拿姐姐比杨妃,原来也体丰怯热。"

宝玉是说者无心,可宝钗却是听者有意。于是——

宝钗听说,不由的大怒,待要怎样,又不好怎样。回思了一回,脸红起来,便冷笑了两声,说道:"我倒像杨妃,只是没一个好哥哥好兄弟可以作得杨国忠的!"二人正说着,可巧小丫头靓儿因不见了扇子,和宝钗笑道:"必是宝姑娘藏了我的。好姑娘,赏我罢。"宝钗指他道:"你要仔细!我和你顽过,你再疑我。和你素日嬉皮笑脸的那些姑娘们跟前,你该问他们去。"说的个靓儿跑了。

这段妙文令我们第一次也恐怕是惟一一次欣赏到薛宝钗的怒相。"不由的大怒"转成"冷笑了两声",是薛宝钗控制自我感情的真实写照。但终究是在怒头上,所以才"脸红起来",这不是害羞或羞愧的"红",而是胸中怒火中烧的"红"!终于,她把一腔怒气撒到了小丫头靛儿身上。文中用了"宝钗指他道",写出了宝钗恼怒的程度。用手"指"着,吓得"靛儿跑了",把宝钗的怒状描绘得惟妙惟肖!

然而,宝钗仍然是怒气未消,她借着黛玉问她听了两出什么戏的机会,借戏文把余怒撒在了宝黛头上:"我看的是李逵骂了宋江,后来又赔不是。"然后又借宝玉说"这叫《负荆请罪》"的话头说道:

> 原来这叫作《负荆请罪》!你们通今博古,才知道"负荆请罪",我不知道什么是"负荆请罪"!一句话还未说完,宝玉林黛玉二人心里有病,听了这话早把脸羞红了。

这就是薛宝钗的厉害!她能让怒火一点一点地释放出来,虽然烧不死人,但也要烧得你焦头土脸,颜面扫地!

这就是"凡人"的本性,同样也是薛宝钗的人性弱点。

在《红楼梦》的人物结构上,林黛玉和薛宝钗是一对儿,互相映衬。林黛玉是病态美、柔弱美,薛宝钗则是丰盈美、健康美。他们虽然都是诗人型人物,林黛玉以清灵、飘逸著称,而薛宝钗则是以浑厚、含蓄称雄。他们各自有自己的理想追求,走着两条不同的人生之路。就情态而言,林黛玉率真但过于尖酸,为世所不容。薛宝钗"藏愚"、"守拙",符合了时代的要求,终于得到了"宝二奶奶"的位置。然而,薛宝钗得到的只是一个有名无实的位置——一个虚名儿。因此,薛宝钗虽然完成了人生的所有礼仪,但她的结果仍然是一个彻头彻尾的悲剧。因为——

那是一个只有悲剧土壤的时代!

人物篇

趣解红楼

最可厌的是假清高
——史湘云的"吃"与"睡"

同大观园内众金钗相比,史湘云只是"偶尔露峥嵘"。她同那些长年累月居住在这座园子里的人始终保持着一种若即若离的朦胧美、距离美,又是令人永生永世不能忘的美!

毫无疑问,史湘云是大观园内的一位真正的欢乐英雄。她的天真、豪放、活泼,乃至她的憨态娇音,都给这座"天上人间诸景备"的园子增添了几分青春活力,给所有的人带来无限欢乐,园美、景美、人美将大观园融为一个和谐与温情的人间仙境。

如果人们将观察的视角转向《红楼梦》人物的情态上,那么我们就会发现史湘云的情态是最丰富的、最鲜明的,也是最令人感到可爱的。因为在她的情态中,渗透着人性中最善良、最宽容、最真诚的那一面,而没有丝毫的虚假和扭捏作态。

"吃"与"睡"是人类生存中两种最为必需的也是最为常见的事。或许正因常见,反倒让人熟视无睹。因此很少有人去从人的"吃"与"睡"中发现其中所展现的人的喜好、个性、追求,乃至他们的自由意识。史湘云的"吃"与"睡"态恰好为我们提供了观察和研究的范例。

史湘云的"吃"态,在《红楼梦》中有两次"特写"。一次是第49回史湘云大嚼鹿肉的场面。

这一回的回目"琉璃世界白雪红梅",描写了这次饮宴的时间和环境。"脂粉香娃割腥啖膻"将出场人物(脂粉)和即将要吃的鹿肉的腥膻味一并写出来,形成一个强烈的对照。小说中通过宝玉之口先告诉读者这是一次烧烤,已吩咐婆子们准备了铁炉、铁叉、铁丝蒙等烧烤用具。或许大观园的众金钗吃腻了烹炸炒蒸,所以对野外烧烤兴趣特浓,连李纨、探春等人都参与其中。

平儿也是个好顽的,素日跟着凤姐儿无所不至,见如此有趣,乐得顽笑。因此褪去手上的镯子,三个围着火炉儿,便要先烧三块吃……湘云一面吃,一面说道:"我吃这个方爱吃酒,吃了酒才有诗。

若不是这鹿肉,今儿断不能作诗。"说着,只见薛宝琴披着凫靥裘站在那里笑。湘云笑道:"傻子,过来尝尝。"……

史湘云一面喝酒,一面大嚼鹿肉,一面吟诗联句,果然"独湘云的(诗)多"。于是大家都笑道:"这都是那块鹿肉的功劳。"

对这场烧烤活动,湘云、平儿、探春都是自己动手,大吃大嚼,而薛宝钗、薛宝琴姊妹只是尝尝,风一吹就倒了的林黛玉胃弱而没有吃。她对王熙凤笑道:"那里找这一群花子去!罢了罢了,今日芦雪广(音眼)遭劫,生生被云丫头作践了。我为芦雪广一大哭。"对黛玉的评论,史湘云听了大觉逆耳,冷笑道:

你知道什么!"是真名士自风流",你们都是假清高,最可厌的。我们这会子腥膻大吃大嚼,回来却是锦心绣口。

这就是史大姑娘的性情,也是她的风格,真真是一位"真名士"!

第二次饮宴是为贾宝玉过生日而特意举办的,地点选在了红香圃里。为了热闹,大家想出了一个"拇战"的法子。所谓"拇战",是行酒令的一种,老百姓叫"划拳",最为简单。

史湘云笑道说:"这个简断爽利,合了我的脾气。我不行这个射覆,没的垂头丧气闷人,我只划拳去了。"……湘云等不得,早和宝玉"三""五"乱叫,划起拳来……湘云吃了酒,拣了一块鸭肉,呷口酒,忽见碗内有半个鸭头,遂拣了出来吃脑子。众人催他"别只顾吃,到底快说了。"湘云便用箸子举着说道:"这鸭头不是那丫头,头上那讨桂花油。"引众人越发笑起来……

如果说刘姥姥的"吃"态滑稽可笑,我则认为那大多是为了讨好主人故意"表演"的。而史大姑娘则是率性的自然流露,在她的身后没有"设计",也没有"导演",完全是随性而为,随兴而尽!

古人说,"民以食为天"。天地间每一种动物都必须"吃",这是生存的需要。"睡"也一样,每一种动物都有睡的时间、睡的习惯。就人类来说,睡的地方有不同,睡态也不完全一样。小说第21回写道:

宝玉送他二人到房,那天已二更多时,袭人来催了几次,方回自己房中来睡。次日天明时,便披衣靸鞋往黛玉房中来,不见紫鹃、翠缕二人,只见他姊妹两个躺在衾内。那林黛玉严严密密裹着一幅杏子红绫被,安稳合目而睡。那史湘云却一把青丝拖于枕畔,被只齐胸,一弯雪白的膀子,撂于被外,又带着两个金镯子。宝玉见了,叹道:"睡觉还是不老实!回来风吹了,又嚷肩窝疼了。"一面说,一面轻轻的替他盖上。

一样的睡,却有两种睡态,表现出两人不同的性情——黛玉是"严密",湘云是洒脱!

《红楼梦》中另一处写到史湘云的"睡"见于第62回,那是"醉卧",别有一番风情。

故事是在史湘云说完"这鸭头不是那丫头,头上那讨桂花油"之后要散席之际,姊妹发现湘云不见了。谁知越等越没了影儿,使人各处去找。

正说着,只见一个小丫头笑嘻嘻的走来:"姑娘们快瞧云姑娘去,吃醉了图凉快,在山子后头一块青石板磴上睡着了。"众人听说,都笑道:"快别吵嚷。"说着,都走来看时,果见湘云卧于山石僻处一个石磴子上,业经香梦沉酣,四面芍药花飞了一身,满头脸衣襟上皆是红香散乱,手中的扇子在地下,也半被落花埋了,一群蜂蝶闹嚷嚷的围着他,又用鲛帕包了一包芍药花瓣枕着。众人看了,又是爱,又是笑,忙上来推唤挽扶。湘云口内犹作睡语说酒令,唧唧嘟嘟说:

泉香而酒洌,玉碗盛来琥珀光,直饮到梅梢月上,醉扶归,却为宜会亲友。

众人笑推他,说道:"快醒醒儿吃饭去,这潮磴上还睡出病来呢。"湘云慢启秋波,见了众人,低头看了一看自己,方知是醉了。

这是一幅《贵妃醉酒图》化成的美妙文字,而文字又在画家的画笔下再现出一幅幅风格各异的《湘云醉卧芍药茵》!

"吃"态与"睡"态只是《红楼梦》诸多细节描写中的一个小小的侧面,也是史湘云这个人物所表现出的诸种情态中的两个小侧面。但是这些

看起来有些"俗气"的侧面才构成了史湘云这个人物的丰满性格。她那"英豪阔大宽宏量",正是从这些生活琐事中显露出来的,并由此显得更加真实而美丽!

史湘云在芦雪广(音眼)大嚼鹿肉时曾说道:"是真名士自风流,你们都是假清高,最可厌的。"一语道破了世家大族中的那假礼假体面。《丑陋的中国人》中列举的中国人丑陋之一,就是史湘云所说"假清高"。表面上,史湘云指的是吃鹿肉这件事,其实这不过是她在借题发挥而已。说到"最可厌的",又何止是吃鹿肉这一件事呢?不信,你就翻开《红楼梦》读一读,在宁荣二府里又有多少事不是"最可厌的"呢!

"霁月光风满玉堂",这就是史湘云的人格!

趣解红楼

王熙凤

你只叫她"凤辣子"
——王熙凤的"三辣"

王熙凤是《红楼梦》十二钗正册中刻画最为成功的金钗之一。前人评论她是一位治国齐家的干才，脂粉英雄，那些须眉浊物百不及一。但也有不少人说她是一位奸雄，以女曹操、女王莽相比。近世以来随着社会的发展，有人说她是资本主义萌芽时代的新人代表。最近的问卷调查中又有人认为，王熙凤是一个有胆识、有魄力、有管理才能的高管型的女强人，"娶妻当如王熙凤"。由是观之，要给王熙凤下一个众人都能接受的断语，恐怕为时尚早。但有一点是大家都能认同的，那就是王熙凤确实是一位很美丽的人物，而她的缺点也非常突出、非常明显，可以说个性鲜明。对于这种仁者见仁智者见智的争论，只能留给那些术业有专攻的红学家们慢慢研究。我个人读过《红楼梦》之后倒是对王熙凤的"辣"味颇感兴趣。

"凤辣子"三个字是贾母对王熙凤的评价，事见小说第3回黛玉进府的时候。小说中写道：

> 黛玉连忙起身接见。贾母笑道："你不认得他，他是我们这里有名的一个泼皮破落户儿，南省俗谓作'辣子'，你只叫他'凤辣子'就是了。"

那么，这位"凤辣子"究竟"辣"在何处呢？贾母没有作详细介绍，那目的可能是让黛玉仔细去瞧，慢慢地去体会她的辣味、辣劲、辣相。如果略加概括的话，我认为王熙凤的"辣"可以从以下三个方面去留心观察——语言辛辣、作风泼辣、整人毒辣。当然，这并不是王熙凤"辣"态的全部，只能说是这三个方面比较突出而已。

王熙凤虽然出身名门望族，可从小读书甚少，识字不多，用今日的话说即文化水平不高。所以王熙凤的语言多用俚语俗话，有点"辣"中透出一股土味。小说第20回写宝玉奶妈李嬷嬷大闹怡红院，痛骂花袭人是狐狸精。恰好此时王熙凤在上房算完输赢账出来，于是连劝带拉架走了李嬷嬷。下面是王熙凤的一段妙语：

"我家里烧的滚热的野鸡,快来跟我吃酒去。"一面说,一面拉着走,又叫:"丰儿,替你李奶奶拿着拐棍子,擦眼泪的手帕子!"

所谓"拐棍子"、"手帕子"是老年人经常要用的两件东西,王熙凤用调侃之语道出了李嬷嬷的老态。"我家里烧的滚热的野鸡"是抓住了老人贪吃的心理,说得既形象且生动,调侃中又有几分辣味。

小说第21回,写巧姐(大姐)得了痘疹,要把贾琏暂时"隔离"出屋。一日大姐毒尽癍回,贾琏结束了"隔离"回到了自己的卧房。次日王熙凤对平儿冷笑道:

这半个月难保干净,或者有相厚的丢下东西:戒指、汗巾、香袋儿,再至于头发、指甲,都是东西。一席话,说的贾琏脸都黄了。

当平儿说什么也没有翻着的时候,凤姐又道:

傻丫头,他便有这些东西,那里就叫咱们翻着了!说着,寻了样子又出去了。

下面凤姐又回来了,见平儿在窗外与贾琏说话,就问道:

要说话两个人不在屋里说。怎么跑出一个来,隔着窗子,是什么意思……正是没有人才好呢!

这三段文字不单写出了王熙凤的疑心、戒心、细心,而且每一句对话中丝丝辣味又掺和着醋味在里边。

第22回,写宝钗到荣国府后过第一个生辰,贾母特意将操办生日的事交给了王熙凤。当时王熙凤对贾母的主意虽然极表赞同,但却说了一大箩筐"打趣"的话:

凤姐凑趣笑道:"一个老祖宗给孩子们作生日,不拘怎样,谁还敢争,又办什么酒席。……举眼看看,谁不是你老人家的儿女?难道

将来只有宝兄弟顶了你老人家上五台山不成?那些梯己只留与他,我们如今虽不配使,也别苦了我们。这个够酒的?够戏的?……我婆婆也是一样的疼宝玉,我也没处去诉冤,倒说我强嘴。"

从表面上看,王熙凤是在"打趣",讨老祖宗高兴。其实呢,在这"打趣"的话中一是点出了老祖宗有点偏心眼,向着外来的薛宝钗,向着孙子贾宝玉;二是点出了贾母"金的、银的、圆的、扁的,压塌了箱子底"却不愿自己掏钱,去勒掯她王熙凤。可以说,王熙凤是笑中戳了老祖宗的"小气"。因为她能说惯道,不仅没引起老祖宗的反感,反而令她"十分喜悦"。

小说第30回写清虚观打醮之后宝黛闹别扭,后来和好都来贾母处,恰巧宝钗也在,双方明枪暗箭斗了一场。其时王熙凤虽于戏文上不通达,但心里还看出了点门道。于是道:

"你们大暑天,谁还吃生姜呢?"众人不解其意,便说道:"没有吃生姜。"凤姐故意用手摸着腮,诧异道:"既没人吃生姜,怎么这么辣辣的?"

瞧,这就是"凤辣子"的"辣",比那"生姜"还要"辣"上十倍百倍呢!

对于王熙凤语言的辛辣,《红楼梦》中所有的人物可能都领受过,但只有一个人能够总结得出来,而且恰如其分。这个人就是既"藏愚"又"守拙"的薛宝钗。小说第42回谈论惜春画大观园要告一年假的事儿中,说到了"母蝗虫"三个字,薛宝钗乘机说到了王熙凤与林黛玉的语言风格。宝钗笑道:

"世上的话,到了凤丫头嘴里也就尽了。幸而凤丫头不认得字,不大通,不过一概是市俗取笑……"

"市俗取笑"确实是王熙凤语言中的一大特色,但这并不意味着王熙凤的"市俗取笑"只是为了"取笑"而已。恰恰相反,王熙凤只用了"取笑"的形式,用了通俗易懂的俚语作工具,她要达到的目的却没有一丝一

趣解红楼

毫不含糊不清，而且点的都是"要穴"，虽然不是那么胀痛，却可以让你"麻"一阵子！什么是语言艺术？王熙凤的每一句话让你"麻"一阵子，就是她表达自己想法的特殊（别人不具备的）艺术！

听其言观其行，是人们的口头禅。倘若仔细观察一下，我们可以发现，王熙凤除语言辛辣之外，她的行事作风也泼辣。这里只略举几例，以窥一斑。

例一，小说第3回写黛玉来到荣国府，人未到王熙凤却早已把送给林妹妹的"礼物"预备好了，只等太太过目。这其中固然有拍老祖宗马屁的成分，但从中也可以看出这位管家奶奶的办事能力和办事作风。古今都有一些庸官，这些人干什么事都要上面开了口才去办，乃至上边开了口还慢慢腾腾左顾右盼地去办，生怕先迈了一步出了什么差错。王熙凤的魄力、眼光就在于她能水未到先筑坝，水若涨船再高，一切都赶在事前，做到临事不乱！

例二，第13回写王熙凤"协理宁国府"，她是临危受命，上任伊始第一件事是宣布纪律、整顿队伍，继之明确分工、各司其职，三是身体力行、不辞劳苦。第14回开始即发表她的"上任演说"：

> 既托了我，我就说不得要讨你们嫌了。我可比不得你们奶奶好性儿，由着你们去。再不要说你们"这府里原是这样"的话，如今可要依着我行，错我半点儿，管不得谁是有脸的，谁是没脸的，一例现清白处治。……
>
> 如今都有定规，以后那一行乱了，只和那一行说话。素日跟我的人，随身自有钟表，不论大小事我是皆有一定的时辰。横竖你们上房里也有时辰钟。……事完了，你们家大爷自然赏你们。

凡此种种，不胜繁引。所有这一切描写都说明一个问题：王熙凤在管理这个方面讲求效率，懂得效率与效益之间的关系，而效益就是金钱。200年前王熙凤就已经懂得了这个道理，体现出《红楼梦》作者在家政管理、经济管理上的超前意识！

最后，说王熙凤的"整人毒辣"。第一件整人的事该是第12回写贾瑞之死了。那位不知自己半斤八两的贾瑞竟然癞蛤蟆想吃天鹅肉，而且大丧人伦的是他吃到了自己嫂子的头上。所以从道理上说，贾瑞的死是咎由自

取,用老百姓的话说叫"活该"。但从王熙凤方面来看,她的手段确实又有点"惩治"过分。特别是当贾瑞上门"讨情"的时候,她不该用一些挑逗性的语言再让贾瑞产生错觉,徒生妄想。由此可以认定,王熙凤在整人上不仅用手段,而且是不择手段,终于导致了贾瑞之死。我想,即使用今日的法律眼光看,王熙凤固然不会被起诉,但她在道德良心上却要受到谴责!

例二,小说第15回是"凤姐儿弄权铁槛寺"。如果说惩治贾瑞是因为贾瑞痴心妄想惹了你王熙凤,有一定报复的原因的话,那么"弄权铁槛寺"则完全是为了得到银子以饱私囊,这就完全是私心作祟。正因为她的"弄权"最终害死了两个年轻男女的生命,这就不是犯错而是犯罪了,性质完全不同于惩治贾瑞的作法。

故事是从水月庵老尼净虚私下里求王熙凤帮助通融长安节度使云老爷开始。王熙凤听了净虚的恭维话之后,"便发了兴头"说道:

> 你是素日知道我的,从来不信什么阴司地狱报应的,凭是什么事,我说行就行。你叫他拿三千两银子来,我就替他出这口气……我比不得他们扯蓬拉牵的图银子。这三千两银子,不过是给打发去说的小厮们做盘缠,使他赚几个辛苦钱,我一个钱也不要他的。便是三万两,我此刻也拿的出来……

世间大凡心毒手狠之人都是不相信阴司地狱的,王熙凤的话道出了这一类人扭曲了的心灵。但他们却相信有钱能使鬼推磨,这个信条是他们为非作歹的"原动力"。所以王熙凤开口就要三千银子。果然,金钱买动了权力。小说中写道:

> 凤姐便命悄悄将昨日老尼之事,说与来旺儿。来旺儿心中俱已明白,急忙进城找着主文的相公,假托贾琏所嘱,修书一封,连夜往长安县来,不过百里路程,两日工夫俱已妥协。那节度使名唤云光,久见贾府之情,这点小事,岂有不允之理,给了回书,旺儿回来。

这是《红楼梦》所写以钱买权、权钱勾结的典型一案。王熙凤利用了贾家的势力和金钱的威力,终于使一对青年男女付出了生命的代价,凶手

就是王熙凤!

例三,第69回"弄小巧用借剑杀人,觉大限吞生金自逝",详写王熙凤害死尤二姐的故事。"借剑杀人"是一切阴谋家(有大小之分)惯用的伎俩。王熙凤虽是脂粉一流,对这种手段却不陌生,而且还能"巧用"。贾琏偷娶尤二姐,主要是贾琏要"偷",责任在贾琏。但在那个以男性为中心的宗法社会里,男人有权娶三妻六妾,女人是没权管的。特别是王熙凤没能给贾琏生一个男孩,缺了一个接"户口本"的人。那么,在"不孝有三,无后为大"的时代,王熙凤就处在一个理屈的位置上,她必须接受这个"偷娶"的事实,否则贾琏就可名正言顺地"休"了她。但是,承认这个事实的后果就是对自己位置的一大威胁。因此,王熙凤必须千方百计除去这个心头大患,方能吃得下睡得着,才能将家政大权牢牢地掌握在自己的手中。

王熙凤经过精心的策划之后,第一步是抓到偷娶的事实和偷娶的住处。所以有第67回中描写的"闻秘事凤姐讯家童"的故事。第二步是自己降尊亲自迎接尤二姐进入贾府内,放在自己的眼皮底下,以便伺机施计。第三步是自己亲自陪尤二姐见老祖宗贾母,目的是一箭双雕:既使尤二姐感到自己已经名正言顺成了贾琏的妻子,解除了防范之心,同时又向老祖宗(乃至所有的长辈平辈人)表明自己是一个通情达理、恪尽妇道的好媳妇。第四步是收买秋桐,并挑拨她与尤二姐之间的关系,把事态扩大,闹得沸沸扬扬,让贾府上下都知道事情与秋桐争风吃醋有关。此一举也是向家人表示:有一天尤二姐出了什么事与己无关,以便洗脱自己的责任。最后,王熙凤用"软刀子"逼迫尤二姐生不如死,让她自己选择死这条道路,制造出自杀而不是他杀的事实,以逃脱杀人的罪责。终于王熙凤实现了自己的计划,尤二姐在生不如死的情况下"吞金自逝"。

世间搞阴谋诡计之人都认为自己是天下第一大聪明人,自以为设计的每一步都是天衣无缝,为此而自鸣得意。但他们都忘记了一条——"天网恢恢,疏而不漏"这句古训。尤二姐之死,第一个认定是王熙凤害死尤二姐的不是别人,恰恰就是她的丈夫贾琏。小说写道:

> 当下合宅皆知。贾琏进来,搂尸大哭不止。……揭起衾单一看,只见这尤二姐面色如生,比活着还美貌。贾琏又搂着大哭,只叫"奶奶,你死的不明,都是我坑了你!……终久对出来,我替你报仇!"

　　王熙凤的判词中有一句"一从二令三人木",绝大多数研究者据此认为王熙凤最终被贾琏"休弃"。而这其中一个重要的原因,就是她害死了尤二姐,令贾琏深恶痛绝。

　　整人是人类最丑陋、最卑鄙的病态心理的反映。王熙凤外表美,但她的心灵丑陋而卑劣。小厮兴儿曾经私下当着尤二姐的面这样评论道:

> 　　奶奶(尤二姐)千万不要去。我告诉奶奶,一辈子别见他(王熙凤)才好。嘴甜心苦,两面三刀;上头一脸笑,脚下使绊子;明是一盆火,暗是一把刀,都占全了……

　　兴儿,好眼力!识得深,说得透,真真是一针见血!

趣解红楼

元春

此皆过分之极
——元春的一"叹"三"劝"

元春是《红楼梦》的一个重要人物,名列十二钗正册之中。她从凤藻宫内的一个女官晋封为贤德妃,已经说明了她是一个符合"皇家"规范的女性。从这个角度看,完全可以说元春是一个已经进到宫内的薛宝钗,而借居贾府的薛宝钗则是宫墙外(待选)的贾元春。读者完全可以从薛宝钗的形容举止、道德品格中去想象贾元春究竟是怎样的一个人物。

元春的可贵之处是,她虽然身在皇家,享受着无比尊贵的生活,但是她的灵魂还没有完全被"腐蚀"掉,仍然保持了一颗善良心和平常心。这对处在贵妃地位的人来说,是难能可贵的。小说第 18 回写到元妃在大观园见到贾母、王夫人等"忍悲强笑,安慰贾母、王夫人":

当日既送我到那见不得人的去处,好容易今日回家,娘儿们一会不说说笑笑,反倒哭起来。一会子我去了,又不知多早晚才来!

在见贾政时又说道:

田舍之家,虽齑盐布帛,终能聚天伦之乐;今虽富贵已极,骨肉各方,然终无意趣!

直到第 83 回元妃病时,她还说:

"父女弟兄,反不如小家子得以常常亲近……"又问:"宝玉近来若何?"贾母道:"近来颇肯念书。因他父亲逼得严紧,如今文字也都做上来了。"元妃道:"这样才好。"

慈爱而不慕虚荣使元妃形象更加完美,也恰是读者喜欢她的一个重要的原因之一。

生活中看到某些人确有些小聪明,但却没有智慧;心中有小算盘,却

趣解红楼

没有计划和目标。元春令我感受更深之处，是她的智慧和敏锐的眼光。当人们沉浸在一个"烈火烹油之盛"的时刻，她没有被眼前的花团锦簇的园景遮蔽了自己的双眼，她想到了在这奢华过费的后面可能给贾家带来的巨大经济危机乃至最终可能改变家族命运的危险！这既是"省亲"中元妃的一"叹"三"劝"的潜在原因，也是留给后世人们思索的一道题目。

元妃的一"叹"，是她刚入园在轿内看到"真系玻璃世界，珠宝乾坤"时发出的感叹。

> 且说贾妃在轿内看园内外如此豪华，因默默叹息奢华过费。

或许没有一个人听到元妃的这声叹息，但这叹息声却由作者传达给了所有的读者，至今还萦绕在人们的耳畔！

元妃的第一"劝"，是在尤氏、凤姐请元妃至园门前开始"游幸"之后。小说中写道：

> 元妃等起身，命宝玉导引，遂同诸人步至园门前。早见灯光火树之中，诸般罗列非常。进园来先从"有凤来仪"、"红香绿玉"、"杏帘在望"、"蘅芷清芬"等处，登楼步阁，涉山缘水，百般眺览徘徊。一处处铺陈不一，一桩桩点缀新奇。

贾妃"极加奖赞"之后，立即"劝"道：

> 以后不可太奢，此皆过分之极！

"此皆过分之极"六个字掷地有声，无疑是给贾府的掌权者敲响了警钟。

元妃的二"劝"，是在省亲之事已毕、元妃即将登舆回宫之际。

> 贾妃听了，不由的满眼又滚下泪来。却又勉强堆笑，拉住贾母、王夫人的手，紧紧的不忍释放。再四叮咛："……倘明岁天恩仍许归省，万不可如此奢华靡费了！"

"再四叮咛",如同康熙皇帝在曹寅折子上所批的:"小心,小心,小心,小心!"和"千万,千万,千万,千万"的嘱咐一模一样!二者"对看",可见元妃之语重心长。

在小说第86回,元妃通过托梦贾母的特殊形式"三劝"贾府的当权者。

> ……老太太又说:"你们不信,元妃还与我说是荣华易尽,须要退步抽身。"

这正是第5回《恨无常》中的话。原文是:

> 喜荣华正好,恨无常又到。眼睁睁,把万事全抛。……天伦呵,须要退步抽身早!

"退步抽身早"五个字是以"荣华易尽"为前提。只有能看到"荣华易尽"之人,才能发出"退步抽身早"的警告。然而,在贾府那些须眉浊物中又有哪一个人能想到这一点,能够做到这一步?没有!王熙凤死了,贾探春远嫁了,余者都是一些贪图享乐、坐吃山空的蠢物而已!

曹寅在曹家鼎盛时期曾经说过一句"树倒猢狲散"的警语,小说中秦可卿死时托梦王熙凤又一次用了这句警语。在曹家内部曹寅是一棵"大树",他倒了曹家败落了,因为迎驾康熙亏空得太多了,"欠债"还不上。在小说中,贾府的"大树"是宫中元妃,元妃死了意味着可以依靠的"大树"也倒了。元妃的"叹"与"劝"终于化作了一缕青烟,随风而散。百年望族的贾府运终数尽,应了那句曲中的话——

"食尽鸟投林,落了片白茫茫大地真干净!"

趣解红楼

迎春

懦弱是她的性格
——迎春之"懦"

迎春是贾府的二小姐,第2回"冷子兴演说荣国府"中说她"乃赦老爹之妾所出"。第3回林黛玉进贾府时,迎春同探春、惜春三人一起出场。读者透过黛玉的眼睛看到迎春的相貌和气质:"肌肤微丰,合中身材,腮凝新荔,鼻腻鹅脂,温柔沉默,观之可亲。"迎春不愧是公府千金,侯门艳质,给人留下的印象虽非貌若天仙,但却是一个神怡意静、蔼然可亲的善女人。

读过《红楼梦》的人都可能有这样一种感觉,即迎春虽位列十二钗正册,又是贾府四春之一,但她的形象并不那么鲜明耀眼,而且有关她的故事更非生动有趣或是惊心动魄。那是一种平平淡淡,如同一杯白开水,没有品味不尽之感,缺少一种强烈震撼人心灵的力量。只是她嫁给中山狼孙绍祖并被折磨死的那一段情节,让人有一种命运不公的感叹。在我的记忆里,反倒是迎春即将出嫁的消息传遍贾府之时,宝玉唱的那首"池塘一夜秋风冷"的紫菱洲歌,让人听了有点鼻子酸酸的。迎春生得孤独,走得寂寞,只有宝玉还念着他们的"手足情"。

在贾府四春中,乃至大观园内的众姊妹中,迎春是一个天生乏才的人物,她没文才。第18回元春省亲时"试才题额对",她只写了一首"旷性怡情":"园成景备特精奇,奉命羞题额旷怡。谁信世间有此境,游来宁不畅神思?"诗意平平,只是"奉命羞题"之作。第22回元春送灯谜让众姊妹猜,结果独她与贾环猜的都不是。好在她不像贾环那样"介意",自当是"玩笑小事"。第37回写起诗社,每个人都要取个雅号,她直言不讳,说:"我们又不大会诗,白起个号作什么。"李纨只好派她去作"誊录监场"的闲差。更有甚者,第46回行酒令,本是用"叶"韵,连贾母、薛姨妈都能依韵完令,可她竟用错了韵,用了"九"字韵,当场出了个大洋相。

迎春也没有口才和干才。在贾府中她是有名的"二木头",兴儿曾说过:"二姑娘的浑名是'二木头',戳一针也不知嗳哟一声。"但是,人们不要忘记了木头是人无奈它何,它也无奈自己何。她是一块有知觉、有感

情、有思想的木头。第73回写迎春乳母偷当累丝金凤作赌本,不管不问,当邢夫人责问时,她只低着头弄衣带,呆了半响才回答说:"只有她说我的,没有我说她的。"脂评作者看到这里只好说:"妙极,一直画出一个懦弱小姐来。"她的木讷、懦弱连她的小丫头绣桔都忍受不了。绣桔说:"姑娘怎么这样软弱。都要省起事来,将来连姑娘还骗了去呢。我竟去的是。"难怪王熙凤说:"大奶奶是个佛爷,二姑娘不中用。"

给读者印象最深的当是第77回迎春丫鬟司棋被逐的那一段情节。当周瑞家的到迎春房中回说赶司棋的话后,小说中写道:

> 迎春听了,含泪似有不舍之意,因前夜已闻得别的丫鬟悄悄的说了原故,虽数年之情难舍,但事关风化,亦无可如何了。那司棋也曾求了迎春,实指望迎春能死保赦下的,只是迎春语言迟慢,耳软心活,是不能作主的。

接下来是司棋临别前的话:"姑娘好狠心!哄了我这两日,如今怎么连一句话也没有?"可迎春竟说出了一番似有大彻大悟的话来搪塞:

> 我知道你干了什么大不是,我还十分说情留下,岂不连我也完了。你瞧入画也是几年的人,怎么说去就去了。自然不止你两个,想这园子里凡大的都要去呢。依我说,将来终有一散,不如你各人去罢。

迎春性格上的懦弱在此暴露无遗。正是她性格上的懦弱导致了她人格上的不能挺立,进而在人的感情上冷酷。由于迎春"连一句话都不说",更没有"死保赦",司棋终于被逐出贾府,终于为婚事撞墙而亡。司棋之死当然不能说是迎春造成的,她不能也不应该承担主要责任。但是,司棋不被逐回家,是否可以避免这场悲剧的发生呢?难道司棋之死迎春内心就没有一点点愧疚吗?

第73回邢夫人曾对迎春说:"我想天下的事也难较定,你是大老爷跟前人养的,这里探丫头也是二老爷跟前人养的,出身一样。如今你娘死了,从前看来你两个的娘,只有你娘比如今赵姨娘强十倍的。你该比探丫头强才是,怎么反不及他一半!"邢夫人只说出了事实的一面,而没有道

出事实的另一面。不错,迎春、探春都是姨娘生的,都有投胎带来的"自卑感"——庶出。但是,迎春不但从小失去母爱,而且她也没有得到父兄之爱。贾赦作为父亲整日是喝酒、纳妾,与女人厮混,是个道地的老色鬼,他何曾关心过迎春?贾琏作为兄长,也是整日寻花问柳,偷鸡摸狗,又哪里关心过迎春?迎春只能呆滞地生活着,或是用心去读《太上感应篇》,以此来打发自己的时光,以此作为精神上、心灵上的止痛剂,消解自己的心愁,浇灌自己干涸了的心灵。但是,探春则不同,她有自己的生母在,又得王夫人的格外看护,且有自己的弟弟,更有同父异母的哥哥宝玉。她何曾有过孤独感,又何曾寂寞过?因此,迎春性格的懦弱是与她的生存环境分不开的,生存环境对一个人的性格形成,有时是可以起决定性作用的。在我看来,这是迎春与探春的最大区别点。

迎春曾作过一首谜语:"天运人功理不穷,有功无运也难逢。因何镇日纷纷乱,只为阴阳数不同。"谜底是算盘。迎春的性格和命运正如她的谜底"算盘"一样,随人拨弄。最终被他的父亲当作财物一样送给了孙家。第5回的判词和《喜冤家》中写得明明白白:"子系中山狼,得志便猖狂。金闺花柳质,一载赴黄粱。"懦弱的迎春面对的是一个"无情兽",只能是"作践的,公府千金似下流"。迎春何能忍受这种精神上的折磨和肉体上的摧残?摆在迎春面前的道路只有一条:死。要么是被折磨而死,要么是经不起折磨自杀而死。惟有死才能彻底地解脱自己。迎春终于孤独地走完了自己生命的历程。在贾府中四位小姐的命运,正如她们的名字一样"原应叹息",但同另外三春相比,迎春的命更薄、运更惨,因而也最令人"叹息"。

迎春,懦弱断送了你的一生!

生于末世运偏消
——探春之"敏"与"怒"

在曹雪芹的笔下,《红楼梦》诸裙钗中真正属于贾府的只有四位小姐(元迎探惜)。其中重彩描写的人物是三小姐探春,她为论者赞作"巾帼中李赞皇"(二知道人语)。探春的出场是在第3回,她的形容是透过林黛玉的眼睛向读者介绍的,小说中写道:

> 不一时,只见三个奶妈并五六个丫鬟,簇拥着三个姊妹来了,第一个肌肤微丰,合中身材,腮凝新荔,鼻腻鹅脂,温柔沉默,观之可亲。第二个削肩细腰,长挑身材,鸭蛋脸面,俊眼修眉,顾盼神飞,文彩精华,见之忘俗。第三个身量未足,形容尚小。其钗环裙袄,三人皆是一样的妆饰。

"俊眼修眉"倒还罢了,再加上"顾盼神飞,文彩精华",怎能不让人"见之忘俗"!三小姐一出场就不同凡响。

其实,在我看来,曹雪芹描写三小姐探春的与众不同是多角度、多层次的,就连她的闺房,那气象的疏朗、格局的空间感,以及室内的每一件摆设,都活脱脱地写出了探春高贵的性情与独特的风格。小说第40回中写道:

> 探春素喜阔朗,这三间屋子并不曾隔断。当地放着一张花梨大理石大案,案上磊着各种名人法帖,并数十方宝砚,各色笔筒,笔海内插的笔如树林一般。那一边设着斗大的一个汝窑花囊,插着满满的一囊水晶球儿的白菊。西墙上当中挂着一大幅米襄阳《烟雨图》,左右挂着一幅对联,乃是颜鲁公墨迹,其词云:"烟霞闲骨格,泉石野生涯"。案上设着大鼎。左边紫檀架上放着一个大观窑的大盘,盘内盛着数十个娇黄玲珑大佛手。右边洋漆架上悬着一个白玉比目磬,旁边挂着小锤。

趣解红楼

这就是"秋爽斋",人如其斋,斋如其人。秋爽,北国之秋气象朗畅,日则杲杲,月则明明,一派清淡、高雅的气韵,就如那束白菊一样散发出淡淡的清香,乃在春光明媚之上!

然而,细心的读者一定会从那花梨大理石书案中看出冷硬的线条美,是探春理性人格的真实写照。汝窑花囊及囊中的白菊,既有主人的洒脱又有恣意的生活情趣。而那颜鲁公的书法,端庄雄伟,劲道郁勃,所具扛鼎之力,恰是探春怀有大丈夫之志的象征。但是,探春神情态度之中也明显地露出一些"跋扈"。她的过于自尊,如果不能自我控制的话,很容易成为一个目空一切的个人英雄主义者。在《红楼梦》众多美人之中,她的情态多表现为"敏"和"怒",就此一点来说,就不如史湘云那样使人感到可亲可爱,或许如人们常说的"人无完人,金无足赤",探春也不例外。

一、探春之"敏"

曹雪芹赐给探春一个"敏"字,这是最恰当最准确的评价。她性灵敏锐,做事敏捷,心地敏慧。贾府的人送她绰号"镇山太岁",又称"玫瑰花儿",好看扎人。说明探春有一股与生俱来的"威仪",像一头藏爪狮子一样招惹不得。倘若有人敢冒犯她,她就会像狮子一样伸爪扑倒任何人,因此,就连恃权横行的王熙凤也惧她三分。小说第 55 回王熙凤与平儿有一段对话,写出了对探春才干敏捷的评价。文云:

> 还有一件,我虽知你极明白,恐怕你心里挽不过来,如今嘱咐你:他(探春)虽是姑娘家,心里却事事明白,不过是言语谨慎;他又比我知书识字,更利害一层了。如今俗语"擒贼必先擒王",他如今要作法开端,一定是先拿我开端。倘或他要驳我的事,你可别分辩,你只越恭敬,越说驳的是才好。千万别想着怕我没脸,和他一犟,就不好了。

第 62 回黛玉评价探春时对宝玉说:"你家三丫头倒是一个乖人。虽然叫他管些事,倒也一步儿不肯多走。差不多的人就作起威福来了。"宝玉道,她"最是心里有算计的人,岂只乖而已"。可谓评价中肯。王熙凤与探春都堪称现代女强人的典范,但是探春之所以高出王熙凤一头,最关键之处是探春"知书识字",也就是文化素质高,所以王熙凤不得不承认探

春比她"更利害一层了"。

如果说湘云的豪迈具有诗人气质、名士风度，那么探春的豪迈则更多地强调实现"自我"，希望生命之光能普照人间。她说过，自己但凡是一个男人就要到世上去干一番事业，正是要实现"自我"价值的心声。这是一种政治家的气魄和风度。正因为如此，在贾府内探春最早感觉出这个大家族所潜伏的种种危机。只有一个有政治头脑的人方能敏锐地体察出来，并且敢于指出它的弊端的严重后果。第74回发生"抄检大观园"之事，探春伤心也好，愤怒也好，其实都是冲着一件事：这是自杀自灭的征兆。她愤怒地说："别忙，抄你们的日子有呢！"这才是探春担心的真正缘由。只有探春一人有如此深刻的认识，凤姐一流人物何能想到、看到、说出这一层来！

不过，探春之"敏"还有胎中带来的"敏"——庶出的敏感。她生性反对迎春的懦弱忍受，也反对惜春的绕着是非走，她反对这种弱者行为，因此每当触及到她的出身时，她是不惜一切的抗争。这固然反映了她强的一面，但也透露她极为"敏感"的一面。有许多人评论这件事时常以等级观念来批评探春。我以为，在那个等级森严的社会里、家族中，这不能不伤害探春的自尊心，但更重要的是她维护做人的尊严，她强烈地反对这种等级势力束缚。当王善保家的挨了她一巴掌后，她大怒道：

> 你是什么东西，敢来拉扯我的衣裳！我不过看着太太的面上，你又有年纪，叫你一声妈妈，你就狗仗人势，天天作耗，专管生事！如今越性了不得了。你打谅我是同你们姑娘那样好性儿，由着你们欺负他，就错了主意……

声色俱厉，义正词严，这里维护的不仅是她个人的自尊心，而且是在维护整个家庭的尊严，这种"狗仗人势"的奴才，欺负的不仅是一个小姐，而且是在颠倒一种社会关系，这才是探春所不能容忍的。

"敏"使探春"怒"，怒是敏的情绪情态达到顶点的总爆发！

二、探春之"怒"

《红楼梦》中写"怒"态可谓多多。洪秋蕃在《读红楼梦随笔》中谈到第44回"变生不测凤姐泼醋"一节时，评论了凤姐、平儿、贾琏等人

趣解红楼

不同的"怒"态。他说:"写凤姐则一味怒;平儿则因抱屈而怒,因贾琏踢骂而惧;鲍二家的则一味惭惧而不敢怒;贾琏则先惭惧而后激怒,虽激怒而仍惭惧,故拔剑而怒,旁观者知其佯怒。不独外面情形模仿毕肖,且将各人心境亦都绘画来。"妙笔!与以上人物之"怒"不同,探春之"怒"则是发自心底,是雷霆之"怒"。世间大凡主子昏聩无能,那些狗仗人势鼠类小人就要兴风作浪,制造事端。大则祸国殃民,小则闹得家宅不宁,若是一个单位有这么个一二人,就会搞得乌烟瘴气,人心离散。这种现象古往今来皆有,于那名门望族尤为典型,小说《红楼梦》中,对此种弊端时有描写,给人们留下深刻的印象。

探春对这种"弊端"体会更深,她的心被刺伤了。第74回所描写的"惑奸谗抄检大观园",正如本回的回目所示,这一次的"抄检"行为,纯属主子昏聩,为"奸谗"所"惑"。不过,凡属此类行动,大抵是小人狂獗一时,到头来是搬起石头砸自己的脚,自食苦果。

"抄检大观园"的"导火线"是"绣春囊"事件。王夫人的目的是通过"抄检"寻出那些下人们"不正经"的证据,以维护自家的"名声",洗脱自己治家不严的责任。主子有命,奴才动手,于是一支"检查团"开进了大观园。"抄检"是从怡红院开始,当"抄检"到探春的住处时,终于遇到了"麻烦"。小说中有如下一段精彩的描写。

> 又到探春院内,谁知早有人报与探春了。探春也就猜着必有原故,所以引出这等丑态来,遂命丫鬟秉烛开门而待。一时众人来了。探春故问何事……探春冷笑道:"我们的丫头自然都是些贼,我就是头一个窝主。既如此,先来搜我的箱柜,他们所有偷了来的都交给我藏着呢。"

从探春"秉烛开门而待"到"故问何事",再到"我们的丫头自然都是些贼,我就是头一个窝主……先来搜我的箱柜……"已是"山雨欲来风满楼"之势。在此种情势之下,凡有一点识见之人心里都该明白三小姐可不是一盏省油的灯。王熙凤笑脸相陪,平儿丰儿快快关上箱柜,说明这只老虎的屁股可摸不得,然而有人"不信邪",非要到太岁头上去动土,小说中写道:

探春又问众人:"你们也都搜明白了不曾?"周瑞家的等都陪笑说:"都翻明白了。"那王善保家的本是个心内没成算的人,素日虽闻探春的名,那是为众人没眼力没胆量罢了,那里一个姑娘家就这样起来;况且又是庶出,他敢怎么。他自恃是邢夫人陪房,连王夫人尚另眼相看,何况别个。今见探春如此,他只当是探春认真单恼凤姐,与他们无干。他便要趁势作脸献好,因越众向前拉起探春的衣襟,故意一掀,嘻嘻笑道:"连姑娘身上我都翻了,果然没有什么。"凤姐见他这样,忙说:"妈妈走罢,别疯疯颠颠的。"一语未了,只听"拍"的一声,王家的脸上早着了探春一掌。探春登时大怒,指着王家的问道:"你是什么东西,敢来拉扯我的衣裳!我不过看着太太的面上,你又有年纪,叫你一声妈妈,你就狗仗人势,天天作耗,专管生事,如今越性了不得了。你打谅我是同你们姑娘那样好性儿,由着你们欺负他,就错了主意!你搜检东西我不恼,你不该拿我取笑。"……又说:"省得叫奴才来翻我身上。"……那王善保家的讨了个没意思,在窗外只说:"罢了,罢了,这也是头一遭挨打。我明儿回了太太,仍回老娘家去罢。这个老命还要他做什么!"探春喝命丫鬟道:"你们听他说的这话,还等我和他对嘴去不成。"侍书等听说,便出去说道:"你果然回老娘家去,倒是我们的造化了,只怕舍不得去。"凤姐笑道:"好丫头,真是有其主必有其仆。"探春冷笑道:"我们作贼的人,嘴里都有三言两语的。这还算笨的,背地里就只不会调唆主子。"平儿忙也陪笑解劝,一面又拉了侍书进来,周瑞家的等人劝了一番。凤姐直待伏侍探春睡下,方带着人往对过暖香坞来。

这一段引文看似长了些,可读来却觉得很短。因为作者描写得太生动了,在场的每一个人物的形容都展现在读者的眼前,个个活灵活现,使人有一种身临其境之感,特别是探春那怒不可遏的一掌,掴得响亮,掴得痛快!试问,除了曹雪芹,何人能写出如此动人、动情的场面?除了《红楼梦》,又有哪本书中能读到如此奇文妙语,看到如探春一样的人物?非曹雪芹写不出,非《红楼梦》读不到,这就是《红楼梦》之所以久传不息、魅力无穷的根本原因!

一个人面对"失败"而奋起抗争的情态等于"愤怒"(罗恩·哈伯特语)。探春之怒,是久积在胸。从她听到来人"抄检"那一刻起,已是气

趣解红楼

不打一处来了，小说中写道："又到探春院内，谁知早有人报与探春了。探春也就猜着必有原故，所以引出这等丑态来，遂命众丫鬟秉烛开门而待。"从探春摆出的这个阵势看，已知其心中不满。探春故问何事，一个"故"字，又一次点出探春当时的不满心情。当王熙凤说明深夜惊动的原委以后，小说中特用探春"冷笑道"三个字，活画出探春当时的神情。

怒，升华了探春生命的意义！

探春不愧为巾帼不让须眉的女中大丈夫，有见识，有气魄，不畏权势。就敢于为下属承担责任这一点来说，实在让今日某些官僚们无地自容！最深刻、最打动心弦的话还在下面，听，探春慷慨陈词道：

"你们别忙，自然连你们抄的日子有呢！你们今日早起不曾议论甄家，自己家里好好的抄家，果然今日真抄了。咱们也渐渐的来了。可知这样大族人家，若从外头杀来，一时是杀不死的，这是古人曾说的'百足之虫，死而不僵'，必须先从家里自杀自灭起来，才能一败涂地！"说着，不觉流下泪来。

"不觉流下泪来"，这是探春的悲愤之泪。她从今日"这等丑态"中看到了自家"自杀自灭"的"预兆"，今日的"抄检"是明日"真抄"的大演习，倘是明日"真抄"来了，自然是"一败涂地"。这就是探春从开始听见"抄检"到"不觉流下泪来"的根本原因。她掴向王善保家的那响亮的一掌，固然是对那些"狗仗人势，天天作耗"的奴才的惩罚、教训，维护她的大家小姐的尊严，但是这绝非是"这一掌"的根本原因和它的全部意义。

探春的一掌，掴在王善保家的脸上，疼在她背后指使她干"这等丑态"的主子的心上。以探春的地位、身份和她的聪明程度，她当然知道"打狗还要看主人"的俗语。但她还是掴了这一掌，显然她掴的不单单是那个奴才。她知道，奴才会回去"打小报告"的，而且还要"添油加醋"去哭诉一番。但她更为这个家族的日趋腐败不堪忧心，更为这个家族被这些昏聩无能之辈所糟蹋而感到痛心疾首。因此，探春的"这一掌"，是掴向整个旧家族和这个旧家族的统治者们。"这一掌"不仅是对如王善保家的那样的狗奴才的警告，而且也是对那个大家族统治者们的警告。这里确有她站在家族立场、维护它的命运的一方面，但是更重要的意义是她对这种旧势力的痛恨。

这一掌,捆得好痛快!

三、千里东风一梦遥

尽管探春被人称为"刺玫瑰儿"、"镇山太岁",可惜她生于末世运偏消,结局是远嫁。只能"半床落月蛩声病,万里寒云雁阵迟"。

第5回,贾宝玉梦游太虚境,在"薄命司"看到金陵十二钗正册上,探春判词后是画着两个人放风筝,一片大海,一只大船,船中有一女子,掩面泣涕之状。画后也有四句写道:

才自清明志自高,生于末世运偏消。
清明涕送江边望,千里东风一梦遥。

同回有《红楼梦曲》,其中有关探春命运的一曲是《分骨肉》,其曰:

一帆风雨路三千,把骨肉家园齐来抛闪。恐哭损残年,告爹娘,休把儿悬念。自古穷通皆有定,离合岂无缘?从今分两地,各自保平安。奴去也,莫牵连。

后40回写探春"远嫁"海疆都统制家为妇。以情节而论,与她的判词和《分骨肉》曲中所示,是大体相合的。但是有人认为后40回是高鹗之流秉主子意旨续写的,所以那"远嫁"的结局也就违反了曹雪芹的"原意"。于是,红学家们纷纷"探佚",旁征博引,终于发现探春嫁的不是"海疆都统制家",而是到"海外"某国去当了"王妃"。

探春究竟当没当海外王妃,还有待进一步考察,我实在无多大兴致去"钻研",所以我不想妄评对错。这里我只抄录一条小资料供探佚的专家们参考。

记得,探佚专家论证探春嫁到海外当"王妃"时,曾引过日本教授儿玉达童40年代初在北京大学中文系介绍所谓"三六桥本"的内容。据介绍,"三多本"中探春的结局是"杏元和番"。当年,我们访问张伯驹先生和张琦翔先生时,对"杏元和番"四字曾留心过,后来终于查到"杏元和番"四个字的出典,原来它出自古小说《二度梅》。

《二度梅》后人改编为戏曲，一名《二度梅》，又名就叫《杏元和番》，故事是写唐代奸相卢杞陷害梅良玉一家，良玉只身逃脱，投陈杏元家中为书童，得陈父赏识，招赘为婿。适值北国犯境，卢杞命杏元和亲，良玉无奈，只好忍痛送妻。途经"重台"，杏元、良玉两人共矢忠贞，挥泪而别。杏元出塞至昭君庙，投落雁岩自尽，为神风送至河南节度使邹伯符家的花园，被邹收为义女，事有巧合，当时良玉因避祸，改换姓名，亦投邹府为幕宾。一日，良玉失落杏元所赠金钗，忧而成疾；而金钗恰为杏元所拾，因疑良玉已死，悲痛欲绝，事为邹府小姐所知，从中相助，终使良玉、杏元夫妇得以团圆。

这个故事很动人。其中"和番"一事，在唐代有文成公主之例，当不为鲜。到了清代是否也有史书记载，鄙人读书有限，不敢妄说。但小说不必拘于"朝代年纪"，所以即使真有其事，也不会斥之为邪说。但从这个故事的全过程看，用"杏元和番"作证（哪怕是小小的旁证）说探春嫁"海外当王妃"去了，似乎并不那么有力，所以我倒是希望探佚专家们不妨沿此线索再探一探，那结果或许是另外一个样子，也可能更符合曹雪芹的"原意"了。

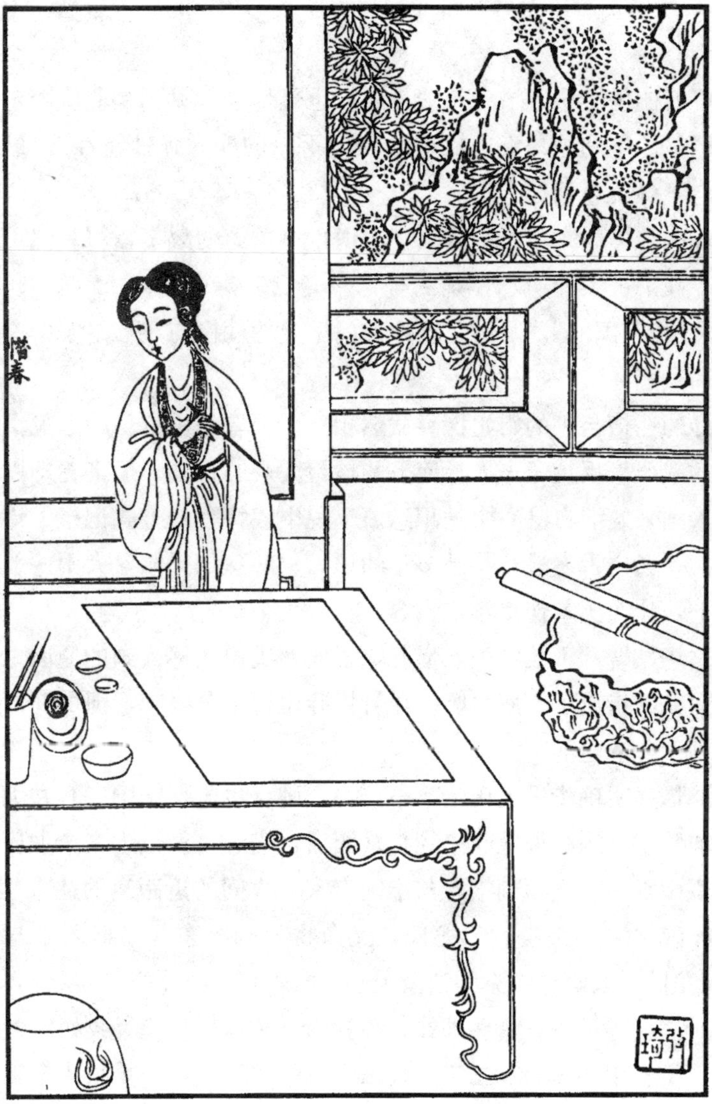

人物篇

趣解红楼

我虽年轻，这话却不年轻
——惜春之"怒"

在贾府四位小姐中惜春年龄最小，也最怕事，见到是非绕着走。小说中写她"虽然年幼，却天生成一种百折不回的廉介孤独僻性"，最终出家为尼，与青灯黄卷相伴一生。

或许因为惜春太年小的缘故，小说中有关她的故事描写竟然不如某些大丫鬟，几乎被人们遗忘！她的全部"亮点"集中在第74回，回目中的"矢孤介杜绝宁国府"，写出了这位侯门千金的性格与"杜绝宁国府"的鲜明态度和决心。

惜春的性格与她的姐姐探春截然相反。探春是用自己的远见卓识和不可侵犯的威严来反抗王夫人指使下的抄检大观园行动。但惜春却以逐出自己丫鬟入画来发泄自己心中的积怨。小说中以特写的方式记录了惜春与嫂子尤氏的一场口舌之战，将她多年的识见、怨念如同倾盆大雨一般激射到尤氏头上，让尤氏羞愧得难以自容。

在这场姑嫂"舌战"中，惜春除了向尤氏说明逐入画的原因之外，重要的是向尤氏指出了宁府之弊。尽管惜春说得十分隐晦，但那隐而含怒的指向却是十分清楚的。

（1）惜春明确指斥尤氏治家不严，令她（也包括宁国府）在大观园众姊妹面前蒙羞。当听说尤氏来到大观园后，惜春主动遣人来请尤氏。这是全部小说中唯一一次写到惜春与宁国府家人之间的近距离的往来——目的是"将昨晚之事细细告诉与尤氏，又命将入画的东西一概要来与尤氏过目"。当尤氏骂入画"糊涂脂油蒙了心"时，惜春直言不讳地指出："你们管教不严，反骂丫头。这些姊妹，独我的丫头这样没脸，我如何去见人？"

（2）惜春用"风闻"二字，暗示宁府的"不堪"已成世人笑谈。小说中写惜春任由入画哀求留下也断然不肯之后说道："不但不要入画，如今我也大了，连我也不便往你们那边去了。况且近日我每每风闻得有人背地里议论什么多少不堪的闲话，我若再去，连我也编派上了。"惜春虽身在大观园内暂住，但她是宁国府玉字辈小姐。然而她却把自己的"家"称作"你们那边"，显然惜春内心里已把自己划在了"你们"之外。"杜绝"二

字当即由此而出。"不堪的闲话"没有明确的内容,但下面接着一句"我若再去,连我也编派上了",则说明"闲话"不是政治上的"闲话",也不会是经济上的"闲话",而应是属于"道德风化"上的"闲话"。

(3) 当尤氏听了惜春的话之后,气恼了,认为她说得"没个轻重","能寒人的心"时候,众嬷嬷说了一句"姑娘年轻",惜春立即冷言反击道:"我虽年轻,这话却不年轻。你们不看书不识几个字,所以都是些呆子,看着明白人,倒说我年轻糊涂。""我清清白白的一个人,为什么教你们带累坏了我!"这段话中的"我虽年轻,这话却不年轻",是指她所引古人所说的"善恶生死,父子不能有所勖助。"四姑娘人小心不小,她用古人的教诲说明宁国府今日的沦落是任何人都无法救助的,因为宁府之"乱"根子在今日子孙的"不肖"!

这就是四小姐的"了悟"。她不但要"杜绝宁国府",而且她也同红尘决绝。她的出世是她面对冷酷的现实而又无法抗拒的结果。她的心冷口冷是因为现实太冷,冷到有血有肉的活人都麻木了、冷却了!

大幕将落,只有疯子还在扭捏作态,而那些呆子竟然乐滋滋地看着这场虚热闹!

趣解红楼

画梁春尽落香尘
——秦可卿之"病"

疾病背后有着耐人寻味的文化意蕴、审美指向。

在今传本《红楼梦》中,秦可卿之"病"是一桩谜案。小说第 5 回写宁荣二府女眷于会芳园设宴赏梅,"一时宝玉倦怠,欲睡中觉,贾母命人好生哄着,歇一回再来。"这时,秦可卿应声而出,主动地向贾母领受照护"宝二叔"的任务。这是秦可卿作为《红楼梦》中的一个重要人物首次登场。第 7 回,王熙凤应尤氏之邀,领宝玉到宁府喝酒抹骨牌,秦可卿再次出场,并把自己的小兄弟秦钟介绍给久想一见的贾宝玉。从这次公开出场中,读者还丝毫看不出秦可卿有"病"在身的任何征兆。但是,到了第 10 回,秦可卿的婆婆尤氏同贾璜家的谈话中却说秦可卿已经患病了。秦可卿的"病"态,依尤氏说是:"经期有两个多月没来。叫大夫瞧了,又说并不是喜。""到了下半天就懒待动,话也懒待说,眼神也发眩。"张太医"论病细穷源",则说了一大堆医书上说的"脉息",诸如"左寸沉数,左关沉伏,右寸细而无力,右关需而无神。……"一大串专用名词,十有八九是卖弄医道高明而已。不过他后面有一句话倒是值得细究的。他说:

> 据我看这脉息:大奶奶是个心性高强聪明不过的人;聪明忒过,则不如意事常有;不如意事常有,则思虑太过。此病是忧虑伤脾,肝木忒旺,经血所以不能按时而至。……这就是病源了。

接着,第 11 回写王熙凤、贾宝玉二人去宁府探望病中的秦可卿。小说中写道:

> 秦氏拉着凤姐儿的手,强笑道:"这都是我没福,这样的人家,公公婆婆当自家的女孩儿似的待。……就是一家子的长辈同辈之中,除了婶子倒不用说了,别人也从无不疼我的,也无不和我好的。如今得了这个病,把我那要强心一分也没有了。公婆面前未得孝顺一天;就是婶娘这样疼我,我就有十分孝顺的心,如今也不能够了!我自想

着,未必熬的过年去呢。"

果然不出所料,秦可卿一"病"不起,没有"熬"得过春天,竟匆匆地离开了人世,结束了她的一生。

美国人苏珊·桑塔格在其所著《疾病的隐喻》一书中曾说:"在文化的层面上,疾病从来都是负载着价值判断的,如果在语言上使用不当,就会使病人承受超出生理范围的负担。"准乎此,我们亦可以透过秦可卿的"疾病"及其丧事的风光作出一个正确的"判断",看一看在"生理"范围内到底应该是哪一种"疾病"导致了她的早逝。我们知道在"诗礼簪缨"的贾府里,秦可卿位居于重孙媳妇的地位,其丧礼办得场面之大、花费之奢,即或是天潢贵胄、金枝玉叶的哀荣也不过如此而已。尤其令人惊诧的是,小说第14回写贾府为秦可卿送殡时,前面铭旌上大书:"诰封一等宁国公冢孙妇防护内廷紫禁道御前侍卫龙禁尉享强寿贾门秦氏恭人之灵柩。"秦可卿死时的年龄虽无明文记载,但我们可以从其夫贾蓉的年龄上推算出一个约数。小说第13回写贾珍为了使秦氏的丧事更风光,花了一千两银子走后门给儿子贾蓉捐了"防护内廷紫禁道御前侍卫龙禁尉"的头衔。当时贾珍递给大明宫掌宫内相戴权一张红纸履历,上写着:

江南江宁府江宁县监生贾蓉,年二十岁。曾祖,原任京营节度使世袭一等神威将军贾代化。祖,乙卯科进士贾敬。父,世袭三品爵威烈将军贾珍。

按封建贵族之家的婚姻习俗,贾蓉"年二十岁"的话,秦可卿是年小则要十八九岁,大则也不会超过二十二三岁。也就是说,秦可卿死时的年龄一般应在二十岁左右,是一个青春早亡之人。按秦可卿在贾府的身份和死时的年龄来说,其铭旌上大书"享强寿"三个字,这不是一个绝妙的讽刺吗?因为,所谓"强寿"者,即长寿也。《公孙龙子·通变论》篇有云:"黄其正矣,是正举也。其有君臣之于国焉,故强寿矣!"这段文字翻译成今天的白话,意思是说:"黄色是一种纯正的颜色,如果举个例子来比喻的话,就好像中国的君臣一样,君臣各在其位,国家就会强盛而长久了。"在这里,"强寿"一词释作强盛,国运久长之意。当然,如果有人说《通变论》篇中有"强寿",指的是国家命运,而非指人的寿命短长,不能说

明问题,那么,王充《论衡·气寿篇》所述"疆(强)寿弱夭,谓禀气渥薄也。"这段文字却是指人的寿数。其大意是说,人所以有"强寿"和"弱夭"之别,根本原因是在于人"禀气"有"渥薄"之不同。俗话说,古人五十者可谓"享强寿",而秦可卿一生只活了二十来岁,生命短促,实为"弱夭",怎么能称得起"享强寿"呢?其实,曹雪芹如此写法,并非是一时疏忽,用错了词儿,这只要联系一下《红楼梦》中对秦可卿生前死后的种种异样描写,我们就不难发现作者另有隐微幽曲之意,正是以此启迪读者去思考秦可卿的真正死因。

小说第5回写贾宝玉神游太虚幻境时,警幻仙子让他翻看了《金陵十二钗》正册、副册、又副册上所列的每个女子的判词,听了《红楼梦》十四支曲。在李纨的判词之后,有一张画和画中人的判词,其原文是:

> 后面画一座高楼,有一美人悬梁自缢。其判云:情天情海幻情身,情既相逢必主淫;漫言不肖皆荣出,造衅开端实在宁。

在《好事终》曲文中又写道:

> 画梁春尽落香尘。擅风情,秉月貌,便是败家的根本。箕裘颓堕皆从敬,家事消亡首罪宁。宿孽总因情!

总括图画、册词、曲文的意思,我们可以得到一个印象,即《金陵十二钗》正册最末一个女子具有下列特征:(一)她是属于宁府里的人;(二)这个女子"擅风情"、"秉月貌",因"情"犯"淫";(三)这个女子的结局是画梁春尽——自缢于高楼。但是,以今传本《红楼梦》中所描写的每一个女子的身世结局来对照册词和曲文中所隐括的意思,可以肯定地说,没有一个女子具备上述三个条件。秦可卿是宁府的人,"生得形容袅娜,性格风流",接近册词和曲文中所指的人,但因情犯淫、悬梁自尽一点,又与今传本《红楼梦》中写其因病而死的情节相悖。对这个恍惚迷离的矛盾现象,应该作如何解释呢?早期脂评本的发现,为我们提供了解开此谜的线索。

甲戌本第13回有一条眉批写道:"此回只十页,因删去天香楼一节,少却四五页也。"经查早期抄本《红楼梦》,这一回正文连同夹批存不足八

页,如果除去文中的夹批和后来添加的文字,"少却四五页"的批语是可信的。那么,曹雪芹删去原稿中"天香楼一节"的具体内容和原因又是什么呢?几年前在南京出现的"夕葵书屋"藏抄本《红楼梦》独有的一百五十条批语,其中第13回回前有一条长批提供了一些细节。原批说:

"秦可卿淫丧天香楼",作者用史笔也。老朽因有魂托凤姐贾家后事二件,岂是安富尊荣坐享之人能想到者?其言其意则令人悲切感服,故赦之。因命芹溪删去"遗簪"、"更衣"诸文。

从这条批语中可以知道,曹雪芹在写作《红楼梦》的过程中,曾经把秦可卿的结局写成"淫丧天香楼",而非如今传本中所写的因病而死。但是,后来因脂砚斋、畸笏叟等人的"建议"又作了删节。所以,壬午之春畸笏叟看了雪芹的修改稿后,写下了这样一条批语:

通回将可卿如何死故隐去,是大发慈悲也。叹,叹!

脂砚斋和畸笏老人是曹雪芹写作《红楼梦》的合作者,最了解作者的写作计划和意图。因此,脂批所披露的有关细节,具有权威性,是我们判断秦可卿的最初死因的最有力的直接证据。

除上引的脂批外,民国年间上海晶报副刊发表臞蝯的《佚话》和新发现的朱衣《秦可卿淫上(丧)天香楼》一文也是秦可卿自缢而死的有力旁证。如果朱衣家藏的早期抄本尚留存于世间,有朝一日得以公诸于广大《红楼梦》读者和研究者面前,这桩"红楼"谜案也就无需人们再枉费笔墨了。

自缢而死,谓之"强死"或曰"横死"。《左传》文公十年下记有:"初,楚范巫矞似谓成王与子玉、子西曰:'三君皆将强死'。"《义疏》释"强,健也,无病而死,谓被杀。"《会笺》释"强,健也。谓无病而死,被杀或自缢之类,皆是也。"王充《论衡·死伪篇》中也说,"何谓强死?谓……命未当死而杀邪。"秦可卿年当青春,"自缢"而死,实属"强死"一类。但是,从上述有关"强死"的解释中可以看出,秦可卿铭旌上所写的"强寿"一词中的"强"字,无论从字面上还是从引申意义上来说,都不能直接释为"强死"之意的。过去有人把"强寿"中的"强"字说成含

有"强死"之意,这完全是因为没有弄清楚"强寿"一词的来历的缘故。"强死"一词与"强寿"一词意思根本不同。然而了解"强死"一词的含义,对理解《红楼梦》中的某些情节还是有帮助的。例如,小说第 13 回写秦可卿丧音传出之前,王熙凤梦中见到秦氏的魂魄,嘱咐贾家后事二件,第 111 回写鸳鸯女自缢时见到秦可卿的鬼魂,并对她说:"我在警幻宫中,原是个钟情的首座,管的是风情月债;降临尘世,自当为第一情人,引这些痴情怨女,早早归入情司,所以该当悬梁自尽的。"一般说来,这种描写缢鬼出没之类的事情,无疑是荒诞的、迷信的。但是,《红楼梦》中秦可卿鬼魂的两次出现,却是与作者写她"强死"有关的。《左传》昭公七年下有"匹夫匹妇强死,其魂魄犹冯(凭)依于人,以为淫厉"。秦可卿"魂托凤姐"和为鸳鸯女自缢"引路"的描写,正是作者有意以此类故典,暗隐着秦可卿非死于病,而是"强死",给读者留下一个"追踪觅迹"的线索。

诚如有人所说,在曹雪芹的笔下,凡属苟且之事,暧昧之行,虽笔不胜书,激扬其语如史笔之严,但莫不含蓄其词如诗人之厚(洪秋蕃语)。所谓秦可卿"享强寿"云云,即是未删之笔中的典型一例。

桃李春风结子完
——李纨之"纨"

在整部《红楼梦》中,李纨虽然名列十二金钗正册,但她的地位并不那么显要,所以给读者留下的印象也比不上林黛玉、薛宝钗、史湘云等人物那么深刻而耀眼。然而,我们仔细阅读小说全文之后又会感觉到她是一个不可缺少的人物。

李纨的出场初见于第 3 回,一笔带过,乏善可陈。奇妙的是,到了第 4 回一开头,作者不惜笔墨,用了一大段文字来"介绍"她的家世生平。小说中写道:

> 原来李氏即贾珠之妻。珠虽夭亡,幸存一子,取名贾兰,今方五岁,已入学攻书。这李氏亦系金陵名宦之女,父名李守中,曾为国子监祭酒,族中男女无有不诵诗读书者。至李守中承继以来,便说"女子无才便有德",故生了李氏时,便不十分令其读书,只不过将些《女四书》《列女传》《贤媛集》等三四种书,使他认得几个字,记得前朝这几个贤女便罢了,却只以纺绩井臼为要,因取名为李纨,字宫裁。因此这李纨虽青春丧偶,居家处膏粱锦绣之中,竟如槁木死灰一般,一概无见无闻,惟知侍亲养子,外则陪侍小姑等针黹诵读而已。

从这段"竟如槁木死灰一般"的介绍文字中,我们不难看出作者的创作意图:他想把李纨塑造成一个令人尊敬的"贤母"形象。为了达到这个目的,作者在李纨的名与字上显然大动脑筋,让它符合李纨的身份、性格。特别应该指出的是,为了完成作者的创作意图,连李纨父亲的名字和官职也具有陪衬的寓意。

李纨的名与字,具有象征意味。先来看她的名。据《说文》云:"纨,素也。从丝,从丸声。"这是第一解。李纨"青春丧偶",有孝在身,只能是素服。此即人们所说的寡妇不宜穿红披绿,素者孝之象征。"纨,焕也",此象征李纨的姿质,细泽有光,焕,焕然,即惠心纨质,玉貌绛唇之谓也。"纨"字还有一解,即"结也",且其音"完"。李纨虽"青春丧

偶"，却"幸存一子"，并抚养成人，即完结了为人妻者"传宗接代"的己任，应了第5回判词中的"桃李春风结子完"一语。倘若把这个"纨"的内涵再延伸一下，它还暗寓着李纨的人格也是非常"完"美（当然是以封建的道德标准了）。

李纨字宫裁，以我所见这"宫裁"二字当出自唐人郑畋的《钞秋夜直》诗。诗云：

蕊宫裁诏与宵分，虽在青云忆白云。
待报君恩了归去，山翁何急草移文。

如是所出，这"宫裁"二字是说在"天上（蕊宫）人间诸景备"的大观园诗社活动中，李纨以"社长"的身份掌"裁夺"诸钗之诗优劣的大权。"虽在青云忆白云"，可以有两解。一是李纨在荣国府内是贾政长子之妇，且已有子，母以子贵，地位自在"青云"之上。但李纨虽"居家处膏粱锦绣之中"，却"竟如槁木死灰一般"——此即身在"青云"上，心在"白云"里。故其居处名曰稻香村，自号稻香老农，可谓大观园中一隐士。二是李纨在诗社中的地位居于"掌坛"，堪称"青云"之士，然而她只是一个热心的组织者，而并不想在"斗诗"中称雄夺魁，这也可作为她心在"白云"深处之证明。第三句"待报君恩了归去"，这里的"君"非国君之谓，可作夫君之解。李纨为报夫君的恩情，以课子为务。后来贾兰一举而中，功成名就，李纨也就完成任务。末句"山翁何急草移文"，用《北山移文》之典。所谓"山翁"是李纨隐而不出的自谦词，意谓贾兰仕途有成，又何必匆忙写信报告给你（指贾珠）呢！

以李纨之字引出郑畋之诗，又从郑畋之诗中解出李纨故事的所本，诚可谓奇哉妙哉！

在第4回的"介绍"中，作者特意点出李纨父亲名李守中，"曾为国子监祭酒"。所谓"守中"二字也有出典，唐人吕岩《七言》诗第42首云：

杳杳冥冥莫问涯，雕虫篆刻道之华。
守中绝学方知奥，抱一无言始见佳。
自有物如黄菊蕊，更无色似碧桃花。

休将心地虚劳用，煮铁烧金转转差。

从这首诗中可见李纨父亲"守中"的本意——即为人行事的原则是"守中"，遵守"中庸之道"。俗话说，有其父必有其女，知其父"守中"，亦可知其女行事正以父亲之训"守中"。所谓"国子监祭酒"，也是一种"象征"。大观园中的诗社，犹如一所最高学府，即大观园的特殊学府。"祭酒"是学官名（演化而来），长者为之。李纨在十二钗中年齿最长，被称为"珠大嫂子"，她身任"掌坛"（社长），当然也可以视为"学官"。由此可知。作者写李守中，写国子监、祭酒，非为写李守中之经历，而是为写李纨的为人行事及其在小说诗社活动中的身份。

李纨身边有两个丫鬟，一个是素云，一个是碧月。素，白也。白玉无瑕，碧月无痕。以两个丫鬟的命名象征主人李纨的人格完美无瑕。从李纨自己的名字号到身边人的名字，都是为了写李纨的为人，丝丝相连，线线相接。这就是曹雪芹用笔之妙处——"写此注彼"，"手操五弦，目送飞鸿"。

前人解盦居士在《石头记臆说》中有如下评论："李纨者，守礼完人也。字曰宫裁者，作者自谓秉公裁定者也，亦犹《琵琶记》中张大公之义。其父名守中，曾官祭酒，谓其父守正不阿，闺中之祭酒也。婢名素云、碧月者，以喻宫裁纯美无疵也。此亦如《春秋》大书特书而无贬词焉。"巨眼慧心，钦佩不已。

至此，李纨作为"贤母"形象似乎已很"完美"了。但我看，"判词"和"曲"中所写，只是李纨生命中的一半。倘真如此，可以说李纨的人格并不"完美"。我从小说中还看到了李纨性格中的另一面——慧心纨质，雪里红梅。她有一颗正直、公道、忠厚且富有同情的心。她热心于"团体活动"，在诗社内的评诗中突显她的公允，乃至她的诗才与眼光。

小说第39回，写李纨对平儿、鸳鸯、袭人的评论。她揽着平儿笑道：

可惜这么个好体面模样儿，命却平常，只落得屋里使唤。不知道的人，谁不拿你当作奶奶太太看。

当说到平儿管"钥匙"的时候，李纨又道：

趣解红楼

什么钥匙?要紧梯己东西怕人偷了去,却带在身上。我成日家和人说笑,有个唐僧取经,就有个白马来驮他;刘智远打天下,就有个瓜精来送盔甲;有个凤丫头,就有个你。你就是你奶奶的一把总钥匙,还要这钥匙作什么?

乍听起来,像是说玩笑话。但玩笑中却说到了王熙凤与平儿之间关系的要害处。"你就是你奶奶的一把总钥匙",既形象又生动,既看得透彻又说得准确中肯。李纨不仅有眼力而且有口才,在看似"玩笑"的话中,给足了平儿的面子,又为她讨还了公道。接下来,当宝钗说到妙在"各人有各人的好处"时,李纨又对鸳鸯作出了恰如其分的评价。她道:

大小都有个天理。比如老太太屋里,要没那个鸳鸯如何使得。从太太起,那一个敢驳老太太的回,现在他敢驳回。偏老太太只听他一个人的话。老太太那些穿的戴的,别人不记得,他都记得,要不是他经管着,不知叫人诓骗了多少去呢。那孩子心也公道,虽然这样,倒常替人说好话儿,还倒不依势欺人的。

这是一个"主子"对"奴才"的评价。她不仅说出"各人有各人的好处",更重要的是说出了鸳鸯"忠"于贾母和"不依势欺人"的品格。这见识就比薛宝钗所说的话高明透彻。下面是对袭人的评价,李纨指着宝玉道:

这一个小爷屋里要不是袭人,你们度量到个什么田地!凤丫头就是楚霸王,也得这两只膀子好举千斤鼎。他不是这丫头,就得这么周到了!

这也是实话实说。袭人有功于宝玉又岂止这些呢!

小说第45回,为起诗社请"监社御史"事,李纨与探春等人来到凤姐处。当凤姐知道他们的来意之后,说了一大堆"打趣"李纨的话。李纨听了反击道:

你们听听,我说了一句,他就疯了,说了两车的无赖泥腿市俗专

会打细算盘分斤拨两的话来。这东西亏他托生在诗书大宦名门之家做小姐,出了嫁又是这样,他还是这么着;若是生在贫寒小户人家,作个小子,还不知怎么下作贫嘴恶舌呢!天下人都被你算计了去!昨儿还打平儿呢,亏你伸的出手来!那黄汤难道灌丧了狗肚子里去了?气的我只要给平儿打报不平儿。忖夺了半日,好容易"狗长尾巴尖儿"的好日子,又怕老太太心里不受用,因此没来,究竟气还未平。你今儿又招我来了。给平儿拾鞋也不要,你们两个只该换一个过子才是。

看,又是贬又是损。这一顿数落尖酸刻薄,真是胆大妄为。试问,在贾府中又有何人如此贬损过凤辣子?没有。贾母,王夫人是长辈,凤姐哄得她们高兴,何曾有如此口气?李纨与王熙凤虽为平辈妯娌,但李纨居长,是大嫂子,凤姐是弟媳。在那个大家族中,嫂子说什么,弟媳就得乖乖地听,这是规矩。更重要的是,李纨是荣府长房媳妇,本该由她掌管家政,是她让给凤姐来当内管家的。换句话说,在荣府里李纨是主人,王熙凤是外来人,内外有别,王熙凤心里如何不明白这一层道理呢!还有一层,今儿李纨等来,是为起诗社,叫做为公益事业,而非为私事。倘是王熙凤不知趣儿,卷了李纨的面子,那她开罪的人可就不是李纨一人,而是一群姊妹,她本事再大也担待不起。

李纨数落王熙凤,当然谈不上什么"不畏权贵"、"刚直不阿"一类的赞美。但仔细想一想,当着众人之面再次把王熙凤打平儿之事抖落了一遍,说出自己的不平之气,也是替弱者出了一口恶气。这从一个侧面映衬出李纨正直公道的人格来。说到富有同情心,为平儿报打不平可算一例。但令我感动的是在第98回"苦绛珠魂归离恨天"时,只有李纨、紫鹃、探春在场叫人"拢头穿衣"送走黛玉。小说中写道:

> 当时黛玉气绝,正是宝玉娶宝钗的这个时辰。紫鹃等都大哭起来。李纨探春想他素日可疼,今日更加可怜,也更伤心痛哭。……一时叫了林之孝家的过来,将黛玉停放毕,派人看守,等明早去回凤姐。

平日里,李纨与林黛玉往来并不算十分亲密,然而在生死关头却是这样一个寡嫂守护在身边送终,这又是多么动人的感情啊!在我们眼中,此

趣解红楼

时此刻,李纨用实际的行动使自己的人格升华了,达到了真正"完美"的高度!

李纨青春寡居,她的生活是寂寞的。她性格中的贞静"守中",使她离群索居多添了一层孤独感。然而,她也是一个青春女子,自有热爱生命、热爱生活的一面。她知道在贾府那样的大家庭中,一个年轻寡妇一切行动都不能让人说三道四,挑出一丝一毫的瑕疵来的。为了死去的丈夫、为了儿子贾兰的前程,也为了自己清清白白做人,她必须恪守闺范。所以,除了独处教子以外,她只能选择那种"团体"性的活动来参与。这一点,我们可以从她积极参与组织海棠诗社和芦雪广即景联诗活动中得到证明。小说第37回写海棠诗社发起经过,当众姊妹在秋爽斋商议时,"一语未了,李纨也来了"。李纨道:

> 雅的紧!要起诗社,我自荐我掌坛,前儿春天我原有这个意思的。我想了一想,我又不会作诗,瞎乱些什么,因而也忘了,就没有说得。既是三妹妹高兴,我就帮你作兴起来。

果然,在李纨的帮助下诗社"作兴起来"了。她的态度十分积极,自荐"掌坛"(当社长),推荐迎春、惜春当副社长,"封"宝钗为"蘅芜君",让宝玉用"绛洞花主"旧号,又自取号"稻香老农"……最后道:

> 立定了社,再定罚约。我那里地方大,竟在我那里作社……若如此便起,若不依我,我也不敢附骥了。

李纨的讲话,井井有条,滴水不漏,完全是一个组织家的才干。设想一下,如果没有李纨的参与,诗社又如何成立,又如何活动?让宝玉管行吗?大观园是一个诗的国度,这里的诗人有黛玉、宝钗、湘云、探春、宝琴诸艳。她们尽可以施展自己的诗才,称雄夺魁,但她们缺不了李纨这个"掌坛"者。她虽不善诗,但并非说她不会诗。相反,她在第50回争联即景诗,说明她可以作诗,并在评诗上显示了她的眼力。在咏海棠时,她评道:"若论风流别致,自是这首(指黛玉诗);若论含蓄浑厚,终让蘅稿。"言简意赅,评价不让须眉。在争联即景诗时,她恰到好处地截住,说道:"够了,够了。虽没作完了韵,膡的字若生扭用了,倒不好了。"这是眼光,懂诗的眼光。

李纨虽没有管家,这并非说李纨没有管家之才。第56回写"敏探春兴利除弊,时宝钗小惠全大体",而惟李纨点到本质。小说中写李纨笑道:"好主意。这果一行,太太必然欢喜。省钱事小,第一有人打扫,专司其职,又许他们去卖钱。使之以权,动之以利,再无不尽职的了。"这是理家人的真眼光。她之所以事事退让,因为她是一个饱经世故、参透人情的人,深知贾府到了大厦将倾的时刻,实在是独木难撑,即使自己使大气力、作大施为,也无法"补天"。她明白自己无膀臂、无党羽,如若力排众议,挽颓风,必然成为众矢之的。在那个时代、那个社会露才,众将嫉之,甚至借端陷害,坠井下石,未为福先,已为祸先。李纨心中所想就是保护儿子贾兰,以报夫君之恩,所以她谨记父亲的教导为人"守中"。

清人涂瀛在《李纨赞》中说:"李纨幽闲贞静,和雍肃穆,德有余矣,而不足于才。然正惟无才,故能闲淡以终。虽无奇功,谨亦无厚祸,渊渊宰相风度也,可与共享太平矣。"我以为涂瀛的"赞"只"赞"了一半,也就是只看到了"竟如槁木死灰一般"的一面而已。实际上,我们从以上的论列中可以看见李纨本性中还有另一面。只是在那个社会、那个家族中,她本性中的另一面是被禁锢了,被外力所"柔化"了。她慧心纨质,犹如一枝"雪里红梅",在春光中自然地放射出光彩。人们常说"淡极始知花更艳",我想这或许就是李纨的人生写照。

行文至此,已当结束了。但我突然想起曹雪芹在塑造李纨的"贤母"形象时似乎隐藏着自己的爱母情感。李纨寡居,按理她是不该搬进大观园的。但作者特意为她设置了稻香村,让她在教子之外负起管理姊妹们的读书和女工。很明显,曹雪芹对李纨这个人物非常崇敬。虽然他在"判词"中写了"枉与他人作笑谈",又在曲中写了"也只虚名儿与后人钦敬",但也只能算是对封建贞节观念的批判,而非是对李纨的人格的贬损。如是,我想曹雪芹写李纨似有对自己寡母的一种尊敬和怀念的心情,就如他写贾母这个形象时有一种对自己祖母的尊敬、怀念的情结在内一样。这是一种感觉,我不敢说是对的。因为要证实我的感觉,那还需要另外写一篇长文去论述。

趣解红楼

巧姐

家亡巧得恩人救
——巧姐之"巧"

巧姐在《红楼梦》十二金钗正册中，以年龄最小，描写最少，而给读者留下的印象最淡薄。或许由于此，她在红学家眼中比不上那些大大小小的丫鬟小厮。说得刻薄点，傻大姐还有杂文家拿来做文章，而巧姐则没有这份"福气"。

巧姐一生的命运早在第5回的"判词"和《留余庆》曲中，似乎已"判"定了。先是"判词"前面的那幅图画："一座荒村野店，有一美人在那里纺绩。"这让我们想起第15回秦可卿送殡队伍经过农庄时，贾宝玉看到的"纺绩"村姑。但是"判词"和图画中的"美人"却不是那村姑，而是生于侯门贾府中千金小姐巧姐后来的形象。村姑"纺绩"形景或许就是巧姐的未来影子——暗衬着巧姐的结局。

巧姐的"判词"紧接着王熙凤的"判词"之后，其判云：

势败休云贵，家亡莫论亲。
偶因济刘氏，巧得遇恩人。

前二句是说在封建社会里世态炎凉，人与人之间的关系都是以"势"与"贵"而存在。所谓有钱有势时，车马盈门，高朋满座；一旦"势败"、"家亡"则新朋旧友远避，门可罗雀。世间人情冷暖大抵如此而已。后二句是说贾家"势败"后，巧姐却因其母王熙凤"偶因济刘氏"，"巧得遇恩人"，其结局比起贾府的一些人好一些，"遇难成祥"了。仔细推究"判词"的内容，似乎是告诉读者，巧姐的故事意义不在她本人，她的存在说明王熙凤"积"了一点"阴功"，算是一"巧"。"判词"之后，作者还特意写了一曲《留余庆》，曲云：

留余庆，留余庆，忽遇恩人；幸娘亲，幸娘亲，积得阴功。劝人生，济困扶穷，休似俺那爱银钱忘骨肉的狠舅奸兄！正是乘除加减，上有苍穹。

从词意上看,这是巧姐的"自唱"曲,仿佛是她遇难得救后所发出的感慨。不可否认,曲中有一种"因果报应""劝善惩恶"的味道——"正是乘除加减,上有苍穹。"

"巧"是一种"偶然",但在这"巧"字背后又寓着一种"必然"。巧姐之"巧",其实就寓在她的名字之中。尽管小说中很少写到巧姐,但在第42回却为她取名的事写了很长一段文字。文云:

> 凤姐儿道:"……我想起来,他(指巧姐)还没个名字(原叫大姐儿),你就给他起个名字。一则借借你的寿;二则你们是庄稼人,不怕你恼,到底贫苦些,你贫苦人起个名字,只怕压的住他。"刘姥姥听说,便想了一想,笑道:"不知他几时生的?"凤姐儿道:"正是生日的日子不好呢,可巧是七月初七日。"刘姥姥忙笑道:"这个正好,就叫他是巧哥儿。这叫做'以毒攻毒,以火攻火'的法子。姑奶奶定要依我这名字,他必长命百岁。日后长大了,各人成家立业,或一时有不遂心之事,必然是遇难成祥,逢凶化吉,却从这'巧'字上来。"

现今的年轻人看了这一大篇子话,一定以为是刘姥姥信口开河,都是些"荒诞不经"之谈。其实,如脂批所指出的,"一愚妇无理之谈,实是世间必有之事。"在我这个年纪的人看来,刘姥姥说的话,正是我们乡下人的风俗,到如今仍旧流行。

例如,凤姐说"正是生日的日子不好呢",这个"不好"在何处?一如凤姐所说,"可巧是七月初七日"。那么"七月初七日"又有何"不好"呢?这就需要知道农历"七月初七日"是"乞巧"日(又作"巧夕"、"七巧"节),相传这一天是天上牵牛、织女二星由喜鹊搭桥相会的日子。巧姐出生在这一天暗寓她将来之郎要和她分离两地,像织女与牛郎二星那样一年才有一次相聚的机会。在旧俗看来,这当然是"不好"的。刘姥姥真不愧是经过世面的积古婆子,她居然想出了一个"以毒攻毒,以火攻火"的法子来化解生日所带来的"凶",就取名"巧哥儿"。这叫做"以巧破巧",化"凶"为吉,真可谓用之以"巧",巧夺天工了。

以中国人的传统观念,生于"七月初七"可谓一"巧",刘姥姥竟又

以"巧"改"巧",是为二"巧"。不知是刘姥姥的话真的灵验,还是曹雪芹真的深意存焉,巧姐一生的结局还真的应在这个"巧"字上。在两"巧"之外,还有一"巧"。小说第41回里写到巧姐用"柚子"换板儿(刘姥姥的外孙)手中的"佛手",本是"小儿常情,遂成千里伏线"(脂批)。小说中写道:

> 那大姐儿因抱着一个大柚子玩的,忽见板儿抱着一个佛手,便也要佛手。丫鬟哄他取去,大姐儿等不得,便哭了。众人忙把柚子与了板儿,将板儿的佛手哄过来与他才罢。那板儿因顽了半日佛手,此刻又两手抓着些果子吃,又忽见这柚子又香又圆,更觉好顽,且当球踢着玩去,也就不要佛手了。

"柚子"、"佛手"本不过是两个小娃娃手中的"道具"而已,但曹雪芹才大心细,通过两个小孩子的"互换",细腻地描绘出儿童的"稚态",立即唤起读者对童年情趣的追忆和怀恋。作者选取"柚子"、"佛手",除了表现儿童的"稚态",同时还另有象征意义。脂砚斋有批云:"柚子即今香团之属也,应与缘通。佛手者,正指迷津者也。以小儿之戏,暗透前后通部脉络,隐隐约约,毫无一丝漏泄,岂独刘姥姥之俚言博笑而有此一大回文字哉。"(庚辰本)读者从小说后40回中所写贾家势败,狠舅奸兄欲偷卖巧姐,得遇刘姥姥相救,并最终嫁给了当年换佛手的板儿——王天合(见蒙古文《新译红楼梦》第39回),此正是天作之合的姻缘。

亦邻真先生在《〈新译红楼梦〉回批》第39回前提示中写道:

> 本回译自百二十回本第一百十九回。情节有改动,云王天合(板儿)中秀才,原文"差板儿进城探听"改成"差一个懂事的小子(无名)"。

如据亦邻真先生所说,"情节有改动"当是指两个"情节":(1)"云王天合(板儿)中秀才"。在今存抄本《石头记》中大多没有后40回,无法证明。少数有后40回如(梦稿本)的抄本中也是既无王天合这个名字,也无"中秀才"的情节。我细查"程甲本"和"程乙本"后40回也找不到王天合和他"中秀才"的踪影。(2)"原文差板儿进城探听'改成'

差一个懂事的小子（无名）"。这段原文在程甲本可以找到，第119回中写道：

> 刘姥姥惦记着贾府，叫板儿进城打听，那日恰好到宁荣街，只见有好些车轿在那里。板儿便在邻近打听，说是："宁荣两府复了官，赏还抄的家产，如今府里又要起来了。只是他们的宝玉中了官，不知走到那里去了。"……赶忙回去告诉了他外祖母。刘姥姥听说，喜的眉开眼笑，去和巧姐儿贺喜，将板儿的话说了一遍。

这段文字清清楚楚写明是刘姥姥"叫板儿进城打听"贾府情况，也是板儿亲自去的，又"赶忙回去告诉了他外祖母"，而非"差一个懂事的小子"。

我所关注的不是这些琐碎情节的"改动"，而是王天合这个名字是否也是哈斯宝给"改动"的。因为哈斯宝是在道光年间用蒙文来翻译《红楼梦》，所据"底本"是120回本。但是今天我们所见的120回本《红楼梦》又找不到王天合这个名字，那么哈斯宝当年所据"底本"（120回）是否另有所本。先前我读这本"回批"时虽有疑问，但并没多加思索，似认为王天合这个名字也是哈斯宝所"改动"的。最近因为写"巧姐之'巧'"这篇短文时又一次阅读《红楼梦》第5回巧姐的"判词"和《留余庆》曲，若有所思，于是再次读哈斯宝"回批"，感到王天合这个名字仍有注意之处。

（1）第5回"判词""势败休云贵，家亡莫论亲。偶因济刘氏，巧得遇恩人。"以小说中后40回的描写看，当贾府势败被抄，巧姐被狠舅奸兄合谋所卖时，正是刘姥姥解救了巧姐。原因是巧姐之母王熙凤在世时有恩于刘姥姥，而刘姥姥虽家穷却不忘恩（与贾雨村不同）。巧字正是应巧姐之名字，同时也是王熙凤"济刘氏"之"巧"。

（2）如果说"判词"中并没有明确暗示巧姐最后的"归宿"就是嫁与王家（板儿）的话，那么小说第41回描写"大姐"（巧姐）以"柚子"换板儿手中"佛手"的故事则暗示了二人未来的姻缘，这是又一"巧"。脂批中在这段文字上明确指出"小儿常情，遂成千里伏线"，"以小儿之戏，暗透前后通部脉络"。"柚子"与"佛手"，即与"缘通"。文本与脂批都证明，巧姐在贾家"势败""家亡"之日嫁给了板儿——王天合。这是天作

之合,即所谓"千里伏线"的一"线"牵合。据以上两点可以推定板儿的大名(学名)叫王天合是合理的,名正言顺。

(3)哈斯宝在第39回"回批"中有如下一段话:

> 巧姐的事上……看了这回,才知那几字里很有连索伏笔。巧姐躲难,虽事出仓卒,也是天意所在,见板儿叫天合,便可知晓。

由这段"回批"看,我则认为"王天合"这个名字似乎是哈斯宝所据"底本"中的原文,而非随意"改动"。我不知程甲本或程乙本的翻刻本中是否有信息可加以证实,但"见板儿叫天合,便可知晓"十字已是证明。

至此,巧姐一生之"巧",全部有了着落。当然,从这里也可以看出,巧姐应该在后40回里成为一个重点描写的人物,她的故事远不止今日所见的120回《红楼梦》中所描写的这么一点点。令人遗憾的是,后40回遗失太多,连程伟元、高鹗二人也无办法"补"上。不过,这样的残缺倒给了后世红学家们一个"想象"的天地,否则哪里就冒出那么多"探佚家"呢?

这也应该算作一"巧"!

趣解红楼

堪叹古今情不尽
——妙玉之"洁"与"空"

妙玉是《红楼梦》中三个（其余两个是史湘云、薛宝琴）神秘女性之一。

说妙玉神秘，主要原因有三点：（1）第5回所写的"金陵十二钗"正册中所列的人物，一是贾府的女子，二是薛宝钗、林黛玉虽不是贾府的女子，但这两个人物都是贾府的至亲，且都与贾宝玉有爱情、婚姻方面的瓜葛。但妙玉却不同，她是出家人，不过是寄居在贾府的家庙——栊翠庵之中的"槛外人"。可以说，她同贾家的关系非常一般。但是妙玉却能身列于"正册"之中，这总该有点什么道理吧。（2）妙玉的身世是个"谜"。小说第17回写林之孝家的回王夫人的话时说：

> 外有一个带发修行的，本是苏州人氏，祖上也是读书仕宦之家。因生了这位姑娘自小多病，买了许多替身儿皆不中用，到底这位姑娘亲自入了空门，方才好了，所以带发修行，今年才十八岁，法名妙玉。如今父母俱已亡故，身边只有两个老嬷嬷，一个小丫头伏侍。

后来经王夫人批准，下贴请到贾府来。但前后文都说明妙玉与贾府没有家世上的渊源，完全是王夫人出于"善心"而请来的。但是这位请来的"槛外人"，出身却非同寻常：第5回《世难容》中说她"气质美如兰"，判词中又说她"金玉质"。特别是第41回"品茶栊翠庵"一回中，她拿出了连贾府公子小姐们都没有见过的茶具，并对贾宝玉说："不是我说狂话，只怕你家里未必找的出这么一个俗器来呢。"这些描写，都说明妙玉的家世出身非是林之孝家的说什么"读书仕宦之家"。因为，在封建社会里所谓"金枝玉叶"是有特指的，就是贾府的公子小姐也是不能称为"金枝玉叶"的。其次，贾府是功名奕世、赫赫百载的世族之家，其富贵已是"贾不假，白玉为堂金作马"，如这样的家庭都没有见过、使用过那些奇珍异器，可想妙玉之家的富贵还要在贾家之上。但小说中只写到此，脂批也没有再多透露，这里究竟隐藏着什么奥秘呢？（3）妙玉的结局令人疑窦横

生。小说第5回的判词中说她是"一块美玉,落在泥垢之中"。《世难容》曲中说她"到头来,依旧是风尘肮脏违心愿。好一似,无瑕白玉遭泥陷"。小说中写她最后"走火入魔",被贼人掠去。靖藏本有眉批暗示说她流落瓜洲渡口,"红颜固不能不屈从枯骨"。那么,妙玉的真正的结局究竟是什么呢?靖批如不假,那妙玉又是如何"屈从枯骨"的呢?以上三点,至今仍然没有研究透彻明白,尚需要进一步进行探索。

妙玉不仅可能出身高贵,远在贾薛四大家族之上,而且就其才华来说也不在薛林和探春、湘云等人之下。从第41回的妙玉论茶,第87回的论琴,以及她所作的联句、诗词的内容、格调来看,她的确是"才华阜比仙"。《世难容》曲对妙玉才华的评价,可以同宝钗、黛玉作个比较,高低之别立见分晓。但是,小说中确实没有全面来写妙玉的才华,给她提供的舞台极为有限,这一点除了后40回有些"迷失原稿"的原因之外,可能还有某些隐衷使作家无法充分描写这个神秘人物。

清人周澍《红楼梦新咏》中有《笑妙玉》诗云:"一般溷迹在红尘,何事偏称槛外人?泥湿未沾风里絮,梅开已逗意中春。梦魂忽作王孙配,海岛终随蛾子身。空色因缘卿若悟,岂愁猿马意难驯。"这是对妙玉一生命运悲剧结局原因的评论。概括起来:一是"云空未必空",她入了空门,但六根未净,身在佛门,心恋红尘。第63回宝玉过生日,她以"槛外人"的落款给宝玉下贴子,"遥叩芳辰"。第87回写惜春与妙玉下棋,宝玉偶然经过观棋,并问:"妙公轻易不出禅关,今日何缘下凡走?"妙玉听了,忽然把脸一红,也不答言,低头自看那棋。宝玉又道:"倒是出家人比不得我们在家的俗人,头一件心是静的。静则灵,灵则慧。"宝玉尚未说完,只见妙玉微微地把眼一抬,看了宝玉一眼,复又低下头去,那脸上的颜色渐渐地红晕起来。……在这段对话过程中,妙玉三次脸红,把她的心理活动都写出来了。何以脸红?答曰:"云空未必空"也。这在人物本身就是灵与肉的矛盾和斗争,肉欲的冲动无法抗拒,为她的悲剧性的结局打下了埋伏。所谓"坐禅寂走火入邪魔",即是身在佛门,幻想红尘,六根未净之"魔"。妙玉永远无法从心头驱走这个"邪魔"。二是"过洁世同嫌",最典型的例子是第41回"栊翠庵茶品梅花雪",她把刘姥姥用过的杯子让人另收到外面去。小说中写道:

妙玉刚要去取杯,只见道婆收了上面的茶盏来。妙玉忙命:"将

那成窑的茶杯别收了,搁在外头去罢。"宝玉会意,知为刘姥姥吃了,他嫌脏不要了。

同回又谈到那只茶杯,宝玉和妙玉陪笑道:"那茶杯虽然脏了,白撂了岂不可惜?依我说,不如就给那贫婆子罢,他卖了也可以度日。你道可使得?"妙玉听了,想了一想,点头说道:"这也罢了。幸而那杯子是我没吃过的,若我使过,我就砸碎了也不能给他。你要给她,我也不管,只交给你,快拿了去罢。"她的个性的孤洁,导致世俗的不能容忍。这是人与社会的矛盾和斗争,在强大的腐朽势力面前,个人总是弱者,无法改变现实,只能是"屈从枯骨","终陷淖泥中"。第 63 回通过邢岫烟告诉宝玉:"闻得他因不合时宜,权势不容,竟投到这里来。"说明妙玉出家是"权势不容"被迫而以青灯黄卷为伴。《世难容》对妙玉的悲剧结局,概括为"却不知太高人愈妒,过洁世同嫌",这个剖析,有着极为深刻的道理。

太高人愈妒,过洁世同嫌,说的是妙玉——一个小说中的人物。但这两句话的深刻意义,却绝不限于皈依佛门的妙玉一人而已。

那么,在无为清静的佛门之外的世俗社会里又会是什么样子呢——那你就看一看,想一想吧!

香菱

菱荇花香淡淡风
——香菱之"呆"

香菱就是第 1 回出场的甄士隐的女儿甄英莲（谐"真应怜"）。甄家住姑苏阊门外十里街仁清巷葫芦庙旁。她的父亲是一个小乡宦，名费，字士隐；母亲封氏情性贤淑，深明礼义。家中虽不甚富贵，然本地便也推他为望族。这个描写说明英莲是一个有家世根基的女孩子。不幸的是在元宵佳节夜晚她走失了，被拐子拐去，再被转卖。现今社会上专有拐卖妇女儿童者，从中赚取钱财。英莲被拐卖的事说明拐卖妇女儿童古已有之。第 4 回薛蟠打死小乡宦冯渊，即是为了争夺英莲而起。最终因薛家有钱有势，英莲落入了呆霸王薛蟠之手。从此以后英莲被改为了香菱。香菱，典出唐代许浑的《朱坡故少保杜公池亭》诗，其后四句云：

　　楸梧叶暗潇潇雨，菱荇花香淡淡风。
　　还有昔时巢燕在，飞来飞去画堂空。

第 80 回中香菱之名又被薛蟠新娶的夏金桂改名为秋菱，当是据"菱花秋水，顾影应自怜"句意了。从英莲（应怜）到香菱（相怜）、秋菱（求怜），名字中都暗寓其虽有根基但命运却"实堪伤"。特别夏金桂在薛家的出现，注定了香菱的厄运难逃。"桂"字系二土合木字，应了第 5 回副钗判词中所云"自从两地（两土也）生孤木，致使香魂返故乡"的预示。

从小说中对香菱的描写看，香菱的根基不让探春，容貌不让秦可卿，端庄不让宝钗，风流不让湘云，然而她的命运却不及她们中任何一个人。例如，第 7 回周瑞家的送宫花路上遇到香菱，周瑞家的便拉了她的手，细细地看了一会儿，因向金钏儿笑道："倒好个模样儿，竟有些像咱们东府里蓉大奶奶的品格儿。"第 16 回通过贾琏与王熙凤之口再次评论香菱"生的好齐整模样"，"其为人行事"，"温柔安静，差不多的主子姑娘也跟他不上呢！"香菱之才，见于第 48 回"慕雅女雅集苦吟诗"。她到大观园之后立志向林黛玉学作诗，先作两首没有通过，但第三首却博得了众人的首

肯。诗云:

> 精华欲掩料应难,影自娟娟魄自寒。
> 一片砧敲千里白,半轮鸡唱五更残。
> 绿蓑江上秋闻笛,红袖楼头夜倚栏。
> 博得嫦娥应借问,缘何不使永团圆!

第49回开头即评此诗,众人看了笑道:"这首不但好,而且新巧有意趣。可知俗语说'天下无难事,只怕有心人'。社里一定请你了。"由此可见,香菱是有慧根的。她拥有想象的大海,在诗的王国中遨游,寻找到摆脱身世不幸的理想之境。她用诗表达自己心灵深处的感受,表现了"精华欲掩料应难"的才智,给人们留下了无限的同情和感叹!

然而,第62回里这位才、貌、识三才兼备的香菱,却被作者赐了一个"呆"字。按字面理解,这"呆"字是"滞笨"、"不灵敏"、"愚人",薛蟠就有"呆霸王"之外号。怎么能说香菱也是一个"呆子"呢?以我的猜想,所谓"呆香菱"之"呆",并不作"滞笨"、"不灵敏"、"愚人"之解,而应该理解为"呆想"之"呆"。记得《长生殿·埋玉》里有句云:"生作呆想,忽抱旦哭介。"此可作为"呆"字意涵的注脚。以小说中的描写对照,香菱的"呆想"有三:

(1)香菱与小螺、芳官、蕊官、藕官、豆官等四五个人在园子里坐在花草堆上斗草,香菱说自己有"夫妻蕙",并引经据典地说出"一箭一花为兰,一箭数花为蕙。凡蕙有两种,上下结花者为兄弟蕙,有并头花者为夫妻蕙"。因她手中所拿的是枝"并头的蕙",所以是"夫妻蕙"。结果引起小伙伴的取笑,说她想"汉子"了,让她脸红不好意思起来。这是一"呆",呆在她只照"书本"上写着的去直说,而不去想"夫妻蕙"的另一层意思,即女孩儿口中应避讳说"夫妻"之类的词儿,"呆"在"本本主义"上了。

(2)当香菱与小伙伴们打闹起来,弄脏了自己的石榴裙子时,不赶紧回去换裙子,却穿着湿漉漉的裙子站在那里同多情公子贾宝玉大谈换裙子的办法。石榴裙在南朝时被诗人们称为大红裙,其颜色当与石榴的颜色相同。《玉台新咏》卷6收有何思澄《南苑逢美人》诗,其有句云:"风卷葡萄带,日照石榴裙。"这可能是"石榴裙"较早的出处了。唐刘禹锡在

《乐文寄忆旧游因作报白君以答》诗中有"其余钱塘苏小小,忆君泪点石榴裙"。可见诗人对石榴裙是情有所系的。可笑的是,香菱不赶紧去换裙子,此时此刻竟然怕"辜负"了宝玉的"心",站在那儿等着宝玉去拿裙子。这在别的女孩来说,当不会像她那样天真地"呆"下去。

(3)当宝玉取来了裙子,她还站在原处。拿到裙子后她竟毫不避讳,仅让宝玉背过身去,自己就换下湿裙子,还对宝玉说:"裙子的事可别向你哥哥(指薛蟠)说才好。"正如宝玉说的,"可不我疯了,往虎口里探头儿去呢!"这又是一"呆"。

这三"呆",足以表现香菱的纯情和天真的情性。她虽已为人侍妾,但心无存"夫妻"的意思,没有往深处想过。为了不"辜负"他人之心,站在原处一直等下去。她心地之中没有一丝的邪念。她临别宝玉时所嘱咐宝玉的一句话,固然有点"呆"气,可见她并不傻气,知道利害关键处呢!

香菱"呆"得可爱,有几分孩子气。

 趣解红楼

平兒

俏也不争春
——平儿之"俏"

平儿是《红楼梦》中的重要女性之一。她的名字应该列在"金陵十二钗"的副册里。这是因为,她不仅是管家奶奶王熙凤的陪嫁丫头,成为当权者的"心腹";更重要的是,她在当权者默允之下被琏二爷收了房,名分上是"妾",成为名正言顺的"半个主子"。

纵观百廿回《红楼梦》,作者用了相当多的笔墨来描写平儿的故事。尽管我们找不出什么大喜大悲的动人情节,但只要稍微留心就会发现,有关她的行事、品格却贯穿小说的始终,给读者留下一个完整的印象。如她的名字四次被写入回目之中——即第21回"俏平儿软语救贾琏"、第44回"喜出望外平儿理妆"、第52回"俏平儿情掩虾须镯"、第61回"判冤决狱平儿行权"。从这些回目可以看出,作者显然在有意突出平儿是一个特殊人物。

《红楼梦》对重要人物的描写,常常采用"陪衬"法、"映衬"法。如贾母,用刘姥姥来"映衬";贾政以贾赦来"陪衬"。王熙凤的"陪衬"人物就是平儿,如同绿叶托衬着一朵红花,使红花更"红",而绿叶在红花映照下又显出几分俏丽。作者在回目中两次用了"俏平儿"这个词,显然是花费了一番心思的。

从形容举止来看,平儿外表的描写文字实在是很少很少,不及袭人、晴雯等大丫头的描写,甚至连鸳鸯、紫鹃等人物也不如。例如,小说第6回"刘姥姥一进荣国府",是平儿初次亮相的描写,作者通过对刘姥姥的眼睛对平儿的形容举止,仅作了如下的介绍:

> 刘姥姥见平儿遍身绫罗、插金带银,花容玉貌的,便当是凤姐儿了。才要称姑奶奶,忽见周瑞家的称他是平姑娘,又见平儿赶着周瑞家称周大娘,方知只不过是个有些体面的丫头了。

所谓"遍身绫罗、插金带银,花容玉貌的",可以说适合《红楼梦》中所写的众多女儿。试想,《红楼梦》正副册的十二钗中哪一个不是"遍

 趣解红楼

身绫罗、插金带银"的,哪一个又不是"花容玉貌"的?何止平儿一人!

其后,第21回是描写"俏平儿软语救贾琏",该当写一写这位平姑娘之"俏"了。可是满纸只写了一句"贾琏见他娇俏动情,便搂着求欢,被平儿夺手跑了"。到了第44回,全书过了三分之一,在"喜出望外平儿理妆"时似乎应该大肆渲染一番平儿之"俏"了,可又没有。这一回也只写了一句"平儿依言妆饰,果然鲜艳异常,且又甜香满颊"。寥寥数笔,一带而过,让人难以看出平姑娘之"俏"来。至于第52回"俏平儿情掩虾须镯",作者的笔墨是着在"情掩"上,对平儿之俏究竟"俏"在何处呢?

这个疑惑,恐怕不少人都有过,我亦如此。不过,当我多读几遍《红楼梦》之后,体会略有几分不同了。我想作者的意图是要写平儿的气质之俏、心灵之俏,而不在其外表之俏。因为小说中的有关平儿的描写都集中在她的行事上,通过诸多行事让读者感受到平儿的可爱、可敬,又有几分令人同情。概而言之,可以从下面一些事实中看出来:

(1)忠心事主,心无旁念。平儿首先是凤姐家事与外事的一道自然"屏"障。第39回李纨曾对平儿作过评论,说她:"你就是你奶奶的一把总钥匙。"这个评论可以说是一语中的,把平儿的身份、地位都道出来了。作为王熙凤的"心腹"之人,平儿表现出忠心事主的品格。她处处事事为奶奶着想,分担许多家内事。凡属凤姐的大小事情都先经过她的手,然后再报告给凤姐裁夺。她如同一位高级的生活秘书,事事料理井井有条,而又从不越权行事。这恐怕是她深得凤姐喜欢和信任的一个重要原因,否则她就不会随嫁到贾家,也不会被贾琏收了房,成了"半个主子"。

其次,平儿是贾琏与凤姐之间的"屏"风。她虽然名分上是"妾",却从来不与凤姐儿争风吃醋,而是处处让着凤姐,即使贾琏有时要"搂着求欢",也尽力"夺手跑了"。这在平儿的地位上的人来说是不容易做到的。恐怕也是因为如此,凤姐才能容忍身边有这样一个人存在。如像秋桐那样不知天高地厚,争风吃醋,要不了几日就要被处治掉的。贾宝玉对平儿的处境非常清楚,曾经慨叹平儿处在贾琏之俗、凤姐之威之间却能体贴周到,殊不容易。第21回"俏平儿软语救贾琏"和第44回"喜出望外平儿理妆"两回集中体现了平儿能平息事端的品格。

平儿忠心事主,还表现在她对危及凤姐地位的事及时报告,绝不含糊。例如贾琏偷娶尤二姐之事,就是她首先得到讯息报告给王熙凤的,说明了她的忠心。

(2)心地善良、宽厚待人。平儿是凤姐的"心腹",又有一定的名分,但她行事绝不仗势欺人或是狐假虎威、以强凌弱。第一件事是第52回"俏平儿情掩虾须镯",她的镯子被宝玉房中的小丫头坠儿偷去,明知底里却不愿声张。这一方面体谅了宝玉在女儿身上的良苦用心,保全了宝玉和房内大丫头的面子,另一方面又照顾了病中晴雯的身体,三全齐美。第二件事是第61回"判冤决狱平儿行权",她在处理"茯苓霜失窃"一案,当水落石出时,她仍能瞻前顾后,既诫饬了窃者,宽容了窝主,又保护了好人,没有辜负宝玉的一片苦心。第三件事是后40回中写巧姐被奸兄狠舅出卖时,平儿悉心照护巧姐脱险,就连贾琏也深为感动,打算扶她为正室。这说明她忠于熙凤,更可见她心地的善良。此外,如贾琏偷娶尤二姐事,平儿虽然告诉了凤姐,但她对凤姐虐待尤二姐、害死尤二姐一事并不赞成,反同情尤二姐,就连尤二姐死后的丧事都是她背着凤姐帮助贾琏处理的。还有她对贾赦要强娶鸳鸯之事,也是站在鸳鸯一边骂贾赦为衣冠禽兽,同情和支持鸳鸯。第65回通过兴儿之口评说平儿为人很好,"背着奶奶常作些个好事"。从以上事实中可以看出,平儿心地是非常善良的。一个人在得宠时能够如平儿者不多见,而狐假虎威、恃宠骄横者多之。平儿的可爱、可敬,也就在这些看似平常却又不平常的日常生活中展示出来。

(3)平儿为人行事如同她的名子一样——平和、平等。她聪明而有清醒的头脑。平儿的聪明不仅表现在她处理和凤姐、贾琏之间的关系,以及与上下左右的关系,而且还表现在她对凤姐的几次劝说上。如第61回当平儿处理完"茯苓霜失窃"一案后,回房向凤姐作汇报时,凤姐说道:"依我的主意,把太太屋里的丫头都拿来,虽不便擅加拷打,只叫他们垫着磁瓦子跪在太阳地下,茶饭也别给吃。一日不说跪一日,便是铁打的,一日也管招了。……"这时平儿劝道:

> 何苦来操这心!"得放手时须放手",什么大不了的事,乐得不施恩呢。依我说,纵在这屋里操上一百分的心,终久咱们是那边屋里去的。没的结些小人仇恨,使人含怨。况且自己又三灾八难的,好容易怀了一个哥儿,到了六七个月还掉了,焉知不是素日操劳太过,气恼伤着的。如今乘早儿见一半不见一半的,也倒罢了。

这段劝说王熙凤的话,可谓肺腑之言,又是至理名言。它一方面使我

趣解红楼

们看到平儿为人的宽容大度、心地善良、处事平和的一面,又使我们看到她的聪明才智和清醒头脑。在这一点上,王熙凤恐怕就不如平儿。因为,凤姐一生虽聪明透顶,机关算尽,但她的病根儿也就在于一味相信权力可以达到一切目的,一味地施威。她忘记了"得饶人处且饶人"的道理,忘记了理家治国需要"恩威并施"的成训!

在小说中,平儿与王熙凤是一对互相映衬的人物,平儿之平、之俏是在王熙凤的泼、辣、狠的行为中显现出来的,而又以她的平、俏来反衬凤姐的泼、辣、狠。王熙凤是以外表的美丽、内心的丑恶著称的,平儿在外表上不能"夺"主子之美,但她是内心俏——用北京人的俗语说是"心里美"。

清人青山山农评价"平儿不矜才、不使气、不恃宠、不市恩,不辞劳怨,有古名臣事君之风"。应该说是中肯公允的。

平儿也是一个可人儿!

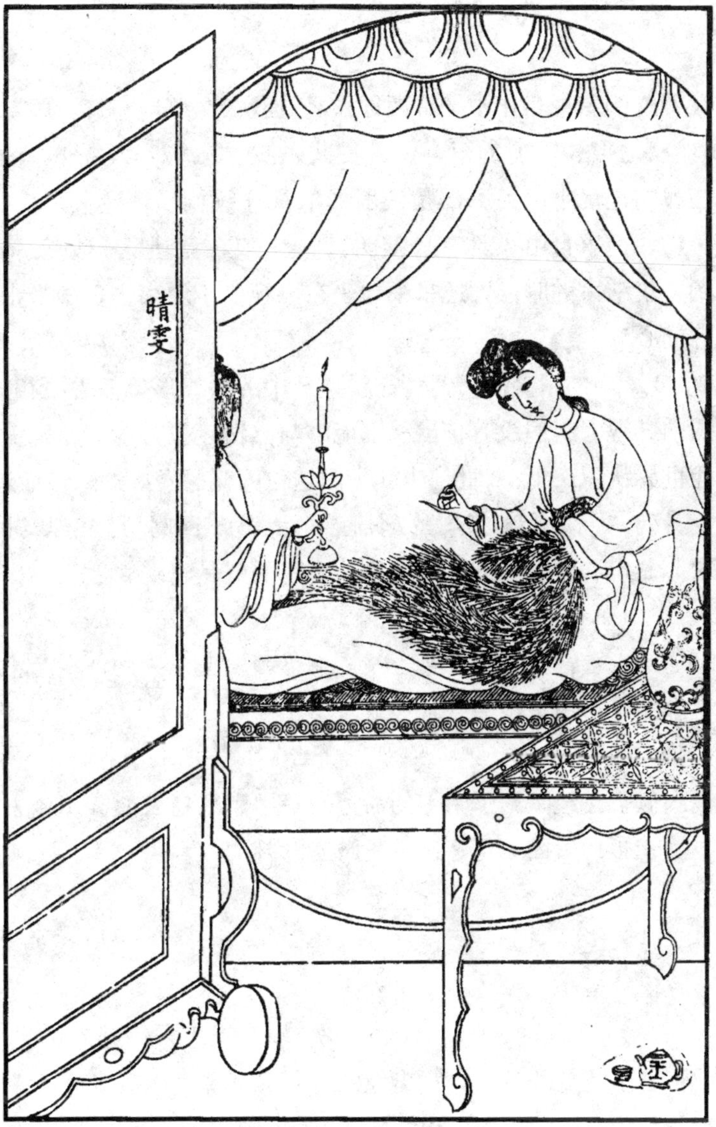

晴雯

人物篇

趣解红楼

风流灵巧招人怨
——晴雯的"撕"与"补"

在我看过的影视名作中,有两部作品令我久久不能忘怀。一部是《女奴》,虽然已是很久以前的事,但那黑皮肤的"女奴"反抗压迫的精神,永远留在我的记忆中。另一部是俄罗斯电视连续剧《情迷彼得堡》,那位聪明、善良、追求自由、具有表演天才的女奴,竟让我一集又一集看下去,直到百集结束的时候,还呆呆地坐在电视前不愿离去,她带走了我那颗不平静的心!

《红楼梦》中的晴雯同《情迷彼得堡》中的女奴形象似乎更相近一些,可惜中国的影视大腕们没有拍出一部能够与《情迷彼得堡》相媲美的连续剧来,让世界认识一下18世纪中叶中国这位闪光的女奴的悲惨命运。

晴雯身列"金陵十二钗"的副册。小说第5回写贾宝玉梦游太虚境时,在"薄命司"中看到的册子中第一个写的就是晴雯。

> 揭开一看,只见这首页上画着一幅画,又非人物,也无山水,不过是水墨渝染的满纸乌云浊雾而已。

这幅画似乎已经暗寓了晴雯的命运——"满纸乌云浊雾"掩去了晴雯美丽耀眼的光彩!后面几行字迹,是晴雯的判词:

> 霁月难逢,彩云易散。心比天高,身为下贱。风流灵巧招人怨。寿夭多因毁谤生,多情公子空牵念。

词中写出了晴雯的身份,写出她的美丽和不幸。"多情公子空牵念",有人说指的是贾宝玉,可备一说。然而在我的眼中,应该更广义地说是指天下所有的"有情"之人,包括千千万万读过《红楼梦》的人!

《红楼梦》以晴雯的名字、故事作为回目堪居全书之首。"撕扇子作千金一笑"(第31回)、"勇晴雯病补雀金裘"(第52回)、"俏丫鬟抱屈夭风流"(第77回)、"痴公子杜撰芙蓉诔"(第78回),或专章写晴雯,或与

晴雯有关。这说明《红楼梦》作者对晴雯这个人物怀有特殊的感情,同情、愤慨、怀念交织在一起,激发出那篇惊天泣地、脍炙人口的"芙蓉女儿诔"。

"撕扇子作千金一笑",是小说中写得最淋漓畅快而又充满诗情画意的故事。它表现了一个美丽女奴的任性率真的一面,也表现了主人公贾宝玉怜花惜玉、宽厚待下的一面。试想,双美并坐,听着那"嗤嗤"的撕扇声音,看着美人露出那得意的娇笑,活画出一幅"千金一笑图"!

任性、率真只是晴雯性格的一个侧面而已,小说中写她"病补雀金裘"一回充分展示了她的才艺,给读者留下了鲜明的印象。

> 晴雯方才又闪了风,着了气,反觉更不好了,翻腾至掌灯,刚安静了些。只见宝玉回来,进门就嗐声跺脚。麝月忙问原故,宝玉道:"今儿老太太喜喜欢欢的给了这个褂子,谁知不防后襟子上烧了一块,幸而天晚了,老太太、太太都不理论。"

这是一件名贵的"雀金裘",虽然只有"指顶大的烧眼",但整件衣服受损,无法向老太太交待。小说细写丫鬟们为此而忙碌,先是让人包了去找能织补的人,继而又找了裁缝绣匠,"都不敢揽",说明这是一个非常困难的活儿。

面对此情此景,正在病中的晴雯强打精神揽下来了。小说中先写晴雯的病状,继而写出织补的过程:

> (晴雯)一面说,一面坐起来,挽了一挽头发,披了衣裳,只觉得头重身轻,满眼金星乱迸,实实撑不住。若不做,又怕宝玉着急,少不得恨命咬牙挣着。便命麝月只帮着拈线。晴雯先拿了根比一比……先将里子拆开,用茶杯口大的一个竹弓钉牢在背面,再将破口四边用金刀刮的散松松的,然后用针纫了两条,分出经纬……又看看,织补两针,又端详端详。无奈头晕眼黑,气喘神虚,补不上三五针,伏在枕上歇一会。

终于"真真一样了",她自己也累得"身不由主倒下"了。

同晴雯"撕扇子"相比,"补雀金裘"是写晴雯的"灵巧"美,而且

是"病态"中凸显这种美,更让人心疼、让人敬佩。晴雯本人的心灵、形象都在这种病态美中升华了,达到了一种完美无暇的高度,给读者留下了永不磨灭的美好形象!

"撕"、"嗤嗤"笑,有肢体动作,又有一种情态感。"补"和"头晕眼黑"、"气喘神虚",也是肢体动作美与病态美的结合。这二者都是晴雯美的一部分,更是她性格美乃至生命之美的展现,但是人们可以从这两种美中看到人物性格上的两个不同的侧面。

人物篇

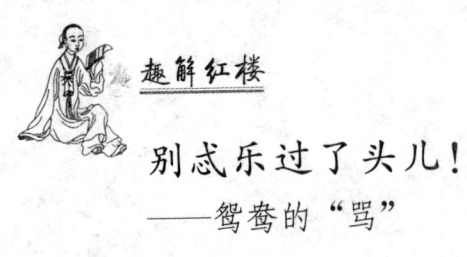

别忒乐过了头儿!
——鸳鸯的"骂"

鸳鸯是《红楼梦》副册十二金钗中的重要人物之一。据书中介绍,她的父母是贾府的老奴,所以她是道地"家生子"。同小说中其她大丫鬟相比,鸳鸯直到清虚观打醮那一回才出场。到了第39回李纨、宝钗、宝玉等几个人凑在一起论几位丫鬟级的人物,李纨首先说到了鸳鸯。李纨道:

  大小都有天理。比如老太太屋里,要没那个鸳鸯如何使得。从太太起,那个敢驳老太太的回,现在他敢驳回。偏老太太只听他一个人的话。老太太那些穿的、戴的,别人记不得,他都记得。要不是他经管着,不知叫人诓骗了多少去呢!那孩子心也公道,虽然这样,倒常替人说好话儿,还倒不依势欺人的。

四小姐惜春平时里很少在众人面前多说话,绝少去谈他人长短,今日里也竟然开口说道:"老太太昨儿还说呢,他比我们还强呢。"这是小说中第一次从他人口中我们知道鸳鸯的为人行止和在众人心目中的地位。如果把李纨的评价略加概括的话,鸳鸯的可敬之处当是以下三个方面:

(1) 忠于职守,任劳任怨。将老太太的起居穿戴管理得井井有条,服侍得让老太太舒舒服服。所以老太太才能够谁的话都不听而听鸳鸯的话,说通俗点就是"信任"二字。

(2) 办事公道,体谅他人。例如第40回宴会结束之后,鸳鸯所做两件事就让人佩服。一是她主动向刘姥姥"赔不是"。前面她与王熙凤联合"导演"让刘姥姥吃鸽蛋出尽了洋相,饭后她主动对刘姥姥笑道:"姥姥别恼,我给你老人家赔个不是。"刘姥姥笑道:"姑娘说那里话,咱们哄着老太太开个心儿,可有什么恼的!你先嘱咐我,我就明白了,不过大家取个笑儿。我要心里恼,也就不说了。"第二件事是饭后立即问道:"今儿剩的菜不少,都那去了?"婆子们道:"都还没散呢。"于是鸳鸯吩咐给平儿、素云(李纨丫鬟)、袭人分头送去。其实她只是一个大丫鬟,此类事是轮不到她来操心的。但是她心中有姊妹们,记挂着他们,这就是鸳鸯品格高尚的地方。

（3）替别人说话，不依势欺负人。鸳鸯虽是一个丫鬟，但因为她是老祖宗的身前人，日夜不离，所以她又有一种不同于其他丫鬟的特殊地位。不仅贾政、贾琏、王熙凤等主子要另眼看待，甚至在称谓上都是一口一个"鸳鸯姐姐"。贾母玩牌时要给她准备凳子坐着，这还可以理解，因为是为了让贾母赢钱高兴。但在吃饭时王熙凤竟然拉着她坐在一起吃，那就是有意抬高到一般主子的地位上了。正是由于这些原因，鸳鸯能够做到不依"势"欺他人那就更加难能可贵了。试看生活中，给长官开个车、夹个包之类的一些人，那嘴脸仿佛他自己就是首长了。盛气凌人，说话腔调是拿的，走路姿势是摆的，走路时连前后有时都分不清楚了。古今老百姓都说过一句话："阎王爷好见，小鬼难搪。"这些人就是甘心当人人痛恨的"小鬼"！鸳鸯身为奴才，但她绝不去做另一种奴才的事，所以她才可敬。就连东府尤氏对她也另眼相看（见第43回）。

鸳鸯的特写镜头安排在第46回，回目用对比法，上句是"尴尬人难免尴尬事"，是写荣国府长房的当家奶奶邢夫人，称她是"尴尬人"，公开贬损；下句是"鸳鸯女誓绝鸳鸯偶"，公开赞颂她的"誓绝"。整回文字中要引的地方太多，但有三处值得注意：

首先，第一次正面写出鸳鸯的形貌。作者是透过邢夫人的眼睛来描写的：

> 邢夫人笑道："做什么呢？我瞧瞧，你扎的花儿越发的好了。"一面说，一面便接他手内的针线瞧了一瞧，只管赞好。放下针线，又浑身打量。

这就是中国百姓常说的一句话："黄鼠狼给鸡拜年——没安好心"！下面接着写道：

> 只见她穿着半新的藕合色的绫袄，青缎掐牙背心，下面水绿裙子。蜂腰削背，鸭蛋脸面，乌油头发，高高的鼻子，两边腮上微微的几点雀斑。

说不上是"美若神仙妃子"，但却是个有个性的少女。

趣解红楼

其次,鸳鸯"誓绝"的一幕感天地泣鬼神。试想,大老爷贾赦是荣国府里惟一袭着一级爵位的"官",他的身份、地位、俸禄又是何等的令人羡慕!多少人家都盼着女儿能嫁给这样的人呢!鸳鸯呢,是个"家生子",说白了是永世不得翻身的奴才。曹寅的一生惭恨是什么?就是永远不能脱籍而成为一个自由人。由此可想,当大老爷要娶鸳鸯为妾的消息传开后,他的娘家人一个个跑出来劝说鸳鸯答应的那种心情是多么兴奋,又是多么的"猴急"。他们想到的是"一人得道,鸡犬升天",从此有了衣食的依靠。然而,鸳鸯的回答令这些利令智昏的蠢物大失所望——

"家生女怎么样?'牛不吃水强按头?'我不愿意,难道杀我的老子娘不成?"……"纵到了至急为难,我剪了头发作姑子去。不然,还有一死。"

斩钉截铁。"还有一死",这是天下受压迫者最后的选择,也是最大的反抗!人的形骸固然可以泯灭,但他们的人格、精神是永存的!

最后是鸳鸯的"骂"。作为人的一种情态来说,骂的原因、骂的对象、骂的结果、骂的价值,乃至骂的审美意义,都完全不同。鸳鸯的"骂"是对压迫者愤怒的骂,对无耻的攀附者的"骂",还有对那些精神麻木、甘心于自己现状的人的骂,可谓三骂。鸳鸯当着贾母和众人的面骂道:

我是横了心的,当着众人在这里,我这一辈子莫说是宝玉,就是宝金、宝银、宝天王、宝皇帝,横竖不嫁人就完了!就是老太太逼着我,我一刀抹死了,也不能从命!若有造化,我死在老太太之先;若没有造化,该讨吃的命,伏侍老太太归了西,我也不跟着老子娘哥哥去,我或是寻死,或是剪了头发当尼姑去!

这是一骂,骂到了"宝皇帝"的头上去了!二骂她哥嫂的势利眼。

鸳鸯听说,立起身来,照他嫂子脸上下死劲啐了一口,指着他骂道:"你快夹着×嘴离了这里,好多着呢!什么'好话'!……怪道成日家羡慕人家女儿作了小老婆,一家子都仗着他横行霸道的,一家子都成了小老婆了!看的眼热了,也把我送在火坑里去。我若得脸呢,你们在外头横行霸道，自己就封自己是舅爷了……"

这是二骂，虽然他们是至亲，然而兄嫂却是无耻的势利之徒，该骂！

鸳鸯的三骂对象是平儿和袭人，一个是名正言顺的媵，一个是准妾。虽然二人都是她的朋友，但是她们竟拿此大事取笑儿！一个让说"已给了琏二爷"，一个让说"已经许了宝玉了"，她们的话伤了鸳鸯的自尊心。因骂道：

两个蹄子不得好死的！……你们自为都有了结果了，将来都是做姨娘的。据我看，天下的事未必都遂心如意。你们且收着些儿，别忒乐过了头儿！

这是"警告"似的骂，骂得有情有理，完全不同前面的那种"愤恨"的骂。

在古代的小说中读者可以随时看到有那么一些人，刚刚当上个有"名"的妾，享受了一点给"爷"当老婆的待遇，就满以为自己真的被"扶正"了，于是乎满街臭显摆自己"地位"的光彩，就连天上有块云彩都惟恐遮了她的光芒。

鸳鸯虽然文化不高，既不是"诗痴"，也不是"诗疯子"，但她把世情看得透、看得深。她说："据我看来，天下的事未必都遂心如意。你们且收着些儿，别忒乐过了头儿！"这虽然写不到"醒世恒言"里当经典去念，但记住没错儿——

"别忒乐过头儿！"

 趣解红楼

啼尽春风不忍飞
——紫鹃之"慧"

我接触到一些否定《红楼梦》后40回的学人,常以后40回的某些情节与前80回某些个情节相同,而指为低劣的"模仿",说明不是曹雪芹的构思,当然也就不是曹雪芹写的文字。对这些高论我是从不敢苟同的。例如,他(她)们常举的例子中有紫鹃最后"出家"的问题,认为是"套"妙玉出家而写的。其实,紫鹃"出家"是后40回写得非常成功的故事,成功地完成了紫鹃这个人物形象的刻画。从紫鹃这个人物性格的前后发展看,前80回与后40回是一致的,根本不存在什么矛盾,更不存在"套"别人故事的问题。假如论者不是怀有偏见的话,应该仔细读一读后40回,看一看紫鹃出家与妙玉、惜春出家之间的真正差异,不要人云亦云,信口开河!在大观园的大丫鬟之中,紫鹃的名字似取之杜甫的《杜鹃》诗:"古时杜鹃称望帝,魂作杜鹃何微细。"故被曹雪芹赐以"慧"字,以此来概括她的人格。她的身份是黛玉的贴身丫鬟,朝夕相处。日常里忠心耿耿地侍奉主人,从端水熬药到黛玉的婚姻大事,没有关心不到的地方。可谓"微细"之极。她们之间虽有主仆名分,但在感情上是情同亲姊妹的知己。这在那个时代、那个社会里,有此等女婢实是不容易的。小说第57回写主仆的一段谈话感人肺腑,紫鹃道:

> ……我倒是一片真心为姑娘,替你愁了这几年了!无父母无兄弟,谁是知疼着热的人?趁早儿,老太太还明白硬朗的时节,作定了大事要紧。俗语说:"老健春寒秋后热。"倘或老太太一时有个好歹,那时虽也完事,只怕耽误了时光,还不得趁心如意呢。公子王孙虽多,那一个不是三房五妾,今儿朝东,明儿朝西?娶一个天仙来,也不过三夜五夜,也就撂在脖子后头了。甚至于怜新弃旧,反目成仇的,多着呢。娘家有势的,还好。要像姑娘这样的,有老太太一日好些,一日没了老太太,也只是凭人欺负罢了。所以说,拿主意要紧。姑娘是个明白人,没听见俗语说的,"万两黄金容易得,知心一个也难求"。

按常理来说，紫鹃的这段劝黛玉的话已超越了主奴的关系，是不该由她来说出的。她的身份如是雪雁也可以理解，因为雪雁是黛玉从南方带来的，应该明白她们进京的目的，更了解黛玉的心意。不是雪雁出面来说，而是紫鹃说出这种掏心窝子的话，可见其对黛玉忠心的程度了。

紫鹃的"慧"主要围绕在黛玉与宝玉之间的婚事上。她清楚地知道林妹妹暗恋上宝哥哥，此情无法割舍了。于是她寻找一切机会将这对恋人的事上达老祖宗，下通宝玉。她两次不顾被人误解，不顾自己的脸面欲把婚事尽快促成。一次是薛姨妈无意间说到宝黛相配的话，她不失时机地向薛姨妈说："姨太太既有这主意，为什么不和老太太说去？"这是一种试探，也是一种主动的进攻。弄得薛姨妈进退维谷，只好辩解说是紫鹃本人着急嫁人出去。老奸巨滑的薛姨妈虽然拒绝了紫鹃的要求，但却暴露了她的虚伪真面目，使紫鹃看透了这条路的艰辛。另一次在抄检大观园时，在她房间里搜出了几件宝玉的旧物，她顺势将自己与宝玉拉扯上"关系"，其意在说明宝黛是一对分不开的情侣，"账也算不清"。为黛玉她心甘情愿去做一个"厚颜无耻"的丫鬟。这在第57回"情辞试忙玉"一段描写，更加显现无遗。这是一次冒险的行动，她为了最终知道宝玉的"心"，不惜承受宝黛的埋怨，承受贾母还包括那个专门"袭人"的袭人的"臭骂"与责怪。她的冒险应该说基本成功了。宝玉听了，便头顶上响了一个焦雷一般，这个"反应"，使紫鹃心里有了底，"活着，咱们一处活着；不活着，咱们一处化灰化烟，如何？"这才真正是紫鹃所说的"万两黄金"买不到的"知心"！

紫鹃平实稳健，又是充满生命力的女孩。她与黛玉有主仆之情、姊妹之情、知心之情，冷中含着无限的热情、挚情。第97回在黛玉生命殒落之时，她的一片孤忠，令人泣下。此时此刻，紫鹃面对林之孝家的催逼，冒着犯上的罪责，她正气凛然地道："林奶奶，你先请罢！等着人死了，我们自然是出去的，那里用这么……"这才真正是"舍得一身剐，敢把皇帝拉下马"的气概！我以为林妹妹在离恨天里听到紫鹃的话，她应以此感到宽慰——人间自有真情在。

紫鹃的"慧"，还在表明她有"慧根"。黛玉之死使她慧根顿悟，终于看到了人生的局限，看到世态炎凉。她从热爱走向怀疑，进而是完全的绝望。第113回，宝玉夜访紫鹃，做了一次追魂摄魄的深谈。当她听完了宝玉的"剖白"之后，她明白了"空即是色，色即是空"的真谛，终于决定遁入空门。不错，从表面上看妙玉、惜春不也是出家吗？紫鹃也出家了。这故事、这人物的结局"何其相似乃尔"！然而，紫鹃的出家不是惜春的为了逃避，更不是妙玉的"云空未必空"。紫鹃即杜鹃所化，有啼血之喻。黛玉之哭有如杜鹃啼血，血尽而化。故黛玉逝，紫鹃遁入空门。她正是在情尽之后升华自己的感情，达到了纯情乃至"无情"。

清人青山山农在《红楼梦广义》中有云："紫鹃，黛玉之张承业也。承业忠于唐，而不能禁李存勖之虎位；紫鹃忠于林，而不能禁薛宝钗之夺婚。一片热肠，为知己愁，不能为知己助。迨至黛玉死，宝玉亡，长斋绣佛，终身不事二主，非具大气节而能着是乎？呜呼！可以愧王魏之流矣。"紫鹃得此佳评，虽身在空门亦足矣。

情到深处则无情。这才是"慧"的根蒂！

趣解红楼

襲人

粲花妙舌惯将迎
——花袭人之"袭"

在大观园内有头有脸的大丫鬟中，袭人是首座，是领班的人。有人用"对称法"找出根据，说她是薛宝钗的"影子"。曹雪芹用了一个"贤"字给她，表面是褒扬，骨子里对这个"贤"字是嘲讽，这叫做"风月宝鉴"有正反两面，不仅要看正面，还要看反面，这方是读《红楼梦》的真正方法。袭人姓花，本名珍珠。偏是宝玉"淘气"，又给她改名字，依据一句古诗："花气袭人知骤暖"。"花气"虽香只能闻闻而已，风一来就吹得无影无踪。这名字中的"袭人"二字最经得起琢磨、品味，依曹雪芹的安排是"袭人"谐"戏人"，最终嫁给了唱"戏"之人——蒋玉菡。这表现在"副十二钗"判词中：

枉自温柔和顺，空云似桂如兰。
堪羡优伶有福，谁知公子无缘。

"优伶"就是俗称的"戏子"、"唱戏人"。这是指安排的结局，而非指她的人格。袭人的人品，就是专门"袭人"。

袭人"温柔和顺"与薛宝钗的"稳重平和"、"端庄大方"相似，也算可以媲美的。这也是她能从侍候贾母的位置上转到侍候宝玉的原因。宝玉是贾府的"命根子"，是贾母的心头肉，交给袭人贾母才能放心，也可见主子对她的"器重"和信任的程度了。

不过，仅有老主子的宠信还不够，还必须得到新主子的赏识。所以袭人入怡红院之后的功夫是用在宝玉的身上，"心中只有宝玉"一人。平日里周到服务是少不了的，就连"云雨情"都敢试，舍身投靠的勇气也是群芳难及其一的。从前我对"卖身投靠"这个词理解不深，读了《红楼梦》看了第6回之后方知道要"投靠"就要"卖身"的道理，难怪"投靠"都是付出大身价的。正如王夫人说的："识大体，莫若袭人第一。"

袭人之所以要"袭人"，一是要保住自己的"贤"名，要保住自己准妾的地位。前者的"贤"是为后者的地位服务的。所以，她的"袭人"不

趣解红楼

像某些穷凶极恶者,仗势出拳,是赤裸裸的。她的功夫是在"贤"的掩护下"偷袭"——暗地里进谗言。二是目标集中。这是她的最有功力的两招。在怡红院内,袭人的劲敌是晴雯。在时间上,晴雯比袭人早到怡红院,深得宝玉的好感;个人条件相比,晴雯不仅漂亮、聪明,而且敢说敢讲,袭人不是对手。要除去自己的竞争对手晴雯,袭人的办法是:首先培植自己的亲信麝月和秋纹,壮大自己的队伍,设下自己的耳目;其次屈尊讨好晴雯,让她解除"设防"。这表现在宝玉赶晴雯时袭人率众丫头下跪求情,结果宝玉、晴雯都感激她,轻易得了"贤"名。但当晴雯病重之时,王夫人撵晴雯之时,她却一声不吭了。关键时刻,正是借王夫人之手拔出了自己的眼中钉,她获得了成功。

小说中描写袭人"袭人"最精彩的文字是在第 34 回,即宝玉大承笞挞之后她对王夫人的一段谈话。袭人道:

"二爷是太太养的,岂不心疼?就是我们做下人的,伏侍一场,大家落个平安,也算造化了。要这样起来,连平安都不能了!那一日那一时我不劝二爷?只是再劝不醒。偏偏那些人又肯亲近他,——也怨不得他这样,总是我们劝的倒不好了……我只想着讨太太一个示下,怎么变个法儿,以后竟还叫二爷搬出园外住就好了。"王夫人听了,吃一大惊,忙拉了袭人的手,问道:"宝玉难道和谁作怪了不成?"袭人连忙回道:"太太别多心,并没有这话;这不过是我的小见识。如今二爷也大了,里头姑娘们也大了;况且林姑娘宝姑娘又是两姨姑表姊妹——虽说是姊妹们,到底是男女之分,日夜一处,起坐不方便,由不得叫人悬心……"王夫人听了这话……正触了金钏儿之事,心下越发感爱袭人不尽,忙笑道:"我的儿,你竟有这个心胸,想得这样周全!……你如今既说了这样的话,我就把他交给你了。好歹留心,……我自然不辜负你。"

这段描写本已很长,如此短文竟引这么多。但不引这段原文,实难证明袭人"袭人"招法之狠毒。王夫人问:"宝玉难道和谁作怪了不成?"这话问得好,可"和谁作怪了"呢?只和你袭人作"怪",但袭人在此问时,脸不红心不跳,撒了个弥天大谎,说什么"太太别多心,并没有这话"。是太太多心吗?看来太太多心是对的,只是多心多得不是地方,那"怪"

是别人做不出来的。往日让金刚菩萨支使糊涂了，连自己的亲侄女薛宝钗都网在里面了却也深信不疑。到了第36回，王夫人竟然对王熙凤说："你们那里知道袭人那孩子的好处！比我的宝玉还强十倍呢！宝玉果然有造化，能够得她长长远远的伏侍一辈子，也就罢了！"看来，袭人的一席话换来的是"长长远远的伏侍（宝玉）一辈子"，位置敲定了，达到了最终目的！

尽管袭人费尽了心机去袭击他人，以保全自己的位子，但贾宝玉并没有忘记晴雯，更永远不会忘记林妹妹。第78回所撰《芙蓉女儿诔》既"诔"了晴雯又"诔"了黛玉，而谴责的人中就有花袭人。这就是以"袭人"所获得的结果只能是枉费心机，仍与"公子无缘"！因为像袭人这样的人，就像王熙凤送给她的"天马"皮大衣一样，外表"温柔和顺"，里面则是"沙狐"、"草狐"肚子底下的毛皮拼成的。虽然是巧手所拼，天衣无缝，但究竟是一个道地的假货。

假的永远成不了真！

趣解红楼

宝琴

艳冠群芳
——薛宝琴之"艳"

薛宝钗在《红楼梦》所描写的众群钗中,被评为"艳冠群芳",谓之"任是无情也动人"。这是小说中写的,脂批中评的,读者也是如此看的。

但是,我在仔细品味小说中所描写的人物时发现,把"艳冠群芳"这四个字送给薛宝琴更妥帖些。不然的话,我们的评论找不到一句恰当的词儿来形容,只能用"最"字,或者是用"最最"字,否则就要让这位"最艳"的美人儿受委屈了。

薛宝琴是宝钗的堂妹,薛蝌的胞妹。她是因宝钗一家的关系才登上贾府这个舞台,一亮相就引起了贾府上上下下的议论。《红楼梦》第49回有一大段文字是写宝琴进府和各种人物的议论。先看宝琴的出场:

> 正说着,只见宝琴来了,披着一领斗篷,金翠辉煌,不知何物。宝钗忙问:"这是那里的?"宝琴笑道:"因下雪珠儿,老太太找了这一件给我的。"……湘云又瞅了宝琴半日,笑道:"这一件衣裳也只配他穿,别人穿了,实在不配。"……

王熙凤出场是以"人未到声先到",而显示其性格之泼辣的一面,那么宝琴的出场则是以一件"斗篷"而显示其"艳"的一面。

接下看大家对这位初来的美人儿的议论。第一个是贾宝玉,这位在脂粉队混大的怡红公子是见过世面的。他在见过薛宝琴之后:

> 忙忙来至怡红院中,向袭人、麝月、晴雯等笑道:"你们还不快看人去!谁知宝姐姐亲哥哥是那个样子,他这叔伯兄弟形容举止另是一样了,倒像是宝姐姐的同胞弟兄似的。"

这里用"忙忙来至怡红院",说明贾宝玉喜悦、急切宣扬的心情。又用一褒一贬的办法衬托其兄薛蝌的形容,让人想见其妹之不凡。接下,宝玉道:

趣解红楼

"更奇在你们成日家只说宝姐姐是绝色的人物,你们如今瞧瞧他这妹子,更有大嫂嫂这两个妹子,我竟形容不出了。老天,老天,你有多少精华灵秀,生出这些人上之人来!可知我井底之蛙,成日家自说现在的这几个人是有一无二的,谁知不必远寻,就是本地风光,一个赛似一个,如今我又长了一层学问了。除了这几个,难道还有几个不成?"一面说,一面自笑自叹。

贾宝玉用"我竟形容不出了"来评论薛宝琴之美,并直接同"宝姐姐"这等"绝色人物"相比,足见宝琴之"艳"超过了宝钗。

下面看丫头们的评论。晴雯等瞧后回来对袭人道:

你快瞧瞧去!大太太的一个侄女儿,宝姑娘一个妹妹,大奶奶两个妹妹,倒像一把子四根水葱儿。

接下是探春的评论:

袭人笑道:"他们说薛大姑娘的妹妹更好,三姑娘看着怎么样?"探春道:"果然的话,据我看,连他姐姐并这些人总不及他。"

这里又一次说到宝姑娘也不及他的这位琴妹妹,可见大家的看法是多么的一致了!

贾宝玉眼中的宝琴,是一位风流潇洒的男性眼中之美;晴雯等人眼中的薛宝琴,是一群下人眼中之美;探春眼中的薛宝琴,是具有政治家风度的世族小姐眼中之美。他们的评论各代表了一个侧面。最后,小说中还写了贾母眼中薛宝琴之美。小说第 50 回写贾母率领众人赏雪的情景,其中写贾母出了夹道东门一看,四面粉妆银砌——

忽见宝琴披着凫靥裘站在山坡上遥等,身后一个丫鬟抱着一瓶红梅。……贾母喜的忙笑道:"你们瞧,这山坡上配上他的这个人物,又是这件衣裳,后头又是这梅花,像个什么?"众人都笑道:"就像老太太屋里挂的仇十洲画的《双艳图》。"贾母摇头笑道:"那画的那里有这件衣裳?人也不能这样好!"

这就是老祖宗眼中的薛宝琴之艳——连仇十洲的《双艳图》都不及"这样好!"

判断一个人的美艳,容貌举止、穿着打扮,那到底还是外表的东西。真正称得起美艳的人,还必须具有内在美即智慧美——修养和才华。小说中写薛宝琴之艳美,也注意到了这一点。

(1) 小说第 50 回中着重介绍了她的身世经历。薛姨妈在听出贾母有意为宝玉求亲时说道:

> 可惜这孩子没福,前年他父亲就没了。他从小儿见的世面倒多,跟他父母四山五岳都走遍了。他的父亲是好乐的,各处因有买卖,带着家眷,这一省逛一年,明年又往那一省逛半年,所以天下十停走了有五六停了。那年在这里,把他许了梅翰林的儿子,偏第二年他父亲就辞世了,他母亲又是痰症。

其后,薛宝琴咏"真真国女儿"诗时,说她曾随父亲到过西海沿子,见过洋人洋物。这一切都说明这位琴姑娘是见过大世面的女孩儿,她的见识绝非是那些关在大观园中的女孩子们所能比拟的。她出身商人家庭,周游四山五岳,又出洋过,因此在她身上反映着那个资本主义萌芽时期所诞生的新一代女性的特点。如果说《红楼梦》中写了具有民主思想的新人物的话,我认为既不是宝玉、也不是黛玉,而是薛宝琴!只可惜的是,这个人物没有写完,她的思想、才华、作为还没有来得及施展而已!

(2) 薛宝琴的诗才,是她的才华、修养的代表。从第 49 回芦雪广联句到"咏梅诗"和"暖香坞"诗谜,小说和脂评中都有评论。例如,在数首"咏梅诗"中,宝琴的"咏红梅"被评为第一首好诗。

> 众人看了,都笑称赏了一番,又指末一首说更好。宝玉见宝琴年纪最小,才又敏捷,深为奇异。黛玉湘云二人斟了一小杯酒,齐贺宝琴。

那十首"怀古诗谜",则是"众人看了,都称奇道妙"。就连学识渊博

的薛宝钗也不得不说"我们也不大懂得"。其实,何止薛宝钗等人,就连今天那些号称红学家的人们也猜来猜去,都二百年了还没有个圆满的答案呢!

第50回,王府本有回前总批云:

> 此回着重在宝琴,却出色写湘云。写湘云联句极敏捷聪慧,而宝琴之联句不少于湘云,可知出色写湘云正所以出色写宝琴。

薛宝琴不仅在人品、容貌上超过了众姊妹,而且在诗才上也具备过人的敏捷才思。因此,我认为《红楼梦》中写"艳"当首推宝琴,她才是真正的"艳冠群芳"。

琉璃世界白雪红梅,红梅就是薛宝琴!

尤三姐

人物篇

趣解红楼

瞧，一对金莲没半刻斯文
——尤三姐的"脚"

尤三姐是《红楼梦》众多女性中的闪亮人物。她在小说中出场虽然较晚，但却非常集中，且又都是特写镜头，所以给人印象鲜明而深刻，引起的反应也较为热烈。

讨论尤三姐的重点大致是在三个方面。一是，从版本学的角度看，尤三姐的形象有过改动或者说有两种不同的写法，这一点版本学研究者写过不少有见地的研究论文可以参阅。二是，尤三姐的婚姻观具有超前意识，我始终认为这是评论尤三姐这个人物至为重要的一点。

> 但终身大事，一生至一死，非同儿戏。我如今改过守分，只要我拣一个素日可心如意的人方跟他去。若凭你们拣择，虽是富比石崇，才过子建，貌比潘安的，我心里进不去，也白过了一世。

这种爱情观、婚姻观打破了沿袭千百年来戏曲小说中才子配佳人的老套子。她的选择标准不是以金钱多少、相貌优劣、才华高低为前提，而是强调以人品为第一，以"我"心里是否能进得去为根本。这种婚姻观念即使在21世纪的今天，也仍然有着积极的现实意义。三是，尤三姐对贾宝玉情感人格的评价不同流俗，令人敬佩。小说第66回写兴儿向尤氏姊妹介绍贾府中几个重要人物，其中谈到贾宝玉时说道：

> 他长了这么大，独他没有上过正经学堂。我们家从祖宗直到二爷，谁不是寒窗十载，偏他不喜读书。老太太的宝贝，老爷先管，如今也不敢管了。成天家疯疯癫癫的，说的话人也不懂，干的事人也不知，外头人人看着好清俊模样儿，心里自然是聪明的，谁知是外清而内浊……

兴儿的评论，表面上看八九不离十都是"事实"，但显然是只看了外表，而不是宝玉性格的本质。在这一点上，兴儿的话与第3回所谓"后

人"嘲宝玉的《西江月》二首词的内容大体一致。尤三姐则与兴儿的看法不同,她对尤二姐说道:

  姐姐信他胡说,咱们也不是见一面两面的,行事言谈吃喝,原有些女儿气,那是在里头惯了的。若说糊涂,那些儿糊涂?……我冷眼看去,原来他在女孩子面前不管怎样都过的去,只不大合外人的式,所以他们不知道。

  "不大合外人的式",就是尤三姐独到的眼光。在《红楼梦》中还没有一个聪明人物说过相类的话。尤三姐说"除了宝玉,天下就没有好男人",是知人至论!
  除了上述三点之外,尤三姐的"脚"和以"脚"所表现的人物情态,颇有注意的必要。大家都知道,《红楼梦》作者出于对时代采取"模糊法"的需要,特别注意对"脚"的掩饰。在《红楼梦》诞生的18世纪中叶,已经是多元文化相融合的时代,大脚小脚并存,即汉族上层女子仍然以小脚为荣,而其他北方少数民族的女子因民族的习惯,则认为大脚更为方便。宁荣二府虽然不是贵族,但却是百年望族,即所谓"诗礼簪缨之族,钟鸣鼎食之家"。几百口人的大家族中,女子占了大半,这个"脚"的问题就凸显出来了。尽管作者巧妙地利用"裙子"来遮盖,却仍然不时地露出了"脚"。傻大姐走路"咕咚咕咚"的,明显是大脚的形态。还有大观园内外那些粗使的仆妇们,她们的脚虽然没有细写,但以理揆之,当以大脚为主。
  那么《红楼梦》中有没有描写小脚呢?我认为不仅有,而且还不止一处。例如,王熙凤陪尤二姐见贾母一回写贾母从头到脚把尤二姐看了一遍,结论是这孩子长得倒还"齐全"。"齐全"二字是那个时代"选姿"的专用词语,说明尤二姐是一双小脚。又如第78回贾宝玉所撰的"芙蓉女儿诔"中写到"捉迷屏后,莲瓣无声","莲瓣"即是三寸金莲之谓也。
  尤三姐的"脚"是三寸金莲,这在小说中写得明明白白。第65回描写尤三姐戏弄贾珍、贾琏兄弟二人时有如下一段妙文:

  这尤三姐松松挽着头发,大红袄子半掩半开,露着葱绿抹胸,一痕雪脯。底下绿裤红鞋,一对金莲或翘或并,没半刻斯文。两个坠子

趣解红楼

却似打秋千一般，灯光之下，越显得柳眉笼翠雾，檀口点丹砂。本是一双秋水眼，再吃了酒，又添了饧涩淫浪，不独将她二姊压倒，据珍琏评去，所见过的上下贵贱若干女子，皆未有此绰约风流者。

"一对金莲"，证明《红楼梦》中确写了小脚，没有听说什么作家写大脚要用了"金莲"二字。

有人说，研究《红楼梦》中的"脚"是烦琐考证，甚至有人还发狠说："这是无聊"！不过我倒不十分认同这些人的高论。小脚是中国人独特的一种风俗，流传千余年，文学作品中从诗词歌赋到戏曲小说，乃至绘画中都有小脚的描绘，那么有人从民族风俗的角度去研究一下有什么不可呢？人的肢体语言本身就反映了人的心理活动、情态变化，甚至以此表现人物的个性修养，而"脚"就是肢体语言的一种。黑格尔曾说过："能把个人性格、思想和目的最清楚地表现出来的是动作，人的最深刻方面只有通过动作才能见诸现实。"所谓"动作"靠什么？即人的手与脚！生活中常见有人表达快乐、哀痛、愤怒即用手也用脚——"捶胸顿足"、"手舞足蹈"，怎能没有"脚"的功能？所以文学作品中写脚，研究者论及脚，是非常自然的事，大可不必横加指责。

至于说有关大脚、小脚的争论背景，那情况就更为复杂。因为有人以《红楼梦》中没有明显"写到"小脚，于是得出结论：《红楼梦》作者是什么民族的，小说故事写的是哪个朝代的，等等。所以"脚"之争已经远远超出了"脚"的描写的审美价值的讨论。

尤三姐的"一对金莲"的讨论意义，我认为她的"或翘或并，没有半刻斯文"，从"动作"中让我们看到的是尤三姐性格的率真、泼辣，还有几分对贾氏兄弟贪色嘴脸的不屑与嘲讽。小说中写道：

那尤三姐放出手眼来略试了一试，他弟兄两个竟全然无一点别识别见，连口中一句响亮话都没有了，不过是"酒色"二字而已。

作者正是通过一系列的"动作"情态的强烈对比，写出了两种截然不同的人性和人生态度！

司棋

人物篇

趣解红楼

风雨无情鸳梦散
——司棋之"烈"

司棋是贾府二小姐迎春的大丫鬟。她的名字出现在小说第 7 回,是由周瑞家的到王夫人房后三间抱厦去给迎、探、惜三姊妹送宫花时介绍给读者的。当时司棋和探春的丫鬟侍书正手捧茶钟,侍候主人下围棋呢。

贾府四位小姐的侍婢名字合起来是琴棋书画,前面都是用的"动"词,即抱琴、司棋、侍书、入画,蕴含着一种浓烈的文化味。从她们四个的名字中,读者可以想到她们主人的雅好——善琴、喜棋、能书、会画。迎春性格内向,喜静不喜闹,故以下围棋养性消遣,司棋的名字,可能就是她平日里多伺候下棋而取的。

司棋虽是侍婢,但性格却有些刚烈,敢作敢为,比其余三位丫鬟的性格显得鲜明,有棱有角的。有关她的故事分散在第 61 回、第 71—72 回、第 74 回、第 77 回,到第 92 回撞墙而亡结束。给读者留下印象较为深刻者,是第 61 回大闹厨房、第 74 回抄检大观园被搜出"情书"、第 92 回撞墙身亡。大闹厨房的起因是司棋派小丫头莲花儿到柳家的管辖的厨房要一碗"炖得嫩嫩"的鸡蛋羹,遭到了柳家的故意刁难。莲花儿回去一学舌,"司棋听了,不免心头火起",率着一群小丫头子们前往厨房向柳家的兴师问罪。小说中生动地描绘了这一幕:

此刻伺候迎春饭罢,带了小丫头们走来,见了许多人正吃饭,见他来的势头不好,都忙起身陪笑让坐。司棋便喝命小丫头子动手,"凡箱柜所有的菜蔬,只管丢出来喂狗,大家赚不成。"小丫头子们巴不得一声,七手八脚抢上去,一顿乱翻乱掷的。……司棋被众人一顿好言,方将气劝的渐平。小丫头们也没得摔完东西,便拉开了。司棋连说带骂,闹了一回,方被众人劝去。柳家的只好摔碗丢盘自己咕嘟了一回,蒸了一碗蛋羹令人送去。司棋全泼了地下了。那人回来也不敢说,恐又生事。

在整部小说中这段厨房风波不过是一个小插曲,看似很平常。但是这

里面却隐含着很深的意思。试想，司棋不过是迎春的侍婢，说起来她也是个奴才，地位也不见得比厨房总管柳家的高到哪里去，她为什么敢如此胆大妄为大闹贾府厨房呢？小说中做了两点交待值得注意：一是"冰冻三尺非一日之寒"，鸡蛋事件前还有馊豆腐的茬儿，今日之闹是老账新账一起算。

莲花儿道："前儿要吃豆腐，你弄了些馊的，叫他说了我一顿。今儿要鸡蛋又没有了。什么好东西，我就不信连鸡蛋都没有了，别叫我翻出来。"一面说，一面真个走来，揭起菜箱一看，只见里面果有十来个鸡蛋，说道："这不是？你就这么利害！吃的是主子的，我们的分例，你为什么心疼？又不是你下的蛋，怕人吃了。"……

不但抓住旧账，今天又抓住了有蛋不做的把柄，有理在先，有理行遍天下。二是抓住柳家的有远有近，不平等待人，可谓欺软怕硬。当柳家的反唇相讥，说三道四以后，莲花儿揭老底，喊道：

谁天天要你什么来？你说上这两车子话！叫你来，不是为便宜却为什么。前儿小燕来，说"晴雯姐姐要吃芦蒿"，你怎么忙的还问肉炒鸡炒？小燕说"荤的因不好才另叫你炒个面筋的，少搁油才好。"你忙的倒说"自己发昏"，赶着洗手炒了，狗颠儿似的亲捧了去。今儿反倒拿我作筏子，说我给众人听。

正因为有了这两层，所以司棋才敢兴师动众，大闹厨房。其实，柳家的是狗眼看人低，欺软怕硬。她以为迎春是主子，主子是二木头，懦弱，不敢怎么着她。可她想错了，主子懦弱不等于奴才们也都是懦弱之辈，随她摆布。司棋的大闹一是有理，二是说明司棋的性格敢作敢为。厨房风波为司棋以后为争得恋爱自由，甚至不惜撞墙而死做了非常充分的铺垫。

司棋与潘又安的恋爱故事是从他们二人在大观园内幽会被鸳鸯撞见开始的，即第71回回目"鸳鸯女无意遇鸳鸯"的故事。到了第72回开头方回叙司棋与潘又安恋情的经过：

原来，那司棋因从小儿和他的姑表兄弟在一处顽笑起住时，小儿

戏言，便都订下将来不娶不嫁。近年大了，彼此又出落的品貌风流。常时司棋回家时，二人眉来眼去，旧情不忘，只不能入手。又彼此生怕父母不从，二人便设法彼此里外买嘱园内老婆子们留门看道，今日趁乱，方初次入港。虽未成双，却也海誓山盟，私传表记，已有无限风情了。……

这段故事，可以说没有什么出奇之处，在明清之际的才子佳人小说中随处可见。

感动人之处是在第74回抄检大观园时，从司棋的箱子里抄出了一封"情书"，那王熙凤虽然不识几个大字，可竟在众人面前念了这封"情书"的内容。这对于一个女奴来说，精神上承受的打击是可以想象的。但是，面对此情此景时，司棋既没有慌乱无主，也没有痛哭下跪求饶。小说中写道："凤姐见司棋低头不语，也并无畏惧惭愧之意，倒觉可异。"寥寥数字，写出了司棋的个性和人格的坚强。

但是，司棋毕竟是女奴，是弱者，在贾府那样复杂的环境中，最终还是成了嫡庶之间斗争的牺牲品——她被逐出了大观园，回到了自己家中，迎接她的是一场悲剧的到来。第92回通过来人向王熙凤求情，讲述了司棋之死的原委。其中司棋与她母亲的对话最为感人肺腑：

那人道："自从司棋出去，终日啼哭。忽然那一日他表兄来了，他母亲见了，恨得什么似的，说他害了司棋，一把拉住要打。那小子不敢言语。谁知司棋听见了，急忙出来老着脸和他母亲道：'我是为他出来的，我也恨他没良心。如今他来了，妈要打他，不如勒死了我。……一个女人配一个男人。我一时失脚上了他的当，我就是他的人了，决不肯再失身给别人的。我恨他为什么这样胆小，一身作事一身当，为什么要逃。就是他一辈子不来了，我也一辈子不嫁人的。妈要给我配人，我原拼着一死的。今儿他来了，妈问他怎么样。若是他不改心，我在妈跟前磕了头，只当是我死了，他到那里，我跟到那里，就是讨饭吃也是愿意的。'她妈气得了不得，便哭着骂着说：'你是我的女儿，我偏不给他，你敢怎么着。'那知道那司棋这东西糊涂，便一头撞在墙上，把脑袋撞破，鲜血直流，竟死了。……

烈哉！司棋。

从表面上看，司棋与潘又安恋爱的故事似乎同尤三姐与柳湘莲的婚姻故事相雷同。实际上，这两个故事是同中有异的。因为尤三姐是自由人，不是贾府的奴婢，她不必遵循贾府的森严"礼法"。而司棋则是女奴，在贾府内她无法律保护，没有人身自由。在这样的条件下，司棋没有放弃自己的爱情，却因爱情被逐出贾府。她虽然死在自己的家中，但是潘又安的逃走，她母亲的阻婚，自己的被放逐都是导致她对爱情幻灭的重要因素。

司棋用自己"一身作事一身当"的勇气了结了自己的一生，证明了她对爱情的忠贞不渝。她以死控诉了那个社会那个时代剥夺了人的尊严、人的自由、人的生命。记得匈牙利大诗人裴多菲曾经说过："生命诚可贵，爱情价更高。若为自由故，二者皆可抛。"在那个时代，司棋为自由的爱情付出了生命的代价，已是诚为可贵了！

 趣解红楼

一笔一画寄相思
——龄官之"扭"

龄官是贾府为迎接元妃省亲盛典而特意从姑苏买回来的十二个女孩儿之一。可见这些女孩儿都是穷人家的孩子,卖身学艺,远离自己的家乡父母。在贾府,她们的任务就是学戏、唱戏,供主人们观赏享乐。

小说中有两处写到龄官的容貌,说她大有林黛玉之态,说明这个小女孩也是一个美人胎子。第一次写她像林黛玉,是第22回宝钗过生日时,至晚贾母将龄官叫到了跟前问年纪,给赏赐。当时在场的王熙凤说她倒像一个人,宝玉、宝钗虽然都猜到指的谁,但都没有说出来,只有心直口快的史湘云脱口而出:"倒像林妹妹的模样儿。"这一下捅了马蜂窝,林妹妹觉得把自己与"戏子"相提并论,是看轻了自己,大为恼火。于是引出了下面一大篇子故事。第二次写她像林黛玉是透过贾宝玉的眼睛看到的。第30回写宝玉来到蔷薇架下看到一女孩儿在地上划,不知是谁。下面接着写道:

　　再留神细看,只见这女孩子眉蹙春山,眼颦秋水,面薄腰纤,袅袅婷婷,大有林黛玉之态。宝玉早又不忍弃他而去,只管痴看。

前面在史湘云的眼中只是"倒像林妹妹的模样儿"。哪里像?没有细写。这一回里,宝玉是从眉到眼、从面到腰,细细地看了一遍,这才是细写,让读者对龄官的相貌有了一个完整的印象——真像林黛玉。

龄官是林黛玉的影子。她心灵,唱得好,学艺精,即是对事业的执着或云"执扭"。第18回元妃省亲"试才题对额"毕,是点戏唱戏,元妃独认为龄官唱得好,传谕赏赐她,又格外点了两出。龄官唱完,"贾妃甚喜,命'不可难为了这女孩子,好生教习',额外赏了两匹宫缎、两个荷包并金银锞子、食物之类。"

给读者留下印象最深刻处,并不在她唱戏上唱得如何好或如何受到褒奖赏赐。我在读《红楼梦》中觉得龄官的故事动人处是在她的"倔强",就是小说中写她的"扭"。"扭"是一种态,或称"犟态"。龄官的"扭"

态,充分地表现在她的自尊和痴情两个方面。

龄官的"扭"——自尊,表现在不奉承权贵,不屈服于权贵。在给元妃演戏之后得到赏赐,龄官并没有表现出受宠若惊的样子。小说中写道:

> 刚演完了,一太监执一金盘糕点之属进来,问:"谁是龄官?"贾蔷便知是赐龄官之物,喜的忙接了,命龄官叩头。

这段描写中,一是贾蔷"喜的忙接了";二是贾蔷"命龄官叩头"。一个"命"字,写出了龄官是被迫的,是站在人家的屋檐下不得不低头,而非心甘情愿的。

接着是元妃单点两出让龄官唱。"贾蔷忙答应了,因命龄官作《游园》、《惊梦》二出。"但是,龄官断然拒绝了。小说中写道:

> 龄官自为此二出原非本角之戏,执意不作,定要作《相约》、《相骂》二出。贾蔷扭他不过,只得依他作了。

这里有两点值得称道。一是"非本角之戏,执意不作",是一种敬业精神,对自己对观众负责任。现如今我们在演艺界、学术界都能看到,虽非"本角"之戏,执意要作的人太多。他们一旦受到某些达官贵人的赏识或有了点小名气,就以为自己是天才加通才,什么都敢作,什么都能作,那"家"的头衔在一张名片前后都写满了。实际上那些自编、自导、自演的节目中十个有九个可参加美国举办的酸葡萄奖。二是"贾蔷扭他不过,只得依他作了"。"扭"字用得妙,用得绝,非龄官何人敢在此种场合"扭"一下,奉承还来不及呢!但是龄官就"扭"了,而且到底"依他作了"。这就是一种不屈服权贵的勇气,也是一种自尊。

龄官的"扭"——不奉承还表现在下面的两件事上:一是她对宝玉的态度。宝玉在贾府中的地位,在众金钗眼中的位置不用细述,谁都知道。但是龄官竟当面拒绝了宝玉让唱《袅晴丝》的要求。小说第36回有如下描写:

> 一日,宝玉因各处游的烦腻,便想起《牡丹亭》曲来。自己看了两遍,犹不惬怀,因闻得梨香院的十二个女孩子中有小旦龄官最是唱

得好,因着意出角门来找时……只见龄官独自倒在枕上,见他进来,文风不动。宝玉素习与别的女孩子顽惯了的,只当龄官也同别人一样,因进前来身旁坐下,又陪笑央他起来唱《袅晴丝》一套。不想龄官见他坐下,忙抬身起来躲避,正色说道:"嗓子哑了。昨儿娘娘传进我们去,我还没有唱呢。"宝玉见他坐正了……又见如此景况,从来未经过这番被人弃厌,自己便讪讪的红了脸,只得出来了。

在贾府内,大观园宝二爷来了,又有几人敢"文风不动",连林妹妹、宝姐姐也不至于如此。说对了,龄官就是"同别人"不"一样",你坐下,我起来躲避了。这又是何等自尊自重!看一看怡红院内的丫鬟们,一个个争风吃醋,自献殷勤,想攀这个高枝还攀不上呢!但在身为优伶的龄官面前,贾宝玉只能自惭形秽,"红了脸"讪讪地走了。

还有一件是贾蔷送鸟的故事,也表现了龄官的"扭"。本来贾蔷买来一只会衔旗串戏台的玉顶金豆鸟,讨好龄官开心,但是却受到了龄官的痛斥。小说中写道:

> 只见贾蔷进去笑道:"你起来,瞧这个顽意儿。"龄官起身问是什么,贾蔷道:"买了雀儿你顽,省得你天天闷闷的无个开心。我先顽个你看。"说着,便拿些谷子哄的那个雀儿在戏台上乱串,衔鬼脸旗帜。众女孩子都笑道"有趣",独龄官冷笑了两声,赌气仍睡去了。贾蔷还只管陪笑,问他好不好。龄官道:"你们家把好好的人弄了来,关在这个牢坑里学这个劳什子还不算,你这会子又弄个雀儿来,也偏生干这个。你分明是弄了他来打趣形容我们,还问我好不好。"……"那雀儿虽不如人,他也有个老雀儿在窝里,你拿了他来弄这个劳什子也忍得!……"

这是一段有声有色的描写,是让人热泪盈眶的控诉——"你家把好好的人弄了来,关在这个牢坑里",振聋发聩的声讨。当"众"女孩子麻木不仁,把羞辱当"有趣"的时候,"独龄官"用心灵感受到自己的境况如同那只鸟的命运。她在捍卫自己的尊严,也是在捍卫所有相同命运人的尊严!

作为林黛玉的一个影子,龄官除了在容貌、聪慧、人格上的自尊外,

趣解红楼

她对贾蔷的痴情也是值得称赞的。小说第30回回目是"龄官画蔷痴及局外",这是十二官中惟一将名字嵌在回目中,这一点也可以说明他在作者心目中的位置了。

龄官画蔷是从多情种子贾宝玉的眼中看到的。小说中用了两段文字来描写龄官之"痴扭",第一段写道:

……只见他虽然用金簪划地,并不是掘土埋花,竟是向土上画字。宝玉用眼随着簪子的起落,一直一画一点一勾的看了去,数一数,十八笔。自己又在手心里用指头按着他方才下笔的规矩写了,猜是个什么字。写成一想,原来就是个蔷薇花的"蔷"字。

第二段继续龄官"画蔷",仍然是通过宝玉的眼睛来看的。文云:

宝玉想道:"必定是他也要作诗填词。这会子见了这花,因有所感,或者偶成了两句,一时兴至恐忘,在地下画着推敲,也未可知。且看他底下再写什么。"一面想,一面又看,只见那女孩子还在那里画呢,画来画去,还是个"蔷"字。再看,还是个"蔷"字。里面的原是早已痴了,画完一个又画一个,已经画了有几千个"蔷"。外面的不觉也看痴了,两个眼睛珠儿只管随着簪子动,心里却想:"女孩子一定有什么话说不出来的大心事,才这样个形景。外面既是这个形景,心里不知怎么熬煎。看他的模样儿这般单薄,心里那里还搁的住熬煎。可恨我不能替你分些过来。"

王夫之有云:"情景名为二,而不可离","巧者则有情中景,景中情。景中情者,自然是孤栖忆远之情。"这段描写景以情合,情以景生,景情不相离,达到"惟意所适"的境界。试想,十几岁的小女孩子家,"有什么话说不出来的大心事"? 情,心中对贾蔷的爱慕之情。龄官入园时才十一岁,现如今大不过十二三岁。这叫少女怀春。她家贫被卖,读书识字不多,怎能像宝姐姐、林妹妹那样作诗填词来传情呢。她只记住了贾蔷的名字,是一个"蔷"字,于是在蔷薇花下触景生情,只能用一笔一画反复写那"蔷"字诉说自己的思念。她写了一个又一个,"有几千个",正是她痴情的流淌,止不住截不断,正表明她对情的追求,对情的执着、专一,有一股百折不回的执扭劲儿。所谓"痴及局外",那个"局外"人就是贾宝玉,他从龄官的"画蔷"中得到醒悟,即"自此深悟人生有缘,各有分定"。

　　龄官是贾府花钱买来的优伶,地位微贱,然而她懂得自尊,懂得爱的专一、爱的执着。不论她将来如何结局,她的人格自尊都将长留在人们的心中!

趣解红楼

相思百结谁解得
——小红之"思"

《红楼梦》中写了许多小人物,也写了不少动人的小故事,"小红遗帕"就属于小人物的小故事之一。

小红的名字出现在第 24 回,回目中的"痴女儿遗帕惹相思"就是专门写小红的故事。据小说中交待:

> 原来这小红本姓林,小名红玉,只因"玉"字犯了林黛玉、宝玉,便都把这个字隐起来,便都叫他"小红"。原是荣国府中世代的旧仆,他父母现在收管各处房田事务。这红玉年方十六岁,因分人在大观园的时节,把他便分在怡红院中……

到了第 27 回,通过李纨之口补了一笔,说小红原是林之孝之女,也算是一个"家生女"。

小红名红玉,只因犯了林黛玉、宝玉两人的"玉"才称"小红",但根本原因还是因她是奴才,妙玉不也犯了林黛玉、宝玉的玉字吗?何不也跟着改了呢?在那个社会里,奴才连取名字的自由也没有,《红楼梦》给提供了一个证据。

说起小红、红玉,还颇有点来历,都是作者从前人的诗词中信手拈来的。记得《山谷诗钞》中有"高丽条脱瑚珊红玉,逻逤琵琶樕绿丝"。刘敞还写过《红玉谁家女》的诗,其云:"红玉谁家女,双瞳似水流。映花笑汉使,不觉坠搔头。"又云:"红玉谁家女,明艳夺青春。羞人不得语,含笑却成颦。"我推测刘敞的《红玉谁家女》,就是红玉这个人物来历的"前文本"了。小红也有出典,白居易有诗云:"樱桃子缀小红珠",姜白石的诗则云:"自琢新词韵最娇,小红低唱我吹箫。"由是可见,小红(红玉)在《红楼梦》中必是一个重要的小人物,不然何用在她的名字上花这一番心思呢?

从前 80 回所写到的故事看,主要是围绕小红的"遗帕"惹起的"相思",引出一段她与贾芸的恋爱故事。不过,现今看到的第 24 回,虽然回

趣解红楼

目是"痴女儿遗帕惹相思",但真正"遗帕"并没有发生在这一回里,那回末的一"梦"恐怕也是抄错了位置(应在25回之文末)。第24回主要是介绍小红的家世,可作为小红的一篇"小传";其次是通过贾芸、贾宝玉的眼睛看到小红的模样儿。贾芸与小红是"初会",在贾芸的眼里小红"生的倒也细巧干净","说话简便俏丽"。还是宝玉看到分明:那丫头"穿着几件半新不旧的衣裳,倒是一头黑鬒鬒的头发,挽着个鬏,容长脸面,细巧身材,却十分俏丽干净"。这是一幅素描人物肖像,读者观之忘俗。

小红"遗帕"故事,见于今本《红楼梦》第25回中。小说中写道:

> 却说红玉正自出神,忽见袭人招手叫他,只得走上前来。袭人笑道:"我们这里的喷壶还没有收拾了来呢,你到林姑娘那里去,把他们的借来使使。"红玉答应了,便走出来往潇湘馆去。正走上翠烟桥,抬头一望,只见山坡高处都是拦着帷幕,方想起今儿有匠役在里头种树。因转身一望,只见那边远远一簇人在那里掘土,贾芸坐在那山子石上。红玉待要过去,又不敢过去,只得闷闷地向潇湘馆取了喷壶回来,无精打采自向房内倒着。众人只说他一时身上不爽快,都不理论。

文中的"翠烟桥"就是第26回回目中的"蜂腰桥",可能是抄手因误抄而成了"翠(与蜂字形近)烟(因音近而讹)桥"。这是继第24回后红玉又一次见到贾芸,正是在这条路上发生了"遗帕"一事。这一点可从第26回贾芸的两段话中得到印证。一是第26回开头第2自然段中有如下一段话:

> 且说近日宝玉病的时节,贾芸带着家下小厮坐更看守,昼夜在这里,那红玉同众丫鬟也在这里守着宝玉,彼此相见多日,都渐渐混熟了。那红玉见贾芸手里拿的手帕子,倒像是自己从前掉的,待要问他,又不好问的。……这件事待要放下,心内又放不下,待要问去,又怕人猜疑。

第二段话是在同回的中间贾芸"设言传心事",小说中写道:

原来上月贾芸进来种树之时，便拣了一块罗帕，便知是所在园内的人失落的，但不知是那一个人的，故不敢造次。今听见红玉问坠儿，便知是红玉的，心内不胜喜幸。

由此可以断定第 24 回回末和第 25 回开头一段关于梦境前后的描写完全是抄错位置。

正闷闷的，忽然听见老嬷嬷说起贾芸来，不觉心中一动，便闷闷的回至房中，睡在床上暗暗盘算，翻来掉去，正没个抓寻。忽听窗外低低的叫道："红玉，你的手帕子我拾在这里呢。"红玉听了忙走出来看，不是别人，正是贾芸。……贾芸笑道："你过来，我告诉你。"一面说，一面就上来拉他。那红玉急回身一跑，却被门槛绊倒……

既然在 24 回里没有"遗帕"之事？何来贾芸"拣帕"之事，又何来小红梦见贾芸"还帕"之事？显然小红之梦应在第 25 回见到贾芸手中的帕子之后方能够产生此种"梦"境，如此方为合理。

尽管如此，小红"遗帕"是事实，贾芸"拾帕"也是事实。正是这块"罗帕"做了爱情的"使者"，使两个人你心中有我，我心中有你，两心息息相印，谁也忘不了谁。小说第 26 回写了红玉听坠儿说"叫我带芸二爷来"的话之后，有道：

这里红玉走至蜂腰桥门前，只见那边坠儿引着贾芸来了。那贾芸一面走，一面拿眼把红玉一溜；那红玉只装着和坠儿说话，也把眼去一溜贾芸：四目恰相对时，红玉不觉脸红了，一扭身往蘅芜苑去了。

这就是人们说的"眉目传情"，倘无情，红玉干么"不觉脸红了"？倘无情，贾芸又何必要"设言传心事"呢？只有两情相悦，方有四目相对时产生出震撼心灵的爱情火花。

小红是个俏丽干净、心灵嘴巧、心气很高的女孩儿。她能在王熙凤面前绕口令般学话，深得王熙凤的赏识并收在自己手下就是一个证明。第 24 回有一段描写很有趣，可以看出她把目光投向贾芸的心路历程。文云：

趣解红楼

    这红玉虽然是个不谙事的丫头，却因他原有三分容貌，心内着实妄想痴心的向上攀高，每每的要在宝玉面前现弄现弄。只是宝玉身边一干人都是伶牙俐爪的，那里插的下手去。不想今儿才有些消息（指给宝玉递茶一事），又遭秋纹等一场恶意，心内早灰了一半。

    "心内早灰了一半"这是实话。在第26回小红与佳蕙有一段谈话，红玉道："也犯不着气他们。俗语说的好，'千里搭长棚，没有个不散的筵席'，谁守谁一辈子呢？不过三年五载，各人干各人的去了。那时谁还管谁呢？"感动得佳蕙眼睛都红了。红玉的"灰"是一种觉悟，悟到了自己的身份，悟到了自己的归宿，所以她选择了贾芸。"遗帕"、"拾帕"、"找帕"，只是"缘分"中的一条线而已，贾芸和小红都能抓住这条线，这才是他们的高明之处，也是动人之处。

    按着《红楼梦》前80回的脂批揭示，80回后"红玉后为宝玉大得力处，于此千里伏线。"又云："狱神庙回有茜雪红玉一大回文字。"旧时真本中描写贾家被抄，王熙凤、贾宝玉入狱，是贾芸、红玉二人探监，照护。说明贾芸、红玉都是知恩图报的人。可惜，今本后40回中看不到这些震撼人心的情节了。但是，从前80回中看到一对纯真无邪的青年男女在一块"罗帕"的牵引下走向相爱之路，我们也就心满意足了。

    但愿天下有情人终成眷属！

芳官

人物篇

趣解红楼

美优伶被迫归水月
——芳官之"出家"

芳官，本姓花。花自芳香，故名之芳官。她是"红楼"十二官中最为活泼任性的小女孩儿，有关她的故事也较为生动感人。

芳官的名字出现在第54回元宵节夜宴时，是贾母亲点她唱《寻梦》。到第58回十二官被遣散的时候，芳官被指给了宝玉。从此以后，芳官的故事逐渐展开，直到第79回王夫人遣四儿逐晴雯时，她也被迫斩情归水月，结束了她的故事。

从芳官出场到情归水月几回中，作者着意写她的俊俏率性与她同宝玉之间的亲昵关系。小说中说她的长相与宝玉相似，"倒像是双生的弟兄两个"。例如，第63回有一段描写芳官的形容，作者用了大特写，那是只有王熙凤、贾宝玉、林黛玉出场时才有的笔墨。请看：

> 当时芳官满口嚷热，只穿着一件玉色红青驼绒三色缎子拼的水田小夹袄，束着一条柳绿汗巾，底下是水红撒花夹裤，也散着裤腿。头上眉额编着一圈小辫，总归至顶心，结一根鹅卵粗细的总辫，拖在脑后。右耳眼内只塞着米粒大小的一个小玉塞子，左耳上单带着一个白果大小的硬红镶金大坠子，越显的面如满月犹白，眼如秋水还清。

从头到脚细写芳官的服饰，细到连芳官"右耳眼内只塞着米粒大小的一个小玉塞子"都要特意写出来，给人一种明写芳官暗写宝玉的印象。

这段细写中突出两点：一是芳官像宝玉，她的"面如满月犹白，眼如秋水还清"恰与第3回写宝玉出场时的形容相似，写完了服饰是脸面："面若中秋之月，色如春晓之花，鬓若刀裁，眉如墨画，面如桃瓣，目若秋波。"二人都是一张银盆似的脸。所谓"目若秋波"与"眼如秋水"，异曲同工，没有秋水何来秋波！难怪大家都说他俩"倒像双生的弟兄两个"。只是可惜了芳官没有宝玉那么幸运，她投错了娘胎。倘若是王夫人生的，与宝玉是一双"龙凤胎"，那命运或许就不至于斩情归水月了。

命运，是人生无形的枷锁！

二是芳官的性格。在我的印象中，总有芳官是史湘云影子的感觉。每当读到第63回"寿怡红群芳开夜宴"时，看到芳官未等众人"卸妆宽衣"完了，就上桌与宝玉"两个先划拳"，又是"满口嚷热"的场景，就不知不觉地联想到史湘云醉卧芍药裀前喝酒的情景，还有她在芦雪广里大嚼鹿肉时的"英豪阔大宽宏量"的气概。奇妙的是，芳官连穿着喜好都似湘云。第63回有两段写她装束的。一段是前面所引的文字，那"头上面额编着一圈小辫，总归至顶心，结根鹅卵粗细的总辫，拖在脑后"，倒像是宝玉。第2段是宝玉给芳官取名字"耶律雄奴"时写道：

> （宝玉）因又见芳官梳了头，挽起纂来，带（戴）了些花翠，忙命他改妆，又命将周围的短发剃了去，露出碧青头皮来，当中分大顶，又说："冬天作大貂鼠卧兔儿带（戴），脚上穿虎头盘云五彩小战靴，或散着裤腿，只用净袜厚底镶鞋。"又说："芳官之名不好，竟改了男名才别致。"因又改作"雄奴"。芳官十分称心，又说："既如此，你出门也带我出去。有人问，只说我和茗烟一样的小厮就是了。"

接着，在下面又写了一段文字："湘云素习憨戏异常，他也最喜武扮的，每每自己束銮带，穿折袖。"芳官的打扮正是湘云素日喜欢的女扮男妆，情趣可谓相投。

芳官性格外向，活泼中又有几分任性，甚至吃不得一点小亏。从第58回到第63回写芳官与她干娘之间的矛盾，只是为洗脸水的事，吵闹得宝玉、袭人、晴雯、麝月等人都出了场。接着是为"茉莉粉替去蔷薇硝，玫瑰露引来茯苓霜"两个事件，没有一件不与芳官有关系。可以说，自芳官指与宝玉到了怡红院以后，确实给贾宝玉添了不少小麻烦。正如第58回中芳官为洗脸水事与干娘吵闹起来时，晴雯所说"都是芳官不省事，不知狂的什么"。晴雯的话，固然有些刻薄，有不分青红皂白之虞，但说的确实是事实，说到芳官的要害处。

芳官的性格开朗、爽气，但同时又夹杂着无知和任性。她年龄小，没有文化，缺少阅历，这只是一方面原因。她自以为"会两出戏，倒像杀了贼，擒了反叛来的"傲气骄态，使她性格中"任性"一面得到的是"恶性"发展。除此之外，我还认为宝玉过于宠惯芳官，使她滋长了一种恃宠而骄的恶习。第77回王夫人怒遣四儿、逐晴雯的时候，也把芳官拉出来，

趣解红楼

指她是"狐狸精"、"调唆着宝玉无所不为",固然有欲加其罪何患无词的成分在内,但芳官自身的"任性"也害了自己。有人说芳官斩情归水月是"悟得繁华成幻梦"。我认为芳官没有悟。即使她归于水月,也未见得会斩断情根,因为她是被迫"斩情"。她的性格无法使她"斩情"。

芳官,你的性格即是你的命运!

不失庄稼人的面目
——刘姥姥的"蹭"与"愣"

刘姥姥是一个乡下人,虽然年岁很大了,见过一些世面,但是要到了车水马龙的城里,心里仍然是有几分发怵,生怕让人笑话自己是一个土老帽儿。特别是去的地方又是百年望族之家,那胆怵的心情就可想而知了。

《红楼梦》作者抓住了乡下庄稼人这种心理,用了两个字来形容。一个字是"蹭"。据辞书上解释,"蹭"有故意缓步而行,借以延宕时间之意。另一个字是"唬的一展眼",也就是老百姓口中常说的"愣"了一下。小说所写刘姥姥的"愣"是对某种不熟悉声音的反应情状。这两种情态写在刘姥姥身上十分贴切,说明作者观察得仔细入微,用词鲜活而生动,让人有一种惟妙惟肖之感。

小说第6回写刘姥姥一进荣国府,东打听西问讯终于来到了荣国府的大门前。书中写道:

> 至荣王府大门石狮子前,只见簇簇轿马,刘姥姥便不敢过去,且掸了掸衣服,又教了板儿几句话,然后蹭到角门前。只见几个挺胸叠肚指手画脚的人,坐在大板凳上,说东谈西呢。

"不敢过去",这是乡下人初进城的心理,所以才是一步一步往前挪,以此让自己紧张的心情慢慢地平静下来。

> 刘姥姥只得蹭上来问:"太爷们纳福。"众人打量了他一会,便问:"那里来的?"刘姥姥陪笑道:"我找太太的陪房周大爷的,烦那位太爷替我请他老出来。"那些人听了,都不瞅睬,半日方说道:"你远远的在那墙角下等着,一会子他们家有人就出来的。"

这段文字将刘姥姥的怵态"染"了又染,终于问到门路上。作者借此机会,透过刘姥姥的眼睛将荣国府大门的庄重气魄之势,向读者作了一次交待。冷子兴演说荣国府是虚,刘姥姥是近距离的看,更真切,连那"挺

趣解红楼

胸叠肚"的看门人的形象都写出来了,庄严中有了几分人气儿。

刘姥姥终于绕到了"后门上",只见——

> 门前歇着些生意担子,也有卖吃的,也有卖顽耍物件的,闹吵吵三二十个小孩子在那里厮闹。

原来这是一条买卖街。前街的"肃静"中有庄严,后街的"厮闹"中写出了人间烟火,这种动静结合,方是一个真实的社会,是一个城里的模样。

在周瑞家的周旋下,刘姥姥终于来到了王熙凤的住处。乡下人进城——两眼不够用,什么都是新鲜的,因为农村没有。小说写道:

> 上了正房台阶,小丫头打起猩红毡帘,才入堂屋,只闻一阵香扑了脸来,竟不辨是何气味,身子如在云端里一般。满屋中之物都耀眼争光的,使人头晕目眩。刘姥姥此时惟点头咂嘴念佛而已。

作者由刘姥姥的视觉(见猩红毡帘),转而写刘姥姥的嗅觉(一阵香扑了脸来),再写满屋之物耀眼争光,用了一句"头晕目眩"来结束。刘姥姥的所见所闻一一记录了下来,令读者亦有一种身临其境之感。

刘姥姥的"愣",就发生在这里,把乡下人的情态丰富了。

> 刘姥姥只听见咯当咯当的响声,大有似乎打箩柜筛面的一般,不免东瞧西望的。忽见堂屋中柱子上挂着一个匣子,底下又坠着一个秤砣般一物,却不住的乱幌。刘姥姥心中想着:"这是什么爱物儿?有甚用呢?"正呆时,只听得"当"的一声,又若金钟铜磬一般,不防倒唬的一展眼。接着又是一连八九下……

什么是中国式的心理描写?这就是一个例子。这样描写符合庄稼人的本色,影真形切,不可移易。18世纪中叶,中国人中除了皇宫内苑,只有世家大族人家才有这种西洋玩艺儿。贾府内有柱子上挂的挂钟,还有凤姐怀中的怀表类,所以她告诉宁国府内的丫鬟婆子们看时辰钟上工。但对于来自农村的刘姥姥来说,这是第一次听钟的响动,故唬的"一展眼",

即是"愣"了一下。作者将人物的心理活动和情态如实描写，让读者仿佛回到了一个遥远的时代。

我小的时候生长在一个穷僻的山沟里，那里住着十来户本家。全村人都是鸡叫而起，日落而息，既没有钟也没有表。直到进了城之后方才有机会看到钟表的样子，第一次听到钟响的时候也曾"愣"一下，很久以后才逐渐熟悉了这种声音。如今每当我读到《红楼梦》中这段情节时，都感到很熟悉，也很亲切。因为他写出了已经逝去了的那个时代咱庄稼人的生活样态。尽管这么说出来可能显得有些"老土"的样子，然而却是一种真实。

"蹭"和"愣"是一种情态，但又是人们一种心理活动的表露。情态离不开人的生存时代，也离不开他的生活环境。刘姥姥的"蹭"与"愣"就是一个鲜明的例证！

趣解红楼

信谗任奸性偏执
——王夫人之"善"

王夫人是《红楼梦》中的一个重要人物。

在荣国府里,王夫人是贾政的正妻,即俗称大老婆,位在周姨娘、赵姨娘之上。她生了两个乖儿子,长子贾珠虽死,却留下了独苗苗贾兰,为荣国府的未来有了个正式接"户口本"的。次子宝玉,更是老祖宗的心肝肉,连九泉之下的荣宁二公都把重振家业的希望寄托在这位宝二爷的身上。尤为重要的是,王夫人的亲生女儿元春如今成了皇贵妃,母以女贵,成了当今皇上的老丈母娘,有了皇亲国戚的身份。更有一层,王夫人的家世不凡,是"东海缺少白玉床,龙王来请金陵王"的王家女儿,其兄王子腾是现任的京营节度使,升了九省统制,奉旨出都查边,是皇帝身边的要臣,自然王夫人的靠山也硬气。有了这三层原因,王夫人在荣国府的地位也就可想而知了。不要说出身微贱的邢夫人、少一辈的尤氏不敢相比,就是她那位亲侄女王熙凤又何曾有如此雄厚的"资本"呢?

在《红楼梦》众多人物中,王夫人被誉为"慈善人"。薛宝钗就曾说过,王夫人"是个宽仁慈厚的人"(第 30 回)。不过,在我的印象中,王夫人的"善"誉是浪得虚名。如硬是要用一个"善"字来概括她的行为和人格的话,只能说她是一个道道地地的伪善者。她"善"用奸人、"善"听谗言、"善"拉拢下人、"善"透过他人、"善"整人。巧的是她嫁给了贾家,可以说又是一个名符其实的贾(假)善人!

小说第 30 回金钏被逐的故事,读者一定记忆犹新。本是贾宝玉先挑逗金钏,金钏害怕纠缠下去惊醒王夫人,想支走宝玉才让他去东院"拿环哥儿同彩云去"。可一向以"宽仁慈厚"著称的"慈善人",却是"翻身起来,照金钏儿脸上就打了个嘴巴子,指着骂道:'下作小娼妇,好好的爷们,都叫你教坏了。'"倘若到此也就罢了,可王夫人却是不依不饶,"虽金钏儿苦求,亦不肯收留,到底唤了金钏之母白老媳妇来领了下去。"第 32 回"含耻辱情烈死金钏",一个少女终于跳井身亡,结束了自己的一生。谁是凶手?王夫人。但是,王夫人却将责任推到了金钏身上。一是指金钏儿"教坏了""好好的爷们",似乎是罪有应得。二是事后她对薛宝钗

说什么"谁知他气性大,就投井死了"。仿佛金钏的死不是她逼的,而是自己的"气性大"。难道事实是王夫人所说的吗?不,这不过是王夫人的"善"诿过他人的一例而已。在逐晴雯、遣四儿、放芳官时,用的是同样的口吻、同样的理由。第74回王夫人在提到晴雯时说:"好好的宝玉倘或叫这蹄子勾引坏了,那还了得。"当见到晴雯时,便冷笑道:"好个美人!真像个病西施了。你天天作这轻狂样儿给谁看?你干的事,打量我不知道呢!我且放着你,自然明儿揭你的皮!"第77回,王夫人果真放逐晴雯。为了解除后顾之忧,"乃从袭人起以至于极小作粗活的小丫头们,个个亲自看了一遍"。她在遣四儿(蕙香)时,理由只两个:一是说四儿曾说过"同生日就是夫妻",她与宝玉是同生日;二是四儿形容"虽比不上晴雯一半,却有几分水秀,视其行止,聪明露在外面,且也打扮的不同"。结论是:"难道我通共一个宝玉,就白放心凭你们勾引坏了不成!"当轮到芳官时,王夫人一改常态(她说过十二官都是好人家的孩子云云),说:"唱戏的女孩子,自然是狐狸精了!上次放你们,你们又懒待出去,可就该安分守己才是。你就成精鼓捣起来,调唆着宝玉无所不为。"这里人们不仅要问,难道宝玉的"坏"都是这些女孩"调唆"、"鼓捣"、"勾引"的吗?把贾宝玉的"坏"的责任推诿给这些小女孩子公平吗?王夫人出口骂这些女孩子的脏话,是一个"善"人骂得出口来的吗?一个泼妇也不过如此。

王夫人的最大本领就是在整治他人的时候,把自己的责任都让别人来承担,她则成了一个清清白白的"圣人"。这是一个昏聩无能的人常用的一招,因为她只能用诿过他人的办法来证明自己的"圣明"。

江顺怡在《读红楼梦杂记》中曾说过:"《红楼梦》所载,闺房琐屑,儿女私亵。然而才之屈伸,可通于国家用人之理。"以此观之《红楼梦》,确是一部用人的教科书。历史和现实都告诉人们,领导英明用人都是用真才,用英才,而无能昏聩的领导是武大郎开店,专用侏儒——庸才、废才、妒嫉之才。王夫人既无识人之识又无用人之断,所以她平日只能用奸人听谗言的办法来维护自己的"太太"形象。

小说第33回写宝玉挨打,回目是"不肖种种大承笞挞",理由写得明明白白。但却在这时,那个真正与贾宝玉"作怪"的花袭人竟然在王夫人面前"调唆"起来,大进谗言。试看以下描写:

袭人道:"论理,我们二爷也须得老爷教训两顿。若老爷再不管,

将来不知做出什么事来呢。"……又道:"……今儿太太提起这话来,我还记挂着一件事,每要来回太太,讨太太个主意。"……"如今二爷也大了,里头姑娘们也大了,况且林姑娘宝姑娘又是两姨姑表姊妹,虽说是姊妹们,倒底是男女之分,日夜一处起坐不方便,由不得叫人悬心,便是外人看着也不像……俗语又说'君子防不然',不如这会子防避的为是。……"

对这一篇子混账话,王夫人竟然听了大为受用。小说中写道:"王夫人一闻此言,便合掌念声'阿弥陀佛',由不得赶着袭人叫了一声'我的儿,亏了你也明白,这话和我的心一样。"又道:"我的儿,你的话只管说。近来我因听见众人背前背后都夸你……谁知你方才和我说的话全是大道理,正和我的想头一样。你有什么只管说什么,只别教别人知道就是了。"最后王夫人是"心内越发感爱袭人不尽",忙笑道:

我的儿,你竟有这个心胸,想的这样周全!我何曾又不想到这里,只是这几次有事就忘了。你今儿这一番话提醒了我。难为你成全我娘儿两个声名体面,真真我竟不知道你这样好。罢了,你且去罢,我自有道理。只是还有一句话:"你今既说了这样的话,我就把他交给你了,好歹留心,保全了他,就是保全了我。我自然不辜负你。"

王夫人为了拉拢、利用袭人"保全"自己,"保全"宝玉的声名,真的就落实、兑现"不辜负"袭人的诺言。第36回王熙凤定下赵姨娘、周姨娘诸人月例钱后,王夫人想了半日,向凤姐儿道:

明儿挑一个好丫头送去老太太使,补袭人,把袭人的一分裁了。把我每月的月例二十两银子里,拿出二两银子一吊钱来给袭人。以后凡事有赵姨娘周姨娘的,也有袭人的,只是袭人的这一分都从我的分例上匀出来,不必动官中的就是了。

接着,王夫人含泪说道:

你们那里知道袭人那孩子的好处?比我的宝玉强十倍!宝玉果然

是有造化的,能够得他长长远远的伏侍他一辈子,也就罢了。

如果说第 6 回贾宝玉与袭人是"偷试"云雨情,那么今天有了王夫人的一席话,袭人已是堂堂正正位居赵姨娘周姨娘的行列中了,贾宝玉再也用不着"偷"了。看,这就是王夫人的"善"举!

这类例子,还可以从第 74 回"抄检"大观园前王善保家的"谗言"中得到印证。小说写道:

> 这王善保家正因素日进园去那些丫鬟们不大趋奉他,他心里大不自在,要寻他们的故事又寻不着,恰好生出这事来(指"绣春囊"之事),以为得了把柄。又听王夫人委托,正撞在心坎上,说:"这个容易。不是奴才多话,论理这事该早严紧的。太太也不大往园里去,这些女孩子们一个个倒像受了封诰似的,他们就成了千金小姐了。闹下天来,谁敢哼一声儿。不然,就调唆姑娘的丫头们,说欺负了姑娘们了,谁还耽得起。"……"太太不知道,一个宝玉屋里的晴雯,那丫头仗着他生的模样儿比别人标致些,又生了一张巧嘴,天天打扮的像个西施的样子,在人跟前能说惯道,掐尖要强。一句话不投机,他就立起两个骚眼睛来骂人,妖妖趫趫,大不成个体统。"

于是有了抄检大观园的行动,有了晴雯等人的被逐。这一回的回目是"惑奸谗抄检大观园",是谁"惑奸谗",当然是王夫人。用一个"惑"字,恐怕是作者笔下留情,其实王夫人是"善"听奸谗,利用"奸谗"除去自己的眼中钉肉中刺,这才是她的真正面目。

王夫人是《红楼梦》中的一个人物,但她确实具有一种典型性。二知道人评论她"庸懦无能,与贾政等"。王希廉也认为她"虽似有德,而偏听易惑,不见有真德,才亦平庸"。看来读者对王夫人的认识应说大体一致。在历史上和现实生活中,不乏王夫人一流人物,只不过是性别、年龄、地位的差别而已。这种治家无能、整人有术者,尽管不多,但却是人类大祸害!

趣解红楼

深藏不露　语出惊人
——尤氏之"识"

尤氏是贾珍之妻，宁国府的内当家。从第 5 回出场之后到第 76 回，有 10 多回写到她。或许荣国府内的男女人物过于"夺目红"，所以宁国府显得太暗淡，乃至研究者的论著中也是批判多于肯定。当然如尤氏也被许多人所忽略不论。

其实，尤氏是一个宅心仁厚又颇有干才和见识的女性。特别是她对荣宁二府的人事的认识要比王熙凤还深刻了许多。这里我们不妨从一些细节描写中找到一些具体的事例，看看尤氏是如何表现的。

（1）宅心仁厚，宽以待人。第 5 回尤氏初次出场，事情是"因东边宁府中花园内梅花盛开"，故邀请贾母、邢夫人、王夫人等赏花。"是日先携了贾蓉之妻，二人来面请"。然后是治酒设菜，家宴小集。这在贾府虽属寻常家事，但可见尤氏主家对上有礼。连"面请"都携了儿子媳妇同去，说明她为人心细，想得周到、做得妥帖。第 10 回写璜大奶奶因闹学堂事到宁府本欲找秦氏问罪，但听了尤氏在谈到儿媳妇时的一番话后烟消云散，转怒为喜，回家去了。从整个对话过程看，一是突出了尤氏处理"外事"的能力，平和待人，化解了矛盾；二是突出了尤氏对自己儿媳的爱护有加。小说写到璜大奶奶问"今日怎么没见蓉大奶奶"时，尤氏道：

> 他这些日子不知道怎么着，经期有两个多月不来。叫大夫瞧了，又说并不是喜。那两日，到了下半天就懒待动，话也懒待说，眼神也发眩。我说他："你且不必拘礼，早晚不必照例上来，你就好生养养罢。就是有亲戚一家儿来，有我呢。就有长辈们怪你，等我替你告诉。"连蓉哥我都嘱咐了，我说："你不许累掯他，不许招他生气，叫他静静的养养就好了。他要想什么吃，只管到我这里取来。……倘或他有个好和歹，你再要娶这么一个媳妇，这么个模样儿，这么个性情的人儿，打着灯笼也没地方找去。"他这为人行事，那个亲戚，那个一家的长辈不喜欢他？

看,这就是尤氏的口才、处理事情的精妙。她用说蓉儿媳妇的病和为人的好处,还有自己的无微不至的关心,把璜大奶奶的问罪本意"早丢到爪洼国去了"。

如果说,这个"下人"是自己的儿媳妇,有偏袒之嫌,那么另外一个例子则是真正的"下人"了。第43回她为凤姐操办生日,在"筹资"一事中,尤氏不仅偷把鸳鸯的二两银子退还给鸳鸯,而且还把彩云一分也还了她。"见凤姐不在跟前,一时把周(姨娘)、赵(姨娘)二人的也还了。他两个还不敢收。尤氏道:'你们可怜见的,那里有这些闲钱?凤丫头便知道了,有我应着呢。'二人听说,千恩万谢的方收了"。由此,我们不难看出尤氏为人的品格来。过生日的钱用多少,由尤氏经管,多了出来不论多少都有理由自己留下来用,别人无法查出。但尤氏不作此想,这和王熙凤的见钱眼开、填不满的金钱欲,截然相反。特别是她对像周姨娘、赵姨娘处境的理解、体贴,难道是王熙凤能想得到做得出的吗?比较,只有在如此比较中我们才能评判出尤氏的真正人品来。她的形象之所以感动我,正是在这样细微而平凡的"小事"中得到的。

(2)办事果断,铺排有序。在重荣轻宁的安排中,尤氏无法拥有王熙凤那样展示自己才干的平台。秦可卿之死,本是一次可以展示她处理大事能力的机会,但是这一次她只能对外宣称"胃疾"复发,退出这场风光体面的丧礼。因为这场丧礼背后的丑恶只有她最清楚而又无法向任何人道及一星半点——她不仅要维护自己丈夫的面子,而且还要保护宁国府的门面。她只能将苦水咽到自己的肚子里,也只能如此,才可以躲避开众人疑惑探寻的目光!作者似乎感觉到这样处理的不公平,于是小说中安排了两件事,让尤氏亲自主理。第一件事,是王熙凤过生日,这本是荣国府的事,但这一次却例外地让她出面"协理"荣国府。她受命于贾母,同王熙凤一起"筹措"寿礼银,然后是订戏班、治酒席,让王熙凤也风风光光过了一场生日宴会。小说第43回写道:

> 展眼已是九月初二日,园中人都打听得尤氏办得十分热闹,不但有戏,连耍百戏并说书的男女先儿全有,都打点取乐顽耍。

这场生日聚会直到第44回开头还在继续,贾母知众人高兴,寿主王熙凤也高兴。尤氏受贾母之命,命人拿了台盏亲自给凤姐斟酒,并笑说:

趣解红楼

"一年到头难为你孝顺老太太、太太和我。我今儿没什么疼你的,亲自斟杯酒,乖乖儿的在我手里喝一口。"如此"轮流"敬下来,既完成了贾母之命,又让王熙凤心满意足。尤氏小试牛刀,果然显示了她主家的才干。

第二件事是第63回"死金丹独艳理亲丧"。"死金丹"是尤氏公公贾敬在城外庙中吞金丹烧胀而死,"独艳"者尤氏也。为了设计这场"戏",作者煞费苦心地将荣宁二府内凡能出场的男人统统都给打发走了,"独"让尤氏显示一把办丧事的魄力,尤氏果然不负作者的"栽培"。当大老爷"宾天"的消息一到,"尤氏一闻此言"虽然"一时竟没个着己的男子来,未免忙了",但却非常镇定,思路清晰,先卸了自己的妆饰,换了孝服以示哀情,然后立即"命人先到玄真观将所有的道士都锁了起来,等大爷来家审问"。"一面忙忙坐车带了赖升一干家人媳妇出城。又请太医看视到底系何病"。可见尤氏处理大事的果断有序,就此而论,她的才能并不在王熙凤之下。

尤氏率众到达玄真观之后,先让太医诊断死亡原因,查明原因后仍然不放观中众道士,"等贾珍来发放,且命人去飞马报信"。又"一面看视这里窄狭,不能停放,横竖也不能进城的,忙装裹好了,用软轿抬至铁槛寺来停放",然后又考虑到贾珍得半月工夫方能到来,天气又炎热"实不得相待"的情况下,"遂自行主持,命天文生择了日期入殓","三日后便开丧破孝。一面且做起道场来等贾珍"。丧事要办,府中又不能不管,于是"只得将外面之事暂托了几个家中二等管事人",又"将继母接来在宁府看家"。读者们试想,王熙凤"协理"宁国府秦氏之丧有此困难吗?里里外外,前前后后,都是尤氏一个人来决断、主持,其担子有多重谁都能想象得出来。然而,尤氏镇定自若,指挥洒脱,一切办理得停停当当,没有敷衍、推脱,没有埋怨指责。前人有云,事不逃难,义不逃责,是为君子。尤氏在"理亲丧"整个过程中的表现,正是君子作行所为的高尚品格!

(3)通观达识,语出惊人。在封建世家大族中,女人娘家的社会地位将影响到她在夫家的地位和威信。尤氏家庭背景地位不能和王夫人、王熙凤相比,甚至也不能和李纨相比,特别是她为贾珍的续妻,是贾蓉的后母,所以尤氏来到宁国府之后的处境,必定有矮人一截的感觉。况且贾珍是一个骄横独断的丈夫,这就更加没有尤氏施展自己才华及干才的机会。但是尤氏绝不是一个胸无所藏、无所见识的女流之辈。第68回,王熙凤大闹宁国府的时候,以泼妇的口吻说尤氏"没才干,又没口齿。锯了嘴子

的葫芦,就只会一味的瞎小心图贤良的名儿。总是他们也不怕你,也不听你"。这虽是王熙凤自己"导演"的一出"闹剧",但是尤氏始终忍受着她的羞辱,就连尤氏跟前的众人都看出来王熙凤有点以势压人,太过分了。尤其王熙凤所说尤氏"没才干,又没口齿"云云,显然是她太不了解尤氏,低估了尤氏的心胸识略了。一个人自己太狂了之后,必将把别人都看偏了。以小说中所描写,尤氏是一个通观达识、语出惊人的女性。在这一点上,《红楼梦》中只有李纨最有资格与尤氏相提并论。谓予不信,请看下列数例。

其一,第43回为凤姐过生日"筹款"之事,尤氏与王熙凤和平儿有三段对话颇语含机锋,足见尤氏的识见与口才。第一段是尤氏送走邢王二夫人之后来到凤姐房间商议怎么办生日的情景。

> 凤姐儿道:"你不用问我,你只看老太太的眼色行事就完了。"尤氏笑道:"你这阿物儿,也忒行了大运了。我当有什么事叫我们去,原来单为这个。出了钱不算,还要我来操心,你怎么谢我?"凤姐笑道:"你别扯臊……你怕操心?你这会子就回老太太去,再派一个就是了。"尤氏笑道:"你瞧他兴的这样儿!我劝你收着些儿好,太满了就泼出来了。"

这段话中的重点在最后一句,"太满了就泼出来了"。这是"劝"又是讥讽,也是对凤姐的"满"的警告!

第二段对话,更有趣,当凤姐说"筹资"都齐了时,尤氏问"都齐了?"尤氏显然心中不信,果然数出缺李纨的一份。此时,尤氏笑道:

> "我说你闹鬼呢?怎么你大嫂子的没有?"……"昨儿你在人跟前作人,今儿又来和我赖,这个断不依你,我只和老太太要去。"……"你一般的也怕。不看素日孝敬我,我才是不依你呢?"说着,把平儿的一分拿了出来,说道:"平儿,来!把你的收起去,等不够了,我替你添上。"……"只许你那主子作弊,就不许我作情儿,……弄这些钱那里使去!使不了,明儿带了棺材里使去。"

这段对话一是点穿凤姐在这样的小事上耍两面派,在"人跟前作人"

 趣解红楼

的鬼把戏；二是直点凤姐太贪，挖苦她"使不了，明儿带了棺材那里使去。"

其三，第75回尤氏在李纨住处，前后围绕着小丫头银蝶侍候洗脸之事与李纨的一段对话，说家中"规矩"，尤氏笑道：

> 我们家下大小的人只会讲外面假礼假体面，究竟作出来的事都够使的了。

这是尤氏已知道"抄检大观园"的事之后说的，出语惊人。其实"抄检"与宁国府本无关系，但尤氏借机把心内积郁很久的一句话说了出来。所谓"我们家"当然包括荣宁二府，"只会讲假礼假体面"也是指的二府所有在内。这样辛辣的话，在荣宁二府里何人说出来过？一语道破真相，如果不是对荣宁二府内的许多内幕了解至深，又何以道得出来？一句"究竟作出来的事都够使的了"又是多么深刻而又含蓄！

庚辰抄本第43回有一条批语是评及尤氏的。即在尤氏将周赵二姨娘的份子钱退还给她们时，"二人听说，千恩万谢的方收了"句侧批道："尤氏亦可谓有才矣。论有德比阿凤高十倍。"另一条是在"园中人都打听得尤氏办得十分热闹"句下；王府抄本有批道："剩笔。且影射能事不独熙凤。"这两条批语是最早指出尤氏之德、才，实是公允之论。然而尤氏之"识"实不在于才之下，论者多忽略之。作者重荣而轻宁，惜尤氏嫁与宁府，德才识不能尽展，亦可谓"红颜薄命"了！

莺儿

人物篇

· 143 ·

趣解红楼

比通灵金莺微露意
——莺儿之"露"

在《红楼梦》绚丽多姿的人物画廊中，作者给读者精心描绘了一群情态各异、性格鲜明的丫鬟、小厮。他们不仅相貌俊俏，秉山川灵秀之气，而且个个精灵古怪，是一群人精。他们有的以"嘴"功见长，伶牙俐齿，能说惯道。例如丫鬟中的晴雯、小红，小厮中的兴儿、焙茗（茗烟），都给读者留下极深刻的印象。也有的人以"手"功闻名，心灵手巧，例如，晴雯补裘一回，写她病中缝补雀金裘超过了外面专职的缝补匠（见第52回）。在晴雯之外，给我印象最深的当属薛宝钗的丫鬟莺儿了。

莺儿是薛宝钗从家中带来的贴身丫鬟，出现在小说的第7回。唐代诗人金昌绪《春怨》诗中有"打起黄莺儿，莫向枝上啼。啼时惊妾梦，不得到辽西"。还有顾况《郑女弹筝歌》"羞杀百舌黄莺儿"。从这两首诗，可以解读出两个事实：（1）莺儿之名来自唐诗，是一个富于诗性的美名；（2）莺儿是名字，她姓黄。所谓"金莺微露意"，点破了莺儿的姓——"金"是黄色；又点出了她是个颇爱"多嘴"的丫头——巧舌如黄莺儿。

"露"是一种情态，如露脸、露富、露才扬己、露出破绽，等等。莺儿嘴巧且善"露"，故事见第8回，其回目就是"比通灵金莺微露意"。所谓"比通灵"，是指宝玉以自己的"通灵玉"与宝钗的"金锁"相比对，而不是"比"高低。这是宝玉主动到梨香院去看"小恙"之后的宝姐姐引出的一段颇有深意的小故事。小说中写道：

且说宝玉来至梨香院中，先入薛姨妈室中来，正见薛妈打点针黹与丫鬟们呢。……宝玉道："姐姐可大安了？"薛姨妈道："……他在里间不是，你去瞧他，里间比这里暖和……"宝玉听说，忙下了炕来至里间门前……先就看见薛宝钗坐在炕上作针线，……

接下，作者用黛玉进府宝黛初会时的笔法先写出宝玉眼中的宝钗形容：

（宝钗）头上挽着漆黑油光的鬏儿，蜜合色棉袄，玫瑰紫二色金银鼠比肩褂，葱黄绫棉裙，一色半新不旧，看去不觉奢华。唇不点而红，眉不画而翠，脸若银盆，眼如水杏。罕言寡语，人谓藏愚；安分随时，自云守拙。

寒暄之后，是宝钗看宝玉的形容：

（宝钗）一面看宝玉头上戴着累丝嵌宝紫金冠，额上勒着二龙抢珠金抹额，身上穿着秋香色立蟒白狐腋箭袖，系着五色蝴蝶鸾绦，项上挂着长命锁、记名符，另有一块落草时衔下来的宝玉。

这是自第4回薛家来到贾府之后，宝玉宝钗第一次"相会"。前后的描写是从头到脚，连那"长命锁"、"记名符"都看得"真切"。读者不仅记住了宝钗"唇不点而红，眉不画而翠，脸若银盆，眼如水杏"，更重要的是把她那"罕言寡语，人谓藏愚，安分随时，自云守拙"的个性和人格写得一清二楚。

本回的要目是"比通灵"和"微露意"，没有"比"其"意"就无法"露"出来。先看"比"：

宝钗因笑说道："成日家说你的这玉，究竟未曾细细的赏鉴，我今儿倒要瞧瞧。"说着便挪近前来。宝玉亦凑了上去，从项上摘了下来，递在宝钗手内。宝钗托于掌上，只见大如雀卵，灿若明霞，莹润如酥，五色花纹缠护。

作者在这段文字中用了"挪"字、"凑"字、"摘"字、"递"字、"托"字、"见"字，写出这对小儿女毕肖神情，让读者如闻如见。正面看过，再看那"玉"的正面文字是"莫失莫忘，仙寿恒昌"。巧的是，宝钗那个金锁上也有八个字："不离不弃，芳龄永继"。小说中写道：

宝钗被缠不过，因说道："也是个人给了两句吉利话儿，所以錾上了，叫天天带着，不然，沉甸甸的有什么趣儿。"一面说，一面解了排扣，从里面大红袄上将那珠宝晶莹黄金灿烂的璎珞掏将出来。宝

趣解红楼

玉忙托了锁看时，果然一面有四个篆字，两面八字，各成两句吉谶。

以上两段"比"的文字，让读者了解到通灵玉和金锁究竟是个什么样儿。谅读者一定注意到几个小细节，"比"的目的是在一些小细节中自然流露出来的。

（1）这次"比通灵"是宝钗主动提出来的，显然她是有意核证这"玉"是真是假，是否与自己的"金锁"是"一对儿"。

（2）文中写到宝钗口内"念了两遍，乃回头向莺儿笑道：'你不去倒茶，也在这里发呆作什么？'"首先，这"念了两遍"四个字写出了宝钗对"玉"上的八个字非常在意，要弄明白那字中的"寓意"。

（3）宝钗让莺儿去"倒茶"，又问她"发呆"干什么，这话中之音如不细琢磨还以为真的是莺儿该说话了——以"茶"为媒之谓。于是："莺儿嘻嘻笑道：'我听这两句话，倒像和姑娘的项圈上的两句话是一对儿。'""一对儿"才是"比"的题眼，否则宝玉如何"缠"着宝姐姐出示"金锁"呢！目的达到了，果然"宝玉看了，也念了两遍，又念自己的两遍，因笑问：'姐姐这八个字倒真与我的是一对。'"这就是"金玉姻缘"——"一对儿"，就是真正要"露"的"意"。下面是"莺儿笑道：'是个癞头和尚送的，他说必须錾在金器上——'宝钗不待说完，便嗔他不去倒茶……"真是妙极之文！"宝钗不待说完，"便截断了莺儿的话，给"微露"二字作了个注脚——世间的话不要说尽了，"微露"才能给人一个想象的余地。

莺儿的形象意义并不在莺儿本身。她如黛玉的丫鬟雪雁、紫鹃一样，是为衬托她的主人，为突出她主人的人格而命名的。因此，莺儿的"露"是根据主人薛宝钗的需要偶尔一"露"。第35回写宝玉求莺儿打络子，莺儿马上问"装什么的络子？""打几个络子？"接着小说中写了一段打络子的配色道理，显示出这位巧丫鬟在编织工艺上的丰富知识。小说中写道：

莺儿道："什么要紧，不过是扇子、香坠儿、汗巾子。"宝玉道："汗巾子就好。"莺儿道："汗巾子是什么颜色的？"宝玉道："大红的。"莺儿道："大红的须是黑络子才好看的，或是石青的才压的住颜色。"宝玉道："松花色配什么？"莺儿道："松花配桃红。"宝玉笑道："这才娇艳。再要雅淡之中带些娇艳。"莺儿道："葱绿柳黄是我最爱的。"宝玉道："也罢了，打一条桃红，再打一条葱绿。"莺儿道："什

么花样呢?"宝玉道:"共有几样花样?"莺儿道:"一柱香、朝天凳、象眼块、方胜、连环、梅花、柳叶。"宝玉道:"前儿你替三姑娘打的那花样是什么?"莺儿道:"那是攒心梅花。"宝玉道:"就是那样好。"

从这场"对话"中读者不难领会到作者的用心——让莺儿"露"一手"配色"的知识。由编织的"配色"法,不难推想出世界万物的"配色",而这其间也包含着人与人的"配色"。"配色"就是达到既要适用又要好看才行。

如果说上面有关络子"配色"话题还不那么"微露意",那么下面的文字就是直入"主题"——"露"出了真正的"意":

宝玉一面看莺儿打络子,一面说闲话……宝玉笑道:"我常常和袭人说,明儿不知那一个有福的消受你们主子奴才两个呢。"莺儿笑道:"你还不知道,我们姑娘有几样世人都没有的好处呢,模样儿还在其次。"……

这又是一"露"。但还没有说出"世人都没有的好处"究竟是什么,就被宝钗的到来打断了。所用的手法与前面一样——要"微露",让你贾宝玉慢慢地去体会那"几样"好处,真真是"放长线钓大鱼"之术!谓予不信,请看下面文字:

宝钗坐了,因问莺儿:"打什么呢?"一面问,一面向他手里瞧,才打了半截。宝钗笑道:"这有什么趣儿,倒不如打个络子把玉络上呢。"一句话提醒了宝玉,便拍手笑道:"倒是姐姐说得是,我就忘了。只是配个什么颜色才好?"宝钗道:"若用杂色断然使不得,大红又犯了色,黄的又不起眼,黑的又过暗。等我想个法儿:把那金线拿来,配着黑珠儿线,一根一根拈上,打成络子,这才好看。"

这才是真正的"题眼"——"打个络子把玉络上"。如同说:"天下英雄尽入吾彀中",实有异曲同工之妙!

莺儿说薛宝钗"有几样世人都没有的好处",其中就有能用"络子"把"玉"络起来,而且还要专用"金线"捻成一根一根的,牢牢实实的

"络"起来"这才好看"!

莺儿的"露"是"露"在嘴上,"露"在手上;薛宝钗不动声色,顺水推舟,画龙点睛,"露"在心上。联系到后40回薛宝钗出闺成大礼,莺儿也随嫁贾家的结局,我们可以说那块"玉"终于被"络"住了,"主子奴才"一块儿被有"福"的"玉""消受"了!

小人物大见识
——佳蕙之"气"

贾府中太太小姐多,底下服侍的大丫头小丫头一群,数起来挺费事,分起来易弄错,只有作"人物谱"的先生能分得清,统计数字也精确。或许都是丫头,除了有头有脸的几个以外,那下边的小丫头们,则很少有"特写"镜头。傻大姐算是幸运,因为她拾了一个"两个妖精打架"的绣春囊,引起了一场大观园内的"扫黄"运动,给人留下印象。小红算是二三流丫头,出头露脸有几处,其他人大都是点到为止了。

很少为读者、研究者注意的一个小丫头佳蕙,实在是一个例外了,竟然在第26回开篇花了很长的篇幅来写她。故事是从小红与贾芸之间的爱意写起的,本来贾芸与小红同在怡红院坐更守夜,没有想到"那和尚道士来过,用不着一切男人,贾芸仍种树去了"。这可把小红的心事打破了,正当"犹豫不决神魂不定"之际,一个小丫头子来了,此人就是刚从林黛玉那里得了赏钱的佳蕙。

小红、佳蕙年龄相仿佛,在大观园丫头群内堪称是小姐妹,关系密切。佳蕙看到小红愁眉不展的样子以为是病了,说了一大篇子劝慰的话。虽然说得有几分稚态,但却是深含着一番道理,其中也有怨气和替小红抱打不平的意思。小说中写道:"红玉道:'你那里知道我心里的事!'"佳蕙不明小红心中所想、情中所系,茫然点头,当她想了一会之后自以为理解了小红的心事,坦诚说道:

> 可也怨不得,这个地方难站。就像昨儿老太太因宝玉病了这些日子,说跟着伏侍的这些人都辛苦了,如今身上好了,各处还完了愿,叫把跟着的人都按着等儿赏他们。我们算年纪小,上不去,我也不抱怨;像你怎么也不算在里头?我心里就不服。

很明显,佳蕙错会了红玉的话。为几个赏钱,小红还不至于要"早些儿死了",正如小红说的"你那里知道我的心事"!看来小红毕竟大了几岁,已有了"心事"。而佳蕙则还以小孩子的心情去猜度,真是南辕北

趣解红楼

辙了。

佳蕙的话有几分童心，天真可爱也就在这里，她不明白小红的"心事"，却看明白了贾府内部的"大事"。她继续说下去：

> 袭人那怕他得十分儿，也不恼他，原该的。说良心话，谁还敢比他呢？别说他素日殷勤小心，便是不殷勤小心，也拼不得。

看！这丫头心里多清楚！几句话竟把袭人的准二姨奶奶的特殊地位就点出来了——"谁敢比他呢？"确实如此。在宝玉屋子里没人不是她给"拿下马的"，李嬷嬷也看到了这点。佳蕙是小丫头，当然也只能说明到此。因为她没有李嬷嬷的身份。因此她说："便是不殷勤小心，也拼不得。"接着说道：

> 可气晴雯、绮霰他们这几个，都算在上等里去，仗着老子娘的脸面，众人倒捧着他去。你说可气不可气？

"仗着老子娘的脸面，众人倒捧着他去"，说的是"晴雯、绮霰他们几个"，其实，岂止他们几个，满天下都是。在佳蕙的眼睛里，看到有人"仗着老子娘的脸面"的，还看到了趋炎附势的"众人"，是他们"捧着他去"。这种丑恶的现象大观园内有，贾府上下内外都有，过去的社会有，现今的社会也有，是一种风气。好风气教育一片人，坏风气也可以毒化一片人，历史证明了这一点。佳蕙说："你说可气不可气？"这是问话，实际上是她觉得"可气"才说出来，"不可气"就不用说了。俗话说"不平则鸣"，所谓气就是因为"不平"！

小红到底年龄大一点，也可能听了佳蕙的话受到感动，于是说道："也不犯着气他们。俗语说的好，'千里搭长棚，没有个不散的筵席'，谁守谁一辈子呢？不过三年五载，各人干各人的了。那时谁还管谁呢？"这番话竟然感动得佳蕙不由得眼睛红了。事实也如此，人比人气死人。倘若真生气，岂不上了人家的当受了骗！不气，是更高一招，斗智不斗气，这才是正路！下面是佳蕙借宝玉的话道："你这话说的却是。昨儿宝玉还说，明儿怎么样收拾房子，怎么样做衣裳，倒像有几百年的熬煎。"一句"倒像有几百年的熬煎"，说出了贾府的命运，即使是"熬煎"也不会几百年的，是大厦将倾、油灯耗尽之类的词换个说法。用"倒像"二字，虽是口语，却形象之极，出在这个连"人事"还没开化的小丫头子口中，显得更深刻呢！

　　弱势不等于渺小。在《红楼梦》的人物群落里，小红、佳蕙、傻大姐乃至那些有头有脸的大丫头，实际上都属于弱势群体。她们不仅家穷被卖为奴，而且因为家穷无法读书识字，更无法高中金榜获个硕士、博士头衔或当什么"大家"。但他们对社会的腐败的认识自有亲身的体验，说出来的话，做出来的事，倒是那些滥竽充数或沽名钓誉的"大家"们既说不出又做不出的。曹雪芹的伟大之处，就在这些看似无关紧要的地方、无关紧要的人物身上做大文章。看似平淡，却说出令人玩味不尽的意思来，没有说教，更没有刻意去渲染，是平平淡淡"流"出来的。

　　一部成功的伟大作品，是作家用"心"写，而不是用"笔"来写，只有从"心"底流出来才自然，才是真情！

趣解红楼

惟有娇杏自侥幸
——娇杏之"侥幸"

娇杏之所以"侥幸",主要原因是在一个"顾"字上。《说文》云:"顾,还视也。"又《诗经·蓼莪》:"顾我复我",《笺》:"顾,旋视也。"《汉书·叙传·答宾戏》:"虞卿以顾眄而捐相印也",释"顾"为"回首(头)视也。"由上面释文可证,"顾"也是一种情态。

《红楼梦》第1回写淹蹇在葫芦庙中"卖字作文"的穷儒贾雨村,得遇小乡绅甄士隐,并被请到家中聚谈,适因"严老爷来拜"而中断谈话。于是,雨村在室内翻弄书籍解闷,正在此时,

> 忽听得窗外有女子嗽声。雨村遂起身往窗外一看,原来是一个丫鬟,在那里撷花儿,生得仪容不俗,眉目清明,虽无十分姿色,却也有动人之处。雨村不觉看的呆了。

这是贾雨村的"一顾",而"顾"得"呆"了。那甄家丫鬟撷了花儿,方欲走时——

> 猛抬头见窗内有人,敝巾旧服,虽是贫窘,然生得腰圆背厚,面阔口方,更兼剑眉星眼,直鼻权腮。这丫鬟忙转身回避,心下乃想:"这人生的这样雄壮,却又这样褴褛,我家并无这样穷窘亲友,想他定是主人常说的什么贾雨村了,——怪道又说他必非久困之人,每每有意帮助周济他,只是没什么机会。"……如此想来,不免又回头两次。

这是娇杏的"顾",而且是一顾再顾。雨村见她回头:

> 便自为这女子心中有意于他,遂狂喜不尽,自谓此女子必是个巨眼英雄,风尘中之知己也。

时过不久，贾雨村谋得一任知县，身着乌帽猩袍，坐着大轿，来上任了。事有凑巧，甄家丫鬟娇杏在门口买线，又被轿内的雨村"一顾"了。于是派人送礼，"当夜用一乘小轿便把娇杏"迎进衙内去了。

却说娇杏那丫头，便是当年回顾雨村者，因偶然一顾，便弄出这段奇缘，也是意想不到之事。谁知他命运两济，不承望自到雨村身边，只一年，便生一子；又半载，雨村嫡配忽染疾下世，雨村便将他扶作正室夫人，正是：偶因一回顾，便为人上人。

甲戌本《石头记》第2回，在"方才在咱门前过去，因看见娇杏那丫头买线"处，有一条夹批，说娇杏，"侥幸也。"又说：

托言当日丫头回顾，故有今日，亦不过偶然侥幸耳。非真实得尘中英杰也。非近日小说中满纸红拂、紫烟之可比。

脂批说娇杏者，即"侥幸也"，其意究竟应作何解释呢？细按全书所写众多青年女子，无不是红颜薄命，终生不幸。如英莲实为"应怜"，贾府四春"原应叹息"。至于黛玉、晴雯、鸳鸯、司棋及尤氏姐妹，虽然结局方式不同，但都是悲惨的。娇杏身为丫鬟，与其他青年女子相比，其结局应该说是一个例外。

由前引原书描写文字，我们知道娇杏与贾雨村"偶因一回顾"，结下姻缘，得到婚姻上的成功。但是今通行本，乃至被某些权威吹捧上天的早期抄本也作"偶因一着错，便为人上人"。有人说，"一着错"是从俗话"一着错，满盘皆输"中化来的。这也难于说明问题，因为在这句俗话中"错"是"输"的原因，"输"是"错"的结果。从句法上讲"一着错，满盘皆输"前因错而后果输是符合逻辑的。但是要说"一着错""便为人上人"则不是因果关系，而恰好相悖。倘如此，脂批所批的"娇杏，侥幸也"就批错了，既是"错"了又何来"侥幸"？难道以一个丫鬟嫁给一个读书仕宦的人，在那个社会里是"错"了？至于"一着错"三字是否有出处可据并不是惟一的证据，"一回顾"也不是曹雪芹自造的。唐代刘禹锡《纥那曲词二首》之一："杨柳郁青青，竹枝无限情。同郎一回顾，听唱纥那声。"又，郭翰《酬织女》诗中也用了"一回顾"，其意与曹雪芹之用意

颇相合。原诗是:"人世将天上,由来不可期。谁知一回顾,更作两相思。"生活在天上的织女"偶因一回顾",爱上了地上生活贫困的牛郎,结下了一段传诵千古的婚姻佳话。相类的诗句如"一顾承英达,多荣及子孙"(耿沣)、"非君一顾重,谁赏素腰轻"(李峤)、"夜光贮怀袖,待报一顾恩"(戴叔伦)、"主人能一顾,转盼自生辉"(武元衡)、"一顾生鸿羽,再言将鹤翩"(孟郊)、"一顾恩深荷道安,独垂双泪下层峦"(刘沧),等等。这些诗句中的"一回顾"都是喻指受到权势者的赏识。《红楼梦》中的娇杏身为丫鬟,"偶因一回顾",竟被书生贾雨村视为知己,在升任"太爷"之后,乃娶作妻室。这二者都因"一回顾"而成就姻缘。看来,雪芹用"一回顾"三字所本多多。

夏来正是雪消日
—— 夏金桂之"悍"

夏金桂是《红楼梦》众多女性人物中最容易被一些读者乃至研究者冷落和遗忘的小人物。在我极为有限的阅读范围内,许多论《红楼梦》人物的专著和论文中,确实很难找到夏金桂的名字和身影。

不过,我在读过《红楼梦》之后,倒有一点与一些研究专家的不同认识和看法。固然夏金桂不能同林黛玉、薛宝钗、史湘云、王熙凤,乃至贾府四艳相提并论,甚至也排不到平儿、袭人、鸳鸯、晴雯一流人物之中,但她也并非没有"典型"意义。

所谓"典型",是有多重意义的。一般说来,现实与小说中的人物,既有"正面"典型,也有"反面"典型。假如就用这个"正面"、"反面"的典型论,夏金桂当然算不上是"正面"典型。从小说中所有关于她的描写看,只能把她列到"反面"典型一类人物中去。

"反面"典型,有时也有"典型"的教育意义。甚至在 21 世纪的今天,夏金桂仍然有她的"代表"性。她是现实社会中子女教育——特别是那些达官贵人、富商大贾的子女教育的一部活教材。

(1) 夏金桂出生在一个"官商"家庭里("在户部挂名行商,也是数一数二的大门户")。用香菱的话说,"合长安城中,上至王侯,下至买卖人,都称她家是'桂花夏家'……非常的富贵。……凡这长安城里城外桂花局,俱是她家的,连宫里一应陈设盆景亦是她家贡奉"。这就应了一句老话:"富贵子弟自来娇","名人之子多不肖。"

(2) 夏金桂是个独生女,自小就是个"小公主"。小说中说:"如今太爷也没了,只是老奶奶带着一个亲生的姑娘过活,也并没哥儿兄弟。"下面的话更明确:"只吃亏了一件,从小时父亲去世的早,又无同胞弟兄,寡母独守此女,娇养溺爱,不啻珍宝,凡女儿一举一动,彼母皆百依百随。"

正因为有了以上两条,这夏金桂自小儿个性就非常强,也十分自私。这一点可以说是天下"独生"子女的共性。倘若父母过分溺爱娇惯,要星星不敢给月亮,那结果也就可想而知了。小说中画龙点睛地写到了这一

趣解红楼

点:"因此未免娇养太过,竟酿成个盗跖的性气。爱自己尊若菩萨,窥他人秽如粪土;外具花柳之姿,内秉风雷之性。在家中时常就和丫鬟们使性弄气,轻骂重打的。"如果我们仔细瞧瞧今日的一些小皇帝、小公主的神气样子,就会明白夏金桂的形象绝非是杜撰出来的。我真佩服曹雪芹的观察力和他的"超前"意识,仿佛他早已料到了200年之后也会有一批夏金桂似的家庭,也会有夏金桂似的女孩儿!

俗话说:"女大十八变"。夏金桂长到芳龄十七,"出落得花朵似的","在家里也读书识字",可她的"个性"却没有变。小说中说她"若论心中的邱壑经纬,颇步熙凤的后尘"。这话又似夸奖又似贬损。倘若是步熙凤理家的"后尘",把将近没落的薛家振兴起来,那也算是薛大傻子的福分,薛家祖上积下的阴德。可自打这位夏金桂进了薛家的门之后,薛宅从此不宁,闹得人仰马翻。小说第79回写道:

> 今日出了阁,自为要作当家的奶奶,比不得作女儿时腼腆温柔,须要拿出这威风来,才钤压得住人;况且见薛蟠气质刚硬,举止骄奢,若不趁热灶一气炮制熟烂,将来必不能自竖旗帜矣;又见有香菱这等一个才貌俱全的爱妾在室,越发添了"宋太祖灭南唐"之意,"卧榻之侧岂容他人酣睡"之心。

一个女孩儿家,在那个"三从四德"的社会里,刚进了婆家门就要逞"威风",算计着抢班夺权——夺夫权、夺家权,要"自竖旗帜"当旗手。这就在"娇横"之外添了一份"野心"。

世上有大野心家,也有小野心家。那就看他在现实生活中的位置了。夏金桂是个小野心家,她只能在薛家内部施展她的野心。她的第一个目标是自己的亲夫薛蟠。因为"薛蟠气质刚硬,举止骄奢",所以她用了个"擒贼先擒王"的计策,目的是把呆霸王擒下马来,变成一只"百依百顺"的呆鸟。她用的手段,是"趁热灶一气炮制熟烂",果然奏效。她的第二个目标是除掉"才貌俱全"的香菱,用的是"宋太祖灭南唐"的故事,以达到"清君侧"的目的。夏金桂是个胸中有经纬的女人,为了达到自己的目的,先是百般凌辱虐待香菱,想激起香菱的反抗,以给她整治的口实。然而,香菱偏不上她的当,来一个"百依百顺",使她毫无办法,没有达到逼香菱自出家门的目的。当她所有办法不灵时,便使出了"借刀杀人"

之计，利用随嫁丫鬟宝蟾施毒，企图从肉体上消灭自己的心敌。

在历史上，"擒贼先擒王"、"清君侧"、"借刀杀人"，都是野心家惯用的伎俩。夏金桂要步王熙凤的后尘，实现她当旗手的梦想。但是，同所有的野心家一样，他们尽管"机关算尽"，终究是"反算了卿卿性命"。王熙凤的结局是"哭向金陵事更哀"，夏金桂也没有逃出自己所掘的坟墓——喝下了自己炮制的那碗毒药而身亡。历史和现实无情地嘲笑了那些野心家！

这个故事和故事的主角夏金桂，在《红楼梦》中显然是一个"插曲"。但是，作为文学巨匠的曹雪芹却在这个故事的立意、人物刻画等各个方面，都是绞尽了脑汁来设计和描写的，而且十分完整。《薛文龙悔取河东狮》，出现在前80回的第79回，随后又在80回展开，到了后40回的103回方结束了这个故事，将夏金桂之"毒"、薛文龙之"悔"淋漓尽致地展示给读者。在艺术上，曹雪芹为了写夏金桂之"毒"，用了不少暗喻之法。在第5回写到香菱册词的时候，"揭开看时，只见画着一株桂花，下面有一池塘，其中水涸泥干，莲枯藕败"。后面书云：

> 根并荷花一茎香，平生遭际实堪伤。
> 自从两地生孤木，致使香魂返故乡。

千里伏线，在第79回夏金桂进入薛家之门后，"自从两地生孤木"一语（桂字）终于得到了印证。

此外，这个故事中的取姓命名，也是为了突显夏金桂之"毒"。夏克雪，雪者谐薛，雪遇夏则融。薛家宅倾礼乱，正是从夏金桂入门开始的，应了夏来雪消之谶。曹雪芹特选宝蟾为夏金桂的侍婢，就是用蟾有毒这种特性，用蟾毒害人可谓"物尽其用"。

夏金桂本生于"桂花夏家"，出落得"花朵"似的，说明她并非是一个先天有"毒"之人。但由于她从小娇生惯养，"竟酿成个盗跖的性气"。这是外"毒"侵心，故有野心勃勃，终落得个可悲的下场。就夏金桂本人的结局来说是"罪有应得"，死有余辜，不足可惜。但是，她的行为、结局是否也给人们留下一些思考呢？

我以为是有的。

平庸无能到公卿
——贾政之"庸"

贾政在《红楼梦》里称不上是主要人物,但他却是一个万万不可缺少的重要人物。

从小说第 2 回"冷子兴演说荣国府"、第 3 回林如海向贾雨村介绍"二内兄"开始到第 120 回毗陵驿船中见到贾宝玉,《红楼梦》中有 20 余回写到贾政。除了小说主要人物贾宝玉、王熙凤之外,贾政的"出镜"率当属第三人。

贾政在小说中首先是一个官场人物。他虽未袭官,但却"额外"得了个"主事之衔",又"升了员外郎",后来又被"皇上"放了粮道,点了学政,眼见着官运亨通,平步青云。他整日里除了到部视事,就是周旋于官场往来,即使回到家中还要接待如贾雨村一流的地方官。毫无疑问,贾政是一个热衷于官道的典型形象。

从小说中的描写看,贾政在官场上显然不属于那种胸藏治国方略、叱咤风云而又建功立业的"精英"类型的官僚。首先,贾政为官并非靠自己的真本事,而是靠父亲临终"一本"而得到的赏赐,这叫"荫庇"之官。他后来之所以屡被钦点,恐怕一大半的原因是靠女儿元春的"荫庇"。元春进宫之后先是晋升"凤藻宫尚书",继而"加封贤德妃",又奉旨"省亲",让死而不僵的贾府有了一次"烈火烹油,鲜花簇锦"之盛。俗话说:"朝中有人好做官","背靠大树好乘凉"。元春虽是"妃",但毕竟是"当今"的枕边人。这一层关系与贾政的官运不能说完全没有关系。第 99 回贾政自己坦言道:"我这官是皇上放的。"可谓一语道破他任官的奥秘。所以,有理由说贾政的官不是因他才干优长而被正常选拔出来的,实质上都是"靠"上去的。历史上凡是"靠"上去的官,出类拔萃者不能说一个没有,但是凤毛麟角,绝大多数(约 99.99%)是平庸之辈。贾政就是这支队伍中的一员。

如果说上面的"背景"是给贾政为官平庸打个"伏笔"的话,下面还可找出几条他为官平庸的"证据"来。

(1)徇私情,滥荐人才。贾雨村是一个"性情狡猾,擅纂礼仪,且沽

清正之名，而暗结虎狼之属，致使地方多事，民命不堪"而被革职之人。贾政根本不了解此人，仅凭妹夫林如海的一封书信而"优待"贾雨村，"便竭力内中协助"使其"题奏之日，轻轻谋了一个复职候缺，不上两个月，金陵应天府缺出，便谋补了此缺"。（见第3回）

（2）枉王法，知情不举。贾政"竭力内中协助"，使贾雨村"轻轻"谋补了应天府知府之后，上任伊始处理的第一件命案就是呆霸王薛蟠打死小乡宦冯渊之事。当他经小沙弥的点拨之后，知道薛家与贾家连络有亲的内情之后，竟徇私枉法，从轻发落薛蟠，"胡乱判断了案"。事后贾雨村"急忙作书信二封，与贾政并京营节度使王子腾，不过说'令甥之事已完，不必过虑'等语。"（见第4回）这种徇情枉法之事，作为现职"员外郎"的贾政竟睁一只眼，闭一只眼，知情不举。

（3）纵恶奴，居官不察。贾政在粮道任上（见第99回）手下长随们为中饱私囊，以消极怠工来要挟贾政，他竟然不严加查问管束，只是自己生气而已。在他的放任不察的情况下，长随"李十儿便自己做起威福，钩连内外一气的哄着贾政办事"，实属居官渎职。他"不但不疑反多相信"，说明他不仅是一个庸官，而且还是一个昏官。小说中特别写到，已有几处揭报，幕友用言规谏，他也"不信"，昏庸之外又加上一条纵容包庇之罪。

以上三条内容，并非是贾政为官的全部经历。因篇幅所限，只能撮其要，删其繁，概而述之。但仅就这三点，读者也可以得到一个初步的印象——贾政为官确无大德大才。在他生活的时代，他为官的表现既登不上"清官榜"也上不了《酷吏传》，平平庸庸而已。作者或许出于对贾宝玉的偏爱，在小说中多用史笔来写贾政，即把他作为封建官僚中的平庸者与贾雨村贪酷型的官僚作对比，同时又笔下留情，多是明褒中暗下针贬。综观全书，贾政的为官形象极具典型意义，他是国家官僚队伍中的绝大群体中的代表性人物。像贾政这样的为官者，旧社会普遍而在，今日也不鲜见。所以谈《红楼梦》里官场黑暗、吏治腐败，就不能舍其不论。

其实，贾政不仅为官是庸官，即使在家政管理方面也是一个无能之辈。这可以从他对荣国府的管理和教育子弟两个方面来看。

荣国府是两房，长房是贾赦，其子贾琏，媳妇王熙凤。由于贾赦袭官在家，独揽大权，因此儿子、儿媳妇均无施展管家的才干。二房是贾政，王夫人，长子贾珠早逝，寡媳李纨有幼子贾兰需要照顾，故不能出面管家。次子宝玉、三子贾环年纪尚小，亦不能担起管家重任。于是，贾政王

夫人"外聘"自己的亲侄女王熙凤任内当家,外面的事则交给贾琏去办。可是作为一家之主的贾政来个"大撒把",从此不再过问家事,即使回到家中有闲,"不过看书着棋而已,余事多不介意",完全是一副清闲自得之态。正因为如此放任,结果是王熙凤以甜言蜜语哄住贾母、王夫人,自己为所欲为。绝对的权力使王熙凤颐指气使,目无下尘。更有甚者,她胆敢贪污受贿,中饱私囊。侄儿贾琏是个"浪荡子",整日竟干些偷鸡摸狗的事,正事不管。其实,他也管不了。这种不精打细算,出多入少地豪奢支出,贾府就是一座金山也会被掏空的。终于到了被抄家时真相大白,此时此刻运终数尽,无以挽回。小说第105回"锦衣卫查抄宁国府"之后,贾政才想起查问"历年居家用度,其有若干进来,该用若干出去"(见第106回)。书中写道:

> 贾政看时,所入不敷所出,又加连年宫里花用,账上有在外浮借的也不少。再查东省地租近年的所交不及祖上一半,如今用度比祖上更加十倍。贾政不看则已,看了急得跺脚道:"这了不得!我打量虽是琏儿管事,在家自有把持,岂知好几年头里已就寅年用了卯年的,还是这样装好看,竟把世职俸禄当作不打紧的事情,为什么不败呢!我如今要就省俭起来,已是迟了。"想到那里,背着手踱来踱去,竟无方法。

经济是国家的命脉,在一个家庭里(不论大小)同样是命脉,这是每一个人都懂得的最最普通的道理。贾府上下四五百口人,每天的开销数量惊人,倘管理不善,坐吃山空,再要奢侈挥霍,势必要"寅年用了卯年的"。这种每况愈下的趋势,贾府内外并非无人知觉,只是大家都乐得享受,事不关己明白人也不愿点破而已。抄家后,贾母散"余资"(见第107回),曾对贾政说了一段非常明白透彻的话。贾母道:

> 你们别打谅我是享得富贵受不得贫穷的人哪!不过这几年看着你们轰轰烈烈,我落得都不管,说说笑笑养身子罢了,那知道家运一败直到这样!若说外头好看里头空虚,我是早知道的。只是"居移气,养移体",一时下不得台来。……谁知他们爷儿两个做些什么勾当!

贾母年事已高,"落得不管",但贾政则不能不管不问,放弃了对王熙凤、贾琏家政大权的约束和监督,不但使王熙凤滥用权力,贪倒了自己,也腐蚀了其他人。而他的"疏懒家务"、"不知当家立计"的后果必然是弊端丛生,积重难返,最终导致家运颓败,末日将临!

贾家败落的原因,细究起来当然是诸多因素相互作用的结果。经济是基础,基础动摇了,大厦将倾势所必然。但还有一个重要的原因,那就是贾家"如今的儿孙一代不如一代"。这些不肖儿孙不是为大厦添砖加瓦、固其根基,而是一个个变着法儿盗砖偷瓦,加速大厦根基的动摇,最终使大厦忽啦啦顷刻坍塌。如果追究,一代不如一代的责任,就在以贾母为首的家长们忽视了对所有的家人、特别是子女的教育。

《红楼梦》中有许多细节都涉及到荣宁二府的子弟教育问题。有的是明写,例如"闹学堂"(见第9回)、"不肖种种大承笞挞"(见第33回)等;有的是侧写,如"冷子兴演说荣国府"(见第2回)、"酸凤姐大闹宁国府"(见第68回)等;有的则暗写,如"焦大的醉骂"(见第7回)、"鸳鸯女誓绝鸳鸯偶"(见第46回)等。实际上,贾府内出现的大大小小的丑事,无不与对子弟的教育有关。从文字辈贾赦到玉字辈琏珍宝玉,再到草字辈的蓉芹之流,足以代表"垮掉"了的三代人。贾政的教育无方,固与贾母、王夫人的溺爱、偏袒、纵放有关,但与他本人的食古不化、面孔古板也有密切的关系。一个人让人见了就想逃避,某种场合只要他一到场就人人缄口不语,贾母不得不对他下"逐客令"。试想贾政还如何施教于人呢?又如:贾政对宝玉的教育是动辄开口斥责,再辄大板笞挞。使宝玉见贾政如同老鼠见猫,胆颤心惊,转身就如同大赦一般,结果在宝玉的骨子里有一种强烈的"逆反"心理。而贾环之流则是当面一套背后又一套,至于其他子弟背地里干了些什么,贾政更是无法知闻。贾府子弟似乎有个默契,大家干什么坏事,只要瞒过贾政就万事大吉!

贾政治家的失败与教子(弟)无方,概而言之,只用第4回末的一段文字就可以说明白了。文云:

> 谁知(薛蟠)自从在此住了不上一月的光景,贾宅族中凡有的子侄,俱已认熟了一半,凡是那些纨绔气习者,莫不喜与他来往,今日会酒,明日观花,甚至聚赌嫖娼,渐渐无所不至,引诱的薛蟠比当日更坏了十倍。

洪秋蕃曾说:"《红楼》妙处,又莫如讥讽得诗人之厚,褒贬有史笔之严。"说薛蟠之坏者为表面文字,而实际上是说贾府的子弟比薛蟠更坏了十倍!

贾政为官、治家、教子,足称"三庸"。然而就是这样的一个庸人居然深得北静王的百般袒护。每逢贾家遇有大事、难事,他都要出场解危,化凶为吉。事实说明,用人制度的腐败——平庸无能到公卿的人多了,大则国家,小则一家一族,其最终的结局只能是"飞鸟各投林","落了片白茫茫大地真干净!"

一样兄弟 两种人生
——贾敬的"空"与贾赦的"色"

贾敬与贾赦同属贾家第三代文字辈的同宗兄弟，分别掌管宁国府与荣国府的家政大权。这对同门兄弟性情各异，两种人生观，走了截然不同的两条道路，但二人的结局都具有一种明显的讽刺意味。

贾敬是第二代宁国公贾代化的次子，其长兄贾敷至八九岁上"便死了"。贾敬依次袭了官。但这位敬老不知受了什么"刺激"，对祖上的"荫庇"竟然毫无兴趣，"如今一味好道，只爱烧丹炼汞"，余者一概不在心上。因他"一心想做神仙"，把官倒让独儿子贾珍袭了，自己在城外玄真观和"道士们胡羼"。

贾敬的"空"是道家的"养空"，见贾谊《鹏鸟赋》"不以生故自宝兮，养空而浮"。而非佛教经典上所说的"空"。道家要达到"养空"，就是小说中所写的"烧丹炼汞"的炼丹术。据葛洪《抱朴子·金丹》中记载："丹砂烧之成水银，积变又成丹砂"。《红楼梦》第63回回目是"死金丹独艳理亲丧"，贾敬"宾天"消息传到贾府之后，尤氏首先下令先把玄真观的道士们拘起来，然后又命人请太医验尸：

> 大夫们见人已死，何处诊脉来，素知贾敬导气之术总属虚诞，更至参星礼斗，守庚申，服灵砂，妄作虚为，过于劳神费力，反因此伤了性命的。如今虽死，肚中坚硬似铁，面皮嘴唇烧的紫绛皱裂。便向媳妇回说："系玄教中吞金服砂，烧胀而殁。"

太医们的"尸检"报告有两点值得注意：一是从尸体的烧胀情况看，贾敬的炼丹术属于外丹术中的"金丹术"。中国古代方术典籍记载，内丹术主要是以人的入静调息、吐故纳新的生理与心理调适方式来达到祛病益寿的目的。而外丹术主要是炼制金石药或草木药剂，然后服食，以求长生不老。玄真观道士们的供词与"尸检"的情况相符合，说明贾敬太急于达到"飞升"的目的，过度服用丹砂，终于导致服砂过量烧胀而亡。二是太医们所提到的"守庚申"，也是加速贾敬死亡的一个重要原因之一。所谓

"守庚申"，是道家的一种修炼的方术。道家经典中记载人体内有"三尸虫"能记人的罪过，于庚申日向玉皇大帝打小报告。故凡修道者都要以"守庚申"来阻止"三尸虫"去进谗。小说中虽然没有提供贾敬的具体年龄，但从他在宁荣二府的辈分、地位看，应是文字辈的最长者，故可估算出他的年龄至少当是年过花甲或接近古稀之年，倘如是，在这个年岁的老年人凡遇"庚申日"都要通宵达旦地清斋不寝，且又服食丹药，必然过于劳神费力。长此以往"守庚申"，"反因此伤了性命"。

西方人中有不爱江山爱美人者，中国古人中有不爱富贵爱神仙者，中外典籍中都不乏记载。贾敬身居显爵，富贵传流，他却抛弃眼前的荣华富贵甘愿清修，原因只能是三种：一是他秉有慧根，不喜红尘的喧嚣，故远离家庭的缠扰而远居城外与道士们参玄悟道。二是原来夫妻伉俪情深，一旦爱妻舍其而去，不堪打击（与传说中的清顺治帝弃位削发五台山相似），希望早日"飞升"与亡妻在仙界团圆。三是他曾犯下了不为人知的罪孽，小说作者为长者讳而用"史笔"——如第5回。《好事终》曲中有"箕裘颓堕皆从敬，家事消亡首罪宁。宿孽总因情"。即说宁国府之败是从贾敬开始，而且"宿孽总因情"。所谓守庚申，正是贾敬在忏悔自己的"宿孽"。倘若此猜有一定道理的话，那么是否也与"扒灰"有关呢？既无内证亦无外证，只能是有此一猜而已。

不论是哪一种可能，贾敬毕竟是选取了"养空"的道路。他的选择直接后果不仅是自己急于求成，烧胀而死。更重要的是他放弃了管理家政、监督家政和教育子女的责任，使贾珍无法无天，一味地高乐不了，最终把个"宁国府竟翻了过来，也没有人敢来管他"。贾敬独善其身且愚蠢地"炼丹烧汞"而死，是宁国府乃至整个贾家走向"末世"之路的反映，偶然中蕴含一种必然。但就个人的责任来说，宁府走向衰败，贾敬也是难辞其咎的！

贾赦与贾敬的人生观价值观不相同，他是一个现实的享乐主义者。他虽是荣国府的长房且袭了荣国公的爵位，但他在自己母亲面前失去了宠爱，这一点在贾赦的心理上成为一块驱之不散的阴云。在荣国府日常生活中各种大小宴集，贾赦与邢夫人都很少露面，类同"假设形式"。如此尴尬的处境中，贾赦的内心必然是十分怨懑，非常容易使他形成心理上的"自我封闭"。对于这样的现实处境，贾赦与邢夫人自然心存不甘。但老太太在世并且还能掌控全局的情势下，他们多少也有些无可奈何，只能采取

迂回战术伺机而动。所以小说中写赦邢二人的"策略":一是寻衅制造事端,逼迫二房王夫人、王熙凤让权。例如邢夫人得到傻大姐拾的"绣春囊",要给王夫人、王熙凤扣上治家不严的罪名。抄检大观园是在这种嫡庶之争大背景下发生的,结果是邢夫人及其亲信王善保家的搬起石头砸了自己的脚。二是贾赦将自己用不完的精力由在内寻"色"向外发展去寻"货"。例如通过勾结贾雨村强夺石呆子所藏古扇(见第48回)就是最突出的例证。三是利用各种场合含沙射影,以发泄胸中不满。例如第75回中秋夜宴时在贾母与众人面前讲了个"天下父母心偏的多"的笑话,冒撞贾母。四是捧环贬玉,意在挑拨嫡庶之争。同是第75回中有宝玉与贾环同时作诗,受到贾政的好评,借此谈起读书的好处。贾赦借机对贾环的诗"连声赞好","竟不失咱们侯门的气概"。不仅独赏许多玩物给贾环,还拍着贾环头说:"将来这一世袭的前程跑不了你袭。"贾赦作为长房长子袭爵,如以世袭顺序,下面当是贾琏第一,宝玉次之,贾环庶出是轮不到的。贾赦如此说明显有对贾琏宝玉之不满,挑动嫡庶在继承权上的猜忌,以制造兄弟之间的不和。这一切都说明贾赦的心理已经扭曲不堪,在他的刚愎、昏聩之外又注入了一种阴损的恶念头!

　　人的秉赋不同,思维相异,行为方式也不一样。贾敬尚"空",贾赦重"色"。如果说他的儿子贾琏是色中"饿鬼",那么贾赦本人则是色中"昏鬼"!前面说到贾母不喜欢他这个长子,其中一条就是此人太好色。第46回写邢夫人找王熙凤商议给贾赦讨鸳鸯时,王熙凤借机转达了贾母对贾赦好色的评论:

　　　　依我说,竟别碰这个钉子去。老太太离了鸳鸯,饭也吃不下去,那里就舍得了?况且平日说起闲话来,老太太常说,老爷如今上了年纪,作什么左一个小老婆右一个小老婆放在屋里,没的耽误了人家。放着身子不保养、官儿也不好生作去,成日家和小老婆喝酒。

　　一个"上了年纪"的人,色欲太盛必然危及身心健康,这是古今人都懂的道理。而贾赦在嫡夫人邢氏之外"左一个小老婆右一个小老婆",日夜轮流侍候,恐怕要不了多少时间就会把身子骨掏空的。他不仅不收缩"战线",还要讨鸳鸯做小老婆,可见其昏聩到了何种地步!贾赦这种不惜性命的劲儿倒与乃兄贾敬炼丹烧汞、守庚申服丹砂多多益善极其相似。

这是一"昏"。二"昏"是他讨小老婆竟然讨到惟一伏侍母亲的鸳鸯名下，公然要让老太太"饭也吃不下去了"。书中有云："世上至大莫如'孝'字"。贾赦如此胡为，即犯了大不孝的罪，不仅触犯了家法，也触犯国家以孝为先的律条（见第16回贾琏引述"当今"的话）。三"昏"是贾赦派了一个"禀性愚儌"、"婪取财货"的邢夫人去讨鸳鸯。她当着自己的儿子媳妇面竟然能说出"大家子三房四妾的也多，偏咱们就使不得？……就是老太太心爱的丫头，这么胡子苍白了又作了官的一个大儿子，要了作房里人，也未必好驳回的"。昏人又用了一个庸人，不仅把事情办糟了，挨了鸳鸯一顿痛骂，而且把老太太也给惹恼了，遭到断然拒绝。俗话说"色迷心窍"，贾赦真真是受之无愧了！

记得香港卫视凤凰台的政治评论家阮次山，他在栏目广告词里经常说的一句话是："世界上的许多看似不相关的事，其实都是互相联系的"（大意）。这句话听似浅白，但其中蕴含着辩证法。人们通常说"声东击西"，其实声东是虚击西为实，这种战术的运用常常得事半功倍之效。聪明的曹雪芹在写作《红楼梦》的故事时，就经常抓住人物之间的相互联系，借用他人的评论之语来突显某个人物某个方面"个性化"特征。写贾赦也是如此。

第46回以贾赦派邢夫人到贾母房中讨鸳鸯做小老婆一事为故事主线展开，在整个故事的发展中，作者三次用贾母、王熙凤、平儿之评论，突出贾赦的好色好淫。王熙凤借用贾母的话劝邢夫人不要拿"草棍儿戳老虎的鼻子眼儿去"，前面已引用过，不复赘引，在这段话之后王熙凤直对邢夫人说道：

> 太太别恼，我是不敢去的。明放着不中用，而且反招出没意思来。老爷如今上了年纪，行事不妥，太太该劝才是。比不得年轻，作这些事无碍，如今兄弟、侄儿、儿子、孙子一大群，还这么闹起来，怎样见人呢？

如果说王熙凤说的"比不得年轻，作这些事无碍"，还较为含蓄的话，那么同回平儿又把方才同别人谈的话又说与袭人听，则是把贾赦的好色好淫的情状给拎到光天化日之下了：

> 真真这话论理不该我们说，这个大老爷太好色了，略平头正脸的，他就不放手了。

贾赦好色到了何种程度？作者在此用的是"点睛"之笔——凡"略平头正脸的，他就不放手了"！由此可以逆推，如是相貌略有出众的，贾赦又该是如何呢？一切尽在不言之中了。

贾赦讨鸳鸯一事引出了无尽的"话语"，作者最后用一段妙语写尽贾赦的重"色"之状：

> 邢夫人将方才的话只略说了几句，贾赦无法，又含愧，自此便告病，且不敢见贾母，只打发邢夫人及贾琏每日过去请安。只得又各处遣人购求寻觅，终久费了八百两银子买了一个十七岁的女孩子来，名唤嫣红，收在屋内。不在话下。

巴尔扎克在《论艺术家》中指出："艺术作品就是用最小的面积惊人地集中了最大量的思想。"在《红楼梦》中，曹雪芹仅仅用了"不在话下"四个字，将以贾赦为代表的宁荣二府的爷们儿的丑恶面孔勾勒殆尽！

这就是《红楼梦》的描写艺术！

趣解红楼

兄弟同门　合流同污
——贾珍的"奢"与贾琏的"浪"

贾珍与贾琏是同门玉字辈的叔伯兄弟，是继文字辈之后的当家人，又都是典型的无德无才的一代接班人。这两个人各有所好，一个是以"奢"为荣，一个是以"浪"闻名。

贾珍的为人，读者已从冷子兴的"演说"中了解了大概："如今敬老爹一概不管。这珍爷那里肯读书，只一味高乐不了，把宁国府竟翻了过来，也没有人敢来管他。"还没有正式出场，贾珍已给人留下了一个极坏的印象。

贾珍是荣宁二府里玉字辈惟一袭职的人，并且身兼族长之衔（事见第53回祭宗祠）。所以他具有两面人格，一面是被服儒雅，道貌岸然。例如他严厉训贾芹的那一段故事，拿足了"族长"的架势；另一方面是内淫外奢，行若狗彘。本文重在揭其"奢"态，可列两大事件以作例。

（1）骄奢淫逸，风光难掩。小说第13回写秦可卿之死，原回目作"秦可卿淫丧天香楼"，作者用史笔，后因畸笏叟的干预而改为了因病早逝。甲戌诸抄本皆有批语说明删改的缘由：

"秦可卿淫丧天香楼"，作者用史笔也。老朽因有魂托凤姐贾家后事二件，岂是安富尊荣坐享人能想得到者，其言其意，令人悲切感服，姑赦之，因命芹溪删去"遗簪""更衣"诸文。

后世的研究者受到这条批语的启示，写出了一大堆"考证"文章，演义出千奇百怪的新论，令世人拍案惊奇。

但不管是病死还是"淫丧"，有一点是可以肯定的——贾珍确实为秦氏之丧礼倾尽所有，让秦可卿享尽人间的哀荣。作者为此不吝笔墨，大肆渲染。丧音传出，"只见府门大开，两边灯笼照如白昼，乱哄哄人来人往，里面哭声摇山振岳"。下面是贾珍的"哭"状和"奢"态：

贾珍哭的泪人一般，正和贾代儒等说道："合家大小，远近亲友

谁不知我这媳妇比儿子还强十倍。如今伸腿去了，可见这长房内绝灭无人了。"说着又哭起来。众人忙劝道："人已辞世，哭也无益，且商议如何料理要紧。"贾珍拍手道："如何料理，不过尽我所有罢了！"

贾珍以"不过尽我所有罢了"为这场丧礼如何办定下了调子。

　　（贾珍）一面吩咐去请钦天监阴阳司来择日，择准停灵七七四十九天，三日后开丧送讣闻。这四十九日，单请一百单八众禅僧在大厅上拜大悲忏，超度前亡后化诸魂，以免亡者之罪；另设一坛于天香楼上，是九十九位全真道士，打四十九日解冤洗业醮。然后停灵于会芳园中，灵前另外五十众高僧、五十众高道，对坛按七作好事。

这支僧道队伍合计起来307人，七七四十九天，仅是吃喝用度该是多大一笔开支？

"贾珍见父亲不管，亦发恣意奢华"。于是又从薛蟠那里买下"万年不坏"的棺材板，花了一千两银子。当时贾政劝阻，欲殓以上等杉木，"此时贾珍恨不能代秦氏之死，这话如何肯听。"下面写道：

　　贾珍因想着贾蓉不过是个黉门监，灵幡经榜上写时不好看，便是执事也不多，因此心下甚不自在。

恰在此时太明宫掌宫太监戴权来，一番交易，花了一千二百两银子给贾蓉又买了一个五品龙禁尉的头衔，终于使秦氏丧礼无限风光：

灵前供用执事等物，俱按五品职例；

灵牌疏上皆写"天朝诰授贾门秦氏恭人之灵位"；

僧道榜上大书："世袭宁国公冢孙妇、防护内廷御前侍卫龙禁尉贾门秦氏之丧……四十九日消灾洗业平安水陆道场"；

请来王熙凤"协理宁国府"，主持内务；

出殡之日，送殡队伍"浩浩荡荡、压地银山一般。上有亲王、下至公侯伯子男及诸王孙公子，不可枚数"。

这场丧礼场面之大、人数之多、规格之高（指送殡者）、时间之久，可谓空前绝后，"史无前例"。

（2）父子作局，临潼斗宝。贾珍不仅是宁国府的一门之长，而且还是荣宁二府的族长。按着封建宗法制度要求，他要给自己的儿孙作楷模，还要给合族子弟们作表率。他自己骄奢淫逸，弄得家宅内乱，声名狼藉，只有宁府门前那一对石狮子干净。俗话说："上梁不正下梁歪。"儿子贾蓉与婶娘眉来眼去，与姨娘百般调笑，给叔叔拉牵，为其父拉皮条，道德沦丧。第75回就重点描写了贾珍贾蓉父子沆瀣一气，"放头开局，夜赌起来"。小说写道：

> 原来贾珍近因居丧，每不得游顽旷荡，又不得观优闻乐作遣。无聊之极，便生了个破闷之法。

这个"破闷之法"就是日间以习射为由赌利物，夜间公然斗叶掷骰，放头开局。

> 贾珍不肯出名，便命贾蓉作局家。……于是天天宰猪割羊，屠鹅戮鸭，好似临潼斗宝一般……家下人借此各有进益，巴不得的如此，所以竟成了势了，外人皆不知一字。

下面是傻大舅邢德全，呆霸王薛蟠，一群"斗鸡赶狗，问柳评花的一干游荡纨袴"聚于家中，一面是"抢新快"、"打公番"、"抹骨牌"、"打天九"；一面是"搂娈童、喝黄汤，调笑无度，四更方散"……

贾珍只是宁荣二府子弟骄侈暴佚、暴殄天物的一个典型代表，最终是"从宽革去世职，派往海疆效力赎罪"。

与贾珍极相近的人物是荣国府内的贾琏。贾珍是宁府世职的接班人，独撑门面，所以在他身上体现更多的是骄横霸气。贾琏既无世职又无实权，所以在他身上更多是靠自己的小才处事，以"浪"换色，以色填欲。小说第64回回目是"浪荡子情遗九龙珮"，"浪荡子"是作者送给贾琏的"雅号"，也是给他的人格"定位"。

"浪荡"是一种行为，也是一种情态。它常与情、淫相联系，贾琏的行为正是名符其实的"浪荡子"。第7回是贾琏初出场，回目是"送宫花贾琏戏熙凤"，通过周瑞家的送宫花到凤姐儿院中，恰巧贾琏凤姐正在房中做"游龙戏凤"的故事，还有丰儿坐在凤姐房中门槛上"站岗放哨"，若不是"平儿拿着大铜盆出来,叫丰儿舀水进去",读者还以为这夫妻二人关在房内在商议什么军国大事呢!"戏"字用的绝妙,百般"情事"都在一个"戏"字之中了。

如果说"戏"字太含蓄,那么到第 21 回写贾琏之浪态淫态,真是"风月笔墨"了。故事是因大姐出痘疹,凤姐房内要供奉痘疹娘娘,所以要把贾琏暂时隔离到外房去而引出的。

那个贾琏,只离了凤姐便要寻事,独寝了两夜,便十分难熬,便暂将小厮们内有清俊的选来出火。……如今贾琏在外煎熬,往日也曾见过这媳妇(多姑娘),失过魂魄,……惹的贾琏似饥鼠一般,少不得和心腹小厮们计议,合同遮掩谋求,多以金帛相许。……是夜二鼓人定……贾琏便溜了来相会。进门一见其态,早已魄飞魂散,也不用情谈款叙,便宽衣动作起来。

以下淫声浪语不绝于耳,贾琏丑态毕露,以后"遂成相契"。这是《红楼梦》中性描写最为露骨的一段情节。我疑心这是《风月宝鉴》中的风月笔墨残存文字,同回,贾琏解除"隔离"回到家中向平儿求欢一段描写,大同小异,无须再引。透过这些不堪的细节描写,人们看到玉字辈的年轻一代人的精神世界究竟是什么样子。试想,贾琏屋中上有夫人王熙凤,下有通房大丫头平儿,这两个女人都是模样儿出众的,还满足不了他的色欲、淫欲。后来其父贾赦将身前的秋桐"赐"给了他,还不够,见了尤氏姐妹之后又似馋猫似的围着转,直到背着王熙凤偷娶了尤二姐。

贾珍、贾琏是贾府第四代中的年长者,又是当权者,所以他们的行为不仅影响着他们的同辈人,而对草字辈一代无疑也有着重要的影响。贾府的现在和未来都掌握在他们手里,而他们不仅无德无才,而且又无法无天。毋庸置疑,他们代表了贾家烂掉了的一代。正如,第 5 回宁荣二公之灵托警幻仙姑训诫宝玉规于正途时所说:

吾家自国朝定鼎以来,功名奕世,富贵传流,虽历百年,奈运终数尽,不可挽回者。故遗子孙虽多,竟无可以继业。

古人云:创业维艰,守业更难。贾府所"遗子孙虽多,竟无可以继

业",为什么?教育的失败。他们富贵传流,只是满足儿孙的物质需要,却没有教育他们如何学习知识,学习如何做人。因此所有子孙无德无才。这才是一个沉痛的教训!

　　但愿我们的子孙能够一代胜过一代。倘如是,那既是一家一族之大幸,亦是国家之大幸!

癞蛤蟆想吃天鹅肉
——贾瑞之"妄"

妄是一种情态。诸如人们常说的妄心、妄行、妄言、妄求、妄听、妄信、妄想、妄动、妄念、妄自尊大、妄自菲薄……都是妄的表现形式。据我的观察,世间妄人一是有权,二是有钱,三是浪得虚名者。这些人虽有本科学历或是有了"士"的头衔,都是受过教育之人,但在做人方面却是"不当于实","虚妄"之心太重,俗一点说,本质还是无知无识或有知无识。这种人中大多数是虽有小得,或可荣耀一时,但终究难成大器。侥幸者尚可善终,于国于家无有大碍;妄过头者则是身与名俱毁,遗臭后世。

《红楼梦》中宁荣二府虽是"诗礼簪缨之族,钟鸣鼎食之家",却生了一群不肖子孙,整日里不是斗鸡走狗,就是寻花问柳,且一代不如一代。在这群不肖子弟中,贾瑞就是一个典型的"妄想"型人物。

贾瑞是掌家塾的贾代儒孙子,从小父母双亡,由祖父代养成人。尽管祖父平日里严加教育,却不成器。第9回写贾代儒因家中有事提前回家,"命贾瑞暂且管理"。谁知这位瑞大爷不仅没有管好学生,自己反倒掺和进人"闹学堂"。借此机会,作者对贾瑞的行为品质作了一番介绍:

> 原来这贾瑞最是个图便宜没行止的人,每在学中以公报私,勒索子弟们请他;后又附助着薛蟠图些银钱酒肉,一任薛蟠横行霸道,他不但不去管约,反助纣为虐讨好儿。

贾府子弟把"学堂"当成了争风吃醋的风月场,何以学习,何谈教育?具有讽刺意味的是,让这么一个"没有行止的人"来"管约"学生,结果怎么样也就可想而知了。"妄"的第一解就是"乱"。贾瑞之"妄"在闹学堂中有了一次表演,给读者留下了初次印象。

贾瑞之"妄"给读者留下最深的印象是他对王熙凤的"色"妄想、妄念、妄动,最终"妄(通柾)送"了性命。小说第11回回目是"庆寿辰宁府排家宴,见熙凤贾瑞起淫心",故事从王熙凤带领跟来的婆子丫头并宁府的媳妇婆子们从里头绕进会芳园便门开始,小说中写道:

趣解红楼

  凤姐儿正自看园中的景致，一步步行来赞赏。猛然从假山石后走过一个人来，向前对凤姐儿说道："请嫂子安。"凤姐儿猛然见了，将身子望后一退，说道："这是瑞大爷不是？"贾瑞说道："嫂子连我也不认得了？不是我是谁！"凤姐儿道："不是不认得，猛然一见，不想到是大爷到这里来。"贾瑞道："也是合该我与嫂子有缘。我方才偷出了席，在这个清净地方略散一散，不想就遇见嫂子也从这里来。这不是有缘么？"一面说着，一面拿眼睛不住的觑着凤姐儿。

  "觑"字用的绝妙。人谓将目合为一条细缝偷视他人为"觑"。贾瑞以"不住"的目光"觑着凤姐儿"，可见其心已生"妄念"。世人有云："眼睛是人心灵的窗子。"故聪明的凤姐"见他这个光景，如何不猜透八九分呢？"于是巧言巧语将贾瑞先支应走。下面写道：

  凤姐儿故意的把脚步放迟了些儿，见他去远了，心里暗忖道："这才是知人知面不知心呢，那里有这样禽兽的人呢。他如果如此，几时叫他死在我的手里，他才知道我的手段！"

  如果贾瑞真是巧遇凤姐偶起"妄念"，事后不再死皮赖脸去纠缠凤姐的话，或许就没有了"王熙凤毒设相思局"的一幕。然而，贾瑞是一个没有"行止"之人，自然容易"妄信"。他把王熙凤几次三番虚与委蛇之言竟然当成自愿"上钩"，真的有情与他。于是无知无识的贾瑞便有了"妄行"。第一次"直冻了一夜"，归来又遭祖父一顿"苦打"，"且饿着肚子，跪着在风地里读文章，其苦万状"，仍然"妄念"不改。第二次是"满头满脸浑身皆是尿屎，冰冷打战"，"心下方想到是凤姐顽他"。照理说，既已想到了"凤姐顽他"，那就应该斩断心中"妄念"，改邪归正罢，可"再想想凤姐的模样儿，又恨不得一时搂在怀内，一夜竟不曾合眼"。

  自此满心想凤姐，只不敢往荣府去了。贾蓉两个又常常的来索银子，他又怕祖父知道，正是相思尚且难禁，更又添了债务；日间工课又紧，他二十来岁人，尚未娶亲，迩来想着凤姐，未免有那指头告了消乏等事；更兼两回冻恼奔波，因此三五下里夹攻，不觉就得了一病。

妄念、妄行招致发病，病因写得明白。下面写出贾瑞的病态、梦态：

心内发膨胀，口中无滋味，脚下如绵，眼中似醋，黑夜作烧，白昼常倦，下溺连精，嗽痰带血。诸如此症，不上一年都添全了。于是不能支持，一头睡倒，合上眼还只梦魂颠倒，满口乱说胡话，惊怖异常。百般请医疗治，……也不见个动静。

一时之"妄"竟成"单相思"。俗话说"相思无药医"，贾瑞之死已为期不远了。

恰在贾瑞命在旦夕之际，来了一位"专治冤业之症"的跛足道人，看了他的病后，送了他一面"专治邪思妄动之症"的"风月宝鉴"镜子，嘱他"千万不可照正面，只照他的背面，要紧，要紧！"贾瑞"妄念"不改，硬是要照那正面：

只见凤姐站在里面招手叫他。贾瑞心中一喜，荡悠悠的觉得进了镜子，与凤姐云雨一番，凤姐仍送他出来。到了床上，哎哟了一声，一睁眼，镜子从手里掉过来，仍是反面立着一个骷髅。贾瑞自觉汗津津的，底下已遗了一滩精。……贾瑞叫道："让我拿了镜子再走。"——只说了这句，就再不能说话了。

贾瑞之死，"再不能说话了"。是妄念、妄动的必然结果。如果进一步探究贾瑞之"妄"，实是佛家所说的"虚妄"，倘用今日的白话来说就是不切实际的幻想，也就是平儿骂他的"癞蛤蟆想吃天鹅肉"。贾瑞妄想勾引王熙凤，他就没有先想过自己是什么人，是自己长得漂亮？有钱有势？还是有德有才？貌不如宝玉、贾琏、贾蓉、贾蔷，至于钱势二字在贾府中谁能和王熙凤相比？他可能以为自己的"资本"就是一个男人，仿佛天下女子凡见了男人就可以俯就，当然这是大错特错。不要说身为当家奶奶的王熙凤，就是身为奴婢的鸳鸯贾赦都讨不去；连一个唱戏的优伶龄官还可以不理贾宝玉呢！贾瑞不过是贾府内的一个落拓爷们，是一只地上爬的"癞蛤蟆"，居然想"吃"天上飞的"天鹅"，怎么够得着呢！

贾瑞的虚妄导致他枉送了生命。他的死告诫人们：妄念不可生，妄动不可行。

妄者，亡也！

假情假礼假体面
——贾蓉之"荣"

贾蓉是贾府的第五代草字辈中的小当家，是彻底烂掉了的一代人中的代表人物。倘若用谐音法，他的名字应该谐"假荣"。秦可卿死后，"灵牌疏上皆写天朝诰授贾门秦氏恭人之灵位"，会芳园大门外竖着"两面朱红销金大字牌"，那"上面大书：防护内廷紫禁道御前侍卫龙禁尉"，就连僧道对坛榜文上也大书："世袭宁国公冢孙媳，防护内廷御前侍卫龙禁尉贾门秦氏恭人之丧。"……

看了这位死人名下的头衔，有的人不知内情，还以为贾蓉真的受过"皇封"，当上了御前侍卫龙禁尉；可知道内情的人看了不免要掩口而笑，那"御前侍卫龙禁尉"的衔是花"一千二百两银子"通过走后门捐纳的，所谓"捐纳"，用现今的白话说就是买来的，"捐"是"买"字的遮羞布。小说中有一段描写，专门写贾珍为儿子"捐个前程"的细节：

> 贾珍因想着贾蓉不过是个黉门监，灵幡经榜上写时不好看，便是执事也不多，因此心下甚不自在。可巧这日正是首七第四日，早有大明宫掌宫内相戴权，先备了祭礼遣人来，次后坐了大轿，打伞鸣锣，亲来上祭。贾珍忙接着，让至逗蜂轩献茶。贾珍心中打算定了主意，因而趁便就说要与贾蓉捐个前程的话。戴权会意，因笑道："想是为丧礼上风光些。"贾珍忙笑道："老内相所见不差。"

经过一番开价、还价，贾珍花了一千二百两银子终于给儿子贾蓉买了个"御前龙禁尉"的"票"子——证书。于是乎，秦可卿灵前的牌疏、榜文就有了那一大串风风光光的头衔。死人虽已不知，活人倒是有了脸面。

曹雪芹在秦可卿丧事上如此不惜笔墨，把花钱买官的事儿写得如此周到细致，其目的不外是暴露贾府（宁国府）的奢糜——假荣、假风光。但是通过贾珍与戴权之间的买官与卖官的细节描写，使我们看到了那个时代官制的腐朽没落。这最后一点表面上写的是贾府，实际上是写历史，只要读一读几千年的封建社会史书，读一点清史，就可以明白，这样写绝非是

曹雪芹的"杜撰"。

封建社会有"捐纳"制度，就是捐资纳粟而得官，清代以前就已有了。愈是一个王朝走向没落，这种"捐纳"愈甚。到了清代，被誉为盛世的康熙朝就开了捐例。康熙十三年（1674）开始捐例时仅限于文官，到了雍正初年武职捐纳也逐渐推行起来。乾隆九年后，已经可以捐参将、游击、都司、守备等。道咸以后，捐官普行，形成卖官鬻爵之风，国家也就露出了那下世的光景儿。明乎此，我们也就清楚曹雪芹在《红楼梦》中写贾蓉捐官的来历有根有据，是生活现实的真实的反映。

所谓"御前侍卫龙禁尉"，是半古半今，半真半假，半实半虚。清代当然有"御前侍卫"，都是保卫皇帝的近侍，或叫御林军。曹家的人中曹寅、曹颀，都当过侍卫。至于"龙禁尉"，那是"杜撰"的名儿，假的，虚的，也是为了"风光"——即假荣。

买官，首先是有人卖官。国家有"捐例"，中央卖，地方也卖，皇帝卖，太监也可以"代权"来卖。不过卖官的钱到了谁的腰包却是大有不同，常常倒是穷了国家，中饱了官儿们的私囊。至于平常百姓人家，连饭都吃不上，哪里还有钱买什么"官"风光呢！

贾蓉谓之"假荣"之二，就是贾蓉代表了那些"金玉其外，败絮其中"的世家子弟的纨绔形象。从外表上看，贾蓉长得油头粉面，奶油小生。在贾府子弟中除了宝玉之外，他是一个颇能吸引女性眼球的帅哥一流的人物。不然如何能让"貌若天仙"般的婶子王熙凤动心呢！第6回写王熙凤正在屋中与远来的刘姥姥说话，恰在这时二门上小厮们回说："东府里的小大爷进来了。"这是贾蓉第一次正式出场：

> 只听一路靴子脚响，进来了一个十七八岁的少年，面目清秀，身材俊俏，轻裘宝带，美服华冠。

寥寥数笔写出一个美少年的外表模样——"金玉其外"。妙的是作者接着用"史笔"写了如下一段文字：

> 这里凤姐忽又想起一事来，便向窗外："叫蓉哥回来。"……贾蓉忙复身转来，垂于侍立，听阿凤指示。那凤姐只管慢慢的吃茶，出了半日的神，又笑道："罢了，你且去罢。晚饭后你来再说罢。这会子

有人，我也没精神了。"贾蓉应了一声，才慢慢的退去。

然而，这段文字孤零零地丢在这里，全无下文。至于王熙凤、贾蓉"晚饭后"是否有了"精神"，尽在不言中了。我每读这段有头无尾的妙文，就怀疑它是《风月宝鉴》中的故事，极有可能是作者删去了细节之后又故意留此疑案，让读者慢慢地"猜"下去⋯⋯

如果说贾蓉的这一段"风月"笔墨有损于王熙凤的"光辉"形象，而只留下这段让人猜不透的谜，那么在第63回至第69回则把贾蓉的"败絮其中"写尽了，"还原"了一个真实的贾蓉。先看第63回贾蓉赶丧归来见二位姨娘的情景：

> 贾蓉当下也下了马，听见两个姨娘来了，便和贾珍一笑。⋯⋯
>
> 贾蓉巴不得一声儿，先骑马飞来至家，⋯⋯又忙着进来看外祖母，两个姨娘。⋯⋯贾蓉且嘻嘻的望他二姨娘笑说："二姨娘，你又来了，我们父亲正想你呢。"⋯⋯贾蓉又和二姨娘抢砂仁吃，尤二姐嚼了一嘴渣子，吐了他一脸，贾蓉用舌头都舔着吃了。⋯⋯

贾蓉的不堪于此一见。

> 众丫头看不过，都笑说："热孝在身上，老娘才睡了觉，他两个虽小，到底是姨娘家，你太眼里没有奶奶了。回来告诉爷，你吃不了兜着走。"贾蓉撇下他姨娘，便抱着丫头们亲嘴："我的心肝，你说的是，咱们馋他两个。"

这里有两点要注意：其一，此时此刻是贾蓉归来"赶丧"，其祖父贾敬尸骨未寒，尚在停灵期内；其二，尤氏姐妹是贾蓉继母的妹妹，辈分是长辈，不论在今在昔，长幼有序是人伦。在这样的背景下贾蓉如此胡作非为还有什么人伦、羞耻？他的行为连一群买来的丫头都不耻。可是，贾蓉被斥责之后不以为耻，反以为"荣"，竟然说出了如下一篇歪理：

> 各门各户，谁管谁的事。都够使的了。从古至今，连汉朝和唐

朝，人还说脏唐臭汉，何况咱们这宗人家。谁家没风流事，别讨我说出来。连那边大老爷这么利害，琏叔还和那小姨娘不干净呢。凤姑娘那样刚强，瑞叔还想他的帐。那一件瞒了我！

贾蓉的话不仅说出了宁荣二府的"假礼假体面"，也道出了他自己的"假荣"——"外表的假斯文"。

更有甚者，贾珍贾蓉父子"素有聚麀之诮"。所谓"聚麀"，指父子共占一个女子的禽兽行为。此话出自贾琏之口（见第 64 回），且用了一"素有"二字，可见宁府此类禽兽行为非止一二件。贾珍"扒灰"导致秦可卿之死，其间是否也有贾蓉默认其父之丑行呢？以秦可卿死后丧礼中尤氏之躲避，贾蓉如无事之人，似乎隐寓着他们"父子共占一个女子的禽兽行为"。其实，禽兽也并非皆是乱伦。例如，鸳鸯、雁、鸽等，都是从一而终。贾蓉父子的"聚麀"实不如某些禽兽尚知"性"的道德规范。

贾蓉是宁国府惟一的一个"接班人"，他的"假荣"也就是宁国府"假荣"。用尤氏的话说，"我们家下大小的人只会讲外面假礼假体面，究竟作出来的事都够使的了"。"假荣"即是这个百年望族到了"五世而斩"的命运，内外上下都不过是"假情假礼假体面"而已！

贾蓉是一个人的名字，一个符号而已，然而，这个符号的背后，所蕴含的奥秘却揭示了整个贾府外表奢华内里腐朽、糜乱——假荣！

贾芸

人物篇

趣解红楼

山高高不过太阳
——贾芸之"乖"

在贾府草字辈的人物中,贾芸虽不是"正宗"主子,且又比不得贾蓉的风流倜傥、贾蔷的钻营重用,但却是一个极伶俐乖巧、形象不俗的可人儿。他在全书中的地位,第24回有一条脂评做了预示:"此人后来荣府事败,必有一番作为。"又说,后数十回中有贾芸、红玉到狱神庙探监的故事。由此可以看出作者对贾芸这个人物的刻画,还是颇有点"深意"的。芸,香草也。沈括《梦溪笔谈》中记载"古人藏书辟蠹用芸香",说明"芸"是有用之物,且能"辟蠹"。芸也是季节的标志,《诗经·小雅·苕之华》有云:"芸其黄矣。"此说明贾芸将在贾府败落时再出现。《说文》又云:"芸草,可以死而复生",故后40回里写贾芸必"有一番作为"。

贾芸初次登场在第13回秦可卿丧事期间,不过这时只是"随文而出",并没有什么特别的描写。他的"正传"是从第24回开始的,直到第36回还有送海棠给宝玉的故事。80回以后,贾芸突然变成了另外一个人,成了勾结坏人拐卖巧姐的帮凶,这恐怕是"不符合"脂批的暗示,究竟是不是那位高进士所为,只有权威们才能考证清楚了。

贾芸留给读者的印象是伶俐乖巧。"伶俐"说明人很聪明,反应敏捷。"乖巧",除了聪明,反应敏捷之外,还有听话、嘴巴甜、会说话、知道见什么人说什么话,又懂得给对方戴高帽,让人高兴。因此"乖"也常与"媚"、"谀"连在一起,有几分贬意在内。贾芸的"乖"主要表现在嘴巴甜,会说话,讨人喜欢等方面。这从第24回所写的几件事中就可以看出来。他的出场是同贾琏在一起,由宝玉眼中看出:

只见旁边转出一个人来:"请宝叔安。"宝玉看时,只见这个人容长脸,长挑身材,年纪只有十八九岁,生得着实斯文清秀,倒也十分面善,只是想不起是那一房的,叫什么名字。

经过贾琏的介绍,宝玉才知道他是"后廊上住的五嫂子的儿子芸儿"。这是宝玉、贾芸叔侄间的"正式"见面。这时宝玉开了个小玩笑,说"你倒比先越发出挑了，倒像我的儿子。"宝玉说话无心，贾芸却心里有了意。下面继续写道：

原来这贾芸最伶俐乖觉，听宝玉这样说，便笑道："俗语说的，'摇车里的爷爷，挂拐的孙孙'。虽然岁数大，山高高不过太阳。只从我父亲没了，这几年也无人照管教导。如若宝叔叔不嫌侄儿蠢笨，认作儿子，就是我的造化了。"

多会说话，嘴有多甜，不要说宝玉，就谁人见了，听了心里都会甜丝丝的，平空里天上掉下个干儿子！

这是贾芸的一乖。

同回写贾芸想要讨个进园子种树的差使，弄点银子花花。先是去找贾琏打探口风，心里有了"主意"之后，去找舅舅卜世仁借钱，碰了一鼻子灰。正巧路遇醉金刚倪二，这位出了名的"泼皮"却比那些正人君子仗义，竟然拔刀相助，借了银两，于是买了冰片、麝香给凤姐儿送礼。小说中写了两段见王熙凤时的对话（求情），那话儿说得真真妙不可言，竟把这位"婶子"的心给说动了，终于给了他一份差使。先看第一段对话：

贾芸深知凤姐是喜奉承尚排场的，忙把手逼着，恭恭敬敬抢上来请安。凤姐连正眼也不看，仍往前走着，只问他母亲好，"怎么不来我们这里逛逛？"贾芸道："只是身上不大好，倒时常记挂着婶子，要来瞧瞧，又不能来。"凤姐笑道："可是会撒谎，不是我提起他来，你就不说他想我了。"贾芸笑道："侄儿不怕雷打了，就敢在长辈前撒谎。昨儿晚上还提起婶子来，说婶子身子生的单弱，事情又多，亏婶子好大精神，竟料理的周周全全；要是差一点儿的，早累的不知怎么样呢。"

左一个"婶子"，右一个"婶子"，婶子怎么能不高兴呢？接下又写道：

凤姐听了满脸是笑，不由的便止了步，问道："怎么好好的你娘儿们在背地里嚼起我来？"贾芸道："有个原故，只因我有个朋友，家

里有几个钱,现开香铺。只因他身上捐着个通判,前儿选了云南不知那一处,连家眷一齐去,把这香铺也不在这里开了,便把账物攒了一攒,该给人的给人,该贱发的贱发了,像这细贵的货,都分着送与朋友。他就一共送了我些冰片、麝香。我就和我母亲商量,若要转卖,不但卖不出原价来……若说送人,也没个人配使这些,倒叫他一文不值半文转卖了。因此我就想起婶子来。往年间我还见婶子大包的银子买这些东西呢,别说今年贵妃宫中,就是这个端阳节下,不用说这些香料自然是比往常加上十倍去的。因此想来想去,只孝顺婶子一个才合式(适),方不算遭塌这东西。"一边说,一边将一个锦匣举起来。凤姐正是要办端阳节的节礼,采买香料药饵的时节,忽见贾芸如此一来,听这一篇话,心下又是得意又是欢喜,便命丰儿:"接过芸哥儿的来,送了家去,交给平儿。"因又说道:"看着你这样知好歹,怪道你叔叔常提你,说你说话儿也明白,心里有见识。"

这段对话实在有些长,掐头去尾还抄了这么一大篇子。不过,这才是开始,妙文还在后面呢。事过一天,贾芸又见到了凤姐,两个聪明人开始了一场对话。小说中写道:

至次日来至大门前,可巧遇见凤姐儿往那边去请安,才上了车,见贾芸来,便命人唤住,隔窗子笑道:"芸儿,你竟有胆子在我的跟前弄鬼!怪道你送东西给我,原来你有事求我。昨儿你叔叔才告诉我,说你求他。"贾芸笑道:"求叔叔这事,婶子休提,我昨儿正后悔呢!早知这样,我竟一起头求婶子,这会子也早完了。谁承望叔叔竟不能的。"凤姐笑道:"怪道你那里没成,昨儿又来寻我。"贾芸道:"婶子辜负了我的孝心,我并没有这个意思。若有这个意思,昨儿还不求婶子?如今婶子既知道了,我倒要把叔叔丢下,少不得求婶子好歹疼我一点儿。"凤姐冷笑道:"你们要拣远路儿走,叫我也难说。早告诉我一声儿,有什么不成的?多大点子事,耽误到这会子。那园子里还要种花。我只想不出个人来,你早来不早完了。"贾芸笑道:"既这样,婶子明儿就派我罢。"凤姐半晌道:"这个我看着不大好。等明年正月里烟火灯烛那个大宗儿下来,再派你罢。"贾芸道:"好婶子,先把这个派了我罢。果然这个办的好,再派我那个。"凤姐笑道:"你倒会拉长线儿。罢了，要不是你叔叔说，我不管你的事……"

语语针锋相对，一席对话用"'两个黄鹂鸣翠柳'不足喻其宛转，'数声清磬出云间'不足以譬其清脆，实令人百读不厌"、"实令人五体投地"（觚庵语）。

这是贾芸二乖。

小说第37回"秋爽斋偶结海棠社，蘅芜苑夜拟菊花题"。这故事是探春发起，她为此还给二兄写了一封信。宝玉是个喜聚不喜散的人，看了探春的信之后，"不觉喜的拍手笑"。于是便有了小说中所写的"海棠诗社"的故事。这故事起自探春，但其名"海棠诗社"则与贾芸送两盆海棠给宝玉有关。

前文说到贾芸终于从王熙凤那里讨了个进园种树种花的差使，天赐良缘，贾芸有了聊表"孝心"的机会，赶忙送两盆海棠供宝玉观赏。时当三月已过，海棠花开，正是雅人聚会观花吟诗的时刻，宝玉得此名花当然喜之不禁了。但是，贾芸之乖处是他不当面送给宝玉，也不直送到怡红院里。而是交给后门值班的老婆子，还要附上一封"便笺"，那情景犹如今日送花给人者放上一张名片一般，只是那内容除了头衔之外，说的是孝心至诚之意。

小说中写此事颇费一番心思，并没有让送花人直接出场，而是用那封信把贾芸的"见识"完全亮出来，让读者有一种不见其人胜见其人的感觉。倘若贾芸真的登场，说出一大篇恭维之词，岂不把那"乖觉"二字冲掉了。这恐怕是别的小说中写不出来的。闲言少说，还是先让我们来看一看送来的信是如何写的。其信云：

不肖男芸恭请

父亲大人万福金安。男思自蒙天恩，认于膝下，日夜思一孝顺，竟无可孝顺之处。前因买办花草，上托大人金福，竟认得许多花儿匠，并认得许多名园。因忽见有白海棠一种，不可多得。故变尽方法，只弄得两盆。大人若视男是亲男一般，便留下赏玩。因天气暑热，恐园中姑娘们不便，故不敢面见。奉书恭启，并叩

台安。

男芸跪书

人物篇

趣解红楼

　　这信写得非常谦恭,又有几分"滑稽",不要说宝玉看了要笑,如今的读者读到此亦要喷饭。但是,这封信中的关键处,如"不可多得,故变尽方法",又"恐园中姑娘不便,故不敢面见"云云,都写得恰到好处,滴水不漏。其乖其觉,非贾环之流写得出、想得到。由此亦可见贾芸的"见识"了。

　　这是贾芸三乖。

　　除了以上说到的"三乖"之外,贾芸与怡红院那位聪明伶俐的小丫鬟红玉之间的"相思"案,写得也颇令人赞叹不已,其间不乏表现贾芸为人的乖觉。他们二人间的故事本应在后 40 回里有所发展,可惜作者或是续作者没有按着"伏线"写下去,把好端端的一个清俊有见识的草字辈人物写得不堪入目,致使我们无法看到这对有情人"终成眷属"的美好结局,这是非常令人遗憾的。

　　贾芸虽然姓贾,与宁荣二府的关系远比那个"野杂种"贾雨村也要亲近得多,但他并非是什么"大族之家",当然也轮不到他当"主子",甚至连一个管家赖二也不如。用现在的眼光看,说不定是"红五类",即使够不上"红",也降不到"黑五类",所以他的形象当和那些贾府下层的奴仆差不多。小说中如此写他的伶俐乖觉,似乎是曹雪芹的有意安排,为贾府将来的家道复初、兰桂齐芳做些预伏。总之,草字辈人物中,只有贾芸还算值得一谈。而那个"乖觉"二字之所以被拿来作题,是因为贾芸实是"乖"而不滑,"觉"而不奸。这一"乖"字,恐怕尽可以概括了他为人的品格了。

天下霸王一般呆
——薛蟠之"霸"

"霸"字常令人想起"霸气"、"霸道"、"恶霸"、"霸权"等词汇来。据我的观察,世间凡有"霸气"之人,大都与两样东西离不开:一是权力,二是金钱。穷人即普通老百姓手中无权就无势,无钱就硬不起来。即使你硬起来,也无人怕。

薛蟠之所以能称霸,首先是因为他家是皇商。所谓"皇商",在清代是官商中的一种。史书中记载,早在清人入关统一中原之前,居于白山黑水之间的满洲贵族就常常遣人赴张家口一带同中原商民搞贸易。当时山西介休等县的八家商人操纵这种贸易活动。待清定鼎北京,遂把这些商人招进京,隶内务府,买办供应皇室所需的物品,以补天下岁收的不足,年纳生息生银百两,名曰皇商。

皇商是享有特权的一个阶层,他们不仅经营范围极广,而且有皇家批文可承办国家军粮运输、采买铜斤、管理盐运业务,都是肥缺,可谓取厚利,成为天下商界的巨贾豪门,其富甲天下。这些皇商获钱多而容易,一纸批文到手,财源滚滚流到他们的口袋里。所以皇商们奢侈消费,挥金如土。他们既有了钱,就可交结权贵,以钱获权,猎取身价功名,至于养女人、逛戏院,这就是"小节"了。他们挂着"贸易"商行(今天就叫公司了),搞的是投机倒把生意,那钱是极少投资生产领域的。皇商的发展,控制了市场,也控制、左右国家的经济,就连皇帝老子也得另眼相看。因此这些人虽然"呆",却可以成为天下的"霸王"。

薛蟠出现于《红楼梦》的第4回,小说中介绍他的家世时说道:

> 且说那买了英莲打死冯渊的薛公子,亦系金陵人氏,本是书香继世之家。只是如今这薛公子幼年丧父,寡母又怜他是个独根孤种,未免溺爱纵容,遂至老大无成;且家中有百万之富,现领着内帑钱粮,采办杂料。这薛公子学名薛蟠,表字文起,五岁上就性情奢侈,言语傲慢。虽也上过学,不过略识几个字,终日惟有斗鸡走马,游山玩水而已。虽是皇商,一应经济世事,全然不知,不过赖祖父之旧情分,

户部挂虚名,支领钱粮,其余事体,自有伙计老家人等措办。……

这篇"薛蟠小传",写得既具体而微,又写得非常生动形象。作者写出他呆而霸的表现,同时又交待了他呆而霸的家庭原因——"皇商世家"。

薛蟠的"霸",靠的是"皇商"特权,有权则有钱。钱,也是一种"势",叫"钱势"。薛家如何有钱,小说中没有详写。但"护官符"上有"丰年好大雪,珍珠如土金如铁"。说的就是薛家之富有——"珍珠如土金如铁"。在旧社会里,有权就有钱,有钱就有权,权钱可交易,钱多就买权,这已是公开的秘密。

前不久,偶然读到海外知名散文女作家孙淡宁女士写的一篇"论钱"随笔,文章虽短,但那内容确实精妙绝伦,堪称"醒世恒言"。其文云:

> 钱可以买到"房屋",但买不到"家";钱可以买到"药物",但买不到"健康";钱可以买到"美食",但买不到"食欲";钱可以买到"床",但买不到"睡眠";钱可以买到"珠宝",但买不到"美";钱可以买到"娱乐",但买不到"愉快";钱可以买到"书籍",但买不到"智慧";钱可以买到"谄媚",但买不到"尊敬";钱可以买到"伙伴",但买不到"朋友";钱可以买到"奢侈品",但买不到"文化";钱可以买到"权势",但买不到"威望";钱可以买到"服从",但买不到"忠诚";钱可以买到"躯壳",但买不到"灵魂";钱可以买到"虚名",但买不到"实学";钱可以买到"小人的心",但买不到"君子的志"。

但是,从古至今也有一些人不相信这一真理。他们总以为钱可以通神,即所谓"有钱可使鬼推磨"。薛蟠就相信这一说法。他为争抢一个被拐卖的女孩子,竟然下令家人打死了小乡绅冯渊,"自为花上几个臭钱,没有不了的"。果然,偶遇上了一个"且沽清正之名,暗结虎狼之属"的贾雨村,竟"乱判"一气,把那真正的"元凶"像没事人一样放走了。钱势在某些人那里有时还真的起了作用。

薛蟠自恃有权有钱,逍遥法外。到了"诗礼簪缨"的贾府之后不仅没有收敛,反倒比从前更坏了十倍。不过此时薛蟠的霸气不是打死人而是笑死人,言笑中也有一股霸气十足的味道。《红楼梦》第28回写蒋玉菡、贾宝玉、冯紫英同薛蟠饮酒行令情形，足可证明。这一回从饮酒行令落笔，通过行酒令写出每个人物的不同性格、不同教养，形象活灵活现，栩栩如生。小说写宝玉笑道：

> 听我说来：如此滥饮，易醉而无味。我先吃一大海，发一新令，有不遵者，连罚十大海，逐出席外与人斟酒。

然后又说道：

> 如今要说悲、愁、喜、乐四字，却要说出女儿来，还要注明这四字原故。说完了，饮门杯。酒面要唱一个新鲜时样曲子；酒底要席上生风一样东西，或古诗、旧对、《四书》《五经》成语。

于是席上首推宝玉先说。宝玉到底是大家子弟，不仅念过《四书》《五经》，而且还"杂学旁搜"，所以说出来的"词儿"也高雅得很。宝玉道：

> 女儿悲，青春已大守空闺。女儿愁，悔教夫婿觅封侯。女儿喜，对镜晨妆颜色美。女儿乐，秋千架上春衫薄。

接着，宝玉唱了一首《红豆曲》，"滴不尽相思血泪抛红豆"，并以"雨打梨花深闭门"的古诗句完令。至于蒋玉菡、冯紫英的"词儿"，此处略而不表，单看一下薛蟠说的、唱的。薛蟠道：

> 女儿悲，嫁了个男人是乌龟。女儿愁，绣房撺出个大马猴。女儿喜，洞房花烛朝慵起。女儿乐，……

唱的"新鲜时样曲子"，叫做"哼哼韵"：

> 一个蚊子哼哼哼，两个苍蝇嗡嗡嗡。……

可惜，众人没有让他唱下去。想来，曹雪芹一定是写"三个臭虫"

"四个跳蚤"之类的词儿。薛蟠也算是名门子弟,只是他读书太少了,偶尔记住一句"洞房花烛朝慵起"杂乎其间,倒也说明他的腹中并非空空。如今的大腕、大款之类人物,则文明多了,他们绝不会只记得"绣房撺出个大马猴"的。

清人涂瀛在《红楼梦论赞》中,对"皇商"薛蟠这个人物有如下论赞:

> 薛蟠粗枝大叶,风流自喜,而实花柳之门外汉,风月之假斯文,真堪绝倒也。然天真烂漫,纯任自然,伦类中复时时有可歌可泣之处,血性中人也。脱亦世之所希者与!晋其爵曰王,假之威曰霸,美之谥曰呆。讥之乎?予之也。

涂瀛"论赞"中说薛蟠可爱之处在于"天真烂漫,纯任自然",这话有几分是对的。

薛蟠的下场是进了监狱,四大家族运终数尽,连"扶持遮饰"也无力了。这个结局似乎是要告诉人们他们不配有更好的命运,应了那句俗话"善有善报,恶有恶报,不是不报,时候没到,时候一到,一切都报"的真理!

薛蟠是封建社会中千千万万个"皇商"的代表,他的霸气、霸道是艺术化了的典型。不过如今读了《红楼梦》,对这个典型人物的印象格外深刻,因为这种靠权势、钱势而"霸"的人,似乎还"活"在我们的生活中,有时还颇有点"中山狼"得势便猖狂的样子!

人物篇

焙茗

趣解红楼

察言观色随风转
——茗烟之"滑"

宝玉是贾政和王夫人的次子，长兄贾珠英年早逝，只有寡嫂李纨和侄儿贾兰相依度日。除了亲姊元春已进宫，成了贵妃之外，还有同父异母的妹妹探春和弟弟贾环。在封建宗法制度下，嫡夫人所生子女有继承权，因此宝玉在荣国府内是未来名正言顺的接班人。特别是这位宝二爷生下来口中衔一块玉，长得又是"面若中秋之月，色如春晓之花"，故不仅深得祖母史老太君的钟爱，视为荣国府的命根子，就连宁荣二公之灵也把宝玉视作未来贾府家业兴旺的中流砥柱。

或许就因为这层原因，这位宝二爷自打来到花柳繁华地、温柔富贵乡之后，身边不仅有李嬷嬷等奶妈呵护，还有一群如花似玉的大丫鬟小丫头日夜轮流侍候。我略数了一数，从前院的荣国府到后院的怡红院，就有袭人、麝月、晴雯、碧痕、茜雪、绮霞、秋纹、媚人、蕙香、檀云、佳蕙、坠儿十二人，这还不算调走的小红和五儿等丫头。世家大族，内外有别，内有大丫鬟、小丫头，外有一群小厮侍候。小说中写到的有嬷嬷哥李贵，专门照顾上学或是远行牵马扶镫。此外还有焙茗、桃云、伴鹤、锄药、墨雨、扫花六个小厮相伴。

宝玉的六个小厮的名字都富于诗性，均可在唐诗中找出出典，说明作者写这几位小厮名字时是颇费了点心思。例如，茗烟是宝玉的贴身亲随，刁钻古怪，深受宝玉的信任，如同一对小兄弟。这个人物的名字先是叫茗烟（见9—23回），继而又叫焙茗（见24—39回），忽而又改回叫茗烟（见第39回以后）。一个人物两个名字，却都与茶相关。如焙茗之焙是制茶的一道工序，诗人们亦常咏到的。许浑《村舍》诗中云：

> 野碓春粳滑，山厨焙茗香。
> 客来还有酒，随事宿茅堂。

皮日休诗中也有"停缲或焙茗"。"茗烟"二字见于诗者比焙茗二字还多，此名与烹茶相关。如贯休《登千霄亭》诗中就有"白云堆里茗烟青"。

小说中时为茗烟，时为焙茗，估计是作者在披阅增删过程中尚未前后统一。

茗烟（焙茗）出于前人诗中，其他小厮之名也有诗为据。如伴鹤，唐代诗人曹松《寄崇圣寺僧》诗中有"伴鹤立多时"。明代唐伯虎《题张梦晋画》诗：

> 缘崖入翠微，岚气湿罗衣。
> 涧水浮花出，松云伴鹤飞。

他如扫花之名见于许浑《题瀼西骆隐居》"扫花卧石榻"句；锄药之名见于杜荀鹤《怀庐岳旧隐》"岩鹿惯随锄药叟"句；桃云之名见皮日休《华顶杖》"桃云觅白芝"句；墨雨之名见李峤《墨》、《雨》二诗中。

这六位小厮各有分工，各司其职。有的扫花，有的喂鸟，有的锄药，而茗烟则是烹茶倒水，形影不离。茗烟之所以能够围着宝玉转，依小说中的描写看是得于他为人行事颇为"圆滑"之故。第9回刚出场，他就帮助小主人大闹学堂，逼着贾瑞让金荣认错道歉。第19回宝玉不耐烦看戏要出去走走，茗烟就出主意到花自芳家去看望袭人一家。这宝玉出了花家，坐轿本应回到荣国府，可"来至宁府街"时，茗烟"命住轿"。为什么？茗烟向花自芳道：

> "须等我同二爷还到东府里混一混，才好过去的，不然人家就疑惑了。"花自芳听说有理，忙将宝玉抱出轿来，送上马去。宝玉笑说："倒难为你了。"于是仍进后门来。

这是一个小细节，但从这个小细节中可以看出茗烟人小心大，想事周全，既保了自己免受老主人的责备，也保全了宝玉被家人查问时有话支应。

宝玉是有了名的不喜读书——"愚顽怕读文章"。小说第23回写道：

> ……那宝玉心内不自在，便懒在园内，只在外头鬼混，却又痴痴的。茗烟见他这样，因想与他开心，左思右想，皆是宝玉顽烦了的，不能开心，惟有这件，宝玉不曾看见过。想毕，便走去到书坊内，把

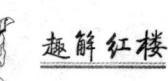

> 那古今小说并那飞燕、合德、武则天、杨贵妃的外传与那传奇角本买了许多来，引宝玉看。宝玉何曾见过这些书，一看见了便如得了珍宝。

在贾府内，宝玉可以说是锦衣玉食，但是贾母、王夫人乃至严父贾政都不知道宝玉真正缺少什么？他的内心里想些什么？小厮茗烟却很了解，而且还能亲自找来他所需要的东西。果然，那些"外传"与"传奇角本"宝玉"一看见了便如得了珍宝"。这正是茗烟心思乖巧之处。下面一段话则同前面引宝玉"走后门"一样，谨慎从事。书中写道：

> 茗烟又嘱他不可拿进园去，"若叫人知道了，我就吃不了兜着走呢。"宝玉那里舍的不拿进去，踟蹰再三，单把那文理细密的拣了几套进去，放在床顶上，无人时自己密看。那粗俗过露的，都藏在外面书房里。

茗烟想得多仔细周到，他一方面要满足小主人的好奇心，但同时又不能暴露自己的"不法"行为，以保护自己。"若叫人知道了，我就吃不了兜着走呢"，他想到"吃不了"这一层，足见他乖觉的心态。

金钏之死，宝玉是有责任的。这一点宝玉内心一直有歉疚感。为此，作者特意写了宝玉祭金钏的故事。事见第43回，回目是"不了情暂撮土为香"。回目中的"不了情"是谁的"不了情"？当然不会是已死去的金钏，而是活着的贾宝玉"情""不了"。不论这个"情"字如何解释，还是真情假情，都说明王夫人在打金钏时候说的一番话是昧着良心栽赃。贾宝玉祭金钏如同他祭晴雯一样，是在控诉王夫人的不仁不义，谴责她的残忍。

这场郊外祭祀的见证人是茗烟，只有他才理解宝玉内心的自责和痛苦。小说中写道：

> 茗烟站过一旁。宝玉掏出香来焚上，含泪施了半礼，回身命收了去。茗烟答应，且不收，忙爬下磕了几个头，口内祝道："我茗烟跟二爷这几年，二爷的心事，我没有不知道的，只有今儿这一祭祀没有告诉我，我也不敢问。只是这受祭的阴魂虽不知名姓，想来自然是那

人间有一,天上无双,极聪明极俊雅的一位姐姐妹妹了。

这一段文字说明宝玉所见、所想是何等重要,正是宝玉的痴情之处。死者已矣,活着的人尚能记着并亲自祭奠,亦可谓世间之知己,金钏九泉之下亦当含笑了!

下面一段文字是写茗烟之乖巧,用他的"代祝"道出宝玉的心情。茗烟道:

"二爷心事不能出口,让我代祝:若芳魂有感,香魄多情,虽然阴阳间隔,既是知己之间,时常来望候二爷,未尝不可。你在阴间保佑二爷来生也变个女孩儿,和你们一处相伴,再不可又托生这须眉浊物了。"说毕,又磕几个头,才爬起来。

虽是小厮声口,说出来却是妙极之文。脂批作者读到此处,不胜慨叹,提笔批道:

忽插入茗烟一篇流言,粗看则小儿戏语,亦甚无味,细玩则大有深意。细思宝玉之为人,岂不应有一极伶俐乖巧小童哉。此一祝,亦如《西厢记》中双文降香第三炷则不语,红娘则代祝数语,直将双文心事道破。此处若与宝玉一祝,则成何文字?若不祝,直成一哑谜,如何散场?故又发出前文,又可收后文。又写茗烟素日之乖觉可人……今后此回,直欲将宝玉当作一个极轻俊娇怯的女儿看,茗烟则极乖觉可人之丫鬟也。

从本文的角度看,茗烟的"代祝"聪明中有油滑气,令人发笑却不生厌,表现了他的"乖觉可人"——善解宝玉心中之所想所思!

高尔基曾经说过:"每一个被描写的人都像矿石——他是一定思想意识的温度下形成和变形的。"茗烟身为小厮,他在宝玉面前既要细心体察宝玉的内心活动,又要处处小心谨慎地表达他的理解。他做的每一件事都要让主人满意,又必须能维护自己。因为说到底他是人家的小厮——地位决定一个人的言行。在茗烟身上,读者不难看出他有油滑的一面,但他仅仅是"油滑"而不是李十儿那样的"狡猾"。他们虽然都是"一定思想意

识的温度下形成和变形的",但茗烟是一种"聪明"的"变形",尚保留心灵中某种清纯与可爱,而李十儿则是扭曲的"变形",其心灵深处充满了邪恶,令人鄙视和不耻。

　　茗烟,你的性格犹如你的名字一样,茗烟中散发出淡淡的茶香!

清官难逃猾吏之手
——李十儿之"奸"

李十儿在《红楼梦》人物画廊中属于恶仆刁奴一流的小人物。他是贾政在江西粮道任上的一个"管门"的,可以说是地位卑微,轮不到他上高台盘的,但此人凭着"一等奸诈"、"等外人格",却竟成了贾政的亲密"助手"。

李十儿初见于第99回,一出场即给读者留下了恶仆刁奴的印象。如果用"归纳法"将他的言行略作"归纳"的话,有以下三方面描写得颇为深刻:

(1)借机扇风点火,威胁利诱,骗取群小拥戴,然后"出头"惑主。小说写贾政初到任时,"不想这位老爷呆性发作,认真要查办起来,州县馈送一概不受"。于是那些"门房签押等人"以"集体辞职"办法给贾政点脸色看——"那些长随怨声载道而去。"

只剩下些家人,又商议道:"他们可去的去了,我们去不了的,到底想个法了才好。"内中有一个管门的叫李十儿,便说:"你们这些没能耐的东西,着什么忙!我见这长字号儿的在这里,不犯给他出头。如今都饿跑了,瞧瞧你十太爷的本领,少不得本主儿依我。只是要你们齐心,大伙儿弄几个钱回家受用,若不随我,我也不管了,横竖拼得过你们。"众人都说:"好十爷,你这主儿信得过。若你不管,我们实在是死症了。"李十儿道:"不要我出了头得了银钱,又说我得了大分儿了。窝儿里反起来,大家没意思。"众人道:"你万安,没有的事。就没有多少,也强似我们腰里掏钱。"

家奴比长随不同处,是得"主儿信得过",因此李十儿说"少不得本主儿依我"。这就是李十儿的高明处——利用主子的"信任"来达到自己谋私的目的。

(2)制造困难,巧言惑主,骗取信任,大胆行私。在李十儿的"策动"下,剩下的"家人"开始消极怠工,给贾政"找了点小麻烦"。小说

趣解红楼

中写道：

> 隔一天拜客，里头吩咐伺候，外头答应了。停了一会子，打点已经三下了，大堂上没有人接鼓，好容易叫个人来打了鼓。贾政蹩出暖阁，站班喝道的衙役只有一个，贾政也不查问，在墀下上了轿，等轿夫又等了好一回。来齐了，抬出衙门，那个炮只响得一声，吹鼓亭的鼓手只有一个打鼓，一个吹号筒。贾政便也生气说："往常还好，怎么今儿不齐集至此。"抬头看那执事，却是搀前落后，勉强拜客回来，便传误班的要打，有的说因没有帽子误的，有的说是号衣当了误的，又有的说是三天没吃饭抬不动。贾政生气，打了一两个也就罢了。隔一天，管厨房的上来要钱，贾政带来银两付了。

李十儿的"妙计"果然有效，贾政"以后便觉样样不如意，比在京的时候倒不便了好些"。无奈，便唤李十儿问道："我跟来这些人怎样都变了？你也管管。……"机会来了，"主儿"求到了"奴才"，李十儿于是一面表白："奴才那一天不说他们，不知道怎么样这些人都是没精打采的，叫奴才也没法儿。"一面趁机"进言"胁迫主子行贿节度使、收受州县的"送礼"。

> 贾政道："据你一说，是叫我做贪官吗？送了命还不要紧，必定将祖父的功勋抹了才是？"

然而，这位虽看出问题的政老爷，终于在花言巧语的刁奴哄骗之下，"说得心无主见"，回了一句"我是要保性命的，你们闹出来不与我相干"，就拂袖而去。这就等于默认李十儿可以任意胡来，明里是"不与我相干"假撇清，暗里却成了"后台"，演出了一幕恶奴枉法的故事来。

（3）狗仗人势，狐假虎威，内外一气，陷"主儿"于不义。小说中写李十儿刁奴形象，可以说是"入木三分"。当他与众家人串通一气，在商量给"主儿"点脸色看的时候，"只见粮房书办走来找周二爷"，这李十儿就"越权"拦截——

> 李十儿坐在椅子上，跷着一只腿，挺着腰说道："找他做什

么"……

一副典型的"奴才"相，狗仗人势。他整日里腆着肚子，迈着四方步，装出一副"主儿"样子，凡事都要过问，似乎他都管得着似的。其目的，就是让不明底里的人误以为他也是"主儿"，说得算似的。故那位书办竟叫起他"二太爷"了。当他胁迫主子，答应按他的主意办时，小说中又对他那副刁奴形象描绘了一番：

李十儿便自己做起威福，钩连内外，一气的哄着贾政办事；反觉得事事周到，件件随心……

"做起威福"，四字形象毕肖，写出一副"奴才"得势后的嘴脸来。但若是真有那么一天主子倒霉的时候，这种"奴才"首先是逃到"南洋"去，逃不了的也会"落井下石"，狠狠踢"主儿"一脚，以此表白自己的"清廉"。这是当"奴才"的一贯本性，概莫能外。

《红楼梦》写官场的黑暗、腐败，很少用重彩，第4回"乱判葫芦案"之外，这一回写得算是较细致的，重点写一个刁奴形象。不过，读者能看出小说中所描写的官场黑暗、腐败，都是渗透在字里行间的，让人慢慢体会。例如，第99回所写"农民负担过重"问题时谙：

……贾政向来作京官，只晓得郎中事务都是一景儿的事情，就是外任，原是学差，也无关于吏治上。所以外省州县折收粮米勒索乡愚这些弊端，虽也听见别人讲究，却未尝身亲其事。

淡淡一笔"勒索乡愚"，写出了地方官的"弊端"，也写出了几千年封建社会里农民痛苦不堪的根源。又如，李十儿"剖析"官场的一段话，也颇为典型。他道：

老爷极圣明的人，没看见旧年犯事的几位老爷吗？这几位都与老爷相好，老爷常说是个做清官的，如今名在那里！现有几位亲戚，老爷向来说他们不好的，如今升的升，迁的迁。只在要做的好就是了。老爷要知道，民也要顾，官也要顾。

人物篇

趣解红楼

这是封建社会官场的实情，谁都清楚，让一个"奴才"说出来个"底"，让那些糊里糊涂的草民明白个"情"而已。几千年封建社会里的大大小小的官儿们，就是这么"睁一只眼，闭一只眼"混下去的，"混"的可以整"干"的，比"干"的还吃香——"升的升，迁的迁"。这也就是李十儿的"理儿"，所以"贾政被李十儿一番言语，说得心无主见"。因为，贾政心里明白"乌纱帽"的重要，"民也要顾，官也要顾"。

从来"奴才"都是看主子眼色行事。李十儿之所以敢于"破例"，"做起威福"，固然与他的"刁"性有关，但寻根溯源，根子还在于贾政对他的"信"字上，李十儿瞅准了这一点，利用这一点，当官的都喜欢"武大郎"，喜欢口蜜腹剑、善拍马屁的"奴才"。谁都不大喜欢那些心直口快、总提意见的人，这几乎成了"通病"。所谓圣君贤相，"兼听则明，偏信则暗"之类词儿，不过是说给外人听的，有哪一个帝王将相"兼听"了？小说中写道：

……贾政不但不疑，反多相信。便有几处揭报，上司见贾政古朴忠厚，也不查察。惟是幕友们耳目最长，见得如此，得便用言规谏，无奈贾政不信，也有辞去的，也有与贾政相好在内维持的。于是漕务事毕，尚无陨越。

这就是李十儿之流赖以生存、敢于大胆妄为的基础和靠山。没有了贾政一类的昏官、庸官，李十儿之流如秋后的蚂蚱——跳不了几天。故脂批在贾政名字之下批其为"假正"——即假正经也。

《红楼梦》中的"李十儿"，看似小人物，出场不多，且在后40回之中，很少为人注意，但他的形象却不亚于那些老爷太太公子小姐们活灵活现，就连那个穿着江牙海水袍服的北静王的形象，恐怕也没有李十儿更富有"典型"意义——

李十儿，一个地道的恶奴！

人间万姓仰头看
——贾雨村之"兴"

贾雨村是一个功名欲非常强烈的典型化的封建知识分子，同时又是一个善于钻营、不择手段向上爬的知识分子。人品来讲，小说中说他"生性狡猾，擅纂礼仪，且沽清正之名，而暗结虎狼之属"。至于他忘恩负义，专事"弄小巧，借刀杀人"的所作所为，小说中痛加揭露，是一个十足的小人加坏蛋。作为人物形象，红学专著论文中连篇累牍地分析、批判。本文只选其"醉"态、"兴"态两个方面略作剖析，亦可"管中窥豹"。

《红楼梦》中写到贾雨村，也是从"酒"写起的。开卷第1回写贾雨村从江南来到石头城寄居葫芦庙，以写字撰文为生，结识小乡宦甄士隐。一日中秋佳节，二人相见，甄士隐设酒款待：

> 须臾茶毕，早已设下杯盘，那美酒佳肴自不必说。二人归坐，先是款斟漫饮，次渐谈至兴浓，不觉飞觥限斝起来。当时街坊上家家箫管，户户弦歌，当头一轮明月，飞彩凝辉，二人愈添豪兴，酒到杯干。

酒给人以激情，给人以豪兴。一个困顿不堪的知识分子，喝了几杯酒，就有点得意忘形，把那封建社会里某些"热中"的知识分子本来的面目暴露无遗：

> 雨村此时已有七八分酒意，狂兴不禁，乃对月寓怀，口号一绝云：
> 　　时逢三五便团圆，满把晴光护玉栏。
> 　　天上一轮才捧出，人间万姓仰头看。

贾雨村虽身在破庙，落魄潦倒，但强烈的功名心却没有消磨掉。饮酒赋诗，以诗言志。他不甘久居人下，要飞黄腾达，让"人间万姓仰头看"。小说中接着写道：

士隐听了,大叫:"妙哉!吾每谓兄必非久居人下者,今所吟之句,飞腾之兆已见,不日可接履于云霓之上矣。可贺,可贺!"乃亲斟一斗为贺。雨村因干过,叹道:"非晚生酒后狂言,若论时尚之学,晚生也或可去充数沽名,只是目今行囊路费一概无措,神京路远,非赖卖字撰文即能到者。"

于是,甄士隐动了恻隐之心,急命家人"速封五十两白银,并两套冬衣"送给贾雨村:

雨村收了银衣,不过略谢一语,并不介意,仍是吃酒谈笑。那天已交了三更,二人方散。

这就是贾雨村的醉态、狂态。《红楼梦》中写醉态、狂态是以人物的思想、性格、职业、经历乃至脾气的不同而各具个性。贾雨村既不是焦大,也不是刘姥姥,所以他的醉态完全是一个郁郁不得志的穷知识分子形象,与又有点热衷功名的"狂态"结合在一起的。醉态是一种外在的表现,醉中的话则是他的心声。如果没有这样的醉态,那种穷酸和狂态就有点讨人厌了。

"玉在椟中求善价,钗于奁内待时飞",这是中国数千年来知识分子的一种矛盾的心态——他们讨厌权力、批判权力,可又羡慕权力,追求权力,得不到权力时就辱骂权力。待得到点小权又是沾沾自喜,不知天高地厚,以为天下从今而后永远是他们家的了!

贾雨村是知识分子中一个典型,正在"待价而沽"呢!

悲喜千般同幻渺
——甄士隐之"隐"

甄士隐是《红楼梦》所描写的众多人物中第一个出场的人物,又是120回书中最后出场的人物。小说第1回回目是"甄士隐梦幻识通灵,贾雨村风尘怀闺秀";第120回回目是"甄士隐详说太虚情,贾雨村归结《红楼梦》"。起由甄贾,结由甄贾,说明这两个人物在小说结构中有着非凡重要的作用和寓意。

或许因为如此,自《红楼梦》诞生之后,历代读者对甄士隐和贾雨村这两个人物名字的文化含意始终抱着浓厚的兴趣,异说纷呈,莫衷一是,至今仍然没有一个令人满意的答案。

一种意见认为,甄士隐即是"真事隐",贾雨村即假语存。所"隐"者,即"隐"去作者或他人真实事迹;所"存者",亦即是小说中"存"有作者或他人的历史真事。隐中有存,存中有隐,因此他们主张"抉微索隐",故世有"索隐派"生焉。另一种意见是甄(真)与贾(假)、"隐"与"存",是指传统的艺术创作方法,即生活的真实与艺术真实之间的密切关系,以此反对"索隐派"的抉微索隐,即反对"家事"或历史史事说。

我的看法与上述两种看法截然不同,是为第三种意见。概而言之,我认为甄士隐与贾雨村是作者精心塑造的中国古代知识分子(即士)两种不同的人生观、价值观,与不同的人生道路——即甄士隐的"出世"与贾雨村的"入世"。甄士隐身上体现的是自古以来的隐逸文化所代表的社会理想、人格价值、生活内容、审美情趣;而贾雨村的经历则是体现自古以来的"仕途"文化所张扬的社会理想、人格价值、生活内容、审美情趣。一方面,我们从甄士隐与贾雨村经历中看到"出世"与"入世"(即"隐"与"仕")之间的矛盾;另一方面,让人们体会到在那个时代、那种社会制度下,尽管他们所走的道路不同,但他们的最终结局都是悲剧性的。红楼一梦,其真谛是告诉世人那个世纪里人们没有思想的自由、生存的自由。特别是知识分子(士),他们敏感到自己被剥夺了一切,一贫如洗,沉酣一梦醒来无路可走!

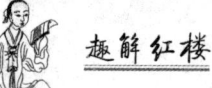
趣解红楼

甄士隐是一个老老实实的读书人,堪称是"真士"。小说中写他:

> 家中虽不甚富贵,然本地便也推他为望族了。因这甄士隐禀性恬淡,不以功名为念,每日只以观花修竹、酌酒吟诗为乐,倒是神仙一流人品。

显然,甄士隐一出场就是一个"真隐士"。所谓"不以功名为念",即不想走"仕途经济"之路。其"只以观花修竹、酌酒吟诗为乐",正是中国历代隐者的生活内容写照。根据历代隐士传所写的内容看,中国的隐士大体上有两种类型:一是狂诞型,远离喧嚣的尘世,笑傲山林,逍遥无碍,俯仰自得。魏晋南北朝时期的隐逸者中多是以此摆脱当时的险恶政治的阴影。如"竹林七贤"中的阮籍即"登山怡水,经日忘归。博览群籍,尤好老庄"(《晋书·阮籍传》)。第二种类型是隐于朝市,这与中国古代园林的发展关系颇为密切。这种类型的隐者虽身在红尘,但其生活的环境却犹如世外桃源。依《红楼梦》中之描写,甄士隐之"隐"即隐于朝市,可谓是大隐、真士隐。

古人有云:"邦无道,士则隐。"大圣人孔子虽然是"三日无君则皇皇如也",但他认为"隐"也是人生的一大选择。他说:"道不行,乘桴于海"(《论语·公冶长》),又说"君子哉蘧伯玉,邦有道,则仕;邦无道,则可卷而怀之"(《论语·卫灵公》)。但是无论是山林之隐还是朝市之隐,都只能是一时之隐,"道无行"的幽灵并不会随着他们的"隐"而消失。甄士隐虽是一个"真隐士",但是惟一的娇女英莲(应怜)却被拐子拐走卖掉了,一场葫芦庙里的大火把他的家产烧成了"一片瓦砾场"。他想"到田庄上去安身",又"偏值近年水旱不收,鼠盗蜂起,无非抢田夺地,鼠窃狗偷,民不安生,因此官兵剿捕,难以安身"。可谓"邦无道"也。接二连三的厄运当头,连自己的亲岳父都没有一份同情和怜悯之心来温暖他的身心。世态炎凉,人情如纸。甄士隐终于听明白了跛足道人口中的"好"就是"了","了"就是"好"的"好了歌"!

甄士隐随疯道人飘飘而去,他以自己的"隐"的经历留给人们怎样的思考呢?是"好"还是"了"?不同的时代,不同的社会,不同的人生,有着各种各样的解读,并且随着时代的前进,人们还会有新的不同的解读!但是,甄士隐之隐确实证明了一个非常明确的事实,在18世纪的中国社会里是无处可"隐"的!

与甄士隐之隐不同的是那位"钗于奁内待时飞"的贾雨村,他是一个热衷"仕途"人。他说"读书人不在黑道黄道,总以事理为要"。他的所谓"事理"就是不能"久居人下",要"接履于云霓之上",让"人间百姓仰头看"。果然天随人愿,春闱一战不负所学,会了进士(真正的士),选入外班,今已升了知府。他终于头上戴上了"乌帽",身上穿上了"猩袍",屁股底下坐上了"大轿",实现了自己的人生大愿。然而好景不长,"虽才干优长,未免有些贪酷之弊;且又恃才侮上,那些官员皆侧目而视。不上一年,便被上司寻了个空隙,作成一本,参他'生情狡猾,擅纂礼仪,且沽清正之名,而暗结虎狼之属,致使地方多事,民命不堪'等语。龙颜大怒,即批革职"。失败并没有使贾雨村气馁,退出"仕途"。小说中写道:

> 那雨村心中虽十分惭恨,却面上全无一点怨色,仍是嘻笑自若;交代过公事,将历年做官积的些资本并家小人属送至原籍,安排妥协,却是自己担风袖月,游览天下胜迹。

这段文字写出了以贾雨村为代表的中国封建社会里一大批知识分子(士)的恋"仕"情结,可以说贾雨村的形象毕肖,入木三分。

终于,贾雨村"寅缘复旧职"(见第3回),"轻轻谋补了一个"金陵应天府的知府。从此之后,贾雨村在四大家族的庇护下,竟平步青云,居然"补授了大司马,协理军机,参赞朝政"。(见第95回贾琏语)应了当年甄士隐所说的"飞腾"之兆。具有讽刺意味的是,这位在"仕途"上终于攀上高枝的贾雨村,最终还是落得个"昨怜破袄寒,今嫌紫蟒长","因嫌纱帽小,致使枷锁扛"的可悲下场!

甄士隐与贾雨村二人,都是"士"的典型。一个是心在白云,一个是身在青云,到头来却是"悲喜千般同幻渺",谁也没有逃脱历史和时代给他们安排下的悲剧结局——隐无可隐,士不可仕!

隐,是情态,也是一种文化;仕也是一种情态、一种文化。两种不同的情态属于两种不同的文化,但却是一条根——封建专制制度,他们的结局也必然都是这种制度的殉葬品!

趣解红楼

惟有权力忘不了
——戴权之"权"

太监,又称宦官,在史书中,太监的称谓很多,诸如寺人、阉人、腐人、貂珰、中官、妇寺、官奄、内使、宫监、公公,等等。这些人是中国奴隶制和封建专制制度下产生的一个特殊的群体。他们是被阉割后失去性功能的男性,职责是在宫廷内侍奉君王和君王的家族成员。

根据史书记载,中国的太监制度起源于奴隶制初期的夏商周三代,至秦汉封建制度确立之后而逐渐完备成熟的,最终随着封建专制制度的灭亡而消亡。但是,作为中国太监制度滋育下产生的一批又一批的太监人物形象,却仍然经常走进我们的视野,把对历史的回忆留在人们的印象之中。诸如各种戏曲中的太监,绘画、雕刻中的太监,影视荧屏上的太监,还有古今小说、历史教科书中的太监。这些太监人物,有的名见经传,有的则是作为一种制度的象征,成为"历史"人物类型的代表符号而已。

作为作家笔下描写的人物对象,太监进入小说应早在文言短篇小说里就有了。到了明清长篇通俗小说诞生之后,几乎每部小说中都有太监形象的出现。如《三国演义》、《水浒传》、《西游记》、《金瓶梅》等名著中,就有不少正面的或侧面的描写。通过这些太监人物的出场,再现了中国不同历史朝代宫廷生活的真实风貌,同时也深刻地揭示了这些太监人物个人的兴衰际遇与社会政治生活的密切关系。

在众多的太监形象之中,《红楼梦》对太监的描写最充分、最丰富、也最令人难忘。仔细考察,《红楼梦》中所描写的太监分为两种:一种是属于"官"类,身份地位令王公大臣也不敢小视,可以平起平坐,甚至不敢怠慢,例如小说中写到的"大明宫掌宫内相"戴权和"六宫都太监"。另一种是普通的"执事太监",他们是宫中的劳役,身份地位还不如普通的平民百姓。例如小说写到的"送宫花"、"送谜语"的太监,元妃省亲时的仪仗队中的太监,都属于这一类。曹雪芹描写这些太监人物,一是因为故事情节发展的需要,要把贾家同宫廷的深刻关系联系起来,突出贾家的政治地位;二是随文而出,烘托气氛,让读者了解一点"历史知识";三是重笔刻画出具有典型意义的太监形象,如戴权、夏秉忠就是两个代表性的人物。

戴权，谐音应是"代权"，即代皇帝行使大权。这是某些"官"太监身份特殊的原因之一。历史上屡屡发生的"宦官专权"，演成祸患，不绝于书。根本原因就在这些太监靠着接近皇帝的机缘，代行某些事务（传诏等），而狐假虎威，骄横恣肆。曹雪芹把一个太监人物命名为"戴权"的深意就在于此。第13回戴权出场，小说中写道：

> 贾珍因想着贾蓉不过是个黉门监，灵幡经榜上写时不好看，便是执事也不多，因此心下甚不自在。可巧，这日正是首七第四日，早有大明宫掌宫内相戴权，先备了祭礼遣人来，次后坐了大轿，打伞鸣锣，亲来上祭。

寥寥数笔写出了这位"内相"的身份地位不凡来。又是先遣人来送祭礼，又是坐大轿，还要打伞鸣锣开道。试问，朝中官员又有多少大官儿才有这等声势？有这等"内相"与贾府交厚，谁敢藐视贾府！

小说写到贾珍想给"贾蓉捐个前程的话"，戴权道：

> 事倒凑巧，正有个美缺。如今三百员龙禁尉短了两员，昨儿襄阳侯的兄弟老三来求我，现拿了一千五百两银子，送到我家里。你知道，咱们都是老相与，不拘怎么样，看着他爷爷的分上，胡乱应了。还剩了一个缺，谁知永兴节度使冯胖子来求，要与他孩子捐，我就没工夫应他。既是咱们的孩子要捐，快写个履历来。

看，这位"内相"说得何等轻松，又是何等冠冕堂皇！当贾珍把贾蓉的"履历"拿来，戴权看了之后，小说中接着写道：

> 戴权看了，回手便递与一个贴身的小厮收了，说道："回来送与户部堂官老赵，说我拜上他，起一张五品龙禁尉的票，再给个执照，就把这履历填上，明儿我来兑银子送去。"……临上轿，贾珍因问："银子还是我到部兑，还是一并送入老内相府中？"戴权道："若到部里，你又吃亏了。不如平准一千二百两银子，送到我家就完了。"

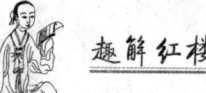

趣解红楼

又是寥寥数笔,把一位"内相"卖官鬻爵、贪赃枉法的嘴脸淋漓尽致地刻画出来了。他的"权"有多大?小说中说襄阳侯的弟兄还得拿钱"求"他,永兴节度使拿了钱还"求"不动他。至于贾府,那是看在"他爷爷"的面子,还花了"一千二百两银子"买了一纸"执照",捐了个"五品龙禁尉"的品衔,得到了一份风光。

古今中外,上智下愚,对"权钱"二字都很"敏感"。古人论权钱的文章不少,今人对权钱二字也发了不少慨叹,然而在某些人看来,仍然是惟有权钱忘不了。戴权用自己的"权",收了别人的"钱";贾珍是用了自己的"钱",买了别人的"权",权与钱在这里是互易,各得其利,难怪古今中外一些掌权者是那么"恋"权,要是退下来,好像是死了八辈祖宗那样难受,原来他们知道"权"的厉害,没有了"权"等于没了钱,连屁股下面那顶"大轿"也没有了,只好赶公共汽车,或是骑辆山地车了!

《红楼梦》还写了一位夏秉忠,是"六宫都太监",也是一位"官太监"阶层的,他的名字是谐"瞎秉忠",当然"忠"的是"皇帝"。曹雪芹特意在"忠"的前面加了一个"瞎"字颇具讽刺意味了,其实是说他"忠"于皇帝是假,"忠"于自己才是真。这个"瞎秉忠"初见于小说第16回,是为传贾政入朝事。可此人一来竟使贾政一家人"唬"了一跳,"不知是何消息",可见太监上门,非吉即凶了,因为他们都是"代权"之人,倘是他人恐怕就未必"唬"一跳了。小说第23回,这位夏太监又来到贾家传达皇妃之谕,让宝玉一干人搬进大观园去住。曹雪芹在这两处都是写太监的"职责",——即"传达"上命。到了第72回,虽然没有正面描写这位"夏爷爷"的出场,但却通过他派来的"小太监"写出这位太监的"以权谋私"来。小说中写道:

> 人回:"夏太府打发了一个小内监来说话。"贾琏听了,忙皱眉道:"又是什么话,一年他们也搬够了。"……那小太监便说:"夏爷爷因今儿偶见一所房子,如今竟短二百两银子,打发我来问舅奶奶家里,有现成的银子暂借一二百,过一两日就送过来。"……"夏爷爷还说了,上两回还有一千二百两银子没送来,等今年年底下,自然一齐都送过来。"

这就是"内监"勒索外官的实例,他们凭着在内廷行走的权,公开

地、半公开地，巧立名目地敲诈、勒索外官、有钱人家。贾府是国公爷的后代，世代公勋家尚且如此，那么非公非官之家呢？不言而喻。小说中借用贾琏、凤姐二人之口道出太监们的"以权谋私"的内情：

> 这里贾琏出来笑道："这一起外祟何日是了！"凤姐笑道："刚说着，就来了一股子。"贾琏道："昨儿周太监来，张口一千两。我略应慢了些，他就不自在。将来得罪人之处不少。这会子再发个三二百万的财就好了。"

从戴太监、夏太监、到周太监，一个接着一个来敲诈勒索，不要说贾府，就是国库也要被他们拿空了。他们是一伙不耻于人的"太监"，为什么连贾府那样的世家也要惧其三分呢？原因自然是他们能够"代权"，有了"代权"这个招牌，就"唬"人一跳。倘若你不顺从，这些人就可以在皇帝老儿那里"吹风"，说你的坏话，让你睡不好吃不香，甚至丢官下狱、掉脑袋。《红楼梦》所描写的戴权、夏秉忠正是代表了太监形象中的"这一面"，具有非常重要的认识价值。

《红楼梦》中的太监形象是中国古典小说中所描写的众多太监形象的典型代表，从一个侧面反映了清代太监制度的腐朽、黑暗和走向没落、消亡的趋势。由于篇幅的限制，笔者没有广泛征引史料加以比照，也没有给予更多的"理论"分析。我的目的在于提出一个新的问题，即中国古典小说中的太监形象是一值得探讨的课题，倘若有人进行一次全面、系统的研究，我认为对于研究整个中国太监（或曰宦官）制度史将是有意义的。我希望有人能关注这个课题，并完成这一项目。

作为一种制度，太监制度已经消亡了。但是几千年的太监制度所衍生出来的种种弊端却还不时地出现在我们的生活之中，它还在影响着政治生活。因此，不论从史学、政治学、还是从文学的角度，研究一下中国的太监制度史，都是一件有深远意义的工作。

趣解红楼

桃未芳菲杏未红
——邢岫烟的"穷"

邢岫烟是荣国府长房邢夫人的内侄女,在《红楼梦》第 49 回出场时将她和李纹、李绮、薛蟠从弟薛蝌一起作了一番介绍。小说中写道:

> 原来邢夫人之兄嫂带了女儿岫烟进京来投邢夫人的,可巧凤姐之兄王仁也正进京,两亲家一处打帮来了。走至半路泊船时,正遇见李纨之寡婶带着两个女儿——大名李纹、次名李绮——也上京。大家叙起来又是亲戚,因此三家一路同行。后有薛蟠从弟薛蝌,因当年父亲在京时将胞妹薛宝琴许配都中梅翰林之子为婚,正欲进京发嫁,闻得王仁进京,他也带了妹子随后赶来。所以今日会齐了来访投各人亲戚。

从这篇介绍中我们不仅认识了邢岫烟,而且明白了贾府为什么一下子来了这么多亲戚。从第 2 回"冷子兴演说荣国府"到这回所介绍的各人亲戚,皆可看出《红楼梦》作者写人物出场的妙笔,这种介绍省却了无限笔墨!倘若用今日影视界的"专有"名词,这种办法叫作"打包处理"。

同四大家族相比,邢家显然是一个贫困户,所以方来"投"邢夫人。从后来的小说描写看也可证明邢家的家世绝非显贵之族。同回专有一段文字介绍道:

> 邢夫人兄嫂家中原艰难,这一上京,原仗的是邢夫人与他们治房舍、帮盘缠,听如此说,岂不愿意。邢夫人便将岫烟交与凤姐儿。凤姐儿筹算得园中姊妹多,性情不一,且又不便另设一处,莫若送到迎春一处去,倘日后邢岫烟有些不遂意的事,纵然邢夫人知道了,与自己无干。从此后若邢岫烟家去住的日期不算,若在大观园住到一个月上,凤姐儿亦照迎春的分例送一分与岫烟。凤姐冷眼敁敠岫烟心性为人,竟不像邢夫人及他的父母一样,却是温厚可疼的人。因此凤姐儿又怜他家贫命苦,比别的姊妹多疼他些,邢夫人倒不大理论了。

或许就是"家贫命苦"这四个字,所以自打邢岫烟进入大观园后,我们看到了这位平民女子处处显露出一副令人怜惜的"穷"态。

例一,第49回众钗着装赏雪的时候,细写每一个人的服饰。在特笔写了宝黛着装之后,又写了李纨、宝钗的简朴衣着,末了添了一笔:"邢岫烟仍是家常旧衣,并无避雪之衣。"寥寥数字写出了邢岫烟的"穷"态。读者在五光十色的琉璃世界里,不仅欣赏到众金钗花团锦簇般的艳丽服饰,而且还看到了"家贫命苦"之人是何种打扮。这无疑是一种强烈的对比——富贵与贫穷的对比之外,还有人际关系的对比。例如,同邢岫烟一起来的薛宝琴一到贾府就被王夫人认作了"干女儿",显然是另眼眷顾。即是这场赏雪活动中,薛宝琴身上披的那件名贵的凫靥裘来自贾母。相比之下,邢夫人又是如何看顾自己的内侄女邢岫烟呢?王熙凤口中说出来了:"邢夫人倒不大理论了"!

例二,第57回特写了薛宝钗为邢岫烟赎棉衣的故事。小说中写道:

> 这日,宝钗因来瞧黛玉,恰值岫烟也来瞧黛玉,二人在半路相遇。宝钗含笑唤他到跟前,二人同走至一块石壁后,宝钗笑问他:"这天还冷的很,你怎么倒全换了夹的?"岫烟见问,低头不答。宝钗便知道又有了原故,因又笑问道:"必定是这个月的月钱又没得。凤丫头如今也这样没心没计了。"岫烟道:"他倒想着不错日子给,因姑妈打发人和我说,一个月用不了二两银子,叫我省一两给爹妈送出去……前儿我悄悄把棉衣服叫人当了几吊钱盘缠。"

冬天还没有过去就把棉衣"当"了出去,自己以夹衣来御寒,人们可以从自身的体验中想见当时邢岫烟的窘状。宝钗见面一眼能看出,而且特特地将邢岫烟叫到了"一块石壁后",既可看出宝钗为人处事的仔细之处,又可见她对别人的难处的体谅、同情之心。事情最终是宝钗拿到了那张"当票",给邢岫烟"赎"回来了衣服。但这个故事的前前后后,都在告诉读者"穷"是一个什么样儿。

例三,第90回写到邢岫烟丢失一件旧的红小袄,因为问到了看园子的婆子而争吵起来。恰好让女管家王熙凤遇上了此事。下面是透过王熙凤的眼睛来看邢岫烟住在贾府内的一种"穷"态。

趣解红楼

　　凤姐把岫烟内外一瞧，看见虽有些皮绵衣服，已是半新不旧的，未必能暖和。他的被窝多半是薄的。至于房中桌上摆设的东西，就是老太太拿来的，却一些不动，收拾的干干净净。……到了自己房中，叫平儿取了一件大红洋绉的小袄儿、一件松花色绫子一抖珠的小皮袄，一条宝蓝盘锦镶花绵裙，一件佛青银鼠褂子，包好叫人送去。

　　古人用"朱门酒肉臭，路有冻死骨"来形容人世间贫富之差别。已经入住贾府之中的邢岫烟虽然没有"冻死"的威胁，但她家的穷与贾家的富，已是鲜明地摆在了读者的面前。《红楼梦》用小说艺术再现了18世纪中叶世家大族的生存样态的同时，也让我们领略了社会下层人们不同的生存样态。贾府的穷奢极欲，透过刘姥姥的眼睛为我们作了详尽的描述：一只螃蟹、一个鸽子蛋，一桌饭竟够庄稼人一年的生活。邢岫烟用自己"衣服"的故事再一次展现人世间的"贫富"差别是如何的悬殊！

　　前人评论《红楼梦》常用绘画语言，什么千皴万染、背面傅粉、三染法……目的只有一个——就是让读者从这些一个又一个细微的描写中去发现人类社会中的各种不同的生存样态，发现在这种不同生存样态背后人们所具有的人性本质。邢岫烟家确实穷，但邢岫烟活得非常真诚、真实。当王熙凤大声呵斥管园婆子的时候，邢岫烟把责任揽到自己的头上，并百般替婆子求情，终于让那婆子走了。又当王熙凤派人送去一包衣服的时候，她向送衣的丰儿说："我断不敢受。你拿回去千万谢你们奶奶，承你们奶奶的情，我算领了。"小说中在这句话后写道："倒拿个荷包给了丰儿。"直到平儿亲自出马重新送来，岫烟道："我不是外道，实在不过意。"这些话不是客套，而是岫烟的品格使然。

　　邢岫烟写过一首《咏红梅花》诗（见第50回），这是她在大观园内惟一一次展示自己才华的机会。在诗中她写道："桃未芳菲杏未红，冲寒先已笑东风。""看来岂是寻常色，浓淡由他冰雪中。"尽管众人对她的诗没有评论，但是我要说——

　　邢岫烟就是一枝飞雪迎春的红梅花！

拿草棍儿戳老虎鼻子眼儿
——邢夫人之"愚"

邢夫人是荣国府大老爷贾赦的太太。按"礼"儿,她应该在贾府上上下下是一个有地位、备受尊重的人物。然而小说中所写的这位夫人却像是一个窝囊废,不要说贾母瞧不起、不待见,就连在王夫人面前也似乎矮了半截儿。纵观宁荣二府内的大事小情,各种家宴小集,很难找到邢夫人的影子,真真是让人难以解索!

如果从《红楼梦》的结构上看,宁荣二府应该是一种对称结构,在荣国府内长房(贾赦)与二房(贾政)又是一种小"对称"结构。但仔细阅读文本却发现,无论是从哪个角度去看二者都不那么"对称"。宁府是大长房,但小说故事主体始终是在荣府这一边,宁府实际上是一个陪衬。以荣府内部来说,大小事情都是围绕贾政一房展开,长房只是一个虚位,可有可无。贾府内部这种"长房"不济的现象十分明显却又遮遮掩掩,仿佛是贾赦、邢氏称谓的谐音组合——"假设形式"而已。

不过,作者还是实写了两件事:宁国府方面写了一场秦可卿大出丧,火了一把;荣国府内写了"尴尬人难免尴尬事",略补不足。前者"演义"的人不少,且与本义关系不大,故省却笔墨。后者所谓"尴尬人",指的就是邢夫人,不妨让我们看一看这位将军级爵位的太太究竟是个啥模样儿。

邢夫人的"特写"集中在第46回。据邢夫人自己说,是老爷(贾赦)看上了老太太房里的鸳鸯,让她去和老太太讨要。于是她先找了儿媳妇王熙凤商量,想讨个"法子"。凤姐儿听了,忙道:

> 依我说,竟别碰这个钉子去。老太太离了鸳鸯,饭也吃不下去的,那里就舍得了?况且平日说起闲话来,老太太常说,老爷如今上了年纪,作什么左一个小老婆右一个小老婆放在屋里,没的耽误了人家。放着身子不保养,官儿也不好生作去,成日家和小老婆喝酒……这会子回避还恐回避不及,倒拿草棍儿戳老虎鼻子眼去了!太太别恼,我是不敢去的。明放着不中用,而且反招出没意思来。老爷如今

趣解红楼

上了年纪，行事不妥，太太该劝才是。比不得年轻，作这些事无碍。如今兄弟、侄儿、儿子、孙子一大群，还这么闹起来，怎样见人呢？

凤姐的这段话虽对婆婆说的，却直截了当，毫无遮饰。可称得上是"苦口婆心"地劝说。倘把凤姐的话归结起来，不外乎说了三个方面：一是，鸳鸯是贾母的膀臂，是拐棍儿，一刻离不了。即使强要去讨，"明放着不中用，而且反招出没意思来"。二是，贾母对这个儿子不感冒，很厌恶。凤姐把老太太私下里的话原原本本告诉了邢夫人，意思非常明白——你别以为老太太喜欢他这个儿子呢！三是，老爷这把年纪"比不得年轻，作这些事无碍"。况且儿孙一大群，闹起来无法见人。平心而论，倘若邢夫人是个明白人，听了王熙凤的这番话就应该知难而退，别"拿草棍子儿戳老虎鼻子眼儿"。可惜，这位夫人愚不可及，对凤姐这番好言相劝竟一点儿听不进去，反说出了下面一篇子歪理：

大家子三房四妾的也多，偏咱们就使不得？我劝了也未必依。就是老太太心爱的丫头，这么胡子苍白了又作了官的一个大儿子，要了作房里人，也未必好驳回的。

凤姐本是一番好意，却遭来一顿抢白。于是凤姐一改口气，意思也很清楚：既然你是一个狗不识的东西，那你就去试试看！凤姐道：

太太这话说的极是。我能活了多大，知道什么轻重？想来父母跟前，别说一个丫头，就是那么大的活宝贝，不给老爷给谁？背地里的话那里信得？我竟是个呆子。

稍有知识的人都能听得出来，这是明显的嘲讽。可这位邢夫人竟然没有听出来，"见这般说，便又喜欢起来"！

这句"便又喜欢起来"真真是让人哭笑不得。环顾茫茫人海中，如同邢夫人一样的还真是大有人在，且绝非罕见。以我的观察，这种人大多都是自作聪明，特喜欢听顺从的话，倘若你同他说了真话反倒听不进去，好心当作了驴肝肺。邢夫人在这点上倒是一个典型——她只愿听别人的假话！

如果说邢夫人前面是不善听别人劝告的"愚",那么下面的"愚"则是不知鸳鸯品性的"愚"。她竟然提出先同鸳鸯说一声,探探口风。她心里一定以为自己是个太太,有面子,别人都要给她面子;可能她还以为天下所有的奴才都梦想当"姨奶奶"图虚荣,只要是个当官的(哪怕是个胡子苍白的老头子)也会心满意足了。对她的这番"主意",王熙凤立即讽刺道:

到底是太太有智谋,这是千妥万妥的。别说是鸳鸯,凭他是谁,那一个不想巴高望上,不想出头的?这半个主子不做,倒愿意做丫头,将来配个小子就完了。

果然不出王熙凤预料,这位邢夫人听了之后居然说道:

正是这个话了。别说鸳鸯,就是那些执事的大丫头,谁不愿意呢……

然而,邢夫人错了,碰了一鼻子灰!

邢夫人三愚,是不见棺材不落泪,不撞南墙不回头。第47回写邢夫人来到贾母房间,被贾母严词训斥了一顿:

贾母见无人,方说道:"我听见你替你老爷说媒来了。你倒也三从四德,只是这贤慧也太过了!你们如今也是孙子儿子满眼了,你还怕他,劝两句都使不得,还由着你老爷性儿闹。"……"他逼你杀人,你也杀去?"

听听,老祖宗的嘴多厉害,冷嘲热讽,连怨带损,数落了邢夫人一顿。下面是讲不能要鸳鸯的理由,话里话外捎带着说:你邢夫人如此做是不孝,我身边就这么一个可靠的人儿还要弄走,你们安的什么心?还让我活不活了?

这会子他去了,你们弄个什么人来我使?你们就弄他那么一个真珠的人来,不会说话也无用。……你来的也巧,你就去说,更妥

当了。

贾母的话明白告诉邢夫人：你们就死了那条心罢，别净做梦。下面"你就去说，更妥当了"，等于说你不是怕么？就专让你这种怕的人去了结，看你怎么办！老祖宗踢了一个死球给邢夫人，这才叫真的厉害！

邢夫人的愚蠢之态，虽然不多见，但也不罕见。特别是那些觉着自己有地位的人，时常是把自己的愚蠢当作聪明。所以邢夫人倒可以做他们的一面镜子，时常照一照，别总是"拿着草棍儿戳老虎的鼻子眼儿"！

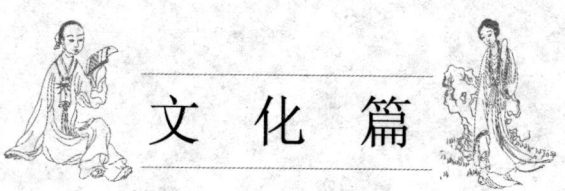

文化篇

中国官制与《红楼梦》中的描写

官制,即设官之制。《晋书·文帝纪》中说:"秋七月,帝奏司空荀顗定礼仪,中护军贾充正法律,尚书仆射裴秀议官制,太保郑冲总而裁焉,始建五等爵。"① 这个记载可能是"官制"一词的最早出处,但它不是"官制"的起源。因为,根据史书的记载,自从人类进入阶级社会、产生国家之后,"官制"就随之而产生了。

官制是一种政治现象。在阶级社会里,官制是国家机器的重要组成部分之一,也是统治阶级内部森严的等级制度的具体表现。奴隶制社会,官制的职能表现在维护和巩固奴隶主阶级的政权,保护奴隶主的利益,剥削和压迫奴隶阶级;封建社会,官制的职能表现在维护和巩固封建地主阶级的政权,保护地主阶级的利益,剥削和压迫农民阶级。

官制也是一种复杂的历史现象。翻开二十四史的职官志,我们可以发现,历史上各个朝代的官制既有前后继承的一致性,也有其本身完善、发展的特异性。在夏商两朝是巫史制,西周、春秋时期是公卿制,到了战国和秦汉(两汉前期)出现了丞相制,从汉武帝到明初则改为尚书制,此后是内阁制,不断变化,形成一个完整的以皇帝所代表的为统治阶级服务的制度。官制在历史上曾经起到过积极的作用,但随着封建的国家机器的日益强化,中央集权制的高度发展,特别是愈到封建社会的末期,官制也愈加腐朽和反动。因此,对官制进行研究,可以帮助人们了解历史上各朝各代政治制度的发展变化过程、作用、特点,从而使人们对历史上各个时代统治阶级的本质加深认识。

《红楼梦》研究中尽管有许多分歧,但是大家对它诞生在中国的清朝乾隆初年至二十八年之间,即 18 世纪中叶,是认识较为一致的。按照一般的规律,《红楼梦》里所写的官制基本上应遵循清制。可是,实际情况完全出乎我们的意料。因为,据我初步考察的印象,120 回本《红楼梦》里所提到的职官机构、称谓——从中央到地方,上自王公侯伯、三司九

---

① 唐·房玄龄著:《晋书》,中华书局 1974 年 11 月版,第 44 页。

趣解红楼

卿,下至七品芝麻官、内相外臣、文武百官、军牢快手、番役太监,称谓不下百余种。《红楼梦》中以贾府为代表的四大家族,联络有亲,且上接皇宫内苑,下通州府官衙,可谓纵横交错,盘根错节。《红楼梦大辞典》中将小说里描写到的官署机构,职官称谓,都一一选列诠释,可作详阅,不再详加引述。我在阅读《红楼梦》过程中曾留心官制描写的细节,印象最深者,有以下几回:

第2回"冷子兴演说荣国府",有三段有关官制描写。第一段是写贾雨村宦途浮沉的。小说中写道:

> 原来,雨村因那年(甄)士隐赠银之后,他于十六日便起身入都,至大比之期,不料他十分得意,已会了进士,选入外班,今已升了本府知府。……不上一年,便被上司寻了个空隙,作成一本……龙颜大怒,即批革职……

第二段是写林如海的家世及任官经历,小说中道:

> (贾雨村)偶又游至维扬地面,因闻得今岁鹾政点的是林如海。这林如海姓林名海,表字如海,乃是前科的探花,今已升至兰台寺大夫,本贯姑苏人氏,今钦点出为巡盐御史,到任方一月有余。原来这林如海之祖,曾袭过列侯,今到如海,业经五世。起初时,只封袭三世,因当今隆恩盛德,远迈前代,额外加恩,至如海之父,又袭了一代;至如海,便从科第出身。

第三段是重点,由冷子兴之口一一说出贾府祖孙的官职情形:

> 当日宁国公与荣国公是一母同胞弟兄两个。宁公居长,生了四个儿子。宁公死后,贾代化袭了官,也养了两个儿子……只剩下贾敬袭了官……幸而早年留下一子,名唤贾珍,因他父亲一心想作神仙,把官倒让他袭了……自荣公死后,长子贾代善袭了官……如今代善早已去世,太夫人尚在,长子贾赦袭着官;次子贾政,自幼酷喜读书,祖父最疼,原欲以科甲出身的,不料代善临终时遗本一上,皇上因恤先臣,即时令长子袭官外;问还有儿子,立刻引见,遂额外赐了这政老

爹一个主事之衔，令其入部习学，如今现已升了员外郎了。

仅是这三段文字中，不但写到了古代官制中的"选举"制、任官制、荫袭制，而且写到了"知府"、"兰台寺大夫"、"巡盐御史"、"列侯"、"国公"、"主事"、"员外郎"等官职称谓。

从第13回秦可卿死到第15回王熙凤弄权铁槛寺，描写到的官员称谓更是令人叹为观止。在第13回中写到"黉门监"、"龙禁尉"、"大明宫掌宫内相"、"京营节度使"、"世袭一等神威将军"、"世袭三品威烈将军"、"户部堂官"、"忠靖侯"、"锦乡侯"、"川宁侯"、"寿山伯"等；第14回在秦可卿大殡时，除有"北静王水溶"出场外，还有如下一段描写：

> 那时官客送殡的，有镇国公牛清之孙现袭一等伯牛继宗，理国公柳彪之孙现袭一等子柳芳，齐国公陈翼之孙世袭三品威镇将军陈瑞文，治国公马魁之孙世袭三品威远将军马尚，修国公侯晓明之孙世袭一等子侯孝康……这六家与宁荣二家，当日所称"八公"的便是。余者，更有南安郡王之孙、西宁郡王之孙、忠靖侯史鼎、平原侯之孙世袭二等男蒋子宁、定城侯之孙世袭二等男兼京营游击谢鲸、襄阳侯之孙世袭二等男戚建辉，景田侯之孙五城兵马司裘良。余者锦乡伯的公子韩奇，神武将军公子冯紫英，陈也俊、卫若兰等诸王孙公子，不可记数。

这支送殡大队伍中高至"亲王"、"郡王"，余者为公侯伯子男、将军游击等，应有尽有，简直成了"百官"的大检阅。此外，第15回中还间接写到"长安守备"、"长安节度使"等职官称谓。

一场丧礼刚过，又来了一桩"泼天"大喜事——深居皇宫内苑的贵妃元春又要省亲。于是宫中太监（如"六宫都太监"之类）及宫中"女官"，又登场亮相。

在后40回里，职官称谓出现较多的两回是第100回描写探春远嫁和第105回"锦衣卫查抄宁国府"。此时贾家已是"运败金无彩"，所以那职官的品级和职官的数量也是不如前80回了。但是，仅从上面所选出的几处描写已可看到《红楼梦》中"官制"的基本概貌了。

趣解红楼

《红楼梦》官制"半遵古名"

《红楼梦》开篇即说:"假作真时真亦假,无为有处有还无",这是作者曹雪芹的一个创作原则,在"官制"的描写方面也是如此。小说中写此书"无朝代年纪可考",也是为其造"假"作掩护。脂砚斋深知曹雪芹拟书底里,批语中指出"官制半遵古名"独特的特点。

"官制半遵古名",是《红楼梦》的一个重要特点。所谓"半遵古名",指的是职官称谓,即是说《红楼梦》所写的官制首先在称谓上就不完全是清制。我将全书中的官名作了摘录,经过排列、考证之后,发现作者采用的写法大体上可以概括成下面三种方法:

(1) 古已有之,信手拈来。如第 2 回介绍林如海,说他"今已升兰台寺大夫"。这本是汉制,兰台令史主章奏。后世虽有称主管弹劾的御史台为兰台,御史府称兰台寺,但清制中绝无"兰台寺大夫"的职官。又如第 3 回写林如海向贾雨村作介绍,说贾赦是一等将军,"将军"是春秋战国时的武官名,宋元明时还有。但到了清代则是宗室的爵号,如镇国将军、辅国将军、奉恩将军等。八旗驻防的最高长官亦称将军,系由满族武职人员充任。此外,战争期间出征的军事统帅也封大将军、扬威将军、抚远将军等等。再如,第 4 回写贾雨村乱判葫芦案之后给贾政和京营节度使王子腾写信,告诉薛蟠事已结案,无须挂念等语。"京营节度使"是官职名,始设于唐代。唐开国之时,边境数州划为一镇,镇置节度使,统揽镇内军政大权,宋代已成虚名,到了元代即废掉。作者在这里是信手拈来,安到王子腾头上,藉以说明王家的身世不凡。

(2) 明清相沿,非清独有。如,第 2 回里提到的"学政"、"员外郎",明清两个时代都有的。又如,第 13 回秦可卿死后要做道场,书中写到的"僧录司"、"道录司",明代设置,掌管全国僧道事业的最高官职等等,也都是清沿明制。第 15 回提到周守备、第 24 回里提到的"通判"和后 40 回里提到的"粮道"、"堂倌"、"五城兵马司"、"内阁大学士"等官职称谓,同样是明清两朝相沿的官职。这些职官称谓,既为明清共有,当然我们就不能依此指其"官制"为明制还是为清制。

(3) 似清非清,烟云模糊。如,第 2 回冷子兴演说"荣国府"时说贾

政是额外主事,按照清中央机构设置,设有六部,部下设司,司的主管官员是郎中,副手是员外郎,再下就是主事。但"额外主事"是清代科举中没有考中庶吉士的进士才可以做的。所以,"额外主事"并非明清共有,但贾政并非科举出身,亦没中进士,无资格考庶吉士了,这里用了一个皇上额外"赐"的办法,这样一来与清制又不完全是一回事,所以是似清非清。又如第4回写贾雨村升了应天府、顺天府知府,清代只有顺天府、奉天府。所以书中所说的应天府知府,也是似清非清。再如,第2回说到"钦差金陵省体仁院总裁",在清代内阁中有"体仁阁",作者把它搬到"金陵省",改名为"体仁院",设"总裁"。这里既有清代官制的影子,但又不能确指为清代所有。第8回提到秦钟之父秦邦业为营缮司郎中,与清代的营造司(内务府第六司)很相近,但"缮"与"造"一字之别又将它的时代痕迹模糊了,同类例子还有一处,即第13回贾蓉所捐的"防护内廷紫禁道御前侍卫龙禁尉"。我们知道清制选满蒙勋戚子弟及武士为"侍卫",分一二三等,在其中特选若干为御前侍卫、乾清门侍卫。乍一看,这个"防护内廷紫禁道御前侍卫"应为清制,但后面又加了一个"龙禁尉",却又是遍查清史上所没有的。同回所列京中有"镇国公"及几位"亲王"、"郡王"等封号,同样给你一种似清非清、模模糊糊的印象。有人将第三种情况说成纯粹是作者虚拟,这当然不无道理,但我以为以上几例中有清代官制的影子,应属不完全是作者虚拟的,或者说这些官的称谓是有虚有实、虚实相间的。由于全书中涉及到"官制"中的职官称谓较多,这里所谈的只是其中的一些例子而已。如果将《红楼梦》前80回里所写的职官称谓的特点,略加集中和概括的话,我认为以下十二个字是较为合适的。这就是:半古半今、半有半无、半真半假。用一句话说,就是:"假作真时真亦假。"

《红楼梦》里官制的特点,是脂砚斋最早指出来的。甲戌本第2回"今已升兰台寺大夫"句上有眉批道:

> 官制半遵古名亦好。余最喜此等半有半无,半古半今,事之所无,理之必有,极玄极幻,荒唐不经之处。

继脂砚斋之后,早期的《红楼梦》评论者周春在他的《红楼梦约评》①

---

① 周春著:《阅红楼梦随笔》,载一粟编:《红楼梦卷》卷3,第68,69页。

中也说道：

> 书中半真半假，往往如此。汉时兰台令史主章奏。雨村授应天府，仍用南京旧名，亦半真半假，下仿此。

脂批和周春的"约评"点明了《红楼梦》写官制的原则是"半遵古名"，其具体写法上是"半有半无、半古半今"、"半真半假"。表面看来，这样的官制是"事之所无"，但仔细琢磨其内容都是"理之必有"。脂批说，这样的官制是"极玄极幻"，"荒唐不经"未免有点夸张。其实在《红楼梦》之前的《西游记》里所写的官制，已是"半真半假"。江顺怡在《读红楼梦杂记》[①]中就说过：

> 《西游记》托名元人，而书中有明代官爵。今《红楼梦》书中有兰台寺大夫及九省统制、节度使等官，又杂出本朝各官，殊嫌芜杂。

这段话说明古代文学作品中的官制"半遵古名"并非由《红楼梦》肇始，此法前人已用过。但他说这种写法"殊嫌芜杂"，倒未必如此。这一点将在后面再谈。

当代著名学者中，启功先生对《红楼梦》里的官制问题谈得最多，也最透彻。他在《读〈红楼梦〉札记》[②]一文第二部分"官职"中曾说：

> 《红楼梦》一书中所有的官职名称，有历史上曾经有过了，也有完全信手虚构的。即以历史上曾经真有的官名来说，却常常不是同一朝代的，或者那个官职，在古代并不管辖那种事务。也有清代的官名，但那些往往是清代沿用的官名，并非清代所特有的。

后来，启功先生在《注释〈红楼梦〉的几个问题》[③]一文的"官制问题"一节中又说：

---

① 《红楼梦卷》第206页。
② 载《北京师范大学学报》1963年第3期。
③ 载《文史》第11辑，中华书局1981年3月版，第229页。

作者要避忌露出的清代的特点中，官制方面犹当严格。凡是清代以前有过而清代也沿用的，便不属清代特有，才出本名称；凡清代特有的，一律避开。像"龙禁尉"、"京营节度使"等等，不但清代没有，即查遍《九通》、《二十四史》，也仍然无迹可寻。又书中说明"五品龙禁尉"，下文则说"秦氏恭人"（13回）。各种八十回抄本（即可谓"脂批本"）都如此。有人因为清代五品诰命如称"宜人"，六品诰命如称"恭人"，认为作者这里是笔误。于是高、程刻本一系的版本都直接改为"宜人"。要知作者用意正是要使品级和封号差开，才露不出清代官制的痕迹。改为"宜人"，于清代官制虽对了，而于作者本意却错了。

从200年前的脂砚斋到当代著名学者启功先生，对《红楼梦》里的"官制"都给予了充分的注意，并指明其官职称谓的写作特点，这些无疑都是非常正确的、有益的。但上述研究尚未讲出《红楼梦》里所揭露出的封建官制中的一个重要内容——它的来源的种种弊端。我认为《红楼梦》中的官职称谓只是作者的写作艺术技巧，它固然可以显示出作者的匠心不凡，但他写官制的目的却主要是在本章所写的第三部分——即"从世袭、科举到捐纳"的背后可告诉给读者的一切。

《红楼梦》是一部旷世奇书。作者在开卷即云此书是"真事隐去"，用"假语村言"敷演出来的。所以书中"朝代年纪，失落无考"，"假借汉唐年纪添缀。"研究《红楼梦》里的官制的意义，首先，证明了作者所写"官制"也是按此方法而行，它是全书"假语村言"的组成部分。其次，通过书中所写职官称谓、来源，使我们看到这种写作方法所产生的强烈艺术效果。特别是使读者通过书中所写出的官吏来源看到封建社会的官制所产生的不可克服的种种弊端，从而加深对整个封建制度必然灭亡的历史趋势的认识。

至于《红楼梦》里的官制为什么要采取"假作真时真亦假"的写法，有的研究者指出：是为了躲避文字狱，怕读者识破书中所指的具体朝代。这个看法可能有一定道理，但却有失于偏颇。在本章前面我提到了对官制这种半真半假、半古半今、半有半无的写法，绝非《红楼梦》始作俑者，就说明了这是小说家的创作手法问题。写小说是作家的艺术思维，不是搬用"职官志"。它与当时——清代的文字狱并不一定非有直接的因果关系。

趣解红楼

记得鲁迅先生在《我怎么做起小说来》①一文中曾经说过这样的话:

> 所写的事迹,大抵有一点见过或听到过的缘由,但决不全用这事……人物的模特儿也一样,没有专用过一个人,往往嘴在浙江,脸在北京,衣服在山西,是一个拼凑起来的角色。

我想,《红楼梦》里的官制也是如鲁迅先生所说的是"拼凑"起来的,是中国古代"官制"的艺术化,是艺术的"官制"。尽管古今中外所有的伟大作家和伟大作品未必都如此!

---

① 《南腔北调集》,载《鲁迅全集》,人民文学出版社1981年第1版,第4卷,第513页。

从世袭、科举到捐纳

官制中的一个重要内容是官吏的来源问题。中国封建社会里的官吏来源大致可分为：世袭、荐举、科举、捐纳。秦汉时期主要是荐举制、世袭、捐纳之制；秦汉以后，特别是隋唐以后废荐举，主要是科举制、世袭制，亦有捐纳。《红楼梦》一书中主要写了世袭、科举、捐纳三种形式的来源。为了论述上的方便，我仍然将《红楼梦》里提到的职官做一次排队，从而概括出以下三个主要的来源。

世袭：在封建时代，子孙承继上辈的封爵，称为"世袭"。《三国志》中提到"汉相国参之后"，注说："曹参以功封平阳侯，世袭爵士。"① 稍后，《宋书·孔琳之传》说得更详细、更明确："传国之玺，历代迭用；袭封之印，奕世相传。"② 秦汉以降，这种"世袭"、"门荫"、"任子"制度成了中上层官僚统治阶级的一门政治特权之一。

《红楼梦》里所写的职官来源之一，是世袭的。如贾府当日被封宁荣二国公，宁公死后长子贾代化袭了官，代化去世后由次子贾敬袭官，因贾敬学道又把官让儿了贾珍袭了。"贾敬，袭了官，如今一味好道，只爱烧丹炼汞，别事一概不管。"这位袭官者"只一心想作神仙"，"在都中城外和那些道士们胡羼"，最后烧胀而死。其子贾珍，"只一味高乐不已，把那宁国府竟翻过来了，也没有敢来管他的人。"荣国公死后长子贾代善袭了官，代善去世后又由长子贾赦袭了官。贾赦"现袭一等将军"之职，却是一个一味好色寻货之徒。黛玉家虽然没有贾家名声大，但祖上也是袭过官的。第2回介绍说："原来这林如海之祖，也曾袭过列侯的，今到如海，业经五世；起初只袭三世，因当今隆恩盛德，额外加恩，至如海之父，又袭了一代。"到了后40回写到贾家被抄时，贾赦、贾珍被革去世封，又由贾政袭了。这种世袭之官不只是贾家、林家两姓，京中八公，除宁荣二公之外，还有六公也是世袭的。第13回秦可卿大出丧还开列了一大串公、

---

① 参见《三国志·魏书·武帝纪》，裴松之注引王沈《魏书》。
② 梁·沈约著：《宋书》卷五六，中华书局1974年10月版，第1562页。

趣解红楼

侯、伯、子、男，也都是袭封的爵号。这种袭封制是早期封建社会官吏的主要组成成分。来自袭封的官吏不仅数量很大，而且还都居高官显位，把持着从中央到地方的大权、实权。然而，这些钟鸣鼎食之家"如今养的儿孙，竟一代不如一代了"！若是让这样的儿孙继续下去，国家会是个什么样子，人们也就可想而知了！

科举：隋文帝废九品中正制，改由诸州岁贡三人。至隋炀帝乃置进士等科。唐代科目多至五十余种，故称科举。其后，宋用贴括，明清用八股来取士，亦沿科举之称。直至光绪三十一年（1905）才命令取消科举之制。在历史上，科举制曾为国家培养和选拔了不少治国之才，为维护和巩固封建地主阶级政权、推动历史前进做过有益的贡献。但是，在封建制度下，这种科举制也存在着许多弊端，相当多科举出身的官吏"虽然才干优长"，却又"未免贪酷"，即清者少、贪者多。

《红楼梦》里多次多处提到科举的事。如，林如海"便从科第出身"，"乃是前科的探花"。又如贾政，书中介绍他"自幼酷喜读书，为人端方正直，祖父钟爱，原要他从科甲出身"。此外，如书中的贾政、宝钗、史湘云等要贾宝玉好好读书，目的就是要宝玉将来走科举之路。后40回写宝玉、贾兰叔侄进考场中乡魁，也写的是科举情形。但是，我认为小说中所写通过科举做官的人物中，贾雨村是最典型的。书中写道：原来雨村因那年士隐赠银之后，他于十六日便起身赴京，大比之期，十分得意，会了进士，选入外班，今已升了本府太爷。后来，他竟由知府耀升为大司马，协理军机的高官了。

捐纳：这是中国封建社会里国家以授予官职（虚衔或实职）取得捐款的办法，也是官吏来源之一，这种制度造就了大量腐败昏庸的官吏。这些官吏凭藉金钱"捐纳"一官半职，上了任即千方百计敲剥天下黎民以收回成本。他们无德无才，信奉的就是"有权不用，过期作废"，是祸国祸民的蠹虫。早在秦王朝时，秦始皇因飞蝗成灾，下诏百姓缴粟千石的拜爵一级。① 汉朝文帝时接受晁错务农贵粟的建议，下诏准许百姓缴粟赎罪或给予爵位。② 捐纳之制从此而始。清朝初年，屡用捐纳筹措饷银，乾隆朝时曾经常性的捐纳，官职变成商品。《清史稿》中记载，早在顺治六年

---

① 参见司马迁著：《史记》卷六，《秦始皇本纪》。
② 参见班固著：《汉书》卷二，《文帝纪》和《汉书》卷四十九，《晁错传》。

(1649）户部以军旅繁兴，岁入给为由，议开监生、吏典援纳。康熙十四年（1675）甚至公布捐纳条款。这种卖官鬻爵之举，京官高至郎中、外官大至道台，造成吏治的极端腐败："此辈由白丁捐纳得官，其心惟思偿其本钱，何知皇上百姓。"（《陆陇其传》）又云："此辈白丁得官，踞民上者三年，亦已甚矣；休致在家，俨然搢绅，为荣多矣。"

《红楼梦》里写捐纳的有两处。一是第13回秦可卿死后，贾珍想要把丧事办得风光些，但"贾蓉不过是黉门监生，灵幡上写出时不好看，便是执事也不多。因贾珍心下甚不自在。"于是，通过大明宫掌宫内监戴权，"与贾蓉捐了个前程"。据书中所写，戴权让贾家写了一纸履历，花了一千两银子，起了一张五品龙禁尉的票，给了一个执照，就成了"防护内廷紫禁道御前侍卫龙禁尉"。二是第47回写贾府总管赖大之子赖尚荣，后来也是花钱捐了一个知县。

在中国封建社会里，官吏除了来自世袭、科举、捐纳之外，《红楼梦》里还提到一种皇帝"赏赐"的官员。第2回说到贾政"原要他从科举出身，不料代善临终遗本一上，皇上怜念先臣，即叫长子袭了官；又问还有几个儿子，立刻引见，又将这政老爷赐了个额外主事职衔，叫他入部学习；如今现已升了员外郎。"从此，贾政平步青云，点了学差，放了粮道。不过，这种由皇帝亲"赐"的官员，在国家官僚群中，究竟占多大比例，我虽然没有做讨统计，但粗粗想来，其数量当是较少的。根据史书的记载和《红楼梦》里的描写，可以说，封建国家的官员主要来源还是上面谈到的三种途径。

趣解红楼

《红楼梦》里男仆女奴的来源

奴婢是建立在土地私有制基础上的封建社会制度的产物。只要封建专制主义制度存在一天，奴婢就会源源不断地产生。历史是如此，反映历史现实的文学作品中的描写也是如此。《红楼梦》是诞生在18世纪中叶的伟大现实主义小说，对于中国封建社会的"蓄奴"这种奇特的历史现象，曹雪芹以他天才的智慧和胆识，给予了充分的描写和无情的揭露，忠实地反映了他生活的时代奴婢的种种来源。

（1）被迫"投充"和被掠为奴。例如明朝末年，封建统治阶级日趋腐败无能，连年的战争和天灾给农民带来深重的灾难。辽东许多地方贫民失去土地，无衣无食，只好投奔到满洲家庭为奴，以求一条生路。清顺治八年明文规定，凡"投充者，奴隶也。"① 当后金与明王朝开战以后，战争所过之地的百姓和牲畜被满洲军队大量掠夺而去，成为率军将领们的战利品，被掠汉民皆为奴隶。这种情况，清人昭梿《啸亭杂录》中就曾有记载："初时俘掠辽沈之民，悉为满臣奴仆。"② 王先谦《东华录》中记载皇太极征战多罗特部，"俘万一千二百人，以蒙古、汉人千四百编为民户，余具为奴"。这是战争时期通过掠夺而来的奴隶。入关之后，满洲贵族实行圈地运动，通过占有土地来占有奴隶，是另一种掠夺的形式，其数量远远超过前者。两种掠夺可以说是初期贵族阶级蓄奴的重要来源。

《红楼梦》中的贾府先世是以军功受封的。在战争期间俘获者有之，接收"投充"者有之。这些人中的一部分就成为他们的"家奴"。例如，第7回所写贾府老奴焦大和后来投奔贾家的包勇，就应该属于被迫"投充"或被俘为奴的人物。焦大酒后大骂总管赖二，说他不公道，欺软怕硬。焦大骂道：

有了好差事就派别人，像这黑天半夜送人的事，就派我。没良心

---

① 《世祖圣训》卷四。
② 昭梿著：《啸亭杂录》卷二。

的王八羔子,瞎充管家!你也不想想,焦大太爷跷跷脚,比你的头还高呢。二十年头里的焦大太爷眼里有谁?别说你们这一起杂种王八羔子们!

继而他又骂到小主子贾蓉头上,他说:

> 蓉哥儿,你别在焦大跟前使主子性儿。别说你这样儿的,就是你爹、你爷爷,也不敢和焦大挺腰子!不是焦大一个,你们就做官儿享荣华受富贵?你祖宗九死一生挣下这个家业,到如今了,不报我的恩,反和我充起主子来了。

焦大所骂的话,并非是酒后狂言,他说的真是句句在理儿上呢!当年贾老令公出征是焦大跟随,是他把受伤了的老令公背出乱军之中,是他不吃不喝救了老令公的一条活命。因此,他虽是奴才,但老令公在世时也是另眼相看。这段历史,连尤氏都知道,还说给凤姐儿听。这就是直到如今贾府老一辈人为什么还要看顾他点,不愿难为他的根本原因。

如同焦大一样的老奴,贾府自然不会太少,如赖大家、林之孝家等,可能都属于这一类的旧仆了。小说第24回介绍丫鬟小红身世时说道:

> 原来这小红本姓林,小名红玉,只因"玉"字冲犯了黛玉、宝玉,便都把这个玉字隐起来,便都叫他"小红"。原是荣国府中世代的旧仆,他父母亲现在收管各处房田事务。

这里明确说林家"原是荣国府中世代的旧仆",其来源当为前述两种情况的。

(2)被迫"价卖"为奴。这是历史上奴婢来源中的一种普遍现象。在生活极端贫穷条件下,"自卖"为奴、被"拐卖"为奴,还有人贩子贩奴等等,史载清康熙时,"生民困苦已极,大臣、长史之家日益富饶……〔小民〕因家无衣食,将子女入京贱鬻者不可胜数。"① 当时社会"价卖"成为常事,不得不像买卖牲口一样地设立市场。谈迁《北游录》中说:

---

① 王先谦著:《东华录》康熙十八年(1679年)七月。

"顺承门内大街骡马市、牛市、羊市又有人市,旗下妇女欲售者从焉。"①一些清诗中也透露了这种被迫"价卖"的情况。如《女姬姜》诗说:"买如一犊,卖得一斛。"又《贱谷行》诗说:"人间好儿女,卖粟不盈斗。"②上述文字充分说明当时劳动人民生活之贫苦,人价之低廉,买卖人口之盛行。

《红楼梦》中的贾府奴婢也有"价卖"来的。第 1 回写甄英莲被拐子卖两次,并因此闹出人命官司。这是"拐卖"为奴的典型。第 77 回"俏丫鬟抱屈夭风流",介绍晴雯的身世时写道:

> 这晴雯当日原系赖大家用银子买的,那时晴雯才得十岁,尚未留头。因常跟赖嬷嬷进来,贾母见他生得伶俐标致,十分喜爱。故此赖嬷嬷就孝敬了贾母使唤,后来所以到了宝玉房里。这晴雯进来时,也不记得家乡父母,只知有个姑舅哥哥,专能庖宰,也沦落在外,故又求了赖家的收买进来吃工食。赖家的见晴雯虽到贾母跟前,千伶百俐,嘴尖性大,却倒还不忘旧,故又将他姑舅哥哥收买进来,把家里一个女孩子配了他。

这样的描写,在《红楼梦》中有许多处,除了上面提到的两例外,第 47 回写贾母为贾赦要娶鸳鸯一事对邢夫人大发脾气,其中也说道:

> 我正要打发人和你老爷说去,他要什么人?我这里有钱,叫他只管一万八千的买,就只这个丫头不能。留下她伏侍我几年,就比他日夜伏侍我尽了孝的一般。你来的也巧,你就去说,更妥当了。

贾赦虽未娶到鸳鸯,但他终于拿了银子又买了女孩子供他糟蹋。这两桩事,也从另一面说明当时被迫"价卖"的女孩子为数之多。达官贵族凭着有几个臭钱,也就把人当牲口一样买来卖去,使良家子女沦为奴隶。

(3)家生子。这是当时社会上的奴隶来源之一。所谓"家生子"又名"奴产子"、"家生奴",古已有之。陈胜起义"免骊山徒人,奴产子",颜

---

① 谈迁著:《北游录》《纪闻》下。
② 纪映钟著:《戆叟诗抄》卷二《女姬姜》;张仁熙著:《藕湾诗集》《贱谷行》。

师古说:"奴产子犹今人云家生奴也。"① 敦煌变文中说:"拔悉密则之是家生,黠戛私则本来奴婢。"② 唐诗人白居易诗中有云:"苍头碧玉尽家生。"③ 也是指"家生子"。这种"家生子",实际上是第一种奴隶来源的衍生。因为按照封建法律规定,无论是被掠或投充的奴隶,都是"照旗下圈地家奴典买例",一入奴籍就世代为奴。清雍正五年(1727)规定:"凡汉人家生奴仆,印契所买奴仆,并雍正五年以前白契所买及投靠养育年久,或婢女招配生有子息者,俱系家奴,世世子孙,永远服役。"④ "家产子"是奴隶制残余的典型例证,到清代则以法律的形式加以保护这种落后的奴隶制残余。

《红楼梦》第46回"鸳鸯女誓绝鸳鸯偶"中,邢夫人劝鸳鸯给老色鬼贾赦做妾时说道:

> 你知道你老爷跟前竟没有个可靠的人,心里再要买一个,又怕那起人牙子家出来的不干不净,也不知道毛病儿,买了来家,三日两日,又要畜鬼吊猴的。因满府里要挑一个家生女儿收了,又没个好的:不是模样儿不好,就是性子不好,有了这个好处,没了那个好处。因此冷眼选了半年,这些女孩子里头,就只有你是个尖儿,模样儿,行事儿作人,温柔可靠,一概是齐全的。意思要和老太太讨了你去,收在屋里。

同回,平儿劝鸳鸯道:

> 你的父母都在南京看房子,没上来,终于也寻的着。现在还有你哥哥嫂子在这里。可惜你是这里的家生女,不如我们两个人是单在这里。

这几处对话中都说到"家生女"的事。此外,如小红的父母是贾府的旧仆,他本人也属于"家生女"一类的。这种"家生女",在贾府的小厮、

---

① 《汉书·陈胜传》。
② 见敦煌变文《佛说阿弥陀经讲经文》。
③ 白居易著:《南园试小乐》,《全唐诗》卷四四九,第5061页。
④ 光绪《大清会典事例》卷八一〇。

丫鬟中当然不会是少数，邢夫人的话就说明"家生女"数量不少，只是被贾赦相中的不多罢了。

（4）被定为罪犯抄没人口变卖为奴。早在汉代，法律就规定罪犯家属为奴。《三国志》记载："汉律，罪人妻、子没为奴婢。"① 清代抄家之风颇为盛行。特别是雍正一朝，百官家被抄的数量十分惊人，这一点连雍正皇帝本人也是不得不承认的。抄家罪名繁多，但几乎无一例外要把被抄家者的家人变卖为奴。《大清律》规定："凡谋反及大逆，但共谋者不分首从，皆凌迟处死。祖父、父、子、孙、兄弟及同居之人，不分异姓，及伯叔父兄弟之子，不限籍之同异，男年十六以上，不论笃疾废疾皆斩。男十五以下及母女、妻妾、姊妹，若子之妻妾，给付功臣之家为奴。"② 这是把被抄没人口赏赐给有功之家。如苏州织造李煦家被抄没，"现送到人数共二百二十七口，其中有李煦之妇孺十口，除交给李煦外，计仆人二百十七名，均交崇文门监督五十一等变价。……"后来，皇帝下旨说："大将军年羹尧人少，将送来人著年羹尧拣取，并令年羹尧将拣取人数奏闻。余者交崇文门监督。"③ 这段记载说明被抄家者的人口一是"赏赐"有功之臣；二是"监督"出卖。当时被抄人口价钱也有明文记载。同治年间的法律规定："入官人口，凡年在十岁以上至六十岁者，每口作价银一十两。六十岁以上作价银五两。九岁以下幼子，每岁作价一两，未周岁者免其作价。"④ 被抄家者上至老叟，下至幼童，无一幸免，都从自由人而变成奴隶。

《红楼梦》中写到了抄家，其家人结果也是一律入官。第106回"锦衣卫查抄宁国府"之后，由于皇上恩典方又发还家产。故事中两处说到贾赦家人入官之事。一处是复还贾政家产时说："所有贾赦名下男妇人等造册入官"；另一处是贾政看府里的花名册时又说："除去贾赦入官的人，尚有三十余家，共男女二百十二名。"这些人一日为奴，主子被抄没，也要随同入官，再被转卖给或赏赐给新主子为奴，终究是逃不出奴隶地位的命运。

在清代蓄奴风盛行之时，封建贵族之家的奴隶（包衣）都是在册难逃

---

① 《三国志·魏志·毛玠传》。
② 嘉庆《大清律例》卷二十三《刑律》《盗贼上·谋反大逆》。转引自韦庆远等《清代奴婢制度》。
③ 《关于江宁织造曹家档案史料》第208页。
④ 《户部则例》卷四，同治《户口》。

的。实际情况是，还有一些没有在册的奴隶，所以实际上的奴隶数量远远超出在册人数的。这种情形，《红楼梦》中也写到了。如第106回当有人说贾家被抄是"家人鲍二在外传播的"时候，贾政说："我看这人口册上并没有鲍二，这是怎么说？"众人回道：

> 这鲍二不在册档上的。先前在宁府册上，为二爷见他老实，把他们两口子叫过来了。及至他女人死了，他又回宁府去。……老爷数年不管家事，那里知道这些事来。老爷打量册上没有名字的就只有这个人，不知一个人手下亲戚们也有，奴才还有奴才呢！

以上仅是所见清代官私记载和《红楼梦》中所写的几种奴婢的来源情况，我想这可能是当时社会上奴婢来源的几个主要方面，未必是全部奴婢的来源。但仅从这四种情形看，清代所存在的奴隶制残余是多么严重，蓄奴之风气是多么盛行！奴隶制残余的存在从一个侧面反映了满洲贵族统治阶级的落后，另一方面由于奴隶制残余存在严重阻碍了生产力的发展，它也是中国封建社会发展缓慢的一个因素。从这一意义说，封建制度必然灭亡的日子已经到了，它自己走进了历史的死胡同，无可挽回了！

趣解红楼

《红楼梦》中的妾媵及其地位

《红楼梦》中的奴婢阶层,除了上一节所谈的优伶僧尼是一个特殊群体之外,还有一个经常被人们认为是"半个主子"而被忽略的特殊群体——即妾媵。

在中国古代社会里,一夫多妾是一种极为普通的社会现象。因此,在字书或辞书中我们仍然可以查到有关妾媵的解字或解词。妾又称为侧室、小妻,雅一点称如夫人,俗一点称小老婆。媵称为媵人、媵女、媵婢、媵妾,俗称"屋里人"、"通房大丫头",实际上就是陪嫁的女婢被主人"收了房"。

妾媵之俗是封建社会以男权为中心的宗法制与奴隶制相结合的产物。从社会发展史上看,这种习俗或曰制度,也可以说源远流长、历史悠久了。据史书记载,周朝之前本没有妻妾之分、嫡庶之别的;周朝之后,随着封建的宗法制度的发展与演变,妻妾、嫡庶有严格的等极区分,甚至形成了一套具有法律性质的制度,即一夫不论有多少妾,但法律上只允许有一个正妻。如《唐律疏议·户婚》所释:"妻者,齐也,秦晋为匹。妾同买卖,等数相忘"。她们地位低下,也无法律人格。

中国古代的史书上有关妾媵的产生、来源、地位种种方面,都有记载。正史中有,野史中也有,私家的诗文笔记中也不乏记载。小说产生前,诗词中有关妾的吟咏不乏其例,绘画、戏曲中也都有妾形象的出现。小说产生之后,特别是长篇白话小说中对妾媵更有大量的描写。例如,诞生于明代中后期的"世情"小说《金瓶梅》尤其不惜笔墨,淋漓尽致地描绘了妾的众生相。小说中主人公西门庆虽不过是地方上一个土财主,但他娶嫡妻吴月娘之后,又纳了孟玉楼、孙雪娥、李瓶儿、潘金莲、庞春梅等女人为妾,再现了明代的纳妾之风,典型而形象地描绘了明代妾的来源和妾在家庭中的地位。

清朝定鼎之前,在明与后金的战争中不仅俘获了大量的明朝官兵,使之沦为"包衣",而且还借战争之机掠夺了大量汉蒙百姓为奴婢,故有清一代的蓄奴之风较前明尤烈。诞生在 18 世纪中叶的《红楼梦》中的奴婢描写，尤其对奴婢中的妾媵描写，就是再现这一历史背景下的奴婢制度的腐朽性与黑暗性。

《红楼梦》描写妾媵，有明有暗，有略有详，有的还用近距大特写。明写者，如第1回贾雨村落拓时拜访甄士隐，甄家大丫鬟娇杏在窗前"偶因一回顾"，竟与贾雨村结下了姻缘。待贾雨村飞黄腾达，升了当地的太爷后竟娶了娇杏，做了"侧室"，也就是妾。又如，小说中写到贾府"文"字辈贾政有妾周姨娘，贾赦后来娶鸳鸯不成又花银五百两买了一个十七岁的女孩子嫣红放在屋里。"玉"字辈中如贾珍有妾佩凤、偕鸳、文花；贾琏偷娶尤二姐，还有贾赦"赏给"的秋桐，都是妾。在贾姓之外，皇商薛蟠在未娶嫡妻之前强买了英莲，后来"收了房"，成了他的"屋里人"。薛蟠娶了夏金桂之后，又收了夏金桂的陪嫁丫头宝蟾为"屋里人"。说到暗写者，有两个小例子。一是元春，她进了皇宫，成了皇帝的"妃"，从此给贾家带来无尽的荣华富贵。这个"妃"，说穿了在皇帝那儿叫"妃"，在老百姓那里就是妾。只是由于她是皇帝的"妾"，所以那名字更高贵些，也雅气得多。但"妃"的本质，事实上的地位，也只一种特殊的"妾"而已。另一个例子是那位"偷试云雨情"的花袭人，她本是宝玉房中众多丫鬟中的一个，既"偷试"过，也便是宝玉的"屋里人"，她是"妾"。这两例都暗写，不写"妾"字之妾，名实相一。

《红楼梦》中详写的妾是赵姨娘。赵姨娘身为贾政之妾，生了贾环、贾探春一儿一女。在小说中她出场最多，作者以赵姨娘为妾之典型，花费了不少笔墨。另一个详写，也是特写的例子是贾琏"偷娶"的尤二姐。小说写这段故事是集中了从相识、议婚、迎娶到最后被害而死，一气写下来到结束。赵姨娘的故事是分散到全书各回之中，从前80回写到后40回，几乎贯穿全书。详写之外，也有两处略写，如不仔细阅读小说原文，还真不易发现的。例如，第39回里李纨曾对平儿说过："想当初你大爷在日，何曾也没两个人？"所谓"你大爷"即是贾珠，说明贾珠在世时也纳过妾。在老一辈人中，贾代善在世时也纳过妾。第55回贾探春说过："那几年老太太屋里的几位老姨奶奶，也有家里的，也有外头的。"显然，探春是见过"几位老姨奶奶"，还知道她们的来路。这些随文而出的妾，虽然无名无姓，但说明贾府的老少爷们都有纳妾的历史，证明在贾家这样的世家中纳妾是一种很普通的现象。

从以上的介绍中可以看出，《红楼梦》中描写妾的来源大体可归结为

三个主要方面：

（1）花钱买来的。例如，香菱、嫣红是明文写到花钱买来的"妾"。

（2）家生女。例如，探春所说的"几位老姨奶奶"中就有"家里的"。

（3）陪嫁的女婢。例如，平儿是王熙凤的随嫁女婢被"收了房"；还有宝蟾是夏金桂陪嫁女婢被薛蟠"收了房"。赵姨娘的来路没有明文，但从说到赵国基是奴才的身世来看，赵姨娘极可能是王夫人的陪嫁女。这些人都属于媵妾一类人物。其他的妾虽然无明文说明其来源，但大体上不出上述三种来源的范围。例如，第1回写到甄士隐家的丫鬟娇杏，她可能是甄家花钱买的丫鬟，但她在甄家只是婢而不是妾。待到成了贾雨村的"二房"时，则由婢变成了妾。那么，娇杏这样妾的身份来源就复杂了一些。小说中关于娇杏"出嫁"的文字不长，可以引在这里。文云：

> 至次日，早有雨村遣人送了两封银子、四匹锦缎，答谢甄家娘子；又寄一封密书与封肃，转托甄家娘子要那娇杏作二房。封肃喜的屁滚尿流，巴不得去奉承，便在女儿前一力撺掇成了，乘夜只用一乘小轿，便把娇杏送进去了。雨村欢喜，自不必说，乃封百金赠封肃，外谢甄家娘子许多物事……

从这段文字看，双方显然不是"明买明卖"关系。字里行间告诉读者：贾雨村是凭借权势"要那娇杏"，封肃则是为了"奉承"贾雨村而将娇杏"送进去了"。这是女婢被当作"礼物"送人情的好例子。秋桐原来也是女婢，被贾赦"赏"给了贾琏作妾，与娇杏相似的。在《红楼梦》的妾中，惟一例外的是尤二姐。她既不是贾府的"家生女"，也不是买来的女婢，更不是陪嫁来到贾府的。她原来家世虽然比不上贾府富贵，属于"寒门小户"，可是她为"自由人"。她明知贾琏妻妾成群，还是作了妾，那么她就失去了"自由"变成了"女奴"，与其他的妾的地位完全相同了。

在等级森严的封建社会里，奴婢的地位也分三六九等，妾媵也是如此。《红楼梦》中的妾，略可分为三等。第一等是"二房"，如娇杏是"二房"。小说写道：

> 却说娇杏这丫鬟，便是那年回顾雨村者。因偶然一顾，便弄出这段事来，亦是自己意料不到之奇缘。谁想他命运两济，不承望自到雨

村身边,只一年便生了一子;又半载,雨村嫡妻忽染疾下世,雨村便将他扶侧室作正室夫人了。

这种"偶因一回顾,便为人上人"的好"奇缘",虽然是有生活根据的,但却又是非常罕见的,属于"特例"。尤二姐虽也是"二房",但她却没有娇杏那么幸运,终于在王熙凤设下的陷阱中一步步走向了黄泉路,吞金结束了自己年轻的生命。第二等是姨娘,以赵姨娘最为典型。她生了一女一子,按理说她应该有地位、有面子了。但是她只有生儿育女的义务和责任,却没有权享受做母亲的权利,不能名正言顺教育自己生养的子女,而子女又不承认自己生母的地位。凡此种种,《红楼梦》中做了详细描写。第三等是"通房大丫头"或称"屋里人"。例如平儿、香菱、宝蟾,都属于此类妾,她们的地位最低。平儿之所以给读者的印象非常深刻,并不在于她是一个妾,而在她为人处事之"平"。因为王熙凤是管家奶奶,大权在握,平儿是作为她的心腹出现在家内家外,她没有借势压人、整人,故博得了贾府上下的好评。她的品格和才干赢得了读者的认同,却忘记了她的"通房大丫头"的身份。

除了娇杏属于"侥幸"的特殊一例外,《红楼梦》所写到的妾媵,其地位都属于女奴隶。她们在家庭里非家属中的"一员",既与家属之间没有称谓,也没有亲属的服制。

首先,妾媵是丈夫的奴隶。其奴隶性的任务有三:(1)是丈夫满足性要求的工具。(2)传宗接代的生育工具。在宗法社会里,子孙的繁衍是愈多愈好,纳妾的一个目的就是生更多的子女,以示家族的昌盛。倘是生无男儿,纳妾的目的就是指望生个男儿,以继续家族的"香火"。例如王熙凤生了个巧姐,贾琏以"不孝有三无后为大"为借口纳妾,期盼生个儿子。(3)供丈夫"娱乐"。贾赦年岁已大了,左一个右一个"妾",还要强娶鸳鸯,事不成买了一个嫣红放在屋里。他坐拥红粉,当然不单单是为满足自己的性欲,陪睡仅是一个方面,此外还有陪喝酒、陪玩。贾琏、贾珍、薛蟠一流人,年轻力壮,纳妾的目的在于泄欲而已。

其次,妾媵是嫡妻的奴隶。如《礼记·内则》中说:"妾事夫人,如事舅姑"。其奴隶性的任务也有三:(1)代替嫡妻生育子女,并照护好子女。尽管子女不承认她是母亲,但必须从小到大管理他们的衣食住行,不能出现丝毫差错。(2)代替嫡妻的日常繁琐杂役,如侍候长辈等。同时也

要担负照护好嫡妻的生活起居的责任。(3)代替嫡妻照护丈夫的起居并满足丈夫的各种需求。

妾媵是一种典型的"家内"奴隶。只要是妾,她们不仅是在名分上与嫡妻有严格的区别,而且在家族各种重大的活动中(如"祭宗祀")也只能排在嫡妻之下,甚至不能出席重大的家庭活动。在经济上,妾的待遇有时不及一些大丫鬟,如月例钱等。封建礼教所设置的种种规范,对妾都是具有侮辱性质的。《红楼梦》中的探春是赵姨娘所生,即所谓"庶出"。为什么探春对自己的出身那么"敏感"呢?今天的人当然不明白。因为在封建社会里,妾是奴隶,生出的孩子还是奴隶子,即出身微贱。作为女孩子要出嫁,而人家要问是嫡出还是庶出,倘要是庶出,人家不想要或是要了也不当人待。赵姨娘在贾府的"闹",探春在人前人后的"争",实际上是对封建嫡庶制度的一种挑战和抗争。

不可否认,《红楼梦》中所描写的赵姨娘确实有阴狠歹毒、行为不端、品格低劣的一面,给读者留下的印象不佳;而探春对赵姨娘及其弟贾环也确有"绝情"的事实,故遭评论者的诸多批评。但是,当我们将赵姨娘扭曲的心灵和探春由于对"庶出"的厌恶所产生的心境放在奴婢制盛行的特定历史背景下来加以考察的话,那么读者所获取的就不单单是封建奴婢制的某些表面的知识性的东西,而是对《红楼梦》中描写的妾媵现象的文化内蕴和人物形象的审美意义有一个更深刻的理解和认识。

《红楼梦》中的姓氏及其隐喻性

作为小说描写的人物,其姓氏的数量、来源,都没有前面所说的那么复杂、那么多。不论是《三国演义》、《水浒传》,还是《西游记》、《金瓶梅》,尽管其人物众多,其姓名也是璀璨多姿,但均不能同《红楼梦》相比。据我初步统计,《红楼梦》中出现的姓氏多达82个,还不包括那些神仙人物、文史人物、有名无姓、有官阶无姓、有艺名而无姓者。其中那律雄奴是用少数民族的姓,温都里纳(金星玻璃)是用外国译音,究属姓还是名难于确定。余者80个姓,都见于《百家姓》。现在以《红楼梦》中出现的先后为序,开列如下:

甄、贾、石、孔、曹、封、严、霍、林、冷、王、史、薛、张、李、邢、穆、花、冯、秦、尤、刘、周、赖、黄、金、于、余、焦、詹、单、吴、戴、钱、鲍、杨、赵、叶、万、牛、柳、陈、马、侯、蒋、谢、戚、韩、卫、胡、云、夏、卜、程、倪、方、仇、沈、白、傅、宋、梅、乌、娄、田、祝、许、何、俞、邬、潘、朱、郑、孙、嵇、包、毕、裘、时、毛。

在这80个姓之中,贾史王薛属"望族"。小说中明确写到姓贾的人物共51人,这还不包括嫁到贾府中的女子。其他姓,有的人数多者五六个,少者只一人。

最早指出《红楼梦》人物取姓之义的人是脂砚斋,他在脂批中不时点出某人物取姓的涵义。例如,甄士隐的甄是谐"真",贾雨村的贾是谐"假",封肃的封是谐"风",严老爷的严是谐"炎",霍启的霍是谐"祸",单聘仁的单是谐"善",薛蟠的薛是谐"雪",卜世仁的卜是谐"不",詹光的詹是谐"沾",戴权的戴是谐"代",裘世安的裘是谐"求",吴新登的吴是谐"无",冯渊的冯是谐"逢",等等。清嘉道以降,旧红学的一些重要人物在他们的著作中,对《红楼梦》人物之姓取义谈过不少有益的见解。如诸联在《红楼评梦》中曾说:"名姓各有所取义。贾与甄,夫人皆知矣。若贾母之姓史,则作者以野史自命也。他如秦之为情,邢之为形,

尤之为尤物。薛之为雪，王之为忘，林之为灵……"[①] 从脂批到旧红学对《红楼梦》人物姓之取义的研究，虽然有些零碎，尝有索隐的味道，但对后世的研究确有启迪的作用，具有一定的参考价值，这是不该抹杀的。

仔细研究《红楼梦》人物的取姓涵义，给人的印象最深刻处是它的多义性。以"贾"为例，其谐音为"假"，意在说明小说中"真事隐去"，"假语存焉"。但是，贾——假的涵义还有更宽泛的理解：贾——假家、假王、假史（野史）、假学（薛）、假正、假宝玉、假皇帝、假妃……过去的历史是虚构的谎言，一切皆假。除此而外，还有两点值得特别注意：

第一，从汉字结构角度看，贾与曹二字字形十分相近，可以说是曹字改装之后即变为贾字。《红楼梦》中有甄士隐，又有贾雨村，这甄贾二字当出自宋人王明清《挥麈录余话》卷二所引空青先生联语："甄保义非真保义，贾机宜是假机宜。"典中明示甄贾即谐真假之音。其次，贾曹二字常以"形近而讹"。曹雪芹以贾隐曹，深意存焉。小说中借薛蟠之口把"唐寅"读成了"庚黄"，让贾宝玉"猜"出来，说读错了，这表面上是一个笑话儿。但这个"笑话儿"有两重意思：一是说唐寅与庚黄二字形相近，容易"看花了眼"，造成误读，闹出薛蟠那样的"笑话"。这是贾宝玉或者说作者有意嘲笑薛蟠不学无术的意思，取笑一下。二是深一层的意思，即由此使人联想到贾与曹形近，以贾隐曹，暗示小说中的贾家即影射曹家，使人由唐寅联想到"曹寅"来。

第二，小说中的"贾"字有此功用，其他的姓也有特殊的功用。例如，邢字是一个姓，其实邢隐形，也隐刑。邢夫人的男主人是贾赦，谐"假设"；女主人是邢夫人（邢氏谐为"形式"），这种安排也是别具匠心。如果将贾赦与邢氏连在一起，恰好是"假设形式"。邢配贾赦，暗隐夫有刑狱之灾，刑后有赦免。从小说的描写重点来看，荣国府是小说描写的主体，而贾赦一房则是陪衬，前者详写，后者略写。所谓"假设形式"，正是利用了《红楼梦》人物定姓取义的又一种手法。

第三，汉字不仅有多义性，而且还有隐喻性、同音异义性的特点。例如，林黛玉之姓林，隐喻之意甚多。其一，黛玉前身为绛珠仙草，草为木质也；其二，黛玉有"林下之风"，以才女目之，又谓其"月明林下"，以美人属之尊之；其三，林遇雪（薛）则无欣欣向荣之兆，而有萧疏枯萎之

---

① 诸联著：《红楼评梦》，载一粟编：《红楼梦卷》第1册，第117页。

忧,命运之象征。又如薛宝钗之姓薛,薛谐雪,雪有阴冷之象,故宝钗有冷美人之称,其对林(黛玉)有侵袭之虞。夏金桂之夏,正是雪(薛)遇夏(日)则融之兆。如以五行之说,林黛玉属木,宝钗属金,金克木,二人命中相克。

古人的姓氏常与门第、郡望、宗法关系相关联,《红楼梦》中取姓时也注意到了这种现象,并有所表现。贾家号称"钟鸣鼎食"之家,"诗礼簪缨"之族。第4回以"护官符"的形式道出贾、史、王、薛四大家族的势派,"贾不假,白玉为堂金作马"就是指贾家的豪富。第5回通过警幻仙子之口转述荣宁二公之灵所嘱:"吾家自国朝定鼎以来,功名奕世,富贵传流,虽历百年,奈运终数尽,不可挽回者。……"这些话无非强调贾家的门第高贵——"世卿世禄",是一地的"百年望族"。这正是封建世族阶级门阀家的等级观念在姓氏制度中的反映。历史上,春秋以前实行的是"世卿世禄"制,其后是门阀世族。曹魏的"九品中正制",也是以高门贵族辨别姓氏源流的一种制度。历史上留存下来的《族姓昭穆记》、《姓氏簿状》、《姓苑》等专书,① 即是门第、郡望观念的产物。《红楼梦》中特别点明贾家"自东汉以来,支派繁盛"云云,无非是说贾家门第、郡望是"源远流长,历史悠久"。

《红楼梦》第2回中写过这样一段话:

> 雨村因问:"近日都中可有新闻没有?"子兴道:"倒没有什么新闻,倒是老先生你贵同宗家,出了一件小小的异事。"雨村笑道:"弟族中无人在都,何谈及此?"子兴笑道:"你们同姓,岂非同宗一族?"雨村问是谁家。子兴道:"荣国府贾府中,可也玷辱了先生的门楣么?"雨村笑道:"原来是他家。若论起来,寒族人丁却也不少,自东汉贾复以来,支派繁盛,各省皆有,谁逐细考查得来?若论荣国一支,却是同谱。但他那等荣耀,我们不便去攀扯,至今故越发生疏难认了。"

这一长段的对话是中国古代家族制度中所谓"通谱"、"认族"(即认

---

① 《族姓昭穆记》,十卷,晋挚虞著;《姓氏簿状》,东晋贾弼著;《姓苑》,北朝何承天著。参见张联芳主编:《中国人的姓名》,第45页。

宗）现象在小说中的反映。由于门第、郡望是一种"高贵"血统、地位的标志，可以凭此世代为官。因此，历史上就出现了一些人以"通谱"、"认宗"的办法，达到攀附权贵、升官得势的目的。从南北朝以后，特别是唐代，这种"通谱"、"认宗"的陋习达到高峰。个别人为了实现升迁的目的，不惜改变自己的姓氏，变换老祖宗。当年曹操三易其祖，白居易乱编世系，是世人皆知的典型例子。贾雨村"寅缘"复旧职，最形象、最辛辣地写出了封建时代所谓"通谱"、"认宗"的丑恶心态。令人深感遗憾的是，至今这种"通谱"、"认宗"的余绪尚存。

姓氏，粗粗看来不过是一种"符号"，但在阶级社会，特别是封建等级观念极为强烈的时代，它具有一种神秘的魔力和奥妙，故《红楼梦》一书中姓氏的取义十分精妙，绝非泛泛之笔。小说中重要姓氏的来历、取法、隐喻，用心奇巧，一丝不苟，展现出一种深刻的文化意蕴。这一点，中国古代的其他小说是无法媲美的。

《红楼梦》人物的命名艺术

中国人的名，早在远古时期就形成了单名和双字名并行的格局。据姓名专家们的研究，"名"是指用来代表一个人并区别于他人的正式文字"符号"。历史典籍记载，远在周武王立国之前，名是独立存在的，一般不与姓或氏连称。周武王立国之后，姓氏合一之前，首先是氏与名连称，合一之后姓与名连称才成为社会习惯。

古人命名是有一定规矩的，即"子生三月"时始命名。例如，《礼记·内则》中写道："三月之末，择日剪髮为鬌，男角女羁，否则男左女右。是日也，妻以子见于父……姆先相曰：'母某敢用时日，祗见孺子。'夫对曰：'钦有帅。'父执子之右手，咳而名之。"这是古人命名的"礼仪"。由是可见，名多为父母（尤以父权为大）命之。而今社会进化，小孩名多有依爷爷奶奶或是外公外婆的意见取的，不一定非等"三月"，也无须举行一定的"仪式"，更加"随意"了。

古今人名有大名、小名之分。所谓大名即正式入籍之名，或称学名，小名又称乳名、奶名、小字。一般说来，小名取在前，也有同时取大小名的。小名多为家长为孩子取的昵称。大名与小名虽然都出自于父母或其他长辈，但大、小名有雅俗之分、内外之别。大名人人皆可称呼，小名只能限于家人、亲朋好友称呼，外人一般不知道，即使知道也不能随意称呼的。还有一点要注意的，一个人的大名、小名之间没有必然的联系。例如，一个男孩的乳名叫"铁旦"或"狗剩"，他的大名叫"玉良"或"铁柱"，二者之间没有任何内在联系。此外，大家族中同辈男女孩子的名不必一致，故世有所谓大排行、小排行之别，并非千篇一律。

《红楼梦》人物的命名，是中国人命名艺术的再现。它既遵守中国人命名的规范，同时又有作家曹雪芹的艺术创作上的需要，二者相辅相成，相得益彰。小说人物名称，大体上可分四大类：即杜撰的神仙名、主要的小说人物名、小说中的僧尼道士名、小说中的优伶名。这些人物命名，基本上有以下几个方面的特点：

人物命名与姓的谐音相关。例如，甄士隐，其姓谐"真"，其名费，

 趣解红楼

费谐"废",就是小说中说的"真废(物)也"。甄士隐的女儿名英莲,英莲谐"应怜",与姓合在一起就是"真应怜"。姓甄的人物还有甄应嘉、甄宝玉,即为"真应假"、"真宝玉"。甄士隐的岳丈姓封名肃,封谐风,肃谐俗,合起来是"风俗"。又如,贾雨村名化,化谐话,姓名合在一起则是"假话"。小说中姓贾的人物最多,以谐音法类推,贾敬为"假敬",贾政为"假政"或"假正"、贾赦为"假设"或"假色"、贾琏为"价廉"或"寡廉"、贾珍为"假真"、贾宝玉为"假宝玉"……小说中有一大群清客相公,其姓名大多用谐音法,于是就有了卜世仁谐"不是人"、单聘仁谐"善骗人"、詹光谐"沾光"、卜固修谐"不顾羞"、裘世安谐"求世安"、吴新登谐"无星戥"、冯渊谐"逢冤"、娇杏谐"侥幸"、秦钟谐"情种"、秦可卿谐"情可轻",如此等等,不一而足。

  人物命名取自诗词名句,这是《红楼梦》中人物命名的一大特色。①小说中主要人物贾宝玉及金陵十二钗正副册的女子和他们的丫鬟,贾母、王夫人诸人丫鬟及宝玉身边的几个小厮,大多数人名都可以在诗词中找到出典的。例如,贾宝玉之名见于唐岑参《送张子尉南海》诗中"此乡多宝玉,慎莫厌清贫"句;林黛玉之名见于前人《题画诗》中"连光林黛结深翠"句,取义于晏几道《虞美人》词:"飞花自有牵情处,不向枝边坠。随风飘荡已堪愁,更伴东流流水过秦楼。楼中翠黛含春怨,闲倚栏杆见。远弹双泪惜香红,暗恨玉颜光景与花同。"薛宝钗之名取于李义山的《残花》,借香菱之口点明在"唐诗"上,其原诗:"残花啼露莫留春,尖发谁非怨别人。若但掩关劳独梦,宝钗何日不生尘。"贾府四位小姐之名"范"春字,但也都是取自诗词:"展礼肆乐,协比元春"(元春)、"迎春且薄妆"(迎春)、"一枝两枝梅探春"(探春)、"长安豪华惜春残"(惜春)。史湘云之名取之唐张籍的《楚妃叹》:"湘云妆起江沉沉"。李纨名也是诗词中化出的,如李白《拟古诗》中有"闺人理纨素"句,"理纨"恰谐李纨。袭人姓花,取自陆游《村居书喜》中"花气袭人知骤暖,鹊声穿树喜新晴"句,有"穿树"、"喜新晴"之象征。这些主要人物命名,多着意个人名与人物命运结局的隐喻:林黛玉之名号与她的身世飘零、以泪洗面、命同落花相一致;宝钗之名与她婚后"独梦",最终"金钗雪里埋"相关;

---

① 参见金启琮著:《〈红楼梦〉人名研究》,载《红楼梦学刊》1980年第1辑;后收入作者《漠南集》,内蒙古大学出版社1991年10月版,第231~262页。

四春之名合为"原应叹息",为红颜薄名的预兆;湘云之名正是"水涸湘江,云散高唐"的暗示;李纨之名是她年轻寡居的写照。

人物命名与人事相关,这类人物名大多是丫鬟小厮。他们大多是有名无姓,或是称名不道姓。例如,贾府四位小姐的丫鬟分别是抱琴、司棋、侍书、入画,合起来是"琴棋书画",与四位小姐的身份、喜好相关。李纨的丫鬟名素云、碧月,以衬李纨人格的清白无瑕。宝玉的小厮分别是焙茗(茗烟)、引泉、扫红、挑云、伴鹤、锄药、墨雨,名字虽然也有出典,但主要是与这些人物的职守密不可分——即端茶、灌水、扫花、种药、研墨有关。又如,林黛玉的丫鬟紫鹃、雪雁之名也出自诗词,但取名与黛玉孤独思乡、对爱情专一及多病啼血有关。夏金桂出生在桂花夏家,其陪嫁之婢为宝蟾,即取"蟾宫折桂"一语,蟾桂互依。还有如卍儿,取名则是因其母生他时梦见了一匹五色富贵不断头的卍字花样锦,取其吉祥富贵之意。其他如王夫人、贾母等人的丫鬟名字,也是多取于诗词,但主要是与主人的居处性格、命运或是他们的职责相关。

"范字"取名。贾府是京都的"百年望族",子女取名按祖上已排好的行辈次序——即"范字"来取名的。小说中明白写着,当日宁荣二公在世,一名贾演,居长;一名贾源,居次。这是"水"字辈,他们的名中必须是"水"字旁,而且是三点"水"。第二代是"代"字辈,如贾代化、代善、代儒、代修,这"代"字必须居中。第三代是"文"字辈,他们名中右旁必须是"文"字,如贾敷、贾政、贾敬、贾赦、贾敏。第四代是"玉"字辈,"玉"在左旁,如贾珍、贾琏、贾瑞、贾珠、贾环、贾璜等人。贾宝玉属于这一辈,本应单名,但却取了双字,含"玉"字,小说中明确说这"宝玉"二字是小名,是贾母取的。但他的大名(学名)小说中始终没写,似有意隐去。第五代是"草"字辈,都是"头上草",如贾蔷、贾蓉、贾芸、贾芹、贾兰等人。这是取名中常见的"范字"之例。这种取名可以男女同辈"范"一字,如"文"字辈中贾敏(林黛玉之母)即与其兄弟们一样取"文"字旁。而"玉"辈中元、迎、探、惜四位小姐则"范""春"字,与男子不同,这同样符合取名通例。

随文而出,按人命名。《红楼梦》中人物众多,阶层不同。有些人物是随文而出,一闪即逝,故人物名多是按人而名之。如老三、二丫头、赖大、赖二、二姐、三姐、四儿、五儿等,多以数字名之,以表明其出生排行而已。又如喜儿、旺儿、兴儿、来旺、同喜、同贵、双瑞、双寿,等

等，都是取其吉庆之意命名。有些人物则是以职业命名，如善琴的嵇好古，说书的李先儿，管园的婆子祝妈、田妈、叶妈等。此外如琥珀、玻璃、珊瑚、珍珠、玛瑙、鹦哥、彩屏、佳蕙等，是以物命名，取其珍贵之意。至于一些仆妇、奶奶等人均与其身份或是丈夫之姓有关，如刘姥姥、李嬷嬷、赵嬷嬷、多姑娘、卜世仁娘子、来升娘子、周瑞家的、赖大家的等。严格地说，这都是些"称谓"而非人"名"。

在此应该特别指出，《红楼梦》中取姓命名，乃至字号安排，曹雪芹还利用了传统的阴阳五行学说，特别是在姓氏上更为显明。例如薛姓，薛谐音雪，"菱花空对雪澌澌"、"丰年好大雪"中的"雪"都是指薛。薛（雪）来则万木萧疏，百花枯衰，所以林黛玉自薛宝钗入贾府后身病、心病不断，最终被薛（宝钗）所取代。又如薛家娶了个夏金桂，夏来则雪消，家宅一片混乱，香菱被改为秋菱，受尽折磨，夏克雪、克菱，即其用生克之说法。

以上几点是《红楼梦》人物命名的主要方法，并不是全部方法。如王熙凤的名字是用了拆字法，花自芳的名则由其姓衍伸而来。再如，称名避讳之例在小说中也有所表现：林黛玉之母名敏，黛玉每念"敏"字时读作"密"，写到"敏"字时要减一二笔，这是古代子女不能直呼父母名字的例证。私家有此避讳，官家如写到皇帝名字时也有避讳，如《红楼梦》早期抄本中就有避"玄"、"允"、"弘"字讳的，书写时多以减笔表示。此外，《红楼梦》中也写到小名，如秦可卿小名可儿，又名兼美，这也是古人取名之例。总之，一部《红楼梦》，将中国人取名的种种范例都或详或略地介绍给读者。细心的读者将这些人物命名的方式、取义梳理一下，可以写出一部内容翔实的"命名艺术大观"。由此可见，《红楼梦》作者曹雪芹在命名这门学问方面确实具有非凡的造诣。

《红楼梦》僧尼道士的名号与优伶艺名

僧尼道士是《红楼梦》描写的特殊人物,虽然作者对这些人物并不抱有好感,甚至是冷嘲热讽,但在他们取名命号上还是花费了心思遵守约定俗成的惯例。

据典籍记载,法名又曰法号、戒名,是指世人出家为僧尼道士或未入寺门而皈依三宝的人所取的名字,佛教谓之法名,道教谓之道号。例如,先于《红楼梦》的《西游记》中的孙悟空原无名,他的祖师须菩提命姓"孙",赐法名"悟空"。猪八戒的法名"悟能",沙僧的法名"悟净",都是观世音菩萨给取的。这种名字通常是出家者受戒时由法师所赐,以取代俗姓俗名。这种赐名号如同剃度一样,目的是表示"寸草不留,六根清净",与尘世隔绝。法字的蕴涵意义既广且深,它是梵语"达摩"的意译,为一切事物与道理的"通名",其中用的频率最高者是法、智、道、僧、慧。知乎此,再来看其命名取号的方式,有以下几点特别值得注意:

(1) 法名非姓名模式,与尘俗截然不同,其名大都取自弘扬佛法、法海无边、善良聪慧、大彻大悟等佛教教义,或取自佛教天界众神、圣者、上师之名。其常用字有觉、悟、空、了、道、玄、因、果、净、心、清、智、慧、惠、僧、云、灵、宝、妙、行、明、法、竺、佛、如、性、真,等等。法名是按字辈取的,一字代表一辈,代代相传,井然有序。

(2) 法名以双名居多,是汉民族文化求偶心理的体现。

(3) 佛教色彩浓厚,属于佛教文化的产物。

(4) 法名没有姓,共同佛姓——即"释"。释为佛教的始祖释迦牟尼的简称。

道士有道号,它与法名之区别在于法名无姓,道号则有姓。这是由于佛道两家教义不同所决定的。事实上,道者不仅有姓,而且有名,例如吕洞宾、王重阳、张三丰、丘长春等,都是有名有姓的。道士一般是在拜师之后才取的,而且也是按字辈命名的,并以"五言诗"形式传承。

《红楼梦》中写到的僧尼有:葫芦僧、老僧、万虚、净虚、大了、智善、姑子、智通、智能儿、圆信(又作圆心)、沁香、妙玉。这里的"姑

文化篇

· 249 ·

趣解红楼

子"是泛称，凡是出家的女子均可以称姑子，并不是他们的"法名"，如同称出家的男人为"和尚"一样的意思。智善、智通、智能儿，都冠以"智"字，取自《大智度轮》，是梵语中的"般若"意译，即智慧之光。净虚之净字取自《净业障经》；葫芦僧，葫芦二字是作者调侃之词，谐糊涂。那僧字取自《僧护因缘经》；圆信之圆字与圆寂有关。大观园中的栊翠庵住着带发修行的妙玉，他的法名取自《妙法莲华经》，她身在佛门心在红尘，故又有一个别号"槛外人"。

《红楼梦》中写到的道士，一种是不称道号，只写其姓，如马道婆、张真人、张法官、王道士等；另一种只称道号，如大幻仙人、终了真人、文妙真人等。

除了人间的僧尼道士以外，《红楼梦》中还写了几位神仙，忽来忽去，神秘莫测，如开卷即出现的空空道人、茫茫大士、渺渺真人、情僧、癞头和尚、跛足道人、警幻仙姑、梦痴仙姑、钟情大士、引愁金女、度恨菩萨、木居士……这些人有僧有道，有出家者，有未入寺门者，他们的法名、道号，不过是些空空茫茫，来无形去无踪。这是作者用的"谐音法"，无须刻意"钟情"去追寻，倘是不明此理，则落入了"梦痴"之境了。

《红楼梦》中第二大类特殊人物是特艺者及优伶，他们用的是"艺名"。艺名源于俗号，是极具特色的假名。它是某些人在从事某种隐秘行业时用以取代自己真实姓名的"符号"。取艺名者大体分为两类：

其一，靠某种技艺谋生，如医卜星相之业，使用艺名，突出其技艺的特点。

其二，妓女，她们认为自己是以色相为业，不体面，故隐去真名姓。这种艺名来历悠久，可以追溯到遥远的上古时期。诸如琴商、伶伶、优孟、屠蒯等，均以职业在前，姓在后。他（她）们的取名形式有两种：一是有姓者，如毛惜惜、李师师、陈圆圆等；二是非姓者，如赛金花即是纯艺名。

其三，演艺界的艺名，往往是以演员从事的行当及其艺术风格和表演特色的形象所取的。如科班出身，有师承渊源，取自字辈，常常是由师傅选取的。还有观众因其拿手好戏送给的美誉，也有形象鲜明，先声夺人而得艺名者。《红楼梦》中写了十二个小戏子，由所扮角色不同分别取名文官、龄官、宝官、玉官、芳官、蕊官、藕官、葵官、荳官、艾官、茄官、药官，分别扮演老外（艾官）、小生（宝官）、小花面（荳官）、正旦（芳

· 250 ·

官)、大花面(葵官)、老旦(茄官)、小旦(蕊官)等角色。这些苦命的优伶以卖艺为生,是被贾府从苏州买来的,没有人身自由,只取了艺名。小说中还写到琪官,他的本名蒋玉菡,忠顺王府买来的,第33回对琪官的身世有所交代。此外还有唱小曲的云儿,也是优伶。这些人以艺名相称,有的人连自己的真姓实名都没有或是完全忘记了。在封建社会里,艺名是对艺人人格的侮辱,是他们低下的社会地位的枷锁。

不论在现实生活中,还是在艺术作品中,僧尼道士、优伶畸人都是封建社会里的特殊群体。因此这些人物的命名取号都有浓烈的宗教色彩和行业烙印。在今天看来,这些人物的名号有雅俗之分,也有精华与糟粕之别,要特别防止研究中的片面性。

文化篇

趣解红楼

《红楼梦》人物名、字、号的文化意蕴

《红楼梦》人物名、字、号,是中国传统文化的折光。而《红楼梦》中再现中国人姓名、字号的格局、模式、方法,充分反映了中国古代优秀作家对姓名之学的审美意识和审美趋向。曹雪芹通过《红楼梦》人物命名取号,选姓定字,为小说人物涂上了艳丽夺目的色彩,成为全书艺术构思时不可缺少的艺术细胞。这些人物形象的命名不仅是一种"符号",而且还具有深刻的文化内涵和审美价值。

清人洪秋蕃在评及《红楼梦》人物命名艺术时指出:"《红楼梦》妙处,又莫如命名之切。他书姓名皆随笔杂凑,间有一二有意义者,非失之浅率,即不能周详,岂若《红楼梦》一姓一名皆具精意,惟囫囵读之,不觉耳。"又说:"《红楼梦》一名一姓不苟如此,岂他书所能企及。"① 这是具有非常眼光的见解,核之本章所列《红楼梦》人物选姓、命名、取号、定字,无不渗透着作者的"创意",绝非"随笔杂凑"者可与之相比。

根据以上的介绍和分析,《红楼梦》的姓名艺术略可归纳以下几个方面:

第一,姓名字号富于诗性化,以隐喻人物的形象性格、命运。例如,贾宝玉号绛洞花主,又号怡红公子,住怡红院,实为他"尚红"、嗜红成癖的写照。又如林黛玉、薛宝钗、史湘云、李纨以及元、迎、探、惜四姊妹的姓名字号,都与他们的形象塑造、性格特征、命运人生相关。以姓而言,薛谐雪,易消融。其名宝钗隐喻其婚姻如金钗易分,最终命运是"金钗雪里埋"。湘云之名应了"水涸湘江,云散高唐"的诗谶。李纨之纨,有纨扇之喻,少寡如秋扇之见捐,但有令德,故能奉扬仁风,其最终应了"春风桃李结子完"的结局。元春得春气之先,占尽春光,故有椒房之贵。但春光(盛景)易逝(早亡),春光即逝,则秋冬(衰败)不远也。既有个人命运预示,又有家族败落之暗喻。迎春是当春花木,迎其气则开,过其时则谢,其性类木,故又谓其"二木头"。探春是有春则赏,无春则探,

---

① 洪秋蕃著:《红楼梦抉隐》,载《红楼梦卷》,第238、242页。

不肯虚掷春光，故其为人果敢有为。惜春谓辜负春光，青灯古佛伴其一生。四春则成了"原应叹息"。

第二，以姓名字号表现了作者的爱憎褒贬观念。作者对他喜爱的人物赐以美名美字美号，如敏探春、勇晴雯；对他批评的人物用"时宝钗"、"浪荡子"等字词；憎恶者则用"呆霸王"一类的词汇。又如袭人旧名珍珠，及侍宝玉，"偷试"云雨情，则"珠"已破而不圆，不成其为珍，故夺其名改为"袭人"。宝蟾，蟾有毒之物，而薛蟠宠爱如宝，故名宝蟾。薛蝌之蝌谓蝌蚪，虽能文而文理不属。这些名字皆寓褒贬之义。

第三，姓名字号有读音、声调、含义等要求，《红楼梦》中人物多以优美、新颖、典雅、含蓄、响亮的字词来组合姓名字号，不仅富有色彩感、节律感，而且具有深沉的美感，是构成小说整体艺术成就的一部分。这种艺术效果同主要人物的姓名字号取之于诗词名句和化用成典是密不可分的。特别是作者擅用中国汉字组成的多义性特点，使小说人物姓名字号具有隐喻性和同音异义性，达到了意会含蓄、艺术别致的效应。例如傅秋芳之名暗隐花当春则旺，当秋而零落，秋芳之花不能与大观园群芳争妍斗艳，婚事上亦如荇卷之副本也。邢岫烟取之云出为岫，雨出为烟，无足轻重之谓。又李纹、李绮则取水波散处为纹，余霞散处为绮之意，皆为闲散之人，名中已暗喻了。

第四，姓名字号大多是由组词法、提炼法、谐音法、附着法、析字法、谐音法构成的，达到形、音、义三者有机结合。《红楼梦》人物姓名字号，充分运用了这些方法，形对、音对、义对均达到炉火纯青的境界。特别是利用谐音法、析拆法、组合法，使小说人物姓名字号具有娱乐性，其中的大量谜语式的姓名字号尤其吸引读者和研究者，乃至二百年来不断出现"猜谜"式的解说。

第五，《红楼梦》中某些次要人物为主要人物之"小照"，他们的名字常与主要人物的姓名、命运相关联，极富有象征意义。例如，晴雯是与林黛玉相关人物。薛（雪）虚林而有晴雯照于林间，有和煦之景，晴雯死而林无生气，不久即亡。又如紫鹃，乃啼冷月之鸟，托于林，而遇薛（雪）尤有寒鸦之色，故有血性忠于主。雪雁为黛玉之婢，雪者薛之谐音，故为陪宝钗出嫁之用。

第六，《红楼梦》人物姓名字号雅俗相间，雅俗共赏。高雅者如潇湘妃子、蘅芜君、颦颦等等，俗者如呆霸王、二木头、浪荡子等。有的人物

文化篇

名字较俗，其表字却很雅，如薛蟠之字文龙（或文起）即很雅。

第七，《红楼梦》是以甄（真）起——"甄士隐梦幻识通灵"，以贾（假）结——"贾雨村归结红楼梦"。一部大书"真事隐去"，"假语存焉"，真真假假，"假作真时真亦假"正是以甄（真）贾（假）两个姓名统摄全书，其深层之意正是告诉读者小说中的"甄"（真）就是"贾"（假）应"甄"（真），其中"真假"的关系非常重要。《红楼梦》中姓名的艺术魅力，在甄（真）贾（假）两个姓氏上得到了完整的体现，实在是前无古人，后无来者。

清人周春曾说道："看《红楼梦》有不可缺者二，就二者之中，通官话京腔尚易，谙文献典故尤难。倘十二钗册、十三灯谜、中秋即景联句，及一切姓氏上着想处，全不理会，非但辜负作者之苦心，且何以异于市井之看小说乎？"[①] 周春巨眼，其言中肯精到。今之人很少有人"谙文献典故"，能从小说人物姓名字号方面着眼，即或是从诗词名句中找出某人之名号出于某首诗词，也难识其隐喻之意，这实在"辜负作者苦心"了。

曹雪芹为一代文章妙手，《红楼梦》为经天纬地之旷世奇书，这绝非是今日一些"红学家"们的溢美之词。我们通过本章对小说中人物姓名字号的研究，亦可深刻体会作者的艺术修养之深厚、表现之纯熟。清人张新之谈及《红楼梦》人物姓名字号时评价道："是书名姓，无大无小，无巨无细，皆有寓意。甄士隐、贾雨村自揭出矣，其余令读者自得之。有正用，有反用；有庄言，有戏言；有照应全部，有隐括本回；有即此一事，而信手拈来。从无有随口杂凑者。可谓妙手灵心，指挥如意。"[②] 我想，张新之的评价真正道出了《红楼梦》人物姓名字号的艺术三昧。

---

① 周春著：《阅红楼梦随笔》，第 3 页上。
② 张新之著：《红楼梦读法》，载《红楼梦卷》，第 156 页。

《红楼梦》服饰的描写与特点

《红楼梦》是一部文化内涵非常丰富的小说,几乎囊括了中国文化中的重要内容。但是否由此得出结论说《红楼梦》就是一部"文化小说",① 这个问题太大,对于像我这样红边谈红的人来说也太沉重了。因此我不想借用"文化小说"这个新潮概念来讨论《红楼梦》与中国文化的渊源关系。我支持并赞赏这个问题的继续讨论,因为讨论可以增加我们的知识,提高自己的思维能力。倘若《红楼梦》真正名副其实是一部"文化小说"的话,那么本章中的内容也必将成为构筑这部"文化小说"的"文化"了。

不论《红楼梦》是否是"文化小说",但是中国服饰文化确实影响到这部小说的创作,并且在小说中真正展示了中国服饰文化的艺术风采,给读者留下了不可磨灭的美好印象。细检《红楼梦》全书,前80回有44回多少不等地写到服或者饰,写到服或饰的词汇共173条,其中有26次较完整地描写服饰,宝玉一个人占了9次之多;余下的36回未见服或饰的描写。后40回只有7回共38条写到服与饰,33回未见服与饰的描写。全书写到的服与饰共51回,有69回未写服与饰,这其中尤以第3回(20条)、第6回(6条)、第8回(9条)、第49回(22条)、第51回(6条)、第52回(12条)、第63回(9条)、第70回(6条)写到服饰的数量较多,且有意义。后40回中第105回服饰有25条之多,但都是抄家单所列的服饰原料或服饰名称,与人物服饰描写及典型意义关系不大。显然,《红楼梦》的服饰描写重点是前80回,重点人物是宝黛钗凤等主要人物身上。其他次要人物恰是这几位主要人物的丫鬟们,她们的服饰描写具有一定特色。根据这样一个统计,《红楼梦》的服饰描写有以下一些特点值得关注和研究。

(1)无朝代年纪,地域邦国可考。《红楼梦》开卷作者自云:"因曾历代一番梦幻之后,故将真事隐去,而借'通灵'之说,撰此《石头记》一

---

① 参见周汝昌著:《红楼梦与中华文化》,工人出版社1989年2月版,"卷头总论——《红楼梦》——中华民族的一部文化小说",第11~18页。

书也。"又说:"虽我未学,下笔无文,又何妨用假语村言,敷衍出一段故事来"。那么隐去的"真事"是什么呢?其中"第一件"就是此书"朝代年纪,地舆邦国却反失落无考。"因此,《红楼梦》中的服饰,不仅在二十四史的"舆服志"中查不到记载,就是翻遍所有历朝历代的野史、笔记,乃至戏曲小说,也找不到它的朝代年纪的"原型"来。可以说,《红楼梦》服饰的"原型"是亦古亦今,亦汉亦满,亦南亦北,亦官亦民,似似非非,难以确指。显然,作者是根据自己的创作需要,根据小说中的故事情节、人物性格、季节轮替、地位尊卑的需要,将中国历代服饰精华融合一体,然后再因人定制,量体裁衣,展现出来的就是没有"朝代年纪"的"红楼服饰",它不属任何一个时代,而属于永恒!

(2)"女儿"这两个字极尊贵。《红楼梦》有两则关于"女儿"的名言,也完完全全贯彻在"红楼服饰"的描写之中。这两段名言一是小说中一号人物贾宝玉代作者说出来的,或者说是作者借贾宝玉之口说出来的。第一段话见于第2回"冷子兴演说荣国府",贾宝玉说起孩子话来也奇怪,他说:"女儿是水作的骨肉,男人是泥作的骨肉。我见了女儿,我便清爽;见了男子,便觉浊臭逼人。"第二段话是贾宝玉的"影子"甄宝玉说的,也在第2回。甄宝玉说:"这女儿两个字,极尊贵、极清净的,比那阿弥陀佛、元始天尊的这两个宝号还更尊贵无比呢!你们这浊口臭舌,万不可唐突了这两个字要紧。"以甄贾宝玉两段话与作者在开卷中自云作此书原因和目的就是要"使闺阁昭传"对看,就会明白《红楼梦》一书主要是写女儿命运的。作者即有此想,那么小说中的服饰描写也主要集中在女儿身上。惟一的例外是贾宝玉,他虽是男性,享受的待遇却比小说中所有的女性还女性。人如其号:"绛洞花主"。绛者,红也;红者,女儿之喻也;花者,花容月貌,亦为女儿之喻。故宝玉在大观园中实为群芳之冠。所以"红楼服饰"描写除了女性之外,男性几乎无着笔墨,而宝玉则"独领风骚"。

(3)世家巨族,服饰华丽,且多变化,凸显富贵气。《红楼梦》中的宁荣二府,是宁荣二公用九死一生换来的家业,用护官符上的话说是"贾不假,白玉为堂金作马。"现如今仍是京中"诗礼簪缨之族,钟鸣鼎食之家"。虽然从文字辈开始"一代不如一代",但到底外面的架子还没全倒,隔着围墙一望,里面厅殿楼阁,也还都峥嵘轩峻,就是后一带花园子里面树木山石,也还都有葱蔚洇润之气。从服饰美学的角度去看,小说中的服饰不仅是这个世家大族每个人的外在形象,而且也是宁荣二府奢华富贵的外在形象。这里我们先不引述王熙凤、贾宝玉出场时的服饰,先从一个细小的情节谈起,以小窥大,扩及一般。这个细节是来自乡下的刘姥姥初入贾府,在周瑞家的引荐下先是进入王熙凤住处见到的情景——

(刘姥姥)上了正房台矶,小丫头打起猩红毡帘,才入堂屋,只闻一阵香扑了脸来,竟不辨是何气味,身子如在云端里一般。满屋中之物都耀眼争光的,使人头晕目眩。刘姥姥此时惟点头咂嘴念佛而已。

接下去是见到平儿的穿戴:

刘姥姥见平儿遍身绫罗,插金带银,花容玉貌的,便当是凤姐儿了。才要称姑奶奶——方知不过是个有些体面的丫头了。

"有些体面的丫头"尚且"遍身绫罗,插金带银",那么若是太太小姐又该是如何呢?下面写王熙凤归来的阵式:

只听远远有人笑声,约有一二十妇人,衣裙窸窣,渐入堂屋,往那边屋内去了。……那凤姐儿家常带着秋板貂鼠昭君套,围着攒珠勒子,穿着桃红撒花袄,石青刻丝灰鼠披风,大红洋绉银鼠皮裙,粉光脂艳,端端正正坐在那里,手内拿着小铜火箸儿拨手炉内的灰。……

世间万事都在一个"巧"字上。小说中除了宝玉、水溶两个男性写到之外,只有贾蓉非常荣幸地写了两笔服饰,恰巧是通过刘姥姥的眼睛告诉给我们的——

只听一路靴子脚响,进来了一个十七八岁的少年,面目清秀,身材俊俏,轻裘宝带,美服华冠。刘姥姥此时坐不是,立不是,藏没处藏。

这三处服饰描写很有典型意义:其一,三个人都是平日家居的服饰;其二,三人地位有别;三是有女有男,品种齐全。从这三个人物的平日服饰如此华丽耀眼,可以推想出来他们倘是在特殊场合(如婚礼、生日庆

文化篇

趣解红楼

祝、出门拜客、上朝晋见等）时装束打扮又将是如何富贵气派！

《红楼梦》服饰的富贵气，主要是通过五个方面来表现的：

一是用料高档名贵，品种多。例如小说中写到的"大红洋缎"、"撒花洋绉"、"起花八团倭缎"、"秋板貂皮"、"灰鼠皮"、"黄绫"、"羽缎"、"白狐腋"、"貂裘"、"妆缎"、"蟒缎"、"西洋布"、"月白纱"、"羽纱"、"哆啰呢""番羓丝鹤氅"、"海龙皮"、"凫靥裘"、"天马皮"、"雀金裘"、"猞猁狲大裘"、"云狐皮"、"乌狐皮"、"香狐皮"、"鸭皮"、"麻叶皮"、"洋灰皮"、"羊皮"、"江貂皮"、"羽线绉"、"氆氇"、"葛布"、"麻"……除了麻、葛草质料之外，余者30多种用料，一般百姓买不起穿不起。其中貂皮、白狐腋、海龙皮、天马皮、猞猁狲、雀金呢、哆啰呢、羽纱、羽缎等，均价格昂贵，属于稀罕之物。

二是做工精细，包括原料作工要求非常高的技艺，其次是缝制技艺。例如小说中写到的有："缕金百蝶"、"五彩刻丝"、"插牙背心"、"二色金百蝶穿花"、"五彩丝攒花结长穗"、"起草八困排穗"、"锦边弹墨"、"累丝嵌宝"、"朝阳五凤挂珠""赤金盘螭璎珞"、"双衡比目"、"二花捻珠"、"松花撒花"、"攒珠"、"洋绉银鼠"、"宫制堆纱"、"立蟒白狐腋""簪缨银翅"、"江牙海水五爪坐龙"、"碧玉红"、"鹡鸰香"、"金蟒狐腋"、"排穗"、"细折"、"麝香珠"、"赤金吴翠"、"绛纹"、"蝴蝶结"、"一斗珠"、"插金消绣"、"掐金挖云"、"青金闪绿双环四合"、"斗纹锦上添花洋线番羓丝"、"挖云鹅黄金里"、"靠色镶领袖秋香色盘金色绣龙"、"貂颏满襟"、"百子刻丝"、"盘金彩绣"、"刻丝八团"、"金丝织的锁子甲"、"虎头盘云五彩"、"九龙珮"、"盘锦镶花"、"原锦边琵琶襟"、"一裹圆"……工艺流程是多少，无法评估，仅是术语就有四五十种之多，那么缝制起来又需要多少道工序方能完成呢？小说第52回写晴雯病补雀金裘的故事略可说明一二。这件雀金裘"后襟上烧了一块"，"有指顶大的烧眼"。小说中写道，让婆子们拿出让织补匠织补，可是"不但能干织补匠人，就连裁缝绣匠并作女工的问了，都不认得这是什么，都不敢揽。"这一方面说明雀金裘确实名贵罕见，另一方面也告诉读者如同这样的服饰在制作工艺上的非常难度。市上的织补匠、裁缝匠、专做女工都没见过也补不了，却由大观园内的一位俏丫鬟完成了，且是在病中来补的。

曹雪芹生于织造世家，"博学淹贯，无所不通"在此又一次见识了。在诗词方面他请出林黛玉，绘画方面请出薛宝钗，戏曲方面他请出贾母，茶道请出妙玉，造园方面请出山子野，旅游方面请出薛宝琴，化妆品方面

请出贾宝玉,在服饰方面则请出晴雯,编织方面请出金莺儿……他们是每一个行当中的大师级人物,都可成为知名的客座教授,绝对可以开专题课,教博士生、硕士生。就连武侠方面也可找倪二,虽然达不到查大侠那么高水平,写不出《笑傲江湖》,但他的语言绝对有"侠"味。说晴雯是一位服饰大师,首先她懂,其次自己能操作。她"细看了一会"就说出"这是孔雀金线织的,如今咱们也拿孔雀金线就像界线似的界密了,只怕还可混得过去。"

晴雯先将里子拆开,用茶杯口大的一个竹弓钉牢在背,再将破口四边用金刀刮的散松松的,然后再用针纫了两条,分出经纬,亦如界线之法,先界出地子后,依本衣之纹来回织补。

"俏丫鬟"晴雯,不仅长的俏,打扮的俏,最重要是她的缝制技艺俏,胜过靠缝制讨生活的匠人的手艺和眼光。倘在如今当个服饰公司的总经理的话,一定是一个精通业务的好主管。可惜她生不逢时,早死了二百多年!

三是饰物种类多,而且名贵罕见。所谓服饰,是服和饰的合称。服指上衣下裳,还有头帽、鞋袜;饰指头饰和佩戴的戒指、耳环、手镯、项圈、金锁、念珠、拂尘及香囊、荷包、扇套、玉珮(避邪用)、绦子、汗巾、披风、头巾、手帕诸物。除此之外,服上所加的镶边、插牙、百褶、出锋、绣花也属于装饰,增加服的美观。例如《红楼梦》中写到的饰品有"璎珞图"、"宫绦"、"钗"、"佩"、"金冠"、"抹额"、"箭袖"、"排穗"、"坠角"、"凤冠"、"昭君套"、"勒子"、"荷包"、"金魁星"、"念珠"、"朝珠"、"靴掖"、"扇囊"、"香袋儿"、"戒指"、"吉祥如意"、"耳坠子"、"麒麟"、"汗巾"、"鲛帕"、"一炷香"、"朝天凳"、"象眼块"、"方胜"、"连环"、"梅花"、"柳叶"、"手巾"、"包头"、"如意绦"、"观音兜"、"虾须镯"、"联垂"、珊瑚、"猫儿眼"、"祖母绿"、"一丈青"、"碧玉佩"、"慵妆髻"、"玉塞子"、"汉玉九龙珮"、"抹胸"、"脂玉圈带"、"妙常髻"、"麈尾念珠"……真真如古人所云:"一首之饰,盈千金之价;婢妾之服,兼四海之珍。"① 这些饰物中有许多种类,不要说在18世纪时是罕见之物,即使在

---

① 傅玄著:《傅子·校工》,转引自王维堤著:《中国服饰文化》,上海古籍出版社2001年6月版,第100页。

21世纪的今天，除了有数的亿万富翁以外，绝大多数人还是要到"珠宝商店"里才能见识见识。

其四，衣服种类和款式多，且四季分明。从头到脚，从里到外，一应俱全。就连雨雪天用的斗笠、蓑衣、沙棠屐、雪帽，都一一写到，一丝不漏。从款式上来说，有"窄裉袄"、"银鼠褂"、"洋绉裙"、"背心"、"水朝靴"、"大袄"、"花绫裤"、"袜"、"霞帔"、"披风"、"皮裙"、"棉袄"、"棉裙"、"斗篷"、"对衿褂"、"蟒袍"、"王帽"、"貂裘"、"芒鞋"、"折裙"、"破衲"、"绫子袄"、"兜肚"、"羊皮褂子"、"羊皮小靴"、"鹤氅"、"肷褶子"、"鹰膀褂"、"大裘"、"袷裤"、"夹裤"、"水田小夹袄"、"红睡鞋"、"水紧身"、"水毛儿衣服"、"撒鞋"……从季节来看，春夏秋冬四季的服装都有。性别上有男有女；职业上除贾府之外还有和尚道士；地位上有主有奴，等级区别明显；年龄上则有老有小。显示贾府服饰的富贵气，也包括服饰靓丽的色彩，这也是《红楼梦》服饰描写的一个重要特点。正因为颜色问题重要，所以在本章内将辟出专门一节的篇幅来论述它的构成特点，这里就从略了。

其五，繁简有序，突出重点。《红楼梦》中人口众多，二府总人口四百多，即属于主子的人数也不下数十人，而其年龄、地位、性别、季节又多有不同。因此服饰描写不可能人人俱到，个个细写，否则就会成为一部服饰连环画，而不是小说了。曹雪芹就是该繁的就繁，如全书中贾宝玉是一号人物，要重点突出，所以写他的服饰不仅数量多，而且在质料、款式、色彩上都是浓抹重彩。其他如王熙凤、林黛玉等人物也给予了相当的篇幅。而不那么重要或是完全不重要的人物就简，简到有些人物就没有服饰描写。有些人物虽然描写了服饰，也是笼而统之，点到为止。如第3回黛玉进府见门前列坐十来个"华冠丽服"之人，下面是"三四个衣帽周全"的小厮，"台矶上，坐着几个穿红着绿的丫鬟"。进府后见三春时主要写相貌，服饰上写了一句"其钗环裙袄，三人皆是一样的妆饰。"一笔带过。这是大作家行文之风范——重点睛之笔。

以上五个方面只能说是《红楼梦》服饰描写的主要特点，倘若细论恐怕专写一本书也不见得能尽情尽意。这里删其烦，撮其要，以窥一斑而已。但如舍此五个特点，或删其一二，则无法得服饰描写的要旨，也无法领略其中味了。

《红楼梦》人物与服饰色彩

服饰的色彩与服饰的质料、款式是构成服饰的三大要素。因此谈服饰美学、服饰文化都特别重视服饰的色彩。然而色彩呈五光十色,不足以言其多。《虞书·益稷》有云:"以五彩彰施于五色作服。"①《淮南子·原道训》继云:"色之数不过五,而五色之变,不可胜观也。"② 即所谓色彩是变化的,具有千变万化之功。人云:"说不完的《红楼梦》",其实"红楼服饰"色彩也是说不完道不尽的。

中国的服饰色彩发展具有历史性、时代性、地域性、民族性的特点。历代《舆服志》提供的记载表明:夏尚黑,商尚白,周尚赤,秦复夏制尚黑,汉复周制尚赤;唐服尚黄而旗帜尚赤,宋相沿,元尚黄;明改制取法周、汉尚朱(赤);清又复黄。家国一统,少有逾越。清人叶梦珠《阅世编·冠服》有云:"一代之兴,必有一代冠服之制,其间随时变更,不无小有异同,要不过与世迁流,以新一时耳目,其大端大体,终莫敢易也。"③ 仔细观察中国服饰色彩的变化,其崇尚的色彩是与历代帝王五方正色信仰崇拜密切相关的,即在这种装饰美的后面蕴含着帝王们的色彩崇拜的观念意识。这一观念也渗透在历代天子服饰的季节色彩上:孟春穿青色,孟夏穿赤色,季夏穿黄色,孟秋穿白色,孟冬穿黑色。按着季节的阴阳五行制定出五方正色,并将它作为一种礼俗来推行。

中国服饰色彩对民间习俗也有明显的影响。例如民间的吉服和丧服都有严格的区分。吉服一般正色是红、黄两色,间色为浅绿;凶服正色为白色、黑色,间色为灰色或深褐色。但是,在不同地域里由于民族色彩崇拜不尽相同,所以服装色彩的选择也不完全一样。由于本章所探讨的服饰主要是以《红楼梦》中描写的服饰为研究对象,因此有关少数民族的服饰质料、款式、色彩一般不予涉及。

---

① 转引自戴争编著:《中国古代服饰简史》,轻工业出版社1988年6月版,第6页。
② 《淮南子》卷十三,"诸子集成"第7册,第11页。
③ 叶梦珠著:《阅世编·冠服》,上海古籍出版社1981年6月版。

趣解红楼

《红楼梦》服饰色彩描写除了遵循"朝代"、"年代"、"地舆邦国无考"、"真事隐去",用"假语村言"的总原则之外,重点是以人为本,将色彩作为人化的艺术符号,凸显小说人物美的意识和表现意识。作者不受历代《舆服志》中的规定束缚,随兴随情来发挥自己美的想象力。小说第3回写林黛玉进贾府,在服饰描写上重点突出王熙凤、贾宝玉两个主要人物的服饰,而色彩又是两个人物服饰描写的重中之重。

第一位走进读者视野的人是王熙凤,小说中写道:

这个人打扮与众姑娘不同:彩绣辉煌,恍若神妃仙子。头上戴着金丝八宝攒珠髻,绾着朝阳五凤挂珠钗;项上带着赤金盘螭璎珞圈;裙边系着豆绿宫绦,双衡比目玫瑰珮;身上穿着缕金百蝶穿花大红洋缎窄裉袄,外罩五彩刻丝石青银鼠褂,下着翡翠撒花洋绉裙,一双丹凤三角眼,两弯柳叶吊梢眉,身量苗条,体格风骚。粉面含春威不露,丹唇未启笑先闻。

服饰色彩是带给人的第一感觉,使人产生直观印象和深刻记忆。王熙凤出场从头到脚,通身上下珠光宝气,气派十足,显示了贾府女管家王熙凤服美人更美。由于服饰的名贵,显示了贾府的豪华富贵和他个人在府中的地位。贾母向黛玉介绍道:"你不认得他,他是我们这里有名的一个泼皮破落户儿,南省俗谓作'辣子',你只叫她'凤辣子'就是了。"咋看这个介绍不过是贾母打趣凤姐而已,其实细细品味贾母的话道出了两层意思:"辣子",其人的性格鲜明如"辣子",红艳艳,火辣辣。她的服与饰鲜艳夺目,以红作主色调,可谓色如其人,色如其性,表现在她身上的美的意识。"有名的一个泼皮破落户儿"一句又说出了凤姐的作风、风格喜欢自我张扬的一面,她为见一个小表妹刻意穿上了这套服装,如此上心打扮,显然内心深处有一种自我表现意识,用咱农村里的话说叫"臭显摆"。她服上的色彩是三色,红是主色(基本色),配以豆绿、石青两色,不仅有协调美,而且是高贵色调。李应强在《红楼梦的色彩艺术——曹雪芹的服装配色法》一文中说:

红与青、绿,是色彩上的基本色,彩度高,色相对比。配色技法最难的,可说是色相对比调和,但若作得好,则是最佳配色,若要使

对比色相调和，就必须使用面积、明度、彩度的巧妙变化，舍其眩晕感、过烈感、刺目感等不好的效果，达到其明快、活泼、丰富的最佳效果。①

王熙凤的这套服饰整体上色相调和，"达到其明快、活泼、丰富的最佳效果"，光彩照人，又突出了王熙凤追求美的感情和创造力的人格特征。

王熙凤首次出场亮相的服饰描写是会客，由林黛玉的眼中看出。第6回刘姥姥一进荣国府告贷，由周瑞家的引荐去见王熙凤，由这位乡下老人眼中看到王熙凤的"家常"服饰——

> 那凤姐儿家常带着秋板貂鼠昭君套，围着攒珠勒子，穿着桃红撒花袄，石青刻丝灰鼠披风，大红洋绉银鼠皮裙，粉光脂艳，端端正正坐在那里……

虽说是"家常"衣服，但在配色上仍然是大红高贵色为主，配以桃红、石青两色，衬以金色线，突出王熙凤的主子地位，衬托其美艳。

在第3回里，两次细写贾宝玉的服饰。前面所写是外出的"礼服"，后面所写的是家居"常服"，即人们常说的"便装"。随着"一阵脚步响"和丫鬟的通报声，贾宝玉走进人们的视线之内——

> 头上戴着束发嵌宝紫金冠，齐眉勒着二龙抢珠金抹额；穿一件二色金百蝶穿花大红箭袖，束着五彩丝攒花结长穗宫绦，外罩石青起花八团倭缎排穗褂；登着青缎粉底底小朝靴。面若中秋之月，色如春晓之花，鬓若刀裁，眉如墨画，面如桃瓣，目若秋波。虽怒时而若笑，即瞋视而有情。项上金螭璎珞，又有一根五彩丝绦，系着一块美玉。

一时回来，再看，已换了冠带：

> 头上周围一转的短发，都结成小辫，红丝结束，共攒至顶中胎

---

① 李应强著：《红楼梦的色彩艺术——曹雪芹的服装配色法》（上下），载台湾《文艺复兴月刊》第147—148期；1983年11月—12月。引文见（上）第42页。

发,总编一根大辫,黑亮如漆,从顶至梢,一串四颗大珠,用金八宝坠角;身上穿着银红撒花半旧大袄,仍旧带着项圈、宝玉、寄名锁、护身符等物;下面半露松花撒花绫裤腿,锦边弹墨袜,厚底大红鞋。……

这两套服饰两种打扮,虽是一外一内,但都显得华贵、亮丽、活泼,突出年轻人的朝气蓬勃之概。色彩仍是大红配石青缎,衬以金线,体现主子地位的高贵感。不论是王熙凤的服装,还是贾宝玉的服装,都十分注意饰物的形状和色彩,将服与饰的色彩互相调配、互为补充,达到红花绿叶相扶,映衬和谐。在他们二人服饰美的同时,作者特别加重笔墨写他们二人的容貌美——脸形、面色、头发颜色等,都作为整体美的一部分来写。宝玉"面若中秋之月,色如春晓之花,鬓如刀裁,眉如墨画,面若桃瓣,目若秋波",都融进了服饰美之中。人、服、饰三美铸成一个形体美,动态美,和谐美,三者缺一都达不到作者对美的完美的不懈追求。

在我们盛赞凤姐、宝玉二人人美服饰美的时候,我们还惊奇地发现作者在这些美的另一面,即通过服饰的描写对他们的人格是有微词的。王熙凤、宝玉的服饰款式中着意写了"镂金百蝶穿花"袄和"二色金百蝶穿花大红箭袖"同时,给王熙凤服色中加入"豆绿"、"桃红"两种"中间色",在宝玉的面容前有"面若中秋之月,色如春晓之花"之后,又突然加一句"面如桃瓣"一语,实际上是暗寓二人都有"百蝶穿花"之嫌,尽管那是"镂金"、"二色金",都无法掩饰其如蝶穿花的性情。曹雪芹此处用的是"春秋"笔法,一般对服饰款式或色彩缺乏了解的人是不大容易发现的。曹雪芹充分利用了这种视觉上的"模糊"性!

林黛玉和薛宝钗是《红楼梦》中地位仅次于贾宝玉的两个重要女性,但作者并没有过多地去描写他们二人的服饰。这是因为作者考虑到林黛玉是大观园的诗仙,空灵飘逸,且又弱不禁风,不宜在服饰上张扬,取避难法更妙。薛宝钗素来爱穿家常旧衣裳,天生丽质,才德兼备,且雍容大方,属于闺秀正统典范,也不宜在服饰上过分添色,取简代繁,以"天然"去雕饰,更易生色。但二人的地位毕竟太重要,完全不写也不可。故在小说中各有一些小特写,果然效果奇佳。第49回"琉璃世界白雪红梅,脂粉香娃割腥啖膻",写黛玉的一身冬装——

　　黛玉换上挖云红香羊皮小靴，罩了一件大红羽纱白狐狸里的鹤氅，束一条青金闪绿双环四合如意绦，头上罩了雪帽。

　　季节选在冬天，白雪皑皑，给人一种寒冷的感觉。而写黛玉的服饰就选在让人感觉一种冷的时候，这时间上的安排已体现了作者的匠心。在服饰上特别选用了"大红羽纱却又是白狐狸里的鹤氅"，与雪白的大地形成强烈的对比色，突出了黛玉有"红梅"之艳。这是一种冷艳，是她的高尚纯洁人格的象征，也是她悲剧命运的象征。"青金闪绿"与大红相配，红中闪着金（黄）光，特别是在雪地上反光强烈衬托下，显得格外耀眼！

　　薛宝钗的服饰描写，第一次见于第8回，是透过宝玉的目光告诉给读者的。

　　宝玉掀帘一迈步进去，先就看见薛宝钗坐在炕上作针线，头上挽着漆黑油光的髻儿，蜜合色棉袄，玫瑰紫二色金银鼠比肩褂，葱黄绫棉裙，一色半新不旧，看去不觉奢华。唇不点而红，眉不画而翠，脸若银盆，眼如水杏。罕言寡语，人谓藏愚；安分随时，自云守拙。

　　显然，作者写薛宝钗是靠自己的智慧美、容貌美、性格美来争取人心的。"看去不觉奢华"，一语道出宝钗在服饰上美的意识倾向于朴素、自然的风格，与众不同。从服饰色彩上看，取色温和稳重，属于低彩度、中明度，都是浅色调到浅灰色调。① 在第49回众钗一色大红服饰，独李纨是一件青哆罗呢对襟褂子，而薛宝钗则是"穿一件莲青斗纹锦上添花洋线番耙丝的鹤氅。"彩度低，绝无标新立异之感，正所谓服如其人。

　　在《红楼梦》所有女性的服饰描写中，史湘云和芳官的服饰当属"另类"。他们地位虽有不同，但在性格和喜好上却大有相近之处。所以在这里可以放在一起来讨论。史湘云"素习憨戏异常，他也最喜武扮的，每每自己束鸾带，穿折袖。"她的服饰集中在第49回写出——

　　一时史湘云来了，穿着贾母与他的一件貂鼠脑袋面子大毛黑灰鼠

---

　　① 李应强著：《红楼梦的色彩艺术——曹雪芹的服装配色法》（上下），参见（上）第42页。

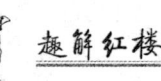

趣解红楼

里子里外发烧大褂子,头上带着一顶挖云鹅黄片金里大红猩猩毡昭君套,又围着大貂鼠风领。……只见他里头穿着一件半新的靠色三镶领袖秋香色盘金五色绣龙窄裉小袖掩衿银鼠短袄,里面短短的一件水红妆缎狐肷褶子,腰里紧紧束着一条蝴蝶结子长穗五色宫绦,脚下也穿着麂皮小靴,越显的蜂腰猿臂、鹤势螂形。众人都笑道:"偏他只爱打扮成个小子的样儿,原比他打扮女儿更俏丽了些。"

芳官的服饰描写集中在第 63 回"寿怡红群芳开夜宴"里,芳官大出风头。小说中两处写她的扮相——

当时芳官满口嚷热,只穿着一件玉色红青酡绒三色缎子斗的水田小夹袄,束着一条柳绿汗巾,底下是水红撒花夹裤,也散着裤腿。头上眉额编着一圈小辫,总归至顶心,结一根鹅卵粗细的总辫,拖在脑后。右耳眼内只塞着米粒大小的一个小玉塞子,左耳上单带着一个白果大小的硬红镶金大坠子,越显的面如满月犹白,眼如秋水还清。引的众人笑说:"他俩(指宝玉)倒像是双生的弟兄两个。"

……芳官梳了头,挽起纂来,带了些花翠,忙命他改妆,又命将周围的短发剃了去,露出碧青头皮来,当中分大顶,又说:"冬天作大貂鼠卧兔儿带,脚上穿虎头盘云五彩小战靴,或散着裤腿,只用净袜厚底镶鞋。"又说:"芳官之名不好,竟改了男名才别致。"因又改作"雄奴"……

从上面的描写看,史湘云的服饰色中有大红、鹅黄金黑、秋香色、黑灰赭,是属于高贵色,主角色,体现她名门小姐的主子地位。而芳官的服饰色彩是水红、柳绿、玉色、灰色,是当时社会里优伶常用的服色,而没有正色。这两套服饰色彩不属豪华型色调,但结合她们的体材面容显得很合体,又衬托了两个人活泼个性。

作者着意描写史湘云、芳官的服饰,主要目的不是细写色彩或者写她们的地位身份。在我看来,作者的目的在于突出她们的性格、情性,并从中透露一种民俗信息。在小说中,湘云是以"英豪阔大宽宏量"著称,称她为"憨湘云",是金钗中最具有魏晋名士风度的人物。她为人处事既不

像林黛玉那样事事处处小心眼、尖酸刻薄，也不像薛宝钗那样藏愚守拙，心机内蕴。她"无心"又有心，但到底还是嘴太直了，有什么说什么。在我们乡下将这样的女孩称为"假小子"，湘云是世家大族内的"假小子"。芳官性格上有近似湘云之处，但因年龄小，且有恃宠撒娇和优伶的轻狂一面。她被逐出大观园出家为尼在她穿的"水田小夹袄"中已作暗示。

《礼记·内则》规定"男女不通衣服"。虽是如此，历代都有女着男装、男着女装的事出现，野史杂记里时有记载，就是正史里也不乏例证。三国时期魏国尚书何晏就"好服妇人之服"，唐高宗女儿太平公主喜穿男衣，"紫衫玉带，皂罗折上中。"其他如花木兰、祝英台等人女扮男装，妇孺皆知。褚人获《坚瓠集》中记吴下歌谣说苏州三件好新闻："男儿著条红围领，女儿倒要包网巾，贫儿打扮富儿形。"① 说明这是一种社会现象。这种现象有反传统、反礼治的味道，但主要是与民俗中"男儿好养"有关。我家乡有习惯让小女孩穿男孩衣，从小作男孩打扮，一是家长盼男孩子、喜欢男孩，二是孩子少、宝贵，女孩穿了男孩衣服可以躲灾驱病。这个风俗至今还保留着。史湘云、芳官女着男装，主要是她们的性格使然，而作者借此反映了一种社会现象、社会存在。

《红楼梦》中的丫鬟是一个阶层，人数也多。作者在服饰描写方面有选择地写了袭人、平儿、鸳鸯、香菱等几个人。平儿的服饰前面已谈过了，香菱的服饰色彩有"呆解石榴裙"一回可见一斑。这里先说袭人，她是宝玉的首席大丫鬟，实际上已是准姨娘地位，所以她的服饰又有别于其他丫鬟，在丫鬟这个层次中具有典型性。例如，第 26 回写贾芸看宝叔叔，在宝玉房间里"口里和宝玉说着话，眼睛却溜瞅那丫鬟：细挑身材，容长脸面"。下面写服饰："穿着银红袄儿，青缎背心，白绫细折裙——不是别个，却是袭人。"第 51 回写袭人回家探视，要显示出"富贵还乡"的派头，穿戴好了让凤姐瞧瞧：

> 半日，果见袭人穿戴来了，两个丫头与周瑞家的拿着手炉和衣包。凤姐儿看袭人头上戴着几枝金钗珠钏，倒华丽；又看身上穿着桃红百子刻丝银鼠袄子，葱绿盘金彩绣绵裙，外面穿着青缎灰鼠褂。凤

---

① 傅玄著：《傅子·校工》，转引自王维堤著：《中国服饰文化》，引文见第 91~92 页。

趣解红楼

姐儿笑道:"这三件衣裳都是太太的,赏了你倒是好的。但这褂子太素了些,如今穿着也冷,你该穿一件大毛的。"……一面说,一面只见凤姐儿命平儿将昨日那件石青刻丝八团天马皮褂子拿出来,与了袭人。又看包袱,只得一个弹墨花绫水红绸里的夹包袱,里面只包着两件半旧棉袄与皮褂。凤姐儿又命平儿把一个玉色绸里的哆罗呢的包袱拿出来,又命包上一件雪褂子。平儿走去拿了出来,一件是半旧大红猩猩毡的,一件是大红羽纱的。……

这一大段有关袭人的服饰描写,作者本意不在服饰,而是通过这些细节写袭人在王夫人、王熙凤心目中的"地位"。不要说是贾府的所有丫鬟无此待遇,就是周姨娘、赵姨娘也无此等光荣。以写服饰来写人的地位,这又是典型一例。我们要注意的是:这些衣服重点是王夫人"赏"的,所以服饰的色彩已经超出了奴婢应该穿的戴的,就因为是"赏"的,又在例外。有趣的是,王熙凤此时此刻送了袭人一件"石青刻丝八团天马皮褂子",作者又用"春秋"法子,以服饰寓褒贬于其中。这件衣服外表"温柔和顺",里面则是"沙狐"、"草狐"肚子底下的毛皮拼成的。虽然手工精巧,天衣无缝,但它竟是一个假货色。真真是妙绝之笔。服饰不仅用来穿戴,它还有一种象征性——人格的象征!

鸳鸯是一位不同于平儿、袭人身份的名副其实的丫鬟,但由于她服侍的主人是贾母——贾府的老祖宗,所以她又居于了一个特殊地位——连贾政、王熙凤、贾琏等人都要另眼相看。或许是由于这一理由,在丫鬟一层人物中,她的服饰受到了注意,作者给了一定笔墨。

鸳鸯长得并非是美人胎子,但她却很有魅力。小说中写她"蜂腰削背,鸭蛋脸面,乌油头发,高高的鼻子,两边腮上微微几点雀斑。"她的几点雀斑,给人留下了深刻印象。她的服饰描写比较简略,是透过别人的眼睛看到的,一闪即逝。第24回写她到怡红院传老太太的话,"宝玉坐在床沿上,褪了鞋等靴子穿的工夫,回头见鸳鸯穿着水红绫子袄儿,青缎子背心,束着白绉绸汗巾儿,脸向那边低着头看针线,脖子上戴着花领子。"第46回邢夫人替贾赦讨鸳鸯作妾,邢夫人特意来到贾母住处,透过她的眼睛写出鸳鸯平日里的打扮:"只见他穿着半新的藕合色的绫袄,青缎掐牙背心,下面水绿裙子。"前面的一套衣服是水红配青白色,没有什么头饰,显得淳朴、端庄,服如其人其性;后面的服色是藕合色配以青、绿两色,也没有头饰,采用的是冷色调处理法,给人一种清纯、理智之感。作

者服饰色彩描写特别注意与环境、处境、心理上的协调一致。在去宝玉的住处时，鸳鸯穿了"水红绫子袄"，点缀青白两色，端庄中透着青春气息。而邢夫人到来时则是灰紫的藕合色再配青、绿，在清纯之中有一种冷调，把自己与邢夫人的来意拉开距离，借服饰色彩来突出鸳鸯的节烈人格。

按着中国服饰的传统规制，除了人物的出门"礼服"和家居的"便服"之外，还有吉服、丧服，官服大多是"按品大妆"隐去朝代年纪。比如《红楼梦》第13回秦可卿死后，贾府上下所穿的"白汪汪孝服"。在所有丧服中独细写北静王水溶和宝玉的服饰：

> 北静王水溶头上戴着洁白簪缨银翅王帽，穿着江牙海水五爪坐龙白蟒袍，系着碧玉红鞓带。（第15回）

宝玉的丧服是：

> 戴着束发银冠，勒着双龙出海抹额，穿着白蟒箭袖，围着攒珠银带。（第15回）

突出"白色"。银色，也是白色。

第13回多处写到贾政、贾珍、贾宝玉换了吉服，但都是略写，既注意了礼节，又不写吉服的样式、色彩。第97回"薛宝钗出闺成大礼"时，只写了给宝玉"装新"，薛宝钗是"盛装艳服"，也没有细写婚礼风光和服饰款式色彩。这些都是作者有意绕开正面描写的困难，就简弃繁，反给读者留下无限想象的空间。

"色彩的感觉是一般美感中最大众化的形式。"① 因此杰出的艺术家对色彩都有特殊的敏感。从《红楼梦》服饰色彩的总体描写来看，曹雪芹非常重视色彩的美学作用，而且非常成功地运用了色彩来描写服饰美、人物美。小说中写了两位色彩学的"专家"，一位是贾母，一位是薛宝钗的丫鬟黄莺儿。第40回写贾母陪同刘姥姥游大观园，在潇湘馆里贾母发表了色彩见解。小说中写道：

---

① 《马克思恩格斯论文学与艺术》（上），人民文学出版社1982年7月出版，第125页。

贾母因见窗上纱的颜色旧了,便和王夫人说道:"这个纱新糊上好看,过了后来就不翠了。这个院子里头又没有个桃杏树,这竹子已是绿的,再拿这绿纱糊上反不配。"

当王熙凤说到银红蝉翼纱后,贾母道:

那个纱,比你们的年纪还大呢。怪不得他认作"蝉翼纱",原也有些像……正经名字叫作"软烟罗"……那个软烟罗只有四样颜色:一样雨过天晴,一样秋香色,一样松绿的,一样就是银红的,若是做了帐子,糊了窗屉,远远的看着,就似烟雾一样,所以叫作"软烟罗"。……明儿就找出几匹来,拿银红的替他糊窗子……

贾母偶到潇湘馆,一下子就看到了糊窗的是绿的与环境颜色重合之病,选中银红色来形成红绿对比:万绿丛中一点红!这是贾母的经验,也是她的美感意识。第35回"黄金莺巧结梅花络",写宝玉求宝钗丫鬟莺儿打络子,下面是他们的一段关于"配色"的对话:

莺儿道:"汗巾子是什么颜色的?"宝玉道:"大红的。"莺儿道:"大红的须是黑络子才好看的,或是石青的才压的住颜色。"宝玉道:"松花色配什么?"莺儿道:"松花配桃红。"宝玉笑道:"这才娇艳。再要雅淡之中带些娇艳。"莺儿道:"葱绿柳黄是我最爱的。"宝玉道:"也罢了,也打一条桃红,再打一条葱绿。"莺儿道:"什么花样呢?"宝玉道:"共有几样花样?"莺儿道:"一炷香、朝天凳、象眼块、方胜、连环、梅花、柳叶。"……

由上面的对话中可以看出,生于织造世家的曹雪芹对色彩是既有"理论"上的基础,又有实践经验的借鉴,所以色彩在他的笔下具有一种生命精神、人文关怀和民族传统的自觉张扬。《红楼梦》人物的服饰和服饰色彩,在实用的前提下,增加色彩的美感,并把这种美感同人物的地位、身份、年龄及季节、环境,天衣无缝地缀合在一起,使服饰和它的色彩有了生命感,充满了人物的个性、情绪和感情,艺术的服饰为艺术的人生增添了无穷无尽的光彩!

《红楼梦》里的饮食描写与特点

《红楼梦》诞生于18世纪中叶,它是中国封建社会世家大族生活真实的历史画卷。就是在这部傲立于世界文学之林、被誉为中国传统文化"百科全书"的鸿篇巨制中,曹雪芹用了将近三分之一左右的篇幅,描述了众多人物丰富多彩的饮食文化活动。

就其规模而言,则是大宴、小宴、盛宴;就其时间而言,则有生日宴、寿宴、冥寿宴、省亲宴、家宴、接风宴、诗宴、灯谜宴、合欢宴、梅花宴、海棠宴、螃蟹宴;就其节令而言,则有中秋宴、端阳宴、元宵宴;就其设宴地方而言,则有芳园宴、太虚幻境宴、大观园宴、大厅宴、小厅宴、怡红院夜宴等等,令人闻而生津。①

通过小说中各种各样的宴集的描写,曹雪芹不仅为读者提供了一张未穷尽的美食单,更重要的是作者为我们创造了一个完整的红楼饮食文化体系。这个"体系"为我们展示了18世纪中叶的饮食风貌。

第一,名目繁多的红楼食品:据研究者不完全统计,120回的《红楼梦》小说中描写到的食品多达186种。

所有这些食品(包括与食品有关的盥沐用品)可分归为主食、点心、菜肴、调味品、饮料、果品、补品补食、外国食品、盥沐用品,九个类别。其中主食原料十一种、食品十种;点心十七种;菜肴原料三十一种、食品三十八种;调味品八种;饮料二十三种;果品三十种;补食补品十一种;外国食品七种;盥沐用品四种。②

---

① 蒋荣荣、朱邦华、朱家镇编著:《红楼美食大观》,广西科学技术出版社1989年5月版,第29页。
② 蒋荣荣、朱邦华、朱家镇编著:《红楼美食大观》,第218页至219页。

趣解红楼

这186种食品有的详写,有的略写,有的随文而出,有的精心安排,其名目繁多,本章无法详列。这里举其要者,如汤就有:酸笋鸡皮汤(第8回)、莲叶羹(第35回)、野鸡崽子汤(第43回)、合欢汤(第53回)、火腿鲜笋汤(第58回)、虾丸鸡皮汤(第62回)、火肉白菜汤(第87回)等;菜类如烧野鸡(第20回)、野鸡瓜子(第49回)、炸鹌鹑(第46回)、糟鹌鹑(第50回)、糟鹅掌(第8回)、胭脂鹅脯(第62回)、酒酿蒸鸭子(第62回)、鸽子蛋(第40回)、火腿炖肘子(第16回)、牛乳蒸羊羔(第49回)、烤鹿肉(第49回)、茄鲞(第41回)等;面食如螃蟹馅炸饺子(第41回)、枣泥山药糕(第11回)、菱花糕(第39回)、如意糕(第53回)、松子鹅油卷(第41回)等;粥类有江米粥(第87回)、鸭子肉粥(第54回)、腊八粥(第19回)、枣儿粳米粥(第54回)、燕窝粥(第55回)等。至于茶、酒及其他饮料,都有具体的名目和产地。曹雪芹精于烹饪之道,《红楼梦》中的一些菜肴不仅有恰如其分的美妙名称,而且还把制作方法详细描写出来,如"茄鲞"就是明显一例。

第二,讲求华美的食具:"美食美器"是中国传统饮食文化的一个重要的内容。唐代诗人王翰《凉州词》中所写"醉卧沙场"的英雄将士所饮"葡萄美酒",就是用"夜光杯"来盛的。① 这说明"美器"与"美食"的关系。《红楼梦》中的贾府是功名奕世、赫赫百载的世家大族,自然是"钟鸣鼎食"之家了。因此,《红楼梦》中所描述到的食具、茶具、酒具、桌具等等,都是非常宝贵华美的。例如餐具,小说中写到的有鼎(第2回)、金盘(第5回)、乳钵(第28回)、淡金盘、金碗、戗金碗、金匙、银大碗、银盘、银碟(第105回)、玛瑙碗(第31回)、玛瑙盘子(第37回)、翡翠盘子(第40回)、乌木三镶银箸(第40回)、四楞象牙金筷(第40回)和出自名窑的汝窑盘子(第27回)、官窑盘(第40回)、官窑碗(第41回)、定窑碟银爵(第17~18回)、乌银梅花自斟壶(第38回)、錾金彝(第3回)、觥、斝(第1回)、玻璃盒(第3回)、汝窑美人觚(第3回)、玻璃盏、琥珀杯(第5回)、海棠冻石蕉叶杯(第38回)、十锦珐琅环(第40回)、竹根套杯、黄杨根套杯、瓠瓟斝、点犀盉、绿玉斗(第41回)、合欢杯(第94回)等等。

---

① 王翰《凉州词》,见《全唐诗》卷一五六,中华书局本1605页。全诗二首,其一云:"葡萄美酒夜光杯,欲饮琵琶马上催。醉卧沙场君莫笑,古来征战几人回。"

第三，丰富多彩的饮食活动：作为世族之家的贾府，不仅是"白玉为堂金作马"、"珍珠如土金如铁"，可以把"银子花得像海水一样"的有势有派，而且老爷、太太、公子、小姐们还有"闲"。如薛宝钗所说："天下难得的是富贵，又难得的是闲散，这两样再不能兼有。"但他们却"兼有"了，所以他们还要纵情享乐一番。于是，曹雪芹为小说中的人物安排了30余次丰富多彩的饮食活动：诸如抹骨牌、行酒令（有牙牌令和占花游戏）、斗牌、解九连环、射覆、拇战、击鼓传花、斗叶、抢快、打双陆、击鼓催诗等等。小说第40回"史太君两宴大观园，金鸳鸯三宣牙牌令"和第63回"寿怡红群芳开夜宴"，充分展示了"红楼"饮食活动。

从以上三个方面概括地介绍了"红楼"饮食体系的架构，使我们可以看到《红楼梦》虽然不是一部饮食专著，但它对我国18世纪中叶以前的传统饮食文化和家族文化的描写是有重要研究价值的。

《红楼梦》中的贾府在饮食方面不仅是享口福——山珍海味、美肴佳馔是不用说的，更重要的是还要吃出健康来，对食养食疗尤为重视。第45回写宝钗去看黛玉"互剖金兰语"，当黛玉说到自己的病养不好时，宝钗点头道"古人说'食谷者生'，你素日吃的毫不能添养精神气血，也不是好事"，提出"饮食就可以养人"的道理。宝钗话中的"食谷者生"，正是中医所提倡的饮食之道——食五谷可以添养精神气血。第53回写到晴雯病时，说了下面一段话：

> 晴雯此症虽重，幸亏他素习是个使力不使心的，再素习饮食清淡，饥饱无伤。这贾宅中的风俗秘法，无论上下，只一略有些伤风咳嗽，总以净饿为主，次则服药调养。

今人一说到要健康长寿，就千方百计买营养补品，海陆空上有的，中国土产，外国舶来的，视为良方，猛吃猛喝不嫌其多。其实，在中医理论中"饮食清淡"是最好的养生之道，贾府深懂此法。《红楼梦》中许多故事情节都写到了食养食疗，例如第6回描写贾宝玉梦游太虚境，初试云雨情。小说中写道："彼时宝玉迷迷惑惑，若有所失。众人忙端上桂圆汤来，呷了两口，遂起身整衣。"第116回描写贾宝玉"失玉"之后，神情恍惚，死去活来，慌得荣府上下六神无主，不知如何是好。后来终于苏醒过来，这时"只见王夫人叫人端了桂圆汤，叫他喝了几口，渐渐地定了神。"据许多中医药学典籍的记载，"桂圆"具有安神定志、养心补脾、补灵长智

的药理作用。王夫人等端来"桂圆汤",说明他们懂得桂圆的食养食疗价值和烹调技艺,应用自如,取得了"定了神"的作用。第11回描写王熙凤前往宁国府去探视病中的侄媳妇秦可卿,当谈到病人的饮食时,秦可卿道:"昨日老太太赏的那枣泥馅的山药糕,我倒吃了两块,倒像克化的动似的。"凤姐儿答道:"明日再给你送来。"贾母为什么给病中的重孙媳妇送"枣泥馅的山药糕"呢?这是因为秦可卿患的气血两亏、脾胃不和的病,而大枣可以补气血、健脾胃,山药亦是补气健脾的食物。两种食物经过去核剥皮后捣成泥状,与山药一起做成糕后有柔软、甜美的特点,不仅可以增进病人的食欲,而且肠胃虚弱的病人才"克化的动"。《红楼梦》中多次多处写到"燕窝汤"、"燕窝粥",如第10回描写秦可卿卧病在床,婆婆尤氏前去探望,看着儿媳吃了"半盏燕窝汤"才离去。第45回描写薛宝钗前往潇湘馆看望林妹妹,当看到一份药方时说道:"我看你那药方上,人参肉桂觉得太多了,虽说益气补神,也不宜太热。依我说,先以平肝健胃为要,肝火一平,不能克土,胃气无病,饮食就可以养人了。每日早起,拿上等燕窝一两,冰糖五钱,用银铫子熬出粥来,若吃惯了,比药还强,最是滋阴补气的。"这段描写的目的在于强调饮食中的食养食疗的功用——"比药还强"。而燕窝恰有"滋阴补气"的功效,符合林黛玉当时的体弱宜慢补的要求。

《红楼梦》的饮食描写中以茶酒最为普遍,满纸酒香茶浓。小说中的人物几乎人人能饮酒品茶。从食养食疗的角度看,小说中的茶和酒,都具有食养效果。例如,小说中多次提到饮黄酒,这种酒是以优良的糯米酿造的,富有高营养、质平和的特点,更重要的是它有舒筋活血、延年益寿的功用。日常生活中人们常把黄酒(包括绍兴酒、惠泉酒)作为中药的"药引子"。又如,小说第38回螃蟹宴时,薛宝钗写的咏蟹诗中"酒未涤腥还用菊",即是指用的"菊花酒"。据《西京杂记》的记载,汉高祖时宫中"九月九日佩茱萸,食蓬饵,饮菊花酒,令人长寿。"这是因为"菊花酒"具有养肝肾、利头目、抗衰老的功能。因此,"菊花酒"被列入"益寿"的颐年延寿类中。① 此外,《红楼梦》中提到的"桂花酒"、"屠苏酒",乃至"深意存焉"的"千红一窟(哭)"茶、"万艳同杯(悲)"酒,也都属

---

① 参见顾奎勤等编著:《家庭药膳》,金盾出版社1991年5月版,第33页"菊花酒"条;又陈熠主编:《中国药酒大全》,上海科学技术出版社1991年5月,第53页"菊花酒"条。

于颐年延寿饮料。

《红楼梦》中写得最详细、最生动，同时又体现出食养特点的一道菜是大家都熟悉的"茄鲞"。来自乡下的刘姥姥听说菜名"茄鲞"不明所云，于是问其制法。小说第 41 回中有如下一段精彩的描述：

……凤姐儿听说，依言搛些茄鲞送入刘姥姥口中，因笑道："你们天天吃茄子，也尝尝我们的茄子弄的可口不可口。"……刘姥姥细嚼了半日，答道："……告诉我是个什么法子弄的，我也弄着吃去。"凤姐儿笑道："这也不难。你把才下来的茄子把皮籤了，只要净肉，切成碎钉子，用鸡油炸了，再用鸡脯子肉并香菌、新笋、蘑菇、五香腐干、各色干果子，俱切成钉子，用鸡汤煨了，将香油一收，外加糟油一拌，盛在瓷罐子里封严，要吃时拿出来，用炒的鸡瓜一拌就是。"

依据这段描写文字，我们可以认定"茄鲞"属于"食养"类的菜肴。原因是它的主料茄子及辅料"香菌"、"新笋"、"蘑菇"等，都具有食养功能。

上面举例说明《红楼梦》中有关饮食的特殊描写是极为丰富的，不仅种类繁多，名目奇巧，而且其食养的功效描写也淋漓尽致，令人耳目一新，百读不厌。

趣解红楼

"红楼饮食"描写的艺术特点

《红楼梦》是小说而不是《饮膳正要》[①]那样的饮食专著。因此，小说中所写到的食养食疗只能是根据小说情节发展的需要而设置的。但是，《红楼梦》是一部伟大的现实主义小说，艺术的真实来源于生活的真实，所以小说中的特殊食品又不是凭想象而杜撰出来的。它除了具有一般食品所具备的共同特点（如进食食养食疗食品的季节性、进食者的年龄、身体强弱等）之外，还有小说中食养食疗食品自身的一些特点。

第一，"红楼饮食"具有富贵气。几部大部头的古典小说都有饮食文化的描写：《三国演义》的饮食中充满"阴谋"，有一股阴森森的"杀气"；《水浒传》的饮食大碗吃肉、大碗喝酒，吃人肉包子，充满了"绿林气"；《西游记》的饮食中大多仙桃、仙果，充满了"仙气"；《金瓶梅》的饮食中以酒为"媒"，充满了"淫邪气"；《儒林外史》写穷酸知识分子的饮食，常常露出一股"穷酸气"。《红楼梦》中的贾府是京中八公之一，"诗礼簪缨之族，钟鸣鼎食之家"，日常生活用度都极排场，所以在饮食方面也表现出世族之家那种挥金如土的气派。刘姥姥见到的"螃蟹宴"，吃去了七八十斤笼蒸清水大螃蟹，要花去二十两银子，这一顿螃蟹宴的钱就够庄稼人生活一年了。又如"史太君两宴大观园"，刘姥姥吃的鸽子蛋，"一两银子一个"，穷人又如何吃得起呢！平日里，林黛玉、秦可卿吃的"人参汤"、"燕窝粥"，不是几钱几分，而是一开口就是"一两"，这又需要多少钱？贾母吃的"牛乳蒸羊羔"，那"不见天日的东西"又要多少钱？就是一道"茄鲞"，那配料又何是一般平民百姓能买得起的。更何况食具奢华，连平日里品的茶，喝的酒，数量又是何等惊人！这一切都在说明贾府的富贵气派，连饮食都具有一股子富贵味儿。

第二，"红楼饮食"具有日常化、生活化的特点。《红楼梦》描写世族

[①]《饮膳正要》，元代忽思慧著。全书共三卷，卷一记养生、妊娠、乳母、饮酒诸忌。再次标目"聚珍异馔"，分述汤、粉、姜、面、粥、馒头、烧饼等饮食以及菜肴的烹制方法，总计94种。每种皆说明其食疗效用、材料、调味品、烹调技术。这是一部全面、系统的中国药膳专著。

之家的日常生活，因此曹雪芹在生活细节的描写方面特别显现他的艺术天才。这个贵族之家有主仆上下四五百人，仅是主子阶层也有数十口。平日送往迎来以茶代酒。家宴小集又是茶酒并用，至于具有食养食疗品性的鲜嫩水果，小姐丫鬟们常吃的干果，更是花样翻新，经年不断。第53回乌进孝进租所列的单子上的名目，亦可见这个世族之家日常饮食的丰富性、经常性。在他们的饮食生活中，不论"细粥"还是特制的小菜，无不考虑到营养，有些山珍海味，则是世所罕见。

第三，"红楼饮食"侧重食补食养。《红楼梦》中的饮食功能作用主要表现在食补食养方面。从前面的"红楼饮食"的描写、"红楼饮食"的分类中可以看出，"红楼饮食"主要是用来食养。所列的各种菜肴、面点、饮料、汤羹、干鲜果品，等等，都突出其营养价值，以保健益寿为主要目的，这是世族的养生之道所要求的。这些食品中的主料或是辅料，均有药性、药力，但表现的膳食中的功用，是药借食而散发其威力，药性的作用是长期见其效，而非药力"立竿见影"除疾祛病的。

第四，"红楼饮食"重视烹饪技艺。中国饮食是中国传统的食养食疗和烹饪学科边缘结合的产物，因而烹饪的色香味形是食品制作的一个重要环节。可以说，食品因为有烹饪工艺加工，方更具有无穷的魅力，从而受到人们的青睐。例如，蛇羹是由蛇作主料烹制而成，倘是一条活蛇又有几人敢食？又如"牛乳蒸羊羔"，那"不见天日的东西"倘不经过精细加工，人们连看一眼都不愿意。由于经过了加工，有了一种食物的艺术美，其味其色其形在人们的感官上产生了一种特殊的美感，从而得到人们的喜欢。再如"茄鲞"，主料茄子是普通农家种的，穷人可以此度荒，但经过烹饪师的加工之后，其形、其味，都与原来的茄子不同了，连生活在乡下的刘姥姥都没有尝出来。这是饮食的艺术，在《红楼梦》中就成了艺术的饮食。

第五，"红楼饮食"是社会生活的艺术再现，其中不乏"写意"，但更多是"写实"。因此《红楼》饮食既具愉悦功能，又具有可操作性的特点。《红楼梦》中所写到的食品虽然已被作家艺术化了，但不论是菜肴、面食、饮料等，都来之于现实生活，都有应用价值，即具有可操作性。例如，小说中所写到的"千红一窟"茶，"万艳同杯"酒，名字都是寓意深刻，说明红楼女子的命运都是悲剧的，千红一哭，万艳同悲。但在制法上又完全遵循茶、酒的配制。小说中提到这两种饮料时写道：

趣解红楼

大家入座，小丫鬟捧上茶来。宝玉自觉清香异味，纯美非常，因又问何名。警幻道："此茶出在放春山遣香洞，又以仙花灵叶上所带之宿露而烹，此茶名曰：'千红一窟'。"宝玉听了，点头称赏。

所谓"放春山遣香洞"，只是要说明茶产之名山仙界，言其珍贵而已。名茶以"仙花灵叶上所带之宿露而烹"，则是茶道用水的学问，茶经茶典上是有记载的。这里的烹茶之道虽然被艺术夸张了，但人们仍然可以应用这一烹茶用水的道理来烹茶。

小说接着写宝玉饮"万艳同杯"酒时又道：

宝玉因闻得此酒清香甘冽，异乎寻常，又不禁相问。警幻道："此酒乃以百花之蕊，万木之汁，加以麟髓之醅，凤乳之麴酿成，因名为'万艳同杯'。"宝玉称赏不迭。

"以百花之蕊"酿酒，古已有之，载入古今酒典之中。《红楼梦》中的"菊花酒"、"桂花酒"、"合欢花浸的酒"，都属于此类以花卉酿制药酒的范例。"万艳同杯"酒同"千红一窟"茶一样，是艺术化的酒，又是可以其理而酿制的佳品。此二例在《红楼梦》中是被视为"杜撰"成分最多的饮料药膳，它们尚可仿制应用，其他菜肴、面点、饮料，也就无需辞费了。

《红楼梦》茶名目与烹茶用水

中国茶的名目繁多，千姿百态，所以民间有"茶叶学到老，茶名记不了"的俗谚。据茶史专家们的分类法，茶叶共分六大类：即绿茶、红茶、乌龙茶、花茶、白茶、紧压茶。一般说来，长江以南的人多喜欢饮绿茶，而北方大多数人则喜欢饮红茶和花茶（俗称香片），广东、福建一带喜欢饮乌龙茶，西南一带又喜欢饮普洱茶。这些不同的饮茶习惯，是因为地理环境不同，加之受不同历史文化的影响。古人说，"千里不同风，百里不同俗"，所以表现在饮茶习俗上也不尽相同。

《红楼梦》里的贾府是京中望族，"钟鸣鼎食"、"诗礼簪缨"，对饮茶的讲究自然也不同于平民百姓之家。不要说烹茶、饮茶的用具追求奢华，以不失名门望族的身份地位，就是日常用茶的种类上也显示出世族之家的风范。据统计，《红楼梦》全书中有273处写到的茶名就有好几种，这还不算采自放春山遣香洞的"仙茗"。如贾母不喜吃的"六安茶"、妙玉特备的"老君眉"、暹罗国进贡的"暹罗茶"、怡红院里常备的"普洱茶"（"女儿茶"）、茜雪端上的"枫露茶"、黛玉房中的"龙井茶"。这些茶，大体上可归于绿茶、花茶、岩茶、红茶四大类中。

"六安茶"，首见于小说第41回"品茶栊翠庵"。贾母道："我不吃六安茶"。这"六安茶"属于不发酵的绿茶，产于安徽省六安县霍山地区。明人屠隆《考槃余事》中曾列出最为当时人称道的茶有六品，即"虎丘茶"、"天池茶"、"阳羡茶"、"六安茶"、"龙井茶"、"天目茶"。"六安茶"列为六品之一，以茶香醇厚而著称于世。在《红楼梦》诞生时代，"六安茶"与西湖龙井茶同属天下名茶，成为珍贵的贡茶。近人徐珂《清稗类钞》"朝贡类"载有"六安贡茶"之条目。

由此可知，有清一代"六安茶"都是以贡品而受人们重视的。但贾府的老祖宗贾母又为何不喜欢这种名贵的"六安茶"呢？究其原因，恐怕有两点：一是生活习惯所致，贾府在北方，习惯饮花茶或红茶，而不喜欢南方的绿茶。二是小说中有所提示，"贾母道：'我们才都吃了酒肉。'"之后油腻太重，倘若饮了绿茶容易停食、闹肚子。所以，精于茶道的妙玉在旁

说:"知道。这是老君眉。"意思是告诉贾母"这不是绿茶"。

"老君眉",属于福建岩茶中的一种,其品质特点是汤色深、色鲜亮、香馥味浓。这是清代颇为时兴的茶叶,见于郭柏苍《闽产录异》一书卷一"货属",记云:

> 茶:闽诸郡皆产茶,以武夷为最。苍居芝城十年,以所见者录之。……老君眉(光泽乌,君山前亦产老君眉)叶长味郁,然多伪。

"老君"者即"寿星"也。妙玉为贾母一行人备下的"老君眉",既有茶理上"吃油腻"不宜饮绿茶的原因,同时也有恭维、讨好"老祖宗"的心理,表现了这位"槛外人"不仅善于茶道,而且也聪明乖巧,格外招人喜爱。

"普洱茶"属于红茶中的一种。小说第63回"寿怡红开夜宴",有一段写林之孝家的查夜来到怡红院,与宝玉对话中提到了"普洱茶"。据《清稗类钞》"饮食类"中"孙月泉饮普洱茶"条记载说:"醉饱后饮之,能助消化。"宝玉说"今日吃了面,怕停食,所以多玩了一会儿",又喝"普洱茶",就是因为它"能助消化"的缘故。这说明宝玉也是一位茶道中人。文中提到"女儿茶",是指"普洱女茶"。《红楼梦》时代,宫廷官宦大家中很讲究饮普洱茶。清人吴振棫《养生斋丛录》中记载云南端阳朝贡品中就有各种普洱茶名目,说明当时普洱茶是非常名贵的,以贾府的地位、贾宝玉的身份,饮此种茶是完全符合情理的。

"龙井茶",属绿茶的一种,久负盛名。龙井为地名,属浙江省杭州市西湖西南山地中的一个村庄,有龙井古寺,寺中有井,为龙泉井,水甘冽清凉,故以龙井泉水泡茶上好。江南人喜欢龙井茶,直到近代北方达官显贵亦喜欢龙井茶,但因其珍贵价昂,加之习俗所限,所以虽声名很高,但饮者并不普遍。《清稗类钞》"饮食类"中有"高宗饮龙井新茶"记载,说明乾隆时代,龙井茶亦为珍贵贡品,宫廷上下以饮龙井茶为最高享受。但能真正品味到其妙处者,则是寥寥无几。

曹雪芹在江南生活过,又生于官宦之家,对龙井茶的珍贵当然知之甚详。《红楼梦》中写的是"国公爷"的后代,所以小说中写到龙井茶是很自然的事。小说第82回写贾宝玉下学回家,到潇湘馆看望林妹妹,黛玉忙吩咐丫鬟紫鹃道:"把我的龙井茶给二爷沏一碗,二爷如今念书了,比

不得头里。"宝黛之间的情谊是无须多叙的,宝玉下学就先到潇湘馆看妹妹,可见妹妹在他心目中的重要,自然妹妹也心领其意,用自己的"龙井茶"招待宝哥哥,从中亦可知宝哥哥在林妹妹心中的位置。作者正是在这种"节骨眼"上大做文章,既表现了宝黛之间的友情,又告诉读者这位生于江南苏州的林妹妹的饮茶习惯。

"枫露茶",见于《红楼梦》第8回,贾宝玉在薛姨妈处吃了晚饭后回到自己房中,茜雪端上茶来,宝玉吃了半盏,忽然想起早上沏的茶来,便问:"早起沏了一碗枫露茶,我说过那茶是三四次后才出色,这会子怎么又沏上这个茶来?"从宝玉所说的话看,"枫露茶"恐怕不是绿茶,倘若是绿茶泡了一天,到了晚上才吃岂不乏味了,又怎么能饮呢?所以,这"枫露茶"当属红茶一类,否则也不会说"三四次后才出色"。曹雪芹心细如发,以"枫露"名茶,当是费了一番心思的。枫者,秋天霜打叶红,突出这个"枫"字,暗合"红"字,与"怡红公子"颇有关系;至于"枫露",自然是枫叶之"露",而露水也只能秋天才有的,有可能指茶是秋天采集的;说到露,即甘露,古称"天酒",晶莹透明,味道甘冽,欲长生不老者或称神仙者渴饮甘露。大诗人屈原在《离骚》中就写过:"朝饮木兰之坠露兮,夕餐秋菊之落英。"汉武帝为求长生不老,命人在未央宫筑高台,以玉盘取云表之露,说明"露"之珍贵无比。小说第5回写贾宝玉梦游太虚境,仙姑以"千红一窟"茶款待他,并介绍道:"此茶采自放春山遣香洞,又以仙花灵叶上所带的宿露烹之,名曰千红一窟"。在神仙世界里,用露水烹茶,为"枫露茶"做了一个很巧妙的注解。

怡红公子在贾府的娇贵无须多加介绍,在老祖宗的眼睛里,他被视为"命根子",所以他饮的茶、喝的酒,都与他人有别,无人可比。曹雪芹如此描写,是否有调侃之意,不敢妄论,但有一点是清楚的,那就是他让贾宝玉喝"枫露茶",绝非凭空"杜撰"出来的。

茶道讲色、香、味、器、礼,而水是色、香、味三者的体现者。因此,自品茗进入人们的生活和文学艺术领域之后,人们对烹茶所用的水质高低、清浊、甘苦的认识和要求就更前进了一步。唐代以降,随着以"品"为主的饮茶风尚兴起,对品茶三要素的体现者"水",就有了专门的论述。以我所知,除陆羽的《茶经》中讲到煎茶用水的知识外,与他同时稍晚的张又新收集了不少有关煎茶用水的资料,加上刘伯刍和自己的理解,编成了一部专门讲究用水的专著《煎茶水记》,成为《茶经》的续篇。

明人许次纾《茶疏》中曾写道:"精茗蕴香,借水而发,无水不可与论茶也。"张大复在《梅花草堂笔谈》中也说到茶与水的关系。他说"茶性必发于水,八分之茶,遇十分之水,茶亦十分矣;八分之水,试十分之茶,茶只八分耳。"故近人徐珂在《清稗类钞》"饮食类"中有"烹茶须先验水"之说。

水有多种,陆羽在《茶经》中把自然界的水分为三个类型:即"山水上"、"江水中"、"井水下",此外还有"雪水"。但一般说来,饮茶用水多以前三种水为常见,雪水则不多见。《煎茶水记》中记载陆羽把三种类型的水又分为二十等。

但是刘伯刍认为煎茶水可分七个等级,比陆羽的"二十等"简略了些。不论是二十等,还是七等,都说明在茶道专家看来,煎茶的水质量是不尽相同的,所以煎出的茶色、香、味迥然不同。究其原因,明代田艺衡在《煮泉小品》中说出一番道理颇令人信服。他说:"鸿渐有云:'烹茶于所产处无不佳,盖水土之宜也。'此诚妙论。"他进一步分为十部分:"源泉"、"石流"、"清寒"、"甘香"、"宜茶"、"灵水"、"异泉"、"江水"、"绪谈"等。宋徽宗在《大观茶论》中说:"水以清、轻、甘、洁为美。轻、甘乃水之自然,独为难得。"明代的熊明遇《罗芥茶记》说:"烹茶,水之功居大。"又说:"养水预置石子于瓮,不惟益水,而白石清泉,会心亦不在远。"这些记载和诗句,都说明古人煎茶用水是十分考究的。

曹雪芹时代,煎茶用水也很注意。他的挚友敦敏、敦诚,因出身宗室,对茶酒都有特殊的癖好。敦诚的《四松堂集》中有许多咏茶诗作,如《蒋千之(良骐又号螺峰)编修赠六岗茶,小诗寄谢,叠前韵》,[①] 诗中说到用水事。其兄敦敏的"煎茶"诗题为《茗花》,[②] 诗云:

骤雨潇潇已沸汤,兰芽别自蕴清芳。
地炉纸帐疏烟薄,活火寒泉飞雪香。
几片绿云凝露润,一瓯碧玉喷珠光。
茶经陆羽真能事,轻细相看人品尝。

[①] 敦诚著:《蒋千之(良骐又号螺峰)编修赠六岗茶,小诗寄谢,叠前韵》,载《四松堂集》卷一,第59页。

[②] 敦敏著:《茗花》,载《懋斋诗钞》,第120页。

二敦显然喜欢饮茶,且深得茶理。敦诚还有一首《偶忆西山慧云寺龙泉水,因令小奴驰骑往取一瓶,适友人惠以湖井露芽,松下煎之亦复情况自怡》。① 后来敦诚将这段"西山取水"的事,记入《鹪鹩庵笔麈》,② 比诗中所云更详细。因此,我相信曹雪芹的茶道知识不仅来自书本、来自家庭,恐怕也有来自朋友之处,只不过他更富于创造,使茶道在他的笔下更加五彩缤纷,更加艺术化、形象化罢了。

《红楼梦》中写到煎茶用水的情节,其中有三回写到过:其一,用"旧年蠲的雨水";其二,特意收集来的"雪水"。曹雪芹虽没有就用水问题大发议论,但通过妙玉之口说出,颇是强调了水的来源。请看第41回:

> 贾母接了,又问是什么水。妙玉笑回:"是旧年蠲的雨水。"贾母便吃了半盏,便笑着递与刘姥姥说:"你尝尝这个茶。"刘姥姥便一口吃尽,笑道:"好是好,就是淡些,再熬浓些更好了。"贾母众人都笑起来。

用"雨水煎茶"还见于第111回,妙玉到四小姐惜春处,她见惜春可怜而留住,边下棋边饮茶,也是用雨水煎茶。

用"雪水"煎茶,《红楼梦》中也写到两处。一是第23回宝玉写了春夏秋冬四季即事诗,其中《冬夜即事》诗云"却喜侍儿知试茗,扫将新雪及时烹。"说明用"新雪"水来烹茶。第二处仍是第41回,是妙玉论茶道最精彩的一段文字:

> ……妙玉执壶,只向海内斟了约有一杯。宝玉细细吃了,果觉轻浮无比……黛玉因问:"这也是旧年的雨水?"妙玉冷笑道:"你这么个人,竟是大俗人,连水也尝不出来。这是五年前我在玄墓蟠香寺住着,收的梅花上的雪,共得了那一鬼脸青的花瓮一瓮,总舍不得吃,埋在地下,今年夏天才开了。我只吃过一回,这是第二回了。你怎么尝不出来?隔年蠲的雨水那有这样轻浮,如何吃得。"

---

① 敦诚著:《偶忆西山慧云寺龙泉水,因令小奴驰骑往取一瓶,适友人惠以湖井露芽,松下煎之亦复情况自怡》,载《四松堂集》卷一,第173~174页。

② 敦诚著:《鹪鹩庵笔麈》,附《四松堂集》后,共81则。见《四松堂集》卷五,第417~418页。

至此,读者或许要问:曹雪芹为什么在《红楼梦》里要花费这么多笔墨特写"雨水"和"雪水"呢?其实,这绝不是曹雪芹故弄玄妙,"杜撰"什么新奇的故事。古人用"雨水"、"雪水"煎茶,不乏其例。唐人陆龟蒙在《煮茶》诗中就有"闲来松间坐,看煮松上雪"之句。宋朝苏轼在《记梦回文二首并叙》诗前"叙"中也说过:"梦文以雪水烹小团茶"。与曹雪芹差不多同时人,即那位被误称为《红楼梦》续书作者而又屡遭诟骂的高兰墅在《茶》诗中也提到用"雪水"煎茶的事。

这些古人以"雪水"煎茶的诗文,反映了自唐宋以来"雪水"煎茶的风俗。人们可能要问,古人用"雨水"、"雪水"煎茶的根本原因是什么?仔细考察,这个问题不难回答。古时,工业不发达,天空大气没受到污染,所以雨水、雪水要比今天所见的雨水、雪水洁净得多。因此食用雨水、雪水是常见的现象,故古人称雨水、雪水为"天水"。其实,如今到边远地区或用水困难的地方仍然可以见到用大缸积雨水、雪水食用的现象。从科学角度考察,近代科学分析证明,自然界中的水只有雨水、雪水为纯软水,而用软水泡茶,其汤色清明,香气高雅,滋味鲜爽,自然可贵。古人用"天泉"煎茶,是与科学分析的结果相符合的。曹雪芹没有在人们已经熟悉的泉水、井水、河水上做文章,正是他的高明处,给人以更多的烹茶用水的知识,同时也表现了他在茶道方面的深厚修养。

《红楼梦》中的茶具与茶俗

中国人喜欢吃喝，又懂得如何吃喝，并且从吃喝中得到某种审美情趣。因此，从古至今都有"美食配美器"之说。茶道也是如此。古今茶道讲究色、香、味之外，还对茶具（如盛茶用具、煎水用具、选茶用具等），有不少讲究，成为"茶道"的一个重要内容，历代都有论述。陆羽《茶经》中对饮茶用具有专篇论述，列了 24 种之多。唐代封演《封氏闻见记》就作过转述。陆羽说"茶之功效并煎茶、炙茶之法，造茶具二十四事，以都笼统储之，远近倾慕，好事者家藏一副。"这 24 种茶具，即"风炉、筥、炭挝、火筴、鍑、交床、夹、纸囊、碾、罗合、则、水方、漉水囊、瓢、竹夹、鹾簋、熟盂、碗、畚、札、涤方、滓、方、巾、具列。"宋以后，饮茶器具更加讲究，不仅在功用、外观、造型上要求严格，而且在质地上也由陶或瓷发展成为或金、银器，"士大夫家有之，置几案间"，相沿成风，日趋奢华。周密在《癸辛杂识》中说：

> 长沙茶具，精妙甲天下。每副用白金三百两，或五百两，凡茶之具悉备，外则以大缕银合贮之。赵南仲丞相帅潭日，尝以黄金千两为之，以进上方。

唐宋时代茶具以黑釉茶盏为时尚，明清则多用白瓷和青花瓷。明代的白瓷有很高的艺术成就，胎白而致密，釉色光润，具有"薄如纸，白如玉，声如磬，明如钟"等优点，明人称之为"填白"，陶瓷史上则称为"甜白"。这种茶盏，造型稳重，比例均匀，当时又叫"坛盏"。又如明代以来江苏宜兴的紫砂陶制茶壶、茶盏，最为后世人所钟爱和推崇。明代，对茶具的讲究达到高峰，《清稗类钞》"饮食类"在"孝钦后饮茶"条下记载：

> 宫中茗碗，以黄金为托，白玉为碗。孝钦后饮茶，喜以金银花少许入之，甚香。

清皇宫中是如此,那么在世族之家又是如何呢?《红楼梦》反映了乾隆朝以前世族家庭茶具的豪华。

《红楼梦》中的贾府人口众多,尊卑长幼有序,所以在饮茶上有严格的区别,这是不用细说的。这里讨论茶具,看看这个世族之家是如何情形:

(1) 茶房与煮茶的用具。第54回写贾府有专事供茶的茶房,有如清宫内务府的茶房。有茶房,就有专供烧茶的茶炉等、送茶的茶壶等。

(2) 一般茶具。小说中提到的"茶碗"、"盖钟"、"盂"、"斝";端茶用的"茶盘"、"洋漆茶盘"、"填漆茶盘";洗涤茶具用的"茶筅";漱口用的"茶盂";放置茶具用的"茶格子"。此外还有茶壶外套"茶奁"等。这是日常生活中常见的茶具,说不上奢华高贵,反映不出这个贵族之家的气派来。

(3) "品茶栊翠庵"中的茶具。在《红楼梦》第41回里除了煎茶用水用了一番心思外,那就要算写茶具了。请看:

> 只见妙玉亲自捧了一个海棠式雕漆填金云龙献寿的小茶盘,里面放了一个成窑五彩小盖钟,捧与贾母……然后众人都是一色官窑脱胎填白盖碗……

接下一段文字写得更细致,也更有风趣:

> 又见妙玉另拿出两只杯来。一个旁边有一耳,杯上镌着"㼚瓟斝"三个隶字,后有一行小真字是"晋王恺珍玩",又有:"宋元丰五年四月眉山苏轼见于秘府"一行小字。妙玉便斟一斝,递与宝钗。那一只形似钵而小,也有三个垂珠篆字,镌着"点犀䀉"。妙玉斟了一䀉与黛玉。仍将前番自己常日吃茶的那只绿玉斗来斟与宝玉。宝玉笑道:"常言'世法平等',他两个就用那样古玩奇珍,我就是个俗器了。"妙玉道:"这是俗器?不是我说狂话,只怕你们家里未必找的出这么一个俗器来呢。"宝玉笑道:"俗说'随乡入乡',到了你这里,自然把那金玉珠宝一概贬为俗器了。"妙玉听如此说,十分欢喜,遂又寻出一只九曲十环一百二十节蟠虬整雕竹根的一个大盒出来,笑

道:"就剩了这一个,你可吃的这一海?"

翻遍古今中外的茶具谱中,我们还找不到一件茶具可与妙玉所用的茶具相媲美。贾府是国公爷的后代,黛玉是"前科探花"之女,宝钗是皇商的后代,见识广博,然而在妙玉面前论起茶具来,则是小巫见大巫了,显得知识贫乏得很。有人考证妙玉是一位"金枝玉叶",因某种原因才落到带发修行的境地。这种"探佚"是否符合曹雪芹的本意我不敢遽论,但以这一回中妙玉论茶道,特别是论用水和拿出茶具看,确实出身不凡,绝非一般世族出身的大家子弟可比。这一段隐秘,恐怕只有作者曹雪芹心理最为清楚了。

在长期的饮茶活动中逐渐形成了独特的风俗习惯,成为中华传统文化之一。曹雪芹在《红楼梦》中全面展示了这种饮茶的风习。例如"以茶祭祀"、"以茶待客"、"以茶代酒"、"以茶赠友"、"以茶泡饭"、"以茶论婚"种种,都有所描写,如果哪位画家有兴趣的话,我想画一幅"十二钗品茗图"当是不成问题的。为行文方便,下面略作归纳,着重从几个方面看看《红楼梦》中的饮茶风俗。

以茶祭祀。这风俗古已有之。据考证,至晚在魏晋南北朝时期,就出现了"以茶祭祀"的记载。南齐武帝萧颐,临死前下了一道遗诏,其中说道:"灵座上,慎勿以牲为祭,但设果饼茶饮、干饭、酒脯而已。"后人相沿此俗。清代有此俗,萧奭《永宪录》中就有记载:

> 户部尚书兼兵部尚书蒋廷锡生母曹氏卒,诏予祭恤,追封一品太夫人。上谕大学士张廷玉、散秩大臣都统佛伦等赐祭茶酒,加恩谕祭二次。

《红楼梦》中写到"以茶祭奠"多处,第13回秦可卿夭逝,王熙凤协理宁国府,第14回写王熙凤分派宁府男女仆役时说道:

> 这四十个人也分作两班,单在灵前上香添油,挂幔守灵,供饭供茶,随起举哀,别的事也不与他们相干。

第53回,写贾府全家人"祭宗祠"的情节,其中也有"供茶"的情

节:"……直至将菜饭汤点酒茶传完……"第58回写芳官祭奠蕊官,宝玉告诉他不要烧纸钱,"随便有清茶便供一钟茶",也是把"茶"作为祭品,第78回"痴公子杜撰芙蓉诔"前序后歌,文中写了备晴雯平日最喜欢的四样东西,在月下芙蓉花前祭晴雯:

谨以群芳之蕊,冰鲛之縠,沁芳之泉,枫露之茗,四者虽微,聊以达诚申信,乃至祭于白帝宫中抚司秋艳芙蓉女儿之诔毕"酌茗清香,庶几尚飨。"又写道:"读毕,遂焚帛奠茗。"

从这些记载和小说中的描写看,古代人们是将茶作为一种名贵、纯洁的"祭品",寄托哀思。

以茶论婚嫁。这一风俗在唐代最为风行。文成公主入藏以茶陪嫁,为人们称颂。唐代以降,"茶礼"(俗称"下茶")更加盛行。明代著名小说《金瓶梅》中写到"茶礼"处最多。所谓"吃茶"即是受聘的"茶礼"。清人阮葵生《茶余客话》中写到淮南人下聘礼,"珍币之下,必衬以茶,更以瓶茶分赠亲友。"清人福格《听雨丛谈》中也说:"今婚礼行聘,以茶叶为币,满汉皆然且非正室不用。"

《红楼梦》中"以茶为媒"、"以茶论婚嫁"有两处。一是第15回写宝玉、秦钟到馒头庵,让智能儿倒茶事,虽是调笑之意,但是以茶论婚的风俗的表现。二是第25回写宝玉被贾环用腊烫了脸,黛玉总不出门,"倒时常在一处说话儿。"一日去了怡红院,正好遇到了凤姐等一干人都在,于是凤姐问起日前赠茶之事,接下写道:

林黛玉听了笑道:"你们听听,这是吃了他们家一点子茶叶,就来使唤人了。"凤姐笑道:"倒求你,你倒说这些闲话,吃茶吃水的。你既吃了我们家的茶,怎么还不给我们家作媳妇?"众人听了一齐都笑起来。

以凤姐在贾府的地位,她竟然在大庭广众面前,当着黛玉的面说出这种话来,显然不是无心地唐突林妹妹。

家常饮茶。古代小说中写到家常饮茶的情节不胜枚举。《红楼梦》中的贾府是世族之家,家常饮茶极普通,有专门的茶房、专管烧茶仆妇,就可见这个大家族每天的饮茶情形了。小说中写宴前吃茶，饭后"漱口茶"，"然后又捧上新茶来，这方是吃的茶。"第 51 回写贾宝玉睡至半夜口渴了还要丫鬟倒茶来。麝月忙"向暖壶中倒了半碗茶，递给宝玉吃了，自己漱了一漱……"还有，贾府逢年过节搭台唱戏，每当众人看戏时也要送上茶来。这都属于家常饮茶，自是曹雪芹处处都点到，绝不放过每一个细节。

客来敬茶。这是中国人待客的传统礼仪。远有晋代的王濛用"茶汤敬客"、桓温用"茶果宴客"的记载，宋代有杜耒《寒夜》诗写出"寒夜客来茶当酒，竹炉汤沸火初红"的佳句。至于小说中写"客来敬茶"例子就更多了。李绿园《歧路灯》第 2 回就有客来"献茶毕"的描写。《红楼梦》中写"客来敬茶"从第 1 回起有甄士隐命"小童献茶"招待贾雨村；第 3 回写林黛玉到王夫人房内，"丫鬟忙捧上茶来。"第 13 回写太监戴权上祭，贾珍"让坐至逗蜂轩献茶。"王熙凤分派人役时说："这二十人分作两班，一班十个，每日在里头单管人客来往倒茶，别的事不用他们管。"第 18 回写元妃省亲大典，"茶已三献，贾妃降座，乐止。"第 33 回写贾政接待忠顺王府的人，"彼此见了礼，归坐献茶。"这都是"以茶待客"的风俗。

饮宴上茶。古人有"茶宴"，《啸亭杂录·续录》记载，"茶宴"条云：

> 乾隆中于元旦后三日，钦点王大臣之能诗者曲宴于重华宫。演剧赐茶，仿柏梁制，皆命联句以纪其盛。复当席御制诗二章，命诸臣和之，后遂以为常礼焉。

《红楼梦》中有结诗社联句之类活动，茶酒助兴也是有的，但未提及"茶宴"。我们在小说中看到的是各种宴会是要上茶的。如第 3 回写贾母到会芳园游玩，"先茶后酒，不过皆是宁荣二府女眷家宴小集。"

以茶馈友。在中国茶文化史上，以茶酒馈亲友，是一个良好的传统。大诗人白居易曾在《萧元外寄蜀新茶》诗中写到："蜀茶寄到但惊新，渭水煎来始觉珍。"清代扬州八怪之一郑板桥诗中也有谢赠茶诗，《谢兖州太守赠茶》诗云："此是蔡丁无上贡，何其分赐野人家。"这都是"以茶馈友"的例证，说明此风此俗古已有之。

《红楼梦》写茶不让前贤，就连"以茶馈友"的细节也写到了。第 25 回写王熙凤去看望宝玉时巧遇众姐妹，林黛玉也在场，于是——

凤姐道："前儿我打发了丫头送了两瓶茶叶去，你往那去了？"林黛玉笑道："哦，可是倒忘了，多谢多谢。"凤姐儿又道："你尝了可还好不好？"没有说完，宝玉便说道："论理可倒罢了，只是我说不大甚好，也不知别人尝着怎么样？"宝钗道："味倒轻，只是颜色不大好些。"凤姐道："那是暹罗进贡来的。……你要爱吃，我那里还有呢。"林黛玉道："果真的，我就打发丫头取去了。"凤姐道："不用取去，我打发人送来就是了。我明儿还有一件事求你，一同打发人送来。"

吃"年茶"。这风俗由来已久，至今人们还常说"吃年茶"。小说第19回写接待元妃省亲大事完毕，"贾府上下安闲"。于是，袭人之母亲来回过贾母，接袭人回家去"吃年茶"。同回又写道："至于跟宝玉的小厮们……也有往亲友家去吃年茶的。"

饮茶风俗很多，成为礼数。除上述几个方面外，还有"上果茶"、"茶点心"、"茶泡饭"和烹茶加香片等，都属饮茶风俗一类，限于篇幅无法一一细说。通过以上七个较为突出的方面，已可见《红楼梦》中的茶文化是多么丰富多彩、绚丽多姿了。作为小说，曹雪芹不可能像某些茶史专著那样详加记录。但是曹雪芹做到了"信手拈来无不是"，使读者在阅读小说的同时，能够获得如此生动有趣的茶文化知识，实是古今中外小说中所不多见的。就此一点而论，曹雪芹实不愧为古今罕见的文学巨匠，一代天才作家。

酒在《红楼梦》中

曹雪芹的"好饮",不仅散见于他的友人诗文中、民间传说中,更重要的证明是酒在《红楼梦》一书中。曹雪芹把自己的"好饮"灌注在他心爱的小说中的每一回故事、每一个人物身上,让读者们从小说《红楼梦》中朦胧地看到了作家的影子。谁说《红楼梦》不是曹雪芹撰写的,那满纸的酒香,把曹雪芹与《红楼梦》联系在一起,这是曹雪芹撰此《红楼梦》最有力的证据啊!

据我的统计,120回的《红楼梦》中有91回写到酒和饮酒,共有603处提到酒字。如果细分,前40回中有160处,中40回有301处,后40回有142处。其中前40回有11回没提到酒,中40回有3回没提到酒,后40回有15回没提到酒。写到酒事最多的是第54回,共24处提到酒,第62回有35处,第63回有28处,第65回有24处,第120回以"酒余饭饱"句收尾。

(1)虚实相间的酒名。酒有名字自古始然,由少而多,逐渐演变,形成酒名的发展历史。同所有的"名字"一样,酒名不仅仅是一种单纯的符号,而且它还包含着丰富的文化指意,表达人类向往美好的审美情趣。曹雪芹在《红楼梦》里写到的酒类有十余种,各有其名,虚实相间,可以说是珠玉满眼。例如蒸馏烧酒,糯米酿制的黄酒(又名曰绍酒、老酒),果类酿制的果子酒,此外还有"舶来品"的西洋葡萄酒。

《红楼梦》里的酒类十余种,多数是实写,只有少数酒名是随文而出,或根据故事情节的需要而虚拟的。例如诗词中嵌入的"金谷"酒,元妃赏赐的"御酒"是借用美酒之名,或泛指名酒。第5回所写清香甘冽,异乎寻常的"仙醪"——"此酒乃以百花之蕊,万木之汁,加以麟髓之醅,凤乳之麯酿成,因名万艳同杯"。这是"太虚幻境"里的神仙们才能饮到的美酒,其真实意图是曹雪芹借酒名隐喻封建社会里的女子的命运皆不过是"千红一哭,万艳同悲"。

《红楼梦》里写到的酒类,既反映着作家生活时代的饮酒风俗,又反映着作家自身生活的经历。小说中写到最多的酒是烧酒,其度数最高,功

能也最多，同时也最符合作家生活时代的饮酒习惯。其次是绍酒、惠泉酒和西洋葡萄酒，与作家久居江南和显赫家世是分不开的。小说中所写的菊花酒、①桂花酒、②屠苏酒、③合欢花浸的酒，④一方面展示了贵族之家贾府的富贵豪华，集天下名酒于一家；另一方面也显示了曹雪芹对酒的渊博知识，正是他"好饮"的一个证明。

酒名，反映了一个时代的风貌。

(2)《红楼梦》有91回写酒，人人会喝酒。翻开《红楼梦》，开卷第1回就写到甄士隐与贾雨村的饮酒。小说中写道：

> 须臾茶毕，早已设下杯盘，那美酒佳肴自不必说。二人归坐，先是款斟漫饮，次渐谈至兴浓，不觉飞觥限斝起来。当时街坊上家家箫管，户户弦歌，当头一轮明月，飞彩凝辉，二人愈添豪兴，酒到杯干……

第2回"冷子兴演说荣国府"，又写到冷子兴与贾雨村在小酒肆的"对饮"，从贾府的盛衰谈到"正邪二赋"。小说写道：

> 雨村不耐烦，便仍出来，意欲到那村肆中沽饮三杯，以助野趣，于是款步行来。将入肆门，只见座上吃酒之客有一人起身大笑，接了出来，口内说："奇遇，奇遇。"雨村忙看时，此人是都中在古董行中贸易的号冷子兴者，旧日在都相识。……一面说，一面让雨村同席坐

---

① 菊花酒：《红楼梦》第38回宝钗咏螃蟹诗中有"酒未涤腥还用菊"，由此推断贾府中可能有菊花浸的酒。菊花酒历史悠久，曾为御用珍品。据《西京杂记》载，汉高祖在位时，宫中"九月九日佩茱萸，食蓬饵，饮菊花酒，令人长寿。"

② 桂花酒：《红楼梦》第78回宝玉祭晴雯的《芙蓉女儿诔》中曾写道："滴醽醁以浮桂醑耶"。其中"醽醁"，相传为唐魏征家酿葡萄酒名。"桂醑"即为桂花酒。

③ 屠苏酒：又作"屠酥酒"，屠苏酒是古代人们过年时饮用的一种具有保健、避邪功用的酒。传说汉名医华佗造，有说唐孙思邈造，其说不一。饮屠苏酒风俗较早，初唐诗人卢照有"翡翠屠苏鹦鹉杯"句，说明唐以前已流行，宋元明清此酒很受欢迎。

④ 合欢花浸的酒：见于《红楼梦》第38回。据《中药大辞典》介绍，合欢花，又名夜合花（《本草衍义》）、乌绒（《雷公炮制药性解》），属豆科植物，六月初开花，采花蕾晒干作为药材。其性甘、平，主治舒郁、理气、安神、活络。治郁结胸闷，失眠、健忘、风火眼疾，视物不清，咽痛、痈肿，跌打损伤疼痛。

了,另整上酒肴来。二人闲谈漫饮,叙些别后之事。……子兴道:"邪也罢,正也罢,只顾算别人家的账,你也吃一杯酒才好。"雨村道:"正是,只顾说话,竟多吃了几杯。"子兴笑道:"说着别人家的闲话,正好下酒,即多吃几杯何妨。"……

在曹雪芹所写的前 80 回中,贾府是三日一小宴,五日一大宴,几乎回回写饮酒,宴宴有酒相伴,酒成了这个"钟鸣鼎食之家"中逢宴必有之物、人人喜爱之物。

说《红楼梦》中人人会喝酒,虽有几分夸大之词,但大体上是符合事实的。在曹雪芹笔下的几百个人物,上自老祖宗贾母,下至老爷、太太、公子小姐,从粗俗的仆妇男役到那些活泼淘气的大大小小的丫鬟们,还有那些社会上和尚道士、贩夫走卒,几乎无一人不会喝酒。雍容富贵的宝钗,弱不禁风的黛玉,名士风度的湘云,满身刺的探春,独守空帏的李纨,无一不是酒中名士。从"秋爽斋偶结海棠社",到"史太君两宴大观园",从"芦雪广(音眼)争联即景诗"到"寿怡红群芳开夜宴",从"林黛玉重建桃花社"到"凹晶馆联诗悲寂寞",哪一次结社设宴没有酒助兴呢?

酒,给《红楼梦》的故事和人物带来灵感,增添了光彩。

(3) 名目繁多的酒具。在中国古代的"酒政"著作中,不仅记载了自古以来人们饮酒时讲对象、环境、时令,而且还十分重视酒具的精美,即人们常说的"美食美器"。酒具是随着酒的产生、发展而产生和发展的。它几乎像酒一样千姿百态,源远流长,名目繁多。考古学家证实,远在公元前 22 世纪以前的龙山文化的遗存物中,已有不少陶制酒具,如盉、斝、觚、小壶、高脚杯等。夏商周三代酒器灿烂夺目,青铜酒器中有樽、爵、青铜壶,还有了牛角杯。汉代以降,随着科学技术的发展,酒器更是五彩纷呈,无奇不有。这些酒具反映了中国酒文化的发展历程,也反映了各个时代的科技水平。

《红楼梦》写饮酒,人人会喝酒,那么在这个世家大族中的酒具又是如何样子呢?翻开小说,稍加统计,我们看到在"好饮"的曹雪芹笔下,功名奕世的贾府正如第 5 回所写"真是:琼浆满泛玻璃盏,玉液浓斟琥珀杯。"酒具也是一派富贵豪华气象,令人目不暇给。假如以其质料来分类的话,贾府的酒具有金属类,如:金(如金爵、錾金彝),银(如银爵、

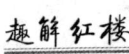

乌银梅花自斟壶),铜,锡等;非金属类,如:瓷、兽角、陶土、竹木、玻璃、珐琅等。至于酒具的型制条目则有:爵、彝、壶、杯、觥、斝、觚、盏、斗、盒等。这些美妙绝伦的酒器,有的是作为器物陈设,以示贾府的豪富。例如,第3回所写贾府堂屋内的陈设,"大紫檀雕螭案上设着三尺多高青绿古铜鼎,悬着待漏随朝墨龙大画,一边是金蜼彝……"彝,古时的青铜祭器,用来盛酒。同回写王夫人时常居息的三间耳房内的陈设,就写临窗大炕上右边几上放着汝窑美人觚。这里的汝窑,是指宋代河南汝州(今河南宝丰县)的著名瓷窑烧制的瓷器。所谓"觚",是形同长身细腰的美人,故小说中称为"汝窑美人觚",从中亦可见作者强调其来历不凡之意。

《红楼梦》里的酒具名目繁多,形式考究,功用不同,但其作用则是从一个侧面说明,曹雪芹对酒具知识的了解是古今中外作家中很少有的,他不愧为中国传统文化"百科全书"式的作家。

(4)"筛酒"与醒酒物。筛酒,又称作敬酒或斟酒,是饮酒中的一种礼仪。北俗请客吃饭,备有酒,主人或侍者向客人倒酒称筛酒。有人说筛酒即温酒、烫酒,为北方方言,不知有何根据。中国艺术研究院《红楼梦》研究所主编的《红楼梦大辞典》"筛酒"条,释为"斟酒"为确。

醒酒物,①《红楼梦》中写到两处,一处是第8回,写贾宝玉去薛姨妈处吃饭,酒后喝几碗酸笋鸡皮汤,即以酸味醒酒。第62回,写湘云醉眠芍药裀,三小姐探春命人将醒酒石给她衔上,又让她喝了几口酸汤,都是为了醒酒。以酸汤解酒由来已久,至今百姓家有饮醉者还倒点醋喝,其意相同。贾府为富贵之家,解酒之汤也比寻常百姓家名贵,用的是"酸笋鸡皮汤",其道理是一个样的。醒酒石,这恐怕是中国的土产了,历史也很久了。据《辞海》"醒酒石"条云:"传说唐李德裕平泉别墅,采奇花异竹,珍木怪石,为园林之玩。有醒酒石,醉则踞之。"这种有醒酒作用的石头,据《清一统志》所载即为点苍石,亦即人们通常所说的大理石,或称寒水石、凝水石等。《中药大辞典》中记述其性寒,有清热降火、除烦止渴的功效,可主治壮热烦渴,口干舌燥。酒中含有酒精,烧酒度数最高,入口如火烧。清人王士雄在《随息居饮食谱》一书中介绍:"烧酒,

---

① 据我国历代食经药志记载,醒酒之物有水果、酸汤、醋、中药、西药、气功、针灸诸法。《红楼梦》中所写醒酒的酸汤、醒酒石,只是其中的两种。

一名汗酒。性烈火热,遇火即燃。消冷积,御风寒,辟阴湿之邪,解鱼腥之气。阴虚火体,切勿沾唇。孕妇饮之,能消胎气。汾州造者最胜。凡大雨淋身及多行湿路,或久浸水中,皆宜饮此,寒湿自解。如陡患泄泻,而小溲清者,亦寒湿病也,饮之即愈。"正因为酒有如此功用,故多饮者易出现口干舌燥,神经被抑制出现醉状。当此之际,含醒酒石或喝酸辣汤,即可以寒驱热,酸辣生津止渴,达到解酒目的。

筛酒、醒酒石、醒酒汤,是平常知识,是中国酒文化中的一个内容。曹雪芹"好饮",不免也有"醉"的时候,自然知道如何来"解"醉。小说中所写饮酒礼仪也好,还是醒酒物也好,都是现实生活的反映,这样的小细节,也可以用来说明曹雪芹对中国酒文化的熟悉程度。

(5)"要冷吃下去,便凝结在内"。酒可以使人兴奋、动情,也可以驱寒治病。但酒也有负面,它可以使人酩酊大醉,失去知觉,失态,还可以使人得病。作为一个以"酒徒"著称的杰出作家,曹雪芹对酒的功能当然也是比别人多了解三分的。《红楼梦》第8回就借薛姨妈、薛宝钗之口说出喝冷酒的害处。"这里宝玉又说:'不必温暖了,我只爱吃冷的。'薛姨妈忙道:'这可使不得,吃了冷酒,写字手打颤儿。'宝钗笑道:'宝兄弟,亏你每日家杂学旁搜的,难道就不知道酒性最热,要热吃下去,发散得就快;要冷吃下去,便凝结在内,拿五脏去暖它,岂不受害?'"这是只有"经过"者才能说得出来的内行话。薛宝钗十余岁的皇商小姐未必有此内行知识,恐怕又是曹雪芹所找的代言人而已。第34回"情中情因情感妹妹,错里错以错劝哥哥",写宝玉挨打之后躺在怡红院里不能动弹,宝姐姐亲自送来一丸跌打损伤的药,说:"晚上把这药用酒研开,替他敷上,把那淤血的热毒散开,就好了。"这是用酒散热,加速药效的例证。又第38回"林潇湘魁夺菊花诗,薛蘅芜讽和螃蟹咏"中,林黛玉说:"我吃了一点子螃蟹,觉得心口微微的疼,须得热热地吃口烧酒。"宝玉道"有烧酒",便令将那合欢花浸的酒烫一壶来。螃蟹性寒,见诸于饮食谱,黛玉体弱,胃寒,所以吃了一点蟹肉心口就"微微的疼"。酒能发热,可以祛寒,所以宝玉令人烫"合欢花浸的酒"来给黛玉喝,目的就是驱寒散热。小说中的这两段描写,虽然很粗略,看似信笔拈来,但仔细品味,可以发现作者是多么懂得"酒理"的,使人在闻得酒香的同时,又获得一些有关酒的功能方面的知识。

(6)雅俗共赏的酒令。所谓酒令,按新版《辞海》的说法:"酒令,

趣解红楼

旧时饮酒时助兴取乐的游戏。推一人为令官,馀以听令轮流说诗词,或做其他游戏,违令或负者罚饮。"据考证,酒令之始可以上溯周朝初年,其初本意是禁止酗酒而设令官。后世所说酒令与其本意相反,变成饮宴中一种助兴的游艺活动。从形式看,酒令多种多样,诗词曲文类(如做诗令、说诗令、回环令等)、游戏类,如有拇战(或曰猜拳、搳拳、划拳等)、猜枚、抢红、牙牌令、射覆、投壶、掷曲牌名儿、月字流觞、击鼓传花、占花名儿、拆字、联句等等。从其内容来看,酒令有俗令和雅令之分,通令、筹令之别。曹雪芹生活时代饮酒风行,酒令也随处可闻可见。他又以"好饮"著称,所以《红楼梦》中所写的酒令也是特别多又心裁别出,雅俗共赏。雅令的令语,一般多是诗词歌赋,或者是成语、拆字、联语;而俗令则多是俚语俗谚,有些是粗俗不堪,近乎下流。曹雪芹"工诗",所以酒令中飘溢着诗韵酒香。例如,第28回写蒋玉菡、薛蟠、贾宝玉、冯紫英几人一起饮酒,宝玉笑道:

听我说来:如此滥饮,易醉而无味。我先喝一大海,发一新令,有不遵者,连罚十大海,逐出席外与人斟酒。

然后又说道:

如今要说悲、愁、喜、乐四字,却要说出女儿来,还要注明这四字原故。说完了,饮门杯。酒面要唱一个新鲜时样曲子;酒底要席上生风一样东西,或古诗、旧对、《四书》《五经》成语。

于是酒席上先有宝玉说道:"女儿悲,青春已大守空闺。女儿愁,悔教夫婿觅封侯。女儿喜,对镜晨妆颜色美。女儿乐,秋千架上春衫薄。"唱了一曲"滴不尽相思血泪抛红豆",并以"雨打梨花深闭门"完令。这是高雅的。请看,呆霸王薛蟠说的、唱的则俗不可耐了。薛蟠道:"女儿悲,嫁了个男人是乌龟。女儿愁,绣房撺出个大马猴。女儿喜,洞房花烛朝慵起。女儿乐……"唱的新鲜曲儿,叫作哼哼韵:"一个蚊子哼哼哼,两个苍蝇嗡嗡嗡。"同是诗词曲赋类酒令,其雅俗真是人间天上之别。不过,读者倒是从这酒令中看到了宝玉、薛蟠不同人物的不同性格、不同教养,形象活灵活现,令人永久难忘。又如,第62回写宝玉、宝琴、平儿、

邢岫烟四人同日过生日时，众姐妹大观园红香圃开夜宴，酒宴上做酒令游戏，史湘云提议酒令的规矩是："酒面要一句古文，一句旧诗，一句骨牌名，一句曲牌名，还要一句时宪书上的话，总共凑成一句话，酒底要关人事的果菜名。"其中林黛玉代贾宝玉所作一首酒令："落霞与孤鹜齐飞"（用唐王勃《滕王阁序》之中一句），"风急江天过雁哀"（用宋陆游《寒夕》诗句"风急江天无过雁"，反其意而用），"却是一只折足雁"（用骨牌副儿名"折足雁"）"叫得人九回肠"（用曲牌儿名），"这是鸿雁来宾"（用时宪书上语），完成"酒面"，其"酒底"是"榛子非关隔院砧，何来万户捣衣声？"完成了一首诗情并茂的酒令。

《红楼梦》中的酒令丰富多彩，逢宴必有酒，有酒必有令。如果搜集起来加以研究，可写出一本内容翔实的《酒令谱》专书来。

总之，曹雪芹把自己数十年中对酒的喜爱之情，对酒的全部知识都写进了《红楼梦》，使这部屹立千古的名著字里行间无不渗透着酒文化和酒精神。因此，今天我们可以毫不夸张地说，酒在《红楼梦》中。

趣解红楼

宁荣二府：中国古代家族的缩影

《红楼梦》中的宁荣二府是一个具有典型意义的世家大族。第2回"冷子兴演说荣国府"时特别介绍了这个大家族的"族史"。书中写道：

雨村因问："近日都中可有新闻没有？"子兴道："倒没有什么新闻，倒是老先生你贵同宗家出了一件小小的异事。"雨村笑道："家族中无人在都，何谈及此？"子兴笑道："你们同姓，岂非同宗一族？"雨村问是谁家。子兴道："荣国府贾府中，可也玷辱了先生的门楣么？"雨村笑道："原来是他家。若论起来，寒族人丁却不少，自东汉贾复以来，支派繁盛，各省皆有，谁逐细考查得来？若论荣国一支，却是同谱。但他那等荣耀，我们不便去攀扯，至今故越发生疏难认了。"

这段对话说出了贾氏家族的根脉。对话中的"同宗"、"同姓"、"一族"，说明贾雨村与荣宁府之间的共同祖先的"血缘"关系。或许由于地缘的原因，而是远支族。这段话中的重点是"自东汉贾复以来，支派繁盛，各省皆有"一句。据《后汉书·贾复传》记载，贾复字君文，原系东汉南阳冠军（今属河南邓州）人，少好学，习尚书。汉光武帝时以为都护将军，因军功拜执金吾，迁左将军，累功封胶东侯，与公卿参议国家大事。恩遇甚厚，卒谥刚。历史上的贾复是以"军功"（且是"累功"）受封胶东侯，实暗寓荣宁二府祖上亦来自山东胶东。特别是本人"少好学，习尚书"一句又暗揭贾氏家族自古以来即是"诗礼簪缨之族"。从家族制度发展历史方面考察，两汉时期的宗族由皇族、贵族被世族、士族所取代，开始走向"平民化"。贾复以军功受封，成为宗族，完全符合家族制度发展的历史。

时过千年以后，都中的贾家也是以军功起家。这是历史的巧合，还是作者的刻意安排？我以为是后者。如今的贾府是以军功起家的证据有四：一者，小说第13回贾珍为贾蓉报的履历中明确写着曾祖贾代化"原任京

营节度使世袭一等神威将军",贾珍则是"世袭三品爵威烈将军"。荣国府,贾代善为荣国公长子,第 2 回只说到他"袭爵",去世后由长子贾赦袭一等将军,后获罪革职,由贾政承袭世职。小说中没有明写宁国公贾演、荣国公贾源的出身,但从他们的子孙所袭世职,都是武职来看,可证贾家先世是以军功受封无疑。二者,小说第 7 回宁府派人送秦钟事说起焦大出身,尤氏叹道:"……只因他从小儿跟着太爷们出过三四回兵,从死人堆里把太爷背了出来,得了命;自己挨着饿,却偷了东西来给主子吃;两日没得水,得了半碗水给主子喝,他自己喝马溺。不过仗着这些功劳情分,有祖宗时都另眼相待,如今谁肯难为他去。"同回写焦大醉骂贾蓉:

蓉哥儿,你别在焦大跟前使主子性儿。别说你这样儿的,就是你爹、你爷爷,也不敢和焦大挺腰子!不是焦大一个人,你们就做官儿享荣华受富贵?你祖宗九死一生挣下这家业,到如今了,不报我的恩,反和我充起主子来了……

三者,小说第 75 回写贾敬死后,贾珍近因居丧,不得游玩,无聊之极,便生出个破闷法子:

日间以习射为由,请了几位世家弟兄及诸贵亲友来较射……贾政等听见这般,不知就里,反说:"这才是正理,文既误了,武也当习,况在武荫之属。"

所谓"武荫之属",即是祖上因武功受封,子孙受到荫庇而承袭爵位。四者,小说第 14 回写秦可卿出殡,官客送殡者之中多为武职官员。例如,"齐国公陈翼之孙世袭三品威镇将军陈瑞文,治国公马魁之孙世袭三品威远将军马尚……定城侯之孙世袭二等男兼京营游击……景田侯之孙五城兵马司裘良……神武将军公子冯紫英……"。这一串名单从一个侧面反映出贾家世交都是有军功之家,此与贾府的出身极有关系,自不待言。

荣宁二府是都中的"百年望族",由长房宁公和二房荣公组成一个家族(宗族)。第 5 回贾宝玉梦游太虚境,警幻仙姑受荣宁二公之托,教训宝玉识破饮馔声色之诱惑,归于正路。小说中写道:

趣解红楼

警幻忙携住宝玉的手,向众姊妹道:"你等不知原委:今日原欲往荣府去接绛珠,适从宁府所过,偶遇宁荣二公之灵,嘱吾云:'吾家自国朝定鼎以来,功名奕世,富贵传流,虽历百年,奈运终数尽,不可挽回者……'"

《红楼梦》成于清乾隆年间,故事又为清朝事,那么所谓"吾家自国朝定鼎以来",其上限时间当为1644年,下限当在1744年,即乾隆九年,此时正是曹雪芹开始"披阅增删"《红楼梦》一书之初期。以此推算,荣宁二公当为从龙入关之旧勋,其军功自是在攻明作战中所建树,从而得受封赏。从历史上看,世家大族一般都有朝廷背景或与官府关系密切的特征。《红楼梦》中的荣宁二府也不例外。先看贾家祖上,荣宁二公以军功受封,当然是朝廷恩赐的。这种世代相袭的爵位虽然逐渐降级,但却保证了家族地位的延续。接着,元春入宫当了"女史",不久晋升凤藻宫尚书,加封贤德妃。贾家由一般老臣的地位上升到皇亲国戚,贾政、王夫人头上多了一顶国丈(母)的帽子。在封建社会里,一是盼子成龙,一是望女成凤,大家族尤其如此。贾府以女耀祖,上与朝廷"接轨",密切了非同寻常的关系,下为巩固家族富贵势力打下坚实基础。

再看贾府的几门至亲,小说第4回写护官符,门子向贾雨村介绍道:"如今凡作地方官者,皆有个私单,上面写的是本省最有权有势、极富极贵的大乡绅名姓,各省皆然;倘若不知,一时触犯了这样的人家,不但官爵,只怕连性命还保不住呢!所以绰号叫作'护官符'……上面皆是本地大族名宦之家"。这四大家族分别是:

贾不假,白玉为堂金作马。
阿房宫,三百里,住不下金陵一个史。
东海缺少白玉床,龙王来请金陵王。
丰年好大雪,珍珠如土金如铁。

贾府之外的三大家族,其富贵势力"护官符"上已经写明。史家是金陵世勋史侯,贾家老太太的娘家;王家现任京营节度使,后升九省都检点王子腾是王夫人之兄,王熙凤之娘家;薛家,专为宫廷采办购置各种用品的"皇商",薛姨妈为王夫人胞妹,其夫与贾政为"连襟"。四家联络有

亲,一损俱损,一荣俱荣。除此之外,林黛玉为贾府老太君亲外孙女,家世虽已中落,但祖上"曾袭过列侯",其父林如海"乃是前科探花,今已升至兰台寺大夫……钦点出为巡监御史","虽系钟鼎之家,却是书香之族。"

作为世家大族,地方官府与贾府的关系也甚为密切。① 贾雨村升任应天府,判的第一个人命大案即与贾府有关,因此成了"葫芦案"。后来贾赦抢夺石呆子十几把古扇案,又是贾雨村以官府之力予以了断,屈死石呆子。王熙凤弄权铁槛寺,打通长安节度使云光,害死一对青年男女。第68回又写王熙凤为害尤二姐,纵容张华告状,又行贿都察院驳回张华状子,最终害死尤二姐。小说虽是略提数例,但均关系人命重案。世家大族与地方官府之关系暴露无遗。自古以来官府依靠世家大族支持,世家大族靠官府撑腰,互为利用,又互相勾结,为害一方,民命不堪,于此略窥一斑。

荣宁二府即是世家大族,祖宗崇拜的思想也必然辐射到这个大家族中伦理道德规范的方方面面。《红楼梦》中同样有突出的表现和描写。限于篇幅,仅择其要者如次:

(1) 贾家取名之范式:同历史上所有的大宗族一样,宁荣二府内的贾氏族人的取名排行都是按着一定的范式进行。宁荣二公单名,名字呈三点水旁,长为演,次为源。第二代名双字,中间为"代"字,长为代化,次为代善。这"代"字辈人中还有贾代儒、贾代修。第三代是单名,文字辈,有贾敬、贾赦、贾政,同辈有女子贾敏。第四代是玉字辈,单名,名字有玉字旁,如贾珍、贾珠、贾琏、贾环、贾璜、贾琮等人。在玉字辈人中贾宝玉是呼"小名"(或称乳名),始终未见其学名(或称大名),有人

---

① 世家大族与官府,官府与世家大族二者相互勾结,互为利用,史不绝书。《孟子·离娄上》有云:"为政不难,不得罪于巨室。"注云:"巨室,世臣大家也。世臣者,非一代之臣;大家是贵宦之家。"小说中云"各省皆然"亦有佐证:乾隆朝内阁大学士尹壮图奏曰:

各督抚声名狼藉,吏治废弛。臣经地方,体察官吏贤否,商民半皆蹙额兴叹。各省风气,大体皆然。

参见《清史稿》卷一〇九《尹壮图传》。又,清人刘蓉有曰:

今天下之吏亦众矣,未闻有以安民为事者,而赋敛之横,刑罚之滥,朘民膏而殃民命者,天下皆是。

引文见《养晦堂文集·致某官书》。

趣解红楼

考证说,宝玉的大名应是贾瑛,与神瑛侍者相暗合,聊备一说。① 玉字辈还有贾府的四位小姐,她们可以另行排行,都"范"春字,元春、迎春、探春、惜春。这种取名法仅限于女孩子,古代大家族内取名有此例。第五代是草字辈单名,必须草字在头上,如贾蓉、贾菖、贾蔷、贾芸、贾芹等人。草字辈以下未见有子息,名字排行也未出现。这种取名范式是家族共同成员所共有的东西,有一定规律,也有一定的含义。取名排行含义不是一种纯概念的表述,而是渗透着家族的一种共同的理想和对未来的期望。

(2) 长幼尊卑,上下有序。贾母在贾氏家族内辈分最高,年龄最长,地位尊贵,其子孙后人都要早晚请安,吃饭时要上座,媳妇们要站在地下侍候老太太吃饭。至于家中大事表面上她什么也不管,但实际上却都要请示她裁夺。贾环是庶出,其母不能教训他,但哥哥宝玉却可以当面训斥。王熙凤在荣府内是大管家,威风八面,但在李纨面前不敢放肆,甚至李纨在众人面敢揭她的短处。原因是他们虽然同辈,但王熙凤是弟媳,李纨是大嫂子,年龄比她长,地位比她高,所以她处处要小心待长者。贾芸年龄大于宝玉,但他见到宝玉要请安。他说过一句"摇车里的爷爷,拄拐棍的孙子","山高高不过太阳"。② 这句话最能体现大家族中上下有序的伦理道德规范。

(3) 庞杂精细的家族亲属称谓。中国人的家族亲属间有严格的称谓区别,显得庞杂而精细。《红楼梦》中写到的家族亲属称谓,几乎囊括了中国自古以来的家族亲属称谓名目,在称谓辞书中也占重要的一席之地。如果加以分类,可以分为两大系统。父系:高祖父母、曾祖父母、祖父母、父母、儿子、孙子(女)、重孙子(女),姑奶奶、姑父母、外甥(女)、外孙子(女);母系:外祖父母、舅父母、姑表兄弟姊妹、姨父母、姨表兄弟姊妹……横向称谓有伯父母、叔父母、堂兄弟姊妹;此外还有大伯子、小叔子、妯娌、姐夫、妹夫……如果以宝玉作为中心轴,上有曾祖贾源、伯曾祖贾演、祖父代善、伯祖代化、祖母史太君、父亲贾政、堂伯父贾敬、伯父贾赦、母亲王夫人、胞兄贾珠、叔伯兄贾琏、贾珍……叔伯侄贾蓉、叔伯侄媳妇秦可卿……嫂子李纨、姑表妹林黛玉、舅表姐王熙凤、

---

① 参见张乘健著:《红楼梦与佛学》,第155~162页。
② 这条谚语见于吉林省《磐石县乡土志》(1937年铅印本)"民间语言",原文作"山高遮不住太阳"。

姨表姐薛宝钗、姨表兄薛蟠、姑父林如海、姑母贾敏、堂妹迎春、惜春、姐姐元春、异母妹探春、异母弟贾环、堂嫂尤氏、堂婶邢夫人……

在这些庞杂的家族亲属称谓中,父系重近,维系得也久远;母系轻远,维系得时间相对短些。中国农村有句俗话说:"姑舅亲,辈辈亲,断了骨头连着筋","姨娘亲,不算亲,死了姨娘断了亲"。这是一种普遍的社会心理,实质是反映亲属称谓的血缘因素的远近所造成的亲疏。

(4) 浓烈的"孝亲"情感。贾母是"老祖宗",儿孙们平日对她的孝顺不必一一列举。第33回宝玉挨打一回的情节即可见一斑。

当贾母闻讯后赶过来,小说写道:

> 贾政见他母亲来了,又急又痛,连忙迎接出来……贾政上前躬身陪笑道:"大暑热天,母亲有何生气亲自走来?有话只该叫了儿子进去吩咐。"贾母听说,便止住步喘息一回,厉声说道:"你原来是和我说话!我倒有话吩咐,只是可怜我一生没养个好儿子,却教我和谁说话!"贾政听这话不像,忙跪下含泪说道:"为儿的教训儿子,也为的是光宗耀祖,母亲这话,我做儿子的如何禁得起?"……贾政又陪笑道:"母亲也不必伤感,皆是作儿的一时性起,从此以后再不打他了。"……贾政听说,忙叩头哭道:"母亲如此说,贾政无立足之地……"贾政苦苦叩求认罪。

身为荣府的一家之主,又有官阶在身,但在母亲面前毕恭毕敬,丝毫不敢怠慢或言语顶撞,孝亲的情感堪称家长表率。这种孝亲感还可以从贾敬死事上看到:

> 尤氏一闻此言,又见贾珍父子并贾琏等皆不在家……只得忙卸了妆饰……忙忙坐车带了赖升一干家人媳妇出城。又请大医看视到底系何病。……尤氏也不听,只命锁着,等贾珍来发放,且命人去飞马报信。

> 贾珍父子星夜驰回……店也不投,连夜换马飞驰。……贾珍下了马,和贾蓉放声大哭,从大门外便跪爬进来,至棺前稽颡泣血,直哭到天亮喉咙都哑了方住,尤氏等都一齐见过。贾珍父子忙按礼换了凶

服，在棺前俯伏，无奈自要理事，竟不能目不视事，耳不闻声，少不得减些悲戚，好指挥众人。因将恩旨备述与众亲友听了。一面先打发贾蓉家中料理停灵之事。

前者贾政对贾母是对活着的长一辈人（母亲）的绝对顺从、孝敬，后者则是贾珍对死去的父亲的隆重追悼。二者事虽不同，但都体现"孝亲"在大家族里的伦理道德本位。

（5）族长、祠堂与义田、家塾。中国古代的宗族构成除了同祖共宗的血缘关系、地缘因素之外，还必须选出组织者——族长及共同活动的场所——祠堂或曰宗祠。与此同时还要设置经费来源的义田和教育族中子弟的义塾（或曰家塾）。荣宁二府作为一地的世家大族，也必须具备这些基本的条件。《红楼梦》第 4 回写到荣宁二府的族长是贾珍。小说中写道：

现任族长乃是贾珍，彼乃宁府长孙，又现袭职，凡族中事，自有他掌管……

贾珍之所以能够当族长，掌管全族事务，完全是凭血缘原则确定的，是不论人品的自然选择，而非全族公议推荐出来的。

祠堂，又称宗祠。① 这是供奉先祖神主让宗族人祭祀的地方，同时也是族人集体活动或族长施政的场所。《红楼梦》第 37 回初次提到贾府"宗祠"，文云：

这年贾政又点了学差，择于八月二十日起身。是日拜过宗祠及贾母起身，宝玉诸子弟等送至洒泪亭。

第 53 回"宁国府除夕祭宗祠"，具体描写了贾家宗祠内外面貌。文云：

---

① 祠堂、宗祠，有作"家庙"者，不全同。贾府有祠堂，又称宗祠，其家庙则是铁槛寺。第 23 回写贾芹之母周氏为儿讨差使找王熙凤，凤姐答允，回王夫人说："……依我的主意，不如将他们（12 个小沙弥，12 个小道士）竟送到咱们家庙里铁槛寺去……"

次日,由贾母有诰封者……带领着众人进宫朝贺,行礼领宴毕回来,便到宁国府暖阁下轿。诸子弟有未随入朝者,皆在宁府门前排班伺候,然后引入宗祠。

下面是透过薛宝琴眼睛将贾家宗祠细细留神"扫描"了一番:

……这宗祠,原来宁府西边另一个院子,黑油栅栏内五间大门,上悬一块匾,写着是"贾氏宗祠"四个字,旁书"衍圣公孔继宗书"。两旁有一副长联,写道是:

肝脑涂地,兆姓赖保育之恩;
功名贯天,百代仰蒸尝之盛。

亦衍圣公所书。进入院中,白石甬路,两边皆是苍松翠柏。月台上设着青绿古铜鼎彝等器。抱厦前上面悬一块九龙金匾,写道是:"星辉辅弼",乃先皇御笔。两边一副对联,写道是:

勋业有光昭日月,功名无间及儿孙。亦是御笔。五间正殿前悬一块闹龙填青匾,写道是:"慎终追远"。旁也一副对联,写道是:

已后儿孙承福德,至今黎庶念荣宁。俱是御笔。里边香烛辉煌,锦幛绣幕,虽列神主,却看不真切……

这段文字首先写出了贾家祖有功,宗有德的历史,所以宗族共祀。它体现了"人本乎祖"的观念。祖先神主牌位、画影,是活人对死者的怀念,不敢忘祖功祖德,也是一种崇拜心理的反映。同历史上许多宗族祠堂相比较,贾府的祠堂不论是建筑规模,还是其联匾的辉煌肃穆,都堪称典范。如果说世家大族中确有此等祠堂,我想只有山东曲阜的孔府内的"孔氏祠堂"可以相媲美了。

《红楼梦》中也写到了义学和义田的故事。所谓义学,也称义塾,是由宗族、地方的公益收入(捐款)兴办的一种免费学校,供族人、亲友子弟入学读书。第7回写宝玉与秦钟初次见面的一场对话,其中谈及邀秦钟入贾家"家塾"读书一事。文云:

宝玉不待说完,便答道:"正是呢,我们却有个家塾,全族中有

不能延师的,便可入塾读书,子弟们中亦有亲戚在内可以附读。……今日回去,何不禀明,就往我们敝塾中来……"秦钟笑道:"家父前日在家提起延师一事,也曾提起这里的义学倒好……"

第 8 回开头又写宝玉向贾母禀明邀秦钟一道入塾读书一事。至第 9 回正面写出义学的来历:"原来这贾家之义学,离此也不甚远,不过一里之遥,原系始祖所立,恐族中子弟有贫穷不能请师者,即入此中肄业。凡族中有爵位之人,皆供给银两,按俸之多寡帮助,为学中之费。特共举年高有德之人为塾掌,专为训课子弟。"

《红楼梦》第 13 回有秦可卿魂托凤姐贾家后事二件,秦氏道:

目今祖茔虽四时祭祀,只是无一定的钱粮;第二,家塾虽立,无一定的供给。依我想来,如今盛时固不缺祭祀供给,但将来败落之时,此二项有何出处?莫若依我定见,趁今日富贵,将祖茔附近多置田庄房舍地亩,以备祭祀供给之费皆出自此处,将家塾亦设于此。合同族中长幼,大家定了则例,日后按房掌管这一年的地亩、钱粮、祭祀、供给之事。如此周流,又无争竞,亦不有典卖诸弊。便是有了罪,凡物可入官,这祭祀产业连官也不入的。便败落下来,子孙回家读书务农,也有个退步,祭祀又可永继。①

秦可卿所说的"后事"二件,实际上是宗族大事。所谓祀田、义庄田、义塾的书田(学田)都是宗族的义田,为宗族的公共财产,目的之一是为宗族的经济基础。这种以赡贫乏的义田古已有之,魏源曾经说过:"井田废而后有公恒产者曰义田。"② 其真正目的是通过这种宗族义田增强族人间的凝聚力。清雍正上台后在其《圣谕广训》第二条"笃宗族以昭雍睦"中就号召:"设家庙以荐烝尝,设家塾以课子弟,置义田以赡贫乏,

---

① 《红楼梦》第 92 回有王熙凤一段话同秦可卿托梦内容一致。文云:
我已经想了好些年,像咱们这种人家,必得置些不动摇的根基才好,或是祭地,或是义庄,再置些坟屋。往后子孙遇见不得意的事,还是点儿底子,不至一败涂地。
② 《魏源集·庐江章氏义庄记》,冯尔康著:《中国古代的宗族与祠堂》,第 54 页。

修族谱以联疏远。"① 统治者的鼓励，无疑推动了世家大族设家庙、家塾、置义田、修族谱的活动，将其纳入规范化和合法化的轨道。

　　从以上的描述可以清晰地看出《红楼梦》中的宁荣二府的家族发展史和具备所有宗族应有的一切特征。小说的许多细节描写肯定了它的"宗族"的性质，它是中国古代宗族风貌的艺术再现。它的文化意蕴的广泛性和深刻性及艺术上的魅力，比任何哲学的、史学的、经济学的、伦理学的著作都要真实可信、生动可读。

---

① 雍正《圣谕广训》。

趣解红楼

贾母：母权文化的象征

在中国古代宗法制度下，家族实行的是父权制，血缘关系是以父系血缘为纽带。故妇女在家族中的地位低下、权力有限，完全是不平等的。

《颜氏家训》的"治家篇"中有云："妇主中馈，惟事酒食衣服之礼耳。国不可使预政，家不可使干蛊；如有聪明才智，识达古今，正当辅佐君子，助其不足，必无牝鸡晨鸣，以致祸也。"[①] 这种妇不理财，女不主政的说法显然有些酸腐味道，但是在宗法社会里，确实是女性的真实生活图画。所谓"女子无才便是德"，就是当时必须遵守的"闺范"。这种传统的家族观念，表现在家庭分工上是男主外事，女主内事。如果从职守来区分，男子从事农耕或狩猎，女子则是纺织、饲养、女工。在家事决定权方面男为主，女为辅，子女从之。这一原则在小家内或大家族内皆是如此。

宁荣二府是大家族，表面上也遵循着男主外、女主内的原则。宁府是长房，外事由贾珍料理，内事是尤氏掌管。荣府是二房，外事原由贾珠执掌，珠逝宝玉年龄小，故请贾琏过来代管；内事本应李纨掌管，因寡居有孝在身不宜抛头露面，改请王熙凤来代为掌管。但是我们细读《红楼梦》很容易发现，宁荣二府的内外大权既不是贾敬、贾赦、贾政执掌，也不是贾珍、贾琏说了算，而是"垂帘听政"的贾母掌控。贾府上下内外大事，都必须经过贾母决定后外事由贾珍、贾琏去具体办理，他们最多是"执行者"而已。而内事则由王熙凤一个人来料理。这种大权独揽的局面，在水字辈和代字辈两代人中是否如此，小说中没有交代，也无须考证。但从文字辈、玉字辈开始，确实是阴盛阳衰，一代不如一代。小说第2回通过冷子兴之口讲得清清楚楚：

> 宁公死后，贾代化袭了官，也养了两个儿子：长名贾敷，至八九岁上便死了，只剩了次子贾敬袭了官，如今一味好道，只爱烧丹炼汞，余者一概不在心上。……不肯回原籍来，只在都中城外和道士们胡羼。……这珍爷那里肯读书，只一味高乐不了，把宁国府竟翻了过

---

① 参见翟博主编：《中国家训经典》，第140页。

来，也没有人敢来管他。

荣国府这边是两个儿子：贾赦袭了官，贾政则在朝为官当了个员外郎，公事毕"家务疏懒"，"不惯于俗务"，只是下棋赏花，乐得清闲。代管家务的贾琏，现捐的是个同知，也是不肯读书；"不喜正务"，"虽于世路上好机变，言谈还去的"，"谁知自娶了他令夫人之后，倒上下无一人不称颂他夫人的，琏爷倒退了一射之地"。如此一来，宁荣二府在家政大事上出现乾坤倒转，女权"颠覆"了男权。

贾母娘家史家是四大家族之一，可谓名门闺秀，嫁到贾家为二代荣公代善之妻，诰命夫人，福寿双全，德高望重。如以古训，"夫死从子"说，是不该她来管家政的。但贾家的现实是男人一个个不成气候，她虽退居二线，被迫还是要过问家政的。如同"杨家将"里的佘太君，既然男人都战死沙场，孙子宗保独苗且又年龄小，她只好自己挂帅率杨门女将出征。贾母也是如此。

王熙凤是贾母手下的穆桂英，做急先锋，逢山开路，遇水搭桥，家中大小事一经她来料理，井井有条。其杀伐决断之才干，深得贾母器重。在贾政、王夫人一面，内侄女是"自己人"，靠得住，信得过。在贾赦、邢夫人一面，贾琏是自己的儿子，王熙凤是自己的儿子媳妇，也是信得过，靠得住的。在王熙凤个人来说，不仅"模样又极标致，言谈又爽利"，而且"心机又极深细，竟是个男人万不及一的。"她天生丽质本已讨人喜欢，又加才干优长，口才出众，所以在宁荣二府中她是最讨老祖宗贾母欢喜的人。

贾母是个非常懂得享受的老人。她"退居二线"以后，一是找孙子孙女陪着说笑话解闷，二是时常以打牌散心，三是看戏听女先儿唱曲说故事。凡是二府中的热闹活动——猜谜、赏雪、游玩，她都积极参加，逢场必到。王熙凤是个大心理学家，把贾母这样的老人心理猜得透透的，简直像贾母肚子里的蛔虫一样，她喜欢什么给她来什么，只要她高兴，凤姐都想尽法子，变尽招数讨老太太高兴。例如，贾母喜欢打牌，她就帮找人凑一桌，不够手就自己上桌陪着玩。她能一边玩牌一边又讲笑话让老太太乐。小说第46回写贾母因邢夫人代贾赦向贾母讨鸳鸯作妾，惹恼了贾母生气。于是王熙凤暗中叫人请了薛姨妈来陪贾母玩牌，自己亲自陪同。第47回里写了一段长长的文字，足以显出王熙凤哄贾母的本事。小说中写道：

……贾母道:"叫鸳鸯来,叫他在这下手里坐着。姨太太眼花了,咱们两个的牌都叫他瞅着些儿。"凤姐儿叹了一声,向探春道:"你们知书识字的,倒不学算命!"探春道:"这又奇了。这会子你倒不打点精神赢老太太几个钱,又想算命。"凤姐儿道:"我正要算算命今儿该输多少呢,我还想赢呢!你瞧瞧,场子没上,左右都埋伏下了。"说的贾母薛姨妈都笑起来了。

这是一笑,下面接着贾母笑了五六次之多。

……凤姐听说,便站起来,拉着薛姨妈,回头指着贾母素日放钱的一个木匣子笑道:"姨妈瞧瞧,那个里头不知顽了我多少去了。这一吊钱顽不了半个时辰,那里头的钱就招手儿叫他了。只要把这一吊也叫进去了,牌也不用斗了,老祖宗的气也平了,又有正经事差我办去了。"话说未完,引的贾母众人笑个不住。偏有平儿怕钱不够,又送了一吊来。凤姐儿道:"不用放在我跟前,也放在老太太的那一处罢。一齐叫进去倒省事,不用做两次,叫箱子里的钱费事。"贾母笑的手里的牌撒了一桌子,推着鸳鸯,叫:"快撕他的嘴!"

找薛姨妈打牌、自己说笑话,都是一个目的:让老祖宗的气"平"了。这在贾府几百口人中找不出第二人能让贾母如此开心。
王熙凤就是贾母的开心果。

贾母的权不是表现在自己去干什么,而是表现在她喜欢什么、支持谁上。王熙凤的一张巧嘴讨贾母喜欢,她胆大妄为,伤天害理的事都敢干。除了才干之外,她靠的是贾母喜欢和支持。宝玉的"无法无天"也是靠贾母的溺爱和支持,贾母成了宝玉的保护伞。在荣府内,宝玉的教育责任本在贾政,即所谓"子不教,父之过"。然每当贾政教训宝玉的时候,只要贾母得信,都反过来训斥贾政如何不是,百般替宝玉开脱。二知道人在《红楼梦说梦》中曾有如下一段文字评此事,文云:

贾媪素明大义,洞悉人情,溺爱宝玉,亦大母之常事。贾政总以箕裘为念,善诱其子,媪断无不期其孙成立也。顾平居安肆日偷,养

家无术，时而趋庭有训，无非一暴十寒，是直纵之浮荡耳。及淫泆无度，习成自然，而后施以大杖，几置之死地，竟归咎于其母之溺爱也。平心而论，宝玉之不肖，果贾媪之咎哉？①

在二知道人看来，责任在贾政教育方法不当，而不在贾母之溺爱。此非平心而论。其实贾政确有教子无方之责，这个责任本身就已包含了贾母的责任。因为贾母之身份可开导贾政如何教子，而不可越贾政教子之权限。对孙子则要教导如何听从父亲的教训，这方是正路。贾母的一味偏袒，只能加深父子之间的矛盾。第33回"不肖种种大承笞挞"，难道宝玉之"不肖"不该严惩？贾政挞之过重固有不妥之处，但贾母当众逼得"贾政苦苦叩求认罪"都不放过，难道这是慈母所该为？于情可以理解，爱孙心切，于"礼"则不通。说到底，还是母权大于父权。

宁荣二府里母权大于父权绝不仅仅在贾母、王熙凤两个人。小说中写到王熙凤病倒之后，家政大权是由探春、李纨、薛宝钗三人执掌，"八姐九妹"齐上阵。试想，探春、李纨还是贾家人，可宝钗乃是薛家之人，客居贾府，理家之事何以交给外人？而且还是一个未出阁的女孩子。此种安排，大越常情。此外，还有贾母身边的鸳鸯、王熙凤身边的平儿，都干预家事，且代贾母、王熙凤行使权力。贾赦是贾母长子，承袭爵位，但却不受贾母疼爱。在讨鸳鸯做妾一事上触怒了贾母，不但没讨成，而且挨了一顿数落，大丢长房大老爷的面了。这件事从一个侧面可见贾母的权威，即使长房长子要一个丫鬟也办不到。贾赦无可奈，只能在背后发发狠而已。鸳鸯在贾母身边不仅仅是侍候起居诸事，就是如贾琏要"典当"贾母的金银器以应急需也不得不私下里找鸳鸯来商议，可见其权限之大。至于平儿，李纨开过玩笑说："什么钥匙，你就是你奶奶身上的一把总钥匙。"一语道破其地位之重要。细细数一数贾府的男人哪一个是掌权者，从上到下全在女性掌握之中。有人可能认为，这些都属于"内事"，应该由"女人"主持。其实不然。有两例可以说明：其一，第56回"敏探春兴利除宿弊"，这是家政管理大事，分工取利不仅属于"内事"范围。但是探春、宝钗、李纨三人并没有征得长房同意，也没请示贾政批准就开始实行"包产到户"，连分利原则都是她们订出来的。其二，探春母舅赵国基死了，照例应送银两，实属家政"外交"，而探春视为赵姨娘为私而争。按理这

---

① 二知道人著：《红楼梦说梦》，载一粟编：《红楼梦卷》，第88页。

件事应由贾政决断或由贾琏出面处理，但由探春驳回，于情于礼都不通。由此可见，贾府男性子弟已经远离家政的权力中心，清一色的由女性来摆布他们。

贾府男性在远离权力中心同时，他们也远离了贾府内的生活娱乐中心。生活娱乐的中心是贾母。第22回写灯节期间元春送出灯谜，让大家猜，大家又制灯谜让元春猜。长房的贾赦、贾珍、贾琏等无缘参加，贾政偶有兴致享受天伦之乐，竭尽讨贾母高兴，但还是让贾母打发走了。第75回写中秋赏月活动，为了表示举家团圆之意，贾赦、贾政也来参加，各讲了笑话。贾赦讲了个偏心母亲的笑话，刺痛了贾母的心病，贾母当场没有发作。但不久赦政二公即离席回府，而贾母却与众人重新布席合为一桌，一直到天过四更方散。至于两府内的生日宴会、结社吟诗、赏雪游玩等等，更没有赦政珍琏一干人的份了。在宁荣二府内的生活娱乐活动中，赦政珍琏的地位远不如来自乡下的刘姥姥受欢迎，一次又一次给贾府的老祖宗带来欢乐。刘姥姥是女人，她走进的是一个以贾母为首的女性世界！

至此人们一定想问一句宁荣二府的女性世界是如何造成的，寻根究源是曹雪芹创作立意使然。《红楼梦》开卷"楔子"里，曹雪芹明确"撰此《石头记》一书"是因为"忽念及当日所有之女子，一一考较去，觉其行止见识，皆出于我之上。"故"编述一集，以告天下人：我之罪固不免，然闺阁中本自历历有人，万不可因我之不肖，自护己短，一并使泯灭也。……敷演出一段故事来，亦可使闺阁昭传，复可悦世之目，破人愁闷"。曹雪芹着意于几个"异样"女子，因为在他的心目中，"女儿是水作的骨肉，男人是泥作的骨肉。我见了女儿，我便清爽；见了男子，便觉浊臭逼人。""这女儿两个字，极尊贵、极清净的，比那阿弥陀佛、元始天尊的这两个宝号还更尊荣无对的呢！"这种警世之论，虽然带有女性崇拜的色彩，但就曹雪芹的创作动机来看，更重要是他对数千年的以父权为核心的宗法制度的腐朽本质有了觉悟。所谓"扬州旧梦久已觉"的"觉"并非仅仅是对自家的盛衰和个人的浮沉的"觉"，而是对一种灭绝人性的制度和这种制度桎梏下的伦理道德规范的深恶痛绝。他强烈感受到这种"樊篱"如果照旧下去，人将永远难脱"一年三百六十日风刀霜剑严相逼"的苦海。他让贾宝玉经历红尘亲身感受世态炎凉、悲欢离合之后心如止水，决绝地宣告"悬崖撒手"。他企盼从此回归自然，复现自我，复现人性！尽管这条路是冰冷的，漫天风雪、茫茫无垠，但是他还是勇敢地走向前方！

这就是曹雪芹的人生美学理想！

富而不教,一代不如一代

教化问题是家族文化中的一个重要内容。本章第二节所列举的"家训"、"家规"(族规)、"治家格言"等家族文献,实际都是属于家族教化的教科书。这些"教科书"尽管体裁不一,体例各异,但都是根据家族类型、时代社会的需要、家族教育实践而有针对性编写的。它的内容十分繁杂,涉及到家庭、社会、伦理、教育、婚姻、择业、操守、处世等方方面面。其主要目的都是对族人进行人生观和世界观的教育,使家族成员和谐稳定、奋发有为,达到家业兴隆,光宗耀祖。

《红楼梦》中的宁荣二府是世家大族的典型,族中不仅有祠堂、族长、义田,也设有家塾,说明贾家对族人的教育问题表面上还是重视的。设家塾教子弟读书识字是一个方面,重要的是通过读书识字达到明人伦懂事理。贾政逼宝玉读书,教训他以仕途为重,也是希望他将来能够继承家业。宁荣二公托嘱警幻仙训诫宝玉的目的非常明确:

> 吾家自国朝定鼎以来,功名奕世,富贵传流,虽历百年,奈运终数尽,不可挽回者。故遗之子孙虽多,竟无可以继业,其中惟嫡孙宝玉一人,禀性乖张,生情怪谲,虽聪明灵慧,略可望成,无奈吾家运数合终,恐无人规引入正。幸仙姑偶来,万望以情欲声色等事警其痴顽,或能使彼跳出迷人圈子,然后入于正路,亦吾兄弟之幸矣。

贾家"子孙虽多,竟无可以继业"者,原因是什么呢?所谓"吾家运数合终"云云,只是一种迷信的说法。运数兴衰完全由人,宁荣二公时代是靠九死一生挣下这份家业,成为国公,是靠生命的代价打下江山。宁荣二公之后靠什么呢?是"武荫之属",他们是坐享其成,根本不知祖宗打江山之艰辛困苦。唐末有位柳玭在《戒子孙》一文中说得非常透彻明白:

> 夫名门右族,莫不由祖考忠孝勤俭以成立之,莫不由子孙顽率奢

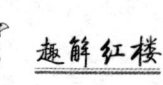

傲以覆坠之。成立之难如升天,覆坠之易如燎毛。①

宁荣二府子孙正是走"顽率奢傲"之路,故贾家最终"覆坠之。"

小说第2回"冷子兴演说荣国府","演"的是宁荣二公之创业齐家,"说"的是宁荣二府子孙不肖之根由。从文字辈始,宁公之子贾敬"如今一味好道,只爱烧丹炼汞,余者一概不在心上……只在都中城外和道士们胡羼。"其子贾珍虽是族长,却是个不肯读书,"只一味高乐不了,把宁国府竟翻了过来,也没人敢来管他"。另一子贾琏虽捐了个同知,"也是不肯读书"。孙子贾蓉纯是一个纨袴子弟,连自己的小姨也去调戏,人伦都不顾。荣公之后,贾赦虽袭官爵,整日只知在几个老婆中厮混,既无官德也无官守,是一个靠祖宗荫庇的酒囊饭袋而已。贾政为人端方,是个庸碌无能之辈,俗务不惯,教子无方。在外是庸官,在家是庸才。贾政三子,长珠早逝;次子宝玉整日在众姊妹堆里混日子,游荡优伶,喜男风,"混世魔王"一流。贾环庶出,自卑心强,且委琐不堪,整日在丫鬟中寻求安慰。幼孙贾兰一是年纪小,二是幼失父教,在母亲李纨教导下将来如何尚未露角。小说中为了说明贾家子弟之堕落,特意在薛家进京入贾府后重重地补了一笔。第4回写道:

> 只是薛蟠起初之心,原不欲在贾宅居住者,但恐姨夫管的拘禁,料必不自在的……谁知自从在此住了不上一月的光景,贾宅族中凡有的子侄,俱已认熟了一半,凡是那些纨袴气习者莫不喜与他来往,今日会酒,明日观花,甚至聚赌嫖娼,渐渐无所不至,引诱的薛蟠比当日更坏了十倍。

薛蟠本已是"呆霸王",自谓有几个臭钱,打死人竟扬长而去。这种人到了贾家之后被"引诱的""比当日更坏了十倍",就可想贾家子弟究竟坏到何种程度了!

冷子兴"演说"之妙处就在于说出了贾府败家的根本:

> 如今生齿日繁,事务日盛,主仆上下,安富尊荣者尽多,运筹谋

---

① 参见翟博主编:《中国家训经典》,第348页。

画者无一;其日用排场费用,又不能将就省俭,如今外面的架子虽未甚倒,内囊却也尽上来了。这还是小事。更有一件大事:谁知这样钟鸣鼎食之家,翰墨诗书之族,如今的儿孙,竟一代不如一代了!

接着,贾雨村纳罕道:"这样诗礼之家,岂有不善教育之理?"这句话似乎是在问,其实冷子兴的"演说"中已经说得明白了。不过,二人都讲到了一起——教育是第一件大事情。

但是,事实说明宁荣二府虽是"诗礼之家"却是"不善教育",也不懂"教育之理"。如果将小说中所描写到的教育方式略加归纳一下,大体上不出以下三种方式。

首者,教而不管,师之不严。贾府自始祖建立了义学,"塾掌"是贾代儒,既是"儒"是读过书的,但却非是懂"教育之理"的人,擅自"离岗",学生大闹学堂,后来也不见这场"闹"是如何处理的,不了了之。一个施教的神圣场所,成了搞同性恋的风月场了。除了贾代儒之外,族长贾珍或贾赦、贾政未见有过问义学之事,义学形同虚设,不过是门面而已。

次者,教而无方,教而无化。贾政算是重教育了,对宝玉耳提面命,训斥有加,威严十足,但宝玉一点也听不进去,用躲避的办法和贾政玩起猫捉老鼠的游戏。最终导致一场"不肖种种大承笞挞",不仅没教好,反而加深了矛盾,竟然说出:"就便为这些人死了,也是情愿的!"严惩是教的一种不太好的方式,结果是教而不"化"。宁荣二公苦心托嘱警幻仙姑以"情欲声色等事警其痴顽",结果仍然是"痴儿竟尚未悟"。古人说教育,有教化之意。教者,教其明白世事道理;"化"者,就是"化"其愚昧痴顽。教而未化,就失去了教育的本意。宝玉之未悟,说明贾家教育之失败。

再者,先教后纵,事倍功半。《闺范》有"母道"篇,清人吕坤写的赞语中写道:"母不取其慈而取其教,溺爱姑息,教所难也。"又云:"正母望子以正者也。无儿女之情,惟道义是责。"① 贾母身为一家之长者,教育子弟有重责。可她对贾赦讨鸳鸯一事,申斥邢夫人不该替贾赦来讨妾,驳回贾赦的无理要求也是对的,但并没有做到"智母,达于利害者也。"

---

① 参见翟博主编:《中国家训经典》,第 566~567 页。

她临了却说什么,只是不能给他鸳鸯而已,自己要给贾赦出银子去买别的女孩就可以了。教而后纵等于不教,效果甚至比教还坏。还有个例子,贾琏与鲍二家的私通被凤姐抓住把柄,闹到贾母那里,作为祖母虽说了几句贾琏的不是,算是"教"了一回,临了又加一句说:"什么要紧的事,小孩子们年轻,馋嘴猫儿似的,那里呆得住不这么着,从小儿世人都打这么过的。"前边"教"的成了耳旁风,后边"教"的可不是贾琏一个人了。这样的"教"只能是越"教"越坏!

四者,上梁不正,下效更快。贾家的男性在家族中无榜样可树。贾赦为长房长子,袭官在身,于公于私都该是子弟们的榜样。可是这位赦老爷,好事一件不干,坏事干了不少:讨鸳鸯作妾、为抢石呆子古扇,弄得人家倾家败产。连他的儿子贾琏都看不上眼了,劝说一下就挨了打。"多行不义必自毙",最后终于以"交通外官,依势凌弱"被革去世职,宁府被抄,发往台站效力赎罪。贾珍是一族之长,本应是族中子弟的榜样,可他"一味高乐不了",有父子聚麀之诮。贾琏偷鲍二家的,闹得满城风雨不说,连自己老爹房中人也垂涎三尺。第69回写贾赦买了一个17岁的嫣红,收在屋里,又将房中一个17岁的丫鬟秋桐赏给了贾琏。小说中写道:

> (贾琏)素昔见贾赦姬妾丫鬟最多,每怀不轨之心,只未敢下手。今日天缘凑巧,竟把秋桐赏了他,真是一对烈火干柴,如胶投漆,燕尔新婚,连日那里拆得开。

刚得了秋桐不久,在国孝家孝期间又与贾珍贾蓉父子一起调戏二尤,终于偷取尤二姐。珍琏兄弟工夫都在女人身上,一个不饱,两个嫌少。用王熙凤的话说:吃着锅里又望着盆里的。在长一辈的身体力行"诱导"下,贾瑞要偷嫂子,贾蓉偷姨娘、婶娘,贾芹偷不着仙桃偷烂果——玩起小尼姑,结果被人家贴了大字报……这一切,用贾蓉的话,都是他从父辈那里学来的。第63回当贾蓉与姨娘鬼混时道出真相:

> 各门另户,谁管谁的事。都够使的了。从古至今,连汉朝和唐朝,人还说脏唐臭汉,何况咱们这宗人家。谁家没风流事,别讨我说出来。连那边大老爷这么利害,琏叔还和那小姨娘不干净呢。凤姑娘那样刚强,瑞大叔还想他的帐。那一件瞒了我!

贾蓉的话说"何况咱们这宗人家","都够使的了",那内容无疑不限于他所说的这几宗了。由此可见贾府的门风已经败坏到何种程度了。秦可卿的判词上有一句"造衅开端首在宁",这个"首"就是宁荣二府上行下效淫乱不堪,人伦道德规范破坏殆尽,如此家族何以不运终数尽?

历史上如贾家一样的大家族不可胜数,鲜克由终者的教训多在教育的失败。南朝齐高帝第三子萧嶷在《戒子》书中有云:

> 凡富贵少不骄奢,以约失者鲜矣。汉世以来,侯王子弟以骄恣之故,大者灭身丧族,小者削夺邑地,可不戒哉?吾之后当共相勉励,笃睦为先。才有优劣,位有通塞。运有富贫,此自然之理,无以相凌侮。勤学行,守基业,修闺庭,尚闲素,如此足无忧患。①

可以说萧嶷的话既指出了世家大族的通病要害,又开出了治家的良方,即"勤学行"才是"守基业"、"无忧患"的根本。他不但是在"戒子",对于世家大族来说是敲警世钟,时至今日仍有着警世醒世的重要意义!

---

① 参见翟博主编:《中国家训经典》,第109~110页

贾蓉的话说"何况咱们这宗人家","都够使的了",那内容无疑不限于他所说的这几宗了。由此可见贾府的门风已经败坏到何种程度了。秦可卿的判词上有一句"造衅开端首在宁",这个"首"就是宁荣二府上行下效淫乱不堪,人伦道德规范破坏殆尽,如此家族何以不运终数尽?

历史上如贾家一样的大家族不可胜数,鲜克由终者的教训多在教育的失败。南朝齐高帝第三子萧嶷在《戒子》书中有云:

> 凡富贵少不骄奢,以约失者鲜矣。汉世以来,侯王子弟以骄恣之故,大者灭身丧族,小者削夺邑地,可不戒哉?吾之后当共相勉励,笃睦为先。才有优劣,位有通塞。运有富贫,此自然之理,无以相凌侮。勤学行,守基业,修闺庭,尚闲素,如此足无忧患。①

可以说萧嶷的话既指出了世家大族的通病要害,又开出了治家的良方,即"勤学行"才是"守基业"、"无忧患"的根本。他不但是在"戒子",对于世家大族来说是敲警世钟,时至今日仍有着警世醒世的重要意义!

---

① 参见翟博主编:《中国家训经典》,第109～110页